LE TSAR DE
PESHAWAR

Du même auteur

La Nuit des albinos. Sur les traces de Max O'Brien, Expression noire, 2012.

Tsiganes. Sur les traces de Max O'Brien, Expression noire, 2007 ; réédition 2012.

Cachemire. Sur les traces de Max O'Brien, Expression noire, 2004 ; réédition 2012.

MARIO

BOLDUC

LE TSAR DE PESHAWAR

Libre Expression
Une société de Québecor Média

Catalogage avant publication de Bibliothèque et Archives nationales du Québec et Bibliothèque et Archives Canada

Bolduc, Mario, 1953-
Le tsar de Peshawar
(Expression noire)
ISBN 978-2-7648-1003-3
I. Titre. II. Collection : Expression noire.

PS8553.O475T72 2017 C843'.54 C2016-942377-8
PS9553.O475T72 2017

Édition : Miléna Stojanac
Révision et correction : Céline Bouchard et Julie Lalancette
Couverture et mise en pages : Axel Pérez de León et Michel Fleury
Photo de l'auteur : Robert Etcheverry

Remerciements
Nous remercions le Conseil des Arts du Canada et la Société de développement des entreprises culturelles du Québec (SODEC) du soutien accordé à notre programme de publication.
Gouvernement du Québec – Programme de crédit d'impôt pour l'édition de livres – gestion SODEC.

Financé par le gouvernement du Canada | Canada

Les Éditions Libre Expression
Groupe Librex inc.
Une société de Québecor Média
La Tourelle
1055, boul. René-Lévesque Est
Bureau 300
Montréal (Québec) H2L 4S5
Tél. : 514 849-5259
Téléc. : 514 849-1388
www.edlibreexpression.com

Dépôt légal – Bibliothèque et Archives nationales du Québec et Bibliothèque et Archives Canada, 2017

ISBN : 978-2-7648-1003-3

Distribution au Canada
Messageries ADP inc.
2315, rue de la Province
Longueuil (Québec) J4G 1G4
Tél. : 450 640-1234
Sans frais : 1 800 771-3022
www.messageries-adp.com

Diffusion hors Canada
Interforum
Immeuble Paryseine
3, allée de la Seine
F-94854 Ivry-sur-Seine Cedex
Tél. : 33 (0)1 49 59 10 10
www.interforum.fr

Note de l'auteur

Tout en s'appuyant sur la réalité historique, ce roman raconte une aventure totalement imaginaire. Aux personnalités existantes ou ayant existé s'ajoutent de nombreux personnages fictifs. Par ailleurs, la chronologie de certains événements a été modifiée pour des raisons d'efficacité narrative.

« Nous sommes acteurs et spectateurs dans l'arène,
Stupéfaits de nos actes et de l'action du monde.
Petits jouets entre les mains du temps,
Sur l'air qu'un autre joue, nous dansons. »

KHALILULLAH KHALILI

OUZBÉKISTAN
TADJIKISTAN
CHINE
TURKMÉNISTAN
Kunduz
KABOUL
Peshawar
ISLAMABAD
AFGHANISTAN
Qalât
Kandahar
Quetta
PAKISTAN
IRAN
INDE
Karachi
MER D'OMAN

Première partie

Le piège à ours

1

Juillet 1979

La salle à manger de notre maison de Park Road : boiseries patinées par les ans, mobilier boiteux abandonné par les anciens occupants, des officiers britanniques de l'époque du Raj, peut-être ; devant les fenêtres, de lourdes tentures de style salon mortuaire ; au mur, des reproductions de tableaux que Joan trouve kitch, alors que Richard les adore. Une porte, au fond, donne dans la cuisine où s'agitent domestiques et autres petites mains. Ma mère a fait poser un verrou, puis un deuxième, elle se méfie du personnel, elle veut dormir tranquille la nuit. C'est ce qu'on lui a suggéré à l'American Club. Il faut se barricader, *my dear*.

Ce soir, une fois les employés réfugiés derrière la porte qui nous sépare du tiers-monde, Richard se penche sous la table, comme s'il voulait récupérer sa serviette ou renouer ses lacets. Il me fait un clin d'œil malicieux.

— Regarde, Nadia.

Il déplace discrètement le talon de sa chaussure.

À mi-chemin de ma crème caramel, ma cuiller à la main, je l'observe du haut de mes sept ans.

Joan fulmine :

— Tu es complètement ridicule, Richard.

Lors de son premier voyage à Kaboul, au printemps, effrayé des voleurs qui écument les routes – en particulier autour de la passe de Khyber –, Richard a demandé à un cordonnier du bazar de Jehangir Pura de lui ménager, sous le talon de l'une de ses chaussures, un petit espace où il pourrait dissimuler des billets de banque.

Ma mère, le verrou. Mon père, le talon truqué.

— Des chaussures italiennes qui ont coûté une fortune ! s'est exclamée Joan, scandalisée par une pareille fantaisie.

Peshawar ? Une sorte de Bronx sans foi ni loi, livrée aux viols et aux pillages, croyait ma mère avant qu'on s'y installe. À Islamabad, où nous avons d'abord posé nos valises à notre arrivée de Montréal, Richard épluchait jusqu'à tard dans la nuit, parfois, les rapports des sous-traitants, les données d'inventaire, les résultats des distributeurs, ceux qui raflaient les marchés, celui des États-Unis surtout. Il cherchait de nouveaux débouchés, à l'écoute du moindre changement d'intérêt de la part des acheteurs, du public aussi, humant le vent afin de deviner de quel côté la fortune allait bientôt souffler.

Le passé, mon père connaît déjà, il s'intéresse à l'avenir. Et l'avenir, il en a la certitude, ce n'est pas l'Iran. Au fil des ans, vu la demande croissante pour le tapis perse, Oriental Rugs & Carpets avait investi massivement dans l'achat de tapis iraniens. En banlieue de Téhéran, Oriental Rugs avait fait construire un entrepôt où transitaient des chefs-d'œuvre venus des régions éloignées : Kerman, Tabriz, Ardabil. C'était la fierté de Travis McCullough, le fondateur et grand patron, et il y avait placé l'un des protégés de son fils : Ernest Black. Un imbécile de première force, selon Richard – en fait, pour mon père, toutes les personnes embauchées ou recommandées par Frank, le fils de Travis, sont des imbéciles –, un « insignifiant » qui n'avait pas deviné que le shah allait être bientôt renversé, ce que tout le monde avait prévu sauf lui. Résultat : le printemps dernier, quand Khomeiny et ses acolytes se sont empressés d'exproprier l'entrepôt et son contenu, Black est rentré à Montréal par le premier avion, la tête basse, humilié, bon pour la retraite forcée.

Bref, l'Iran est maintenant fermée et verrouillée à double tour. Oriental Rugs & Carpets a perdu ses Gerus, ses Malayer, ses Seraband, les familles d'artisans qui les fabriquaient pour McCullough écoulent maintenant leur production sur le marché national. Les ventes de l'entreprise montréalaise ont chuté, au dernier trimestre, et le pire est encore à venir estiment les spécialistes. Khomeiny et ses hurluberlus sont là pour rester.

— Frank m'a dit qu'il négocie avec le nouveau gouvernement.

— Ton frère n'a jamais été capable de négocier quoi que ce soit, alors tu l'imagines avec Khomeiny et sa bande d'exaltés ?

Et si c'était l'Inde, l'avenir ? Mon père s'engueule régulièrement au téléphone avec le représentant indien, à Delhi, une forte tête qui lui refuse le Cachemire et ses tapis magnifiques, c'est sa chasse gardée, dit-il. Richard affirme le contraire. L'Indien alléguant qu'il y en a un, Cachemire, tout près d'Islamabad, qu'il aille s'y approvisionner. Mon père a essayé, mais la récolte a été décevante. Les artisans, les bons, œuvrent à Srinagar et non pas de ce côté-ci de la ligne de contrôle, selon lui. Et de harceler de nouveau le représentant de New Delhi, sans succès. Bref, Richard transpose à son niveau la guerre avec l'Inde, mais sans qu'il puisse compter sur Frank pour l'appuyer.

Non à l'Iran, non à l'Inde.

Et puis, alors que tout semblait perdu, alors qu'il était sur le point de déclarer forfait, mon père a eu une idée de génie. Profitant des vacances de Frank en Europe, il a appelé le vieux McCullough à sa résidence d'été du lac Desmarais, dans les Laurentides, et lui a proposé l'Afghanistan, lui faisant croire qu'il a noué des contacts depuis Islamabad avec de grandes familles d'artisans pachtounes – ce qui est faux –, qu'il a aussi ses entrées auprès du président Nour Mohammad Taraki et de son responsable de l'économie et du commerce – faux également –, et qu'il sent que le marché afghan pourrait remplacer totalement et profitablement le marché iranien. Ce qui est une affirmation non fondée.

Travis McCullough ne demande qu'à y croire, pourtant. Le message d'espoir vient de l'autre bout du monde, difficilement vérifiable, mais c'est un rayon de lumière dans la grisaille ambiante. Sans attendre l'avis de son fils, il a donné carte blanche à son gendre. Comme il lui faut se rapprocher de la production, Richard a arrêté son choix sur Peshawar.

— C'est un coin perdu ! s'est écriée Joan.

— Faut pas exagérer.

— Des brutes sanguinaires y font la loi, l'armée pakistanaise n'ose même pas s'y aventurer.

— Joan, je t'en prie.

Ma mère a finalement donné son accord après plusieurs jours d'hésitation. Richard l'a convaincue que la fortune nous attend à l'entrée de la passe de Khyber, là où se trouvait à l'époque la frontière occidentale de l'Empire des Indes britanniques. Et en plein milieu de l'année scolaire, on m'a retirée – sans me demander mon avis – de l'International School d'Islamabad. Je perds mes amies, mes repères, ma vie vient de basculer.

* * *

Notre palace miteux, c'est à University Town qu'il se trouve. Une sorte de banlieue cossue – version pakistanaise – où nous nous sommes installés en compagnie de Zahid, le cuisinier que nous avons emmené de la capitale. Sur place, pour lui prêter main-forte, mon père a engagé deux domestiques d'origine afghane, Farooq, discret et efficace, et sa femme Homa, douce et enveloppante, timide en présence de mes parents, mais audacieuse une fois sortie de la maison, haranguant marchands et fournisseurs avec fougue, agressive parfois, comme si son *tchadri* était une carapace derrière laquelle elle se sent invincible.

— Remets ta chaussure, Richard. S'il te plaît.

Joan se tourne vers moi :

— Tes bagages sont faits ?

Demain, nous prendrons la route pour Kaboul tous les trois avec Rahim, l'employé de mon père. Un jeune homme obséquieux, rondelet, que ma mère regarde de haut comme si elle doutait de son hygiène corporelle. Objectif du voyage, selon mon père : sonder le marché afghan du tapis, rencontrer des artisans, et surtout obtenir du gouvernement Taraki la permission d'exercer son métier d'importateur.

Peshawar, à l'aube, où tout le monde semble être réveillé depuis des heures. Peshawar qui ne dort pas ou alors juste d'un œil. D'où s'échappent des odeurs de diesel et de merde. Pour mon père, Peshawar, c'est la rampe de lancement de sa future réussite commerciale. À mon avis, la capitale des embouteillages de rickshaws et de la circulation incessante de camions déglingués. Au volant, Richard tricote dans la circulation comme dans un manège d'autos tamponneuses. Klaxons, insultes, il en fait plus que nécessaire pour prouver qu'il est bien intégré à son nouvel environnement. Nous sommes coincés tous les trois dans la cabine du pick-up, moi collée sur Joan qui ferme les yeux, convaincue que nous allons tous mourir avant d'atteindre les limites de la ville. Mon père n'a pas voulu prendre Farooq comme chauffeur pour une raison que j'ignore et malgré l'insistance de ma mère. Peut-être parce qu'il est d'origine tadjik – avec un passé douteux, selon Richard – et que mon père ne veut pas d'ennuis avec les Khalqis, les communistes afghans qui exercent le pouvoir à Kaboul avec la bénédiction de Moscou, et tous plus ou moins pachtounes. Si nous sommes refoulés à la frontière, que ferons-nous de notre domestique ? Et si les Khalqis décidaient de confisquer le camion ?

Pour mener ses affaires en Afghanistan, Richard préfère Rahim, d'origine pachtoune, celui-là, qui s'est vanté à mon père d'avoir des relations auprès des Khalqis. Il se fait maintenant trimballer dans la caisse du camion, se retenant de peine et de misère après les rebords, ce qui amuse mon père, toujours prêt à se moquer. Si Rahim arrive à Kaboul sain et sauf, pas de doute, Allah est grand !

Ma mère ne peut s'empêcher de sourire.

Farooq garde donc la maison avec Zahid pendant notre absence, ce qui ne rassure pas Joan. Sans le dire à Richard, après avoir confié ses bijoux à Mme Donegan, son amie britannique, elle a demandé au responsable de la sécurité du consulat américain de jeter un coup d'œil sur la propriété de temps à autre.

— Si on se fait voler ou vandaliser, je me plaindrai à Jimmy Carter directement, lui a-t-elle dit le plus sérieusement du monde, sous les regards exaspérés de Richard.

Après Landi Kotal, le poste-frontière de Torkham, où on nous fait poireauter pendant quelques heures, les palabres sans fin de mon père, traduits par Rahim, nous libèrent enfin de la bureaucratie afghane. De retour dans le camion, sans oublier de rouler maintenant à droite, nous laissons les montagnes derrière nous, puis une grande plaine nous fait découvrir Jalalabad, que nous traversons sans nous arrêter. Les montagnes encore une fois, la route se transforme en lacet, des précipices à chaque virage, Richard accélère, les deux mains sur le volant, essayant d'impressionner Joan, exsangue.

Ce voyage, de véritables vacances pour ma mère et moi. Joan déteste Peshawar, même mon père l'a remarqué. Parfois, je suis réveillée en pleine nuit par des éclats de voix, ils se disputent à propos de je ne sais quoi. La monotonie de la vie dans ce coin reculé du Pakistan, l'obsession de Richard pour sa réussite future, encore théorique pour l'instant. Mais ces fâcheries, quand elles se produisent, ne durent jamais longtemps. Mes parents s'adorent et ne sont pas rancuniers l'un envers l'autre. Le matin, tout est effacé quand ils se pointent devant les domestiques, qui s'occupent de nous avec une docilité un peu suspecte – selon Joan, toujours méfiante.

Nous arrivons à Kaboul en début de soirée, en ayant presque oublié Rahim, derrière. Il sourit, il est heureux mais empoussiéré, il a respiré du diesel toute la journée, ce qui explique peut-être son air hilare et ses cheveux hirsutes. Ou alors c'est l'ambiance particulière de la capitale. Buildings modernes et larges avenues où se croisent des Kaboulis vêtus de *chapans*, des femmes habillées à l'occidentale et des fonctionnaires cravatés comme à Islamabad. Des cafés mixtes, où on entend de la musique de partout, les Beatles comme des chanteurs iraniens. Une ville trépidante, colorée, entourée de montagnes et traversée par une rivière sinueuse. Pendant que Rahim part rejoindre sa famille – «Tu aurais au moins pu le reconduire chez lui, Richard!» –, nous descendons au Sherpur International.

Palace, version russe. Moderne, oui, mais un modernisme un peu flétri. Pour la famille Rocheleau, toutefois, après Peshawar, c'est le paradis. Dans le hall, la clientèle s'agite au frais: envoyés de Moscou au teint verdâtre, fonctionnaires de passage en veston usé, diplomates en transit, conseillers économiques et agents du KGB en tournée d'information – ou de désinformation, selon le cas –, la démarche lourde, le regard éteint, mais aussi des Tchèques et des Bulgares, des ingénieurs venus former leurs collègues afghans.

Notre suite nous attend, au dernier étage. Moderne elle aussi, avec une moquette neuve et une télé couleur – qui ne fonctionne qu'en gris et blanc, même le noir est délavé. Une chambre très éclairée, cependant, qui s'ouvre sur un paysage superbe, sous un ciel bleu, rayonnant de lumière.

Mon père, théâtral comme toujours, écarte les tentures et s'adresse à un public imaginaire:

— Me voilà, Afghanistan, pays choisi, pays élu! Je suis ton avenir et ta prospérité!

J'éclate de rire, ma mère m'ordonne de ne pas sauter sur le lit, elle s'empresse de se faire couler un bain.

Les jours suivants, pendant que Joan et moi visitons Kaboul, Richard multiplie les rencontres avec les fonctionnaires. Un soir, pourtant, de retour à l'hôtel, nous le retrouvons morose et de mauvaise humeur. Le décor de la salle à manger n'aide en rien: couleurs psychédéliques, éclairage au néon, le tout patrouillé par un personnel obséquieux mais glacial.

— Tu as le choix, Richard. Ou bien tu nous parles de ce qui te tracasse, et Nadia et moi on compatit avec toi, ou alors tu changes d'attitude.

Il soupire, il a horreur que nous le surprenions dans cet état. Mais il l'a en travers de la gorge, le gouvernement Taraki. Il a été reçu froidement ou pas du tout par des gratte-papier tatillons, malgré l'introduction de Rahim – dont les relations, finalement, ne sont pas aussi privilégiées qu'il le prétend. Richard vient de prendre conscience des difficultés du projet qu'il a fait miroiter à Travis McCullough.

— Des ateliers, il y en a, nous explique-t-il, désabusé. Plusieurs familles d'artisans travaillent, regroupées en coopératives à la manière soviétique, et produisent essentiellement pour l'URSS et les pays frères. Les tapis sont magnifiques, mais ils s'écoulent dans un marché fermé, pour une bouchée de pain. Les revendeurs se terrent à Moscou, des fonctionnaires du gouvernement, des apparatchiks blasés, corrompus, qui n'en ont rien à branler, poursuit mon père. Les Khal Mohammadi, les Afghan Aqche et les Mauri Bokhara qui remontent jusqu'à eux disparaissent dans les salons des amis du régime. Les autres, personne n'a les moyens de les acheter. Donc une industrie qui vivote, des familles de tisserands qui en arrachent et ne peuvent rien faire pour corriger la situation.

— Il ne faut pas te mettre dans cet état, Richard.

Mais mon père est intarissable.

— Quelques tapis prennent le chemin de l'Occident, par Londres, mais la production qui n'est pas destinée à l'URSS est raflée par Solomos, un importateur britannique d'origine grecque dont l'entreprise est aussi propriétaire de plusieurs navires, des vraquiers qui sillonnent la planète. Nick Vassillis est sur place pour veiller aux affaires de l'entreprise. Un type coulant, visqueux, servile, parlant pachto et dari, russe aussi, en qui les Soviétiques et les Khalqis ont une confiance absolue.

Ma mère soupire.

— Ça veut dire que ce voyage est inutile ?

Mon père esquisse un sourire timide. Inutile ? Rien n'est jamais inutile avec moi, tu le sais très bien. Mais l'ambiance n'est plus la même, je m'en rends compte.

De retour à Peshawar, deux jours plus tard, refusant de se laisser abattre, Richard redouble d'ardeur. Ses rares relations avec la capitale, il les entretient par des coups de fil fréquents, sans résultats positifs, toutefois. Ses interlocuteurs se défilent, les Khalqis épient les conversations, sans aucun doute. Résultat : Vassillis continue de régner en maître sur Kaboul et ses fabricants de tapis. Ce rapace est immuable. Aux repas, Richard se met à le décrire dans les termes les plus odieux : il a entendu dire que le Grec trempe aussi dans des affaires pas très nettes, le trafic d'opium notamment. Mais quand Travis McCullough l'appelle pour faire un suivi de ses démarches, Richard minimise le formidable obstacle qui se dresse devant lui. Il fait durer le suspense, il égrène les rares bonnes nouvelles, il ment avec une aisance qui force l'admiration.

Le reste du temps ? Richard discute de longues heures avec Rahim, son employé. Comment convaincre les Khalqis de laisser tomber ce Grec de malheur ? Comment percer le coffre au trésor ? Comment mettre la main sur la poule aux œufs d'or ? Rahim hausse les épaules, il n'en a aucune idée, lui non plus.

— Bref, tu le paies à ne rien faire, rétorque Joan.

Trois semaines plus tard. Nouveau voyage familial en Afghanistan, toujours avec Rahim installé dans la caisse du camion. Rahim gazé au diesel jusqu'à Kaboul. Le soir de notre arrivée, au restaurant Khyber, le meilleur de la capitale selon Richard, un type en costard, chemise ouverte, pendentif au cou, s'approche de notre table. Élégant, visage rayonnant, moustache en prime. Les cheveux noirs, gominés, à la mode afghane, mais portant avec panache des vestons italiens qui font leur effet sur Joan. Un adepte du baisemain, de toute évidence.

Mon père est tout sourire.

— Je vous présente Konstantin Nikonov. Ma femme Joan, ma fille Nadia.

— Enchanté.

Le nouveau venu ne quitte pas Joan des yeux.

— Je suis ravi de faire votre connaissance, lance-t-il en français, d'une voix grave et sensuelle, à la limite du ridicule.

Ma mère éclate de rire, mais elle est séduite.

Je tombe sous le charme, moi aussi.

Un conseiller russe attaché au ministère du Commerce, plus dynamique que les autres spécialistes envoyés par les Soviets pour lancer le pays dans la voie de la modernité, d'après Richard. Nikonov ne peut supporter Vassillis, lui non plus, il a l'impression que Moscou et Kaboul se font flouer par ce Grec de malheur. Son implication dans le trafic de drogue embarrasse Moscou. De la poche intérieure de son veston, le Russe sort un étui métallique contenant des cigarettes américaines. Le comble du raffinement, selon ma mère.

— Comment tu le trouves ? me demande Joan, à voix basse, lorsque Richard et Nikonov s'éloignent pour discuter de leur future collaboration.

— Très beau. Et il sent bon.

— Il ressemble à Omar Sharif dans *Le Docteur Jivago*, ajoute ma mère.

Pour prouver à Richard qu'il est de bonne foi, Nikonov le conduit ainsi que Rahim à une cinquantaine de kilomètres au nord de la capitale, dans une petite ville endormie qui ne s'est réveillée qu'une seule fois : l'an dernier, quand les Khalqis ont voulu ouvrir une école pour les filles. Révolte populaire, rapidement matée par la police. Depuis, c'est le calme plat – mais l'école a été reconvertie en entrepôt, sous l'étroite surveillance de l'armée afghane. À l'intérieur, dans les salles de classe, au lieu des pupitres, des piles de tapis de différents formats où prédomine la couleur rouge, typique de la production nationale. Richard en examine quelques-uns. Il est impressionné par ce qu'il voit. Ces tapis, lui explique Nikonov, doivent revenir à Vassillis, mais les Khalqis sont prêts à les céder à Richard. Une sorte de test, en fait, pour évaluer le sérieux d'Oriental Rugs & Carpets. À la clé : le partage du monopole de Vassillis.

De retour à Peshawar, pour célébrer ce déblocage, Richard s'empresse d'ouvrir la bouteille de Moët & Chandon qu'il s'est procurée au marché noir. Mais ma mère n'est pas aussi enthousiaste. Même si Nikonov semble sérieux, elle trouve que Richard s'emballe trop rapidement.

— Nikonov pourra forcer les coopératives à collaborer avec toi plutôt qu'avec Vassillis ?

— Pourquoi pas ?

Mon père a fait miroiter à Nikonov ses contacts, plus ou moins vrais, dans le port de Karachi.

— Même s'il s'affiche communiste, Nikonov est un homme d'affaires. Comme moi.

— Tu lui as promis combien, à ton docteur Jivago ?

— De quoi tu parles ?

— Il a exigé un bakchich, sûrement.

— Parlons plutôt de commission. Une somme tout à fait raisonnable pour un *deal* vraiment exceptionnel.

— Dont le ministère du Commerce n'est pas au courant. Ni ton Grec, bien entendu.

— Ce que tu peux être casse-pieds.

— Je suis prudente, c'est tout. Pour toi, pour t'aider. Pour éviter qu'encore une fois tu te retrouves dans une situation inextricable.

— Ce n'est pas le cas, je t'assure.

Ma mère réfère à un événement que j'ignore, dont je ne saurai rien. Mon père s'est-il mis les pieds dans les plats à un moment donné ? S'est-il trouvé impliqué dans une opération qui a mal tourné, obligeant Travis McCullough à intervenir en sa faveur ? Est-ce la raison pour laquelle on a confié à Richard le Pakistan, et non pas l'Inde ou la Turquie comme il l'aurait souhaité ?

Chose certaine, mon père se renfrogne. L'attitude de ma mère semble le surprendre et le décevoir. Il s'attendait à ce qu'elle lui saute au cou. S'il réussit effectivement à mettre la main sur les tapis de Nikonov, à les faire quitter l'Asie par Karachi, il réussira peut-être, enfin, à s'imposer sur ce nouveau marché et à devenir ainsi incontournable aux yeux des McCullough, père et fils.

Joan tend la main par-dessus la table pour saisir la sienne. Elle lui dit qu'elle est fière de lui, qu'il a bien manœuvré, même si tout n'est pas encore joué, comme si elle regrettait d'avoir été trop critique devant ses initiatives. Mon père se calme, la paix est revenue. Dans la nuit, je me réveille, je les entends roucouler dans leur chambre. Leur réconciliation, c'est le plus beau des cadeaux.

Les négociations se prolongent tout l'été. Et puis, un soir, le téléphone sonne. C'est Nikonov : les fonctionnaires du gouvernement Taraki sont d'accord, ils vont larguer Vassillis pour cette fournée-ci, les tapis sont à toi, mon ami. Ne reste plus qu'à venir signer l'entente à Kaboul.

— Va te coucher, Nadia. Il est tard.

Je n'ai pas sommeil, mais ma mère insiste. J'embrasse mes parents, je me réfugie dans ma chambre, je ne tarde pas à m'endormir.

À l'aube, des voix, des chuchotements. Mon père éclate de rire, ma mère lui ordonne de se taire, tu vas réveiller la maison – c'est-à-dire moi. J'entrouvre le volet de ma chambre, j'aperçois Rahim près du pick-up Toyota. Richard prend place dans le véhicule, Joan s'approche. Par la vitre baissée, ils s'embrassent, fais attention à toi, Richard, et puis la camionnette démarre et disparaît dans le brouillard du matin.

Lors de ses séjours à Kaboul, Richard a pris l'habitude de nous appeler tous les soirs. Ce qu'il fait encore cette fois, mais le mercredi, rien. Ni le jeudi. Le vendredi, ma mère tente de le joindre – il n'est pas à l'hôtel, mais ses affaires y sont toujours. Elle appelle même le propriétaire d'un *tchaïkhana*, une maison de thé, où Richard a l'habitude de manger un morceau. Le dimanche, il ne rentre pas à Peshawar comme prévu. Ma mère ne tient plus en place, elle s'efforce de garder son calme en ma présence, mais je ne suis pas dupe.

Quelque chose de terrible s'est produit, mais quoi ?

Joan s'entretient longuement avec son père, Travis, à Montréal, et avec son frère, Frank, leur demandant d'intervenir, de faire jouer leurs relations. Lesquelles ? C'est Richard, le « spécialiste » de l'Afghanistan. C'est son réseau, ses contacts, il n'a partagé ces renseignements avec quiconque, surtout pas avec Frank – trop heureux, certainement, de voir que le préféré du paternel est en train de se brûler les ailes.

Bien entendu, impossible de joindre Nikonov.

J'apprends que Richard a été jeté en prison pour un délit dont on me cache la nature.

— Il est où, papa ?

Joan, au téléphone, se retourne vivement.

— Je te rappelle, dit-elle à Travis, avant de raccrocher.

Elle se penche vers moi, me prend dans ses bras. Comme elle le fait pour m'annoncer les grandes nouvelles, les mauvaises, surtout.

— Ton père est victime d'une embrouille.

— Quelle embrouille ?

Ma mère hésite. Lui dire la vérité ou non ? Ce n'est qu'une enfant… Mais elle plonge :

— Il est accusé de meurtre.

— C'est vrai ? Il a tué quelqu'un ?

— Bien sûr que non.

Le lendemain matin, Joan est déjà partie pour Kaboul à son tour quand je me réveille. Avec un des employés des Donegan au volant de leur Land Cruiser, m'apprend Homa. Je mange mon petit-déjeuner comme si de rien n'était. La domestique semble plus inquiète que jamais. Je travaille pour un meurtrier, se dit-elle peut-être. Pourtant, j'imagine mal mon père se jeter sur quelqu'un pour le tuer. Lui qui me hisse dans ses bras jusqu'au plafond. Lui qui joue à la cachette avec moi dans notre manoir poussiéreux. Qui se dissimule derrière les tentures pour me faire rire. Ma mère va tirer cette affaire au clair et le ramener à Peshawar sain et sauf, j'en suis convaincue.

Au milieu de la nuit suivante, des voix me réveillent de nouveau. Je me redresse dans mon lit, je me lève, curieuse, intriguée, et alors que je m'apprête à sortir de la chambre, mon père apparaît. Derrière lui, en retrait, Joan et Homa. Richard ouvre les bras, je m'y abandonne. Il sent la sueur, sa barbe est piquante, ses vêtements sont froissés. Il me serre contre lui, très fort, sans rien dire, sans lâcher prise non plus, et quand il s'écarte, finalement, il parle :

— Je suis revenu, Nadia.

Comme si je pouvais en douter. Comme si ce n'était pas lui qui se tenait devant moi.

— Avec tes chaussures de James Bond ?

Il sourit.

— Oui.

Mais sans Rahim.

L'employé de mon père a été trouvé dégoulinant de sang, embroché sur le dossier de la banquette du pick-up Toyota, une longue tige de métal le transperçant de part en part, façon souvlaki.

2

Saint-Pétersbourg, novembre 2006. Nous descendons de l'avion, mon père et moi, récupérons nos bagages et traversons le contrôle douanier, avant d'être envahis par les fans d'Atomic Behavior qui font le pied de grue à l'aéroport depuis la veille dans l'espoir d'apercevoir le « mythique » Jerry DeSoto... J'ignorais que le chanteur et ses musiciens étaient de passage en Russie. Et même qu'ils étaient encore actifs sur la scène musicale. Je les croyais disparus au paradis des vieux groupes *metal* et *hard rock* des années 1980. Je me trompais.

— Jerry ! Jerry ! Jerry ! scande la petite foule.

Je jette un regard autour de moi afin d'apercevoir la star.

Fausse alerte, le vol des membres d'Atomic Behavior a été retardé. Les groupies font la moue, j'entraîne mon père vers la sortie de l'aérogare en direction d'un type à casquette envoyé par l'International Carpet & Rug Association. Petite pancarte à la main avec le nom de Richard mal orthographié, il s'empare de nos valises. Nous le suivons jusqu'à une Lexus garée dans l'espace VIP du parking, après avoir ignoré taxis officiels et clandestins. Et un autocar déversant des admiratrices vêtues de t-shirts à l'effigie de Jerry DeSoto : ATOMIC BEHAVIOR RUSSIAN TOUR 2006.

Sous le ciel couvert, nous remontons ensuite la perspective Ligovski en direction de l'hôtel Volkova. De Saint-Pétersbourg, que j'avais brièvement visitée avec Samuel en 2003, j'ai gardé l'image d'une ville froide et malpropre, d'une saleté que la splendeur des monuments et des édifices n'arrivait pas à camoufler. De toute façon, ces monuments et ces édifices, nous ne les avions vus que de loin et furtivement dans l'autocar qui nous avait transportés, Samuel et moi, du vieil aéroport – un immeuble des années 1930, austère et caverneux – jusqu'au centre-ville par le même trajet que nous empruntons maintenant.

L'équipe de hockey de Samuel logeait en banlieue, près du centre sportif, et j'étais installée avec d'autres parents dans un hôtel déprimant, le long d'un canal où se rassemblaient à la nuit tombée ivrognes et désœuvrés. Je dormais la fenêtre fermée, verrouillée, la chaise coincée contre la poignée de la porte, comme si des rebelles tchétchènes pouvaient venir rançonner les clients ou les prendre en otage. Le matin, il fallait suivre un corridor sinueux jusqu'à une salle à manger privée de fenêtres, gardée par un Igor en tenue de gymnastique, aux muscles protubérants et dopé aux stéroïdes, probablement. L'entraîneur de l'équipe canadienne avait accepté la présence des parents pendant ce voyage, mais s'inquiétait visiblement des répercussions sur ses protégés. Les joueurs, il les voulait concentrés, « focussés », comme il disait, avec un seul objectif : gagner le tournoi international des Jeunes Étoiles. Bref, les autres parents et moi étions parqués loin, impossible d'approcher nos enfants et de les « contaminer » par nos encouragements et notre enthousiasme.

Ma seule envie : fuir à tout prix, et dès le tournoi terminé. Je n'avais – et n'ai toujours – aucun intérêt pour le hockey et j'étais reconnaissante à mon père d'avoir joué au coach à ma place depuis le début, depuis que Samuel avait chaussé les patins pour la première fois sur la surface glacée du lac Brompton. Richard venait de rentrer du Pakistan et ma mère et lui avaient loué un chalet – une maison de campagne, plutôt – dans les Cantons-de-l'Est, où je les rejoignais le week-end avec Samuel. J'ignore ce qui me surprenait le plus : le voir découvrir les joies du patinage ou le ravissement de Richard, qui ne savait pas patiner lui-même et semblait émerveillé par l'adresse naturelle de son petit-fils.

L'année suivante, Richard l'a inscrit dans une ligue pour enfants, l'accompagnant tous les samedis à l'aréna, l'encourageant au milieu des parents dans les estrades, discutant avec eux des performances de leur progéniture. Le plus vieux du groupe, un papy qui donnait l'impression de vouloir retrouver sa jeunesse. Aux pères qui l'interrogeaient, Richard, railleur, répondait invariablement la même chose : j'ai eu le malheur d'avoir mis au monde une fille, je rattrape le temps perdu avec mon petit-fils. Une blague à mes dépens, mais j'en avais l'habitude.

J'ai assisté à quelques parties avec mon père. L'observer s'enthousiasmer pour Samuel me rappelait son attitude chaleureuse pendant mon enfance, à Peshawar. Avant que notre vie dérape, là-bas, dans ce Pakistan où il avait juré de faire fortune. En le regardant s'époumoner et enguirlander l'arbitre mieux que j'aurais pu le faire, je me suis dit qu'il avait raison, que sa blague reposait sur un fond de vérité : il avait toujours rêvé d'avoir un garçon. Il rattrapait le temps avec Samuel.

* * *

Vestige de l'époque soviétique, l'hôtel Volkova donne sur un carrefour animé, la place Alexandre-Nevsky, au-delà de laquelle se trouve le cimetière Tikhvine. Dostoïevski et d'autres poids lourds de la littérature russe y sont inhumés.

J'installe Richard avec les bagages dans le grand hall ; il s'enfonce dans un fauteuil immense dans lequel il semble complètement perdu, ce qui me fait sourire. Tout est massif et surchargé dans cet hôtel, les meubles, le décor, les tapis et les tentures. Le luxe, version russe. Même les prostituées qui sirotent un cocktail sans alcool au comptoir du bar-restaurant me semblent trop maquillées, trop exubérantes, trop clinquantes, en fait.

L'endroit grouille de représentants de sociétés d'import-export, grossistes et détaillants, plusieurs Britanniques, des Allemands, quelques Américains. Des Indiens défilent en groupe et en famille, des Iraniens sont présents aussi, malgré l'interdiction d'entretenir des relations avec eux – ce que les plus audacieux feront quand même derrière des portes closes.

De la réception où j'attends mon tour, je jette de temps à autre des regards vers Richard. Il détaille chaque participant au marché comme s'il pouvait reconnaître quelqu'un. Il adorerait sûrement qu'on se précipite sur lui pour lui demander comment il va, ce qu'il devient, *long time no see*, c'était le bon vieux temps, Richard, tu t'en souviens… Mais la plupart des participants au marché sont plus jeunes que lui, donc on l'ignore. Son expression en est une de curiosité, comme si dévisager les clients de l'hôtel, s'attarder à leur allure, à leur démarche lui rappelait l'époque où il était l'un d'entre eux, arpentant avec la même énergie halls d'hôtels et salles d'exposition.

— Nadia et Richard Rocheleau ? me lance le responsable des réservations, derrière le comptoir.

— Je suis sa fille, deux chambres communicantes.

— La suite impériale a été préparée à votre intention, lance-t-il, tout mielleux, avant de me tendre les cartes magnétiques, mais aussi un énorme bouquet de fleurs, le premier d'une série qu'on nous remettra bientôt, les Russes sont obsédés par ce genre de cadeau.

Les bras chargés, je rejoins Richard et, après nous être faufilés au milieu d'un groupe d'adolescents hongrois, nous pénétrons avec le groom et son chariot dans une cabine d'ascenseur aux murs plaqués or, qui s'ouvre ensuite au quatrième étage dans un corridor large comme une rue. Nous suivons le porteur de bagages jusqu'à cette suite impériale, deux chambres contiguës qui peuvent aussi devenir une seule et même pièce, nous explique-t-il avec fierté, comme s'il était responsable de la disposition des lieux.

Richard tient à remettre le pourboire lui-même, pendant que je place les fleurs dans un contenant déjà prévu sur la table basse du salon. Discrètement, je m'approche du minibar et en retire la clé, que je glisse dans mon sac. Mon père n'a pas bu depuis douze heures au moins, je doute qu'il puisse résister encore longtemps. Vaut mieux ne pas prendre de risque.

— Tu es fatigué, papa ? Tu veux dormir un peu ?

Il me regarde, il me sourit, il est radieux.

— Te voir ici, avec moi. Je suis tellement heureux.

— Tu veux que je prépare ton lit ?

— Comme Joan ?

Tout lui rappelle ma mère, et c'est encore pire depuis quelque temps. Un mot, une phrase, un souvenir, peu importe lequel, lui donnent une excuse pour intégrer Joan à la conversation, comme on tire une chaise pour inviter un visiteur à s'asseoir. Joan qu'il recrée à sa manière, candidement, comme si le pouvoir des mots pouvait la ramener à la vie.

Alors, pendant qu'il m'observe, je défais le lit, lui tournant le dos mais devinant sa présence derrière moi. Je replie l'édredon en deux, pour en donner plus à gauche – où Joan dormait, frileuse, toujours –, mais en dégageant davantage la tête, parce que mon père avait toujours chaud. Je prépare le lit comme si ma mère allait sortir de la salle de bain en embaumant la pièce de ses crèmes dont elle se couvrait abondamment, surtout depuis notre séjour au Pakistan où, disait-elle, sa peau avait été abîmée « irrémédiablement » par la poussière et la saleté.

Quand je me retourne enfin, fière de mon travail, mon père pleure. Il a sorti un mouchoir et s'éponge les yeux avec énergie, comme s'il croyait pouvoir ainsi enrayer le flot des larmes. Il n'y arrive pas, il se bat contre des souvenirs plus forts que sa volonté. Je ne pourrai pas résister très longtemps moi non plus. Je m'approche et, après une courte hésitation, je prends mon père dans mes bras, et nous pleurons ensemble comme deux âmes en peine, complices de la même douleur, de la même horreur, de la même tragédie.

Des coups à la porte. Je vais ouvrir : Harald Christiansen, l'organisateur du marché, avec deux porte-documents à la main. Un Danois élancé, les cheveux blonds, autrefois, maintenant blancs mais toujours aussi bouclés.

Derrière moi, la voix de mon père :

— Content de te revoir, Harald.

Richard a fait disparaître le mouchoir et serre maintenant Christiansen dans ses bras, plus aucune trace de tristesse apparente, mon père est redevenu le vendeur exceptionnel qu'il a toujours été, n'ayant aucune difficulté à ajuster ses émotions en fonction de ses interlocuteurs. Une performance qui me fascinait quand j'étais enfant et qui m'épate toujours. Le vieux lion n'a rien perdu de sa finesse et de son agilité.

— Je te présente ma fille, Nadia.

Je lui ai parlé brièvement au téléphone depuis Montréal. Une main ferme qu'il glisse dans la mienne, puis Christiansen souhaite la bienvenue à mon père, lui remet son porte-documents qui contient tout ce dont il a besoin pour profiter au maximum de ce trente-huitième marché.

— La cérémonie a lieu en ouverture, à la salle Pouchkine. Il y aura des discours. Je dirai quelques mots. Ensuite…

— Je ne veux pas parler longtemps…

Harald et moi éclatons de rire. Le vieux gag de mon père, quand il voulait se faire inviter à s'adresser à des convives, acheteurs potentiels ou autres. Une fois au micro, Richard était intarissable.

Harald aimerait dîner avec nous ce soir, et avec son épouse Macha, mais mon père refuse, ce qui me surprend. Le voyage a été long, il aimerait se reposer, on fera monter quelque chose à la chambre. N'est-ce pas, Nadia ? C'est son heure de gloire, c'est lui qui décide, je m'incline.

Christiansen comprend. Il nous souhaite la bienvenue de nouveau, si on a besoin de quoi que ce soit, surtout ne pas hésiter à le déranger.

Dès que mon père s'est endormi, après avoir fermé les tentures – aussi lourdes dans la suite que dans le hall d'entrée –, je gagne ma chambre et défais mes bagages. Je n'ai pas sommeil. J'appelle Terry Owen, à Montréal, qui me répond au volant de son camion de livraison, pour lui dire que le voyage s'est bien passé, que mon père se comporte admirablement.

Lutteur sur le retour – il a soixante-huit ans, il mesure au moins deux mètres –, Terry me donne l'impression qu'il a frayé, ou fraye encore, dans des milieux peu recommandables. Ce n'est pas son vrai nom, d'ailleurs, et il parle avec un accent dont je ne peux déterminer l'origine. Terry a fait de la lutte professionnelle à une lointaine époque. Dans les archives de la Canadian Wrestling Association, sur le Web, on le voit arborant fièrement des accoutrements excentriques, histoire de se rendre menaçant.

Mais le plus important : il adore mon père, avec qui il partage son trois-pièces, rue Nicolet. À l'insu de Richard, je lui envoie de l'argent pour payer une partie du loyer, même si Terry ne m'a rien demandé.

Après la mort de maman, l'alcoolisme de Richard s'est aggravé. Est devenu plus visible, plus embarrassant. Incapable de rentrer au bureau à jeun, il a dû quitter la direction d'Oriental Rugs & Carpets. Frank lui a offert un poste honorifique, mais c'était encore trop. Richard faisait honte à l'entreprise, sa présence indisposait, on l'a poussé vers la sortie avec une somme compensatoire qu'il s'est empressé de dilapider.

Une cure de désintox, ensuite. La volonté de se remettre d'aplomb. Les promesses, les résolutions. Les confessions, les bras en croix. J'y ai cru, lui aussi. Il a déniché – j'ignore comment – un poste de vendeur chez Tapis Hochelaga, où il a fait plus tard la connaissance de Terry. Est devenu spécialiste de l'*ozite* industriel et de la carpette bon marché, lui qui avait fait la fortune de la famille McCullough en leur fournissant les plus beaux tapis de l'Asie centrale.

Je suis allée le voir à quelques reprises, des visites impromptues qui me bouleversaient toujours. J'avais un pincement au cœur en le voyant s'efforcer de convaincre un jeune couple d'acheter un produit synthétique quelconque, alors qu'il avait passé sa vie sur les routes de l'Afghanistan à négocier ferme avec des chefs d'atelier pachtounes ou des seigneurs de la guerre armés jusqu'aux dents. À Kandahar, pendant l'occupation soviétique, il était reçu comme un personnage de marque chez les chefs rebelles, on lui offrait même une escorte sur le chemin du retour, jusqu'à la passe de Khyber. Les gardes-frontières pakistanais prenaient la relève et lui donnaient un traitement de faveur, dont sa famille profitait également, moi la première. J'avais huit, dix, douze ans, j'étais une princesse entourée d'une cour innombrable de serviteurs dociles. Cette sensation de pouvoir, je la devais à Richard, sans mesurer à quel point sa situation était exceptionnelle. Pour moi, à l'époque, les courbettes, les révérences et les yeux baissés allaient de soi.

Que lui rappelle cette période de sa vie ? Richard regrette-t-il sa gloire passée ? Mon père n'en parle jamais, même ivre. Et je suis certaine que Terry n'est pas au courant de sa vie antérieure. Que se disent-ils, ces deux-là, d'ailleurs ? Richard apprécie le silence de son ami, son absence de curiosité, sa volonté de ne pas chercher à savoir.

C'est ce qui les a réunis. Je n'imagine pas mon père apprécier la compagnie des autres vendeurs de Tapis Hochelaga. De jeunes gars sapés comme des cartes de mode, à l'affût du moindre client, se torpillant les uns les autres avec de grands sourires convaincants et trompeurs. Des forçats de la vente sous pression qui prenaient mon père de haut, se demandant pourquoi ce vieux croûton venait gâcher la photo de famille. Parmi eux, Richard devait sembler perdu, déconnecté de la vie, enfermé dans la coquille qu'il s'était fabriquée après la mort de Joan. De temps à autre, une réflexion, un commentaire, une phrase suspendue qui laissaient deviner, derrière ces quelques mots, un monde d'intrigues et de machinations. Un monde disparu, envolé comme par magie, et dont l'histoire tragique n'intéressait plus personne.

La réadaptation de Richard n'a pas duré, Terry l'a surpris complètement bourré, un matin, à l'ouverture du magasin, étendu sur un tapis de Perse synthétique ; il avait passé la nuit sur place et vomi sur le motif bigarré des arabesques. Avant l'arrivée des autres employés, Terry l'a couché dans son camion de livraison et l'a transporté jusque chez lui pour qu'il dessoûle. Richard n'en est jamais reparti.

Deuxième téléphone, qui restera sans réponse, celui-là, comme toutes les fois précédentes. À Samuel, ou plutôt à Faïz al-Kanadi, comme il a décidé de se nommer dorénavant. Le nom de guerre que tous ces boy-scouts de la terreur sentent le besoin de s'affubler, pour se donner du courage peut-être. Lui dire que je suis arrivée à Saint-Pétersbourg avec son grand-père. Lui donner mon numéro à l'hôtel, même si je sais qu'il ne me rappellera pas. Lui répéter que je l'aime malgré tout, que je l'aimerai toujours, quoi qu'il fasse.

Et quoi qu'il ait fait.

Richard ignore que je tente de rester en contact avec mon fils, une relation à sens unique jusqu'à maintenant. Il n'accepterait pas d'être tenu à l'écart de nos conversations, qui n'ont pas lieu de toute façon.

Au début, j'attendais impatiemment son coup de fil, mais plus maintenant. On s'est vus une fois sur Skype, une fois de trop – j'en ai eu pour des semaines à m'en remettre. J'ai conservé le numéro de portable qu'il m'a remis à cette occasion. De temps en temps, je l'appelle, comme maintenant. Une boîte vocale, toujours. Je parle jusqu'à ce que je n'aie plus rien à dire. Je me vide le cœur, je lui fais part de ma colère, de ma rage, parfois, ou alors, à d'autres moments, je le supplie de mettre fin à cette folie, de revenir ou, à tout le moins, de me donner signe de vie. Peine perdue, mes appels, qu'ils soient agressifs ou doucereux, exaspérés ou apaisants, donnent toujours le même résultat : un long silence, comme si ma voix tombait dans un grand trou noir. Ou bien Samuel est mort – mais on m'aurait avertie, c'est l'usage –, ou alors il se tait pour me rendre plus malheureuse. Ou encore il a peur que je lui porte malheur pour son djihad. Nous partons à la conquête du monde pour la gloire d'Allah, Faïz al-Kanadi, mais s'il te plaît laisse ta maman à la maison. Je ne peux m'empêcher de sourire, même aujourd'hui je suis incapable d'imaginer ce garçon en train de trancher des têtes et d'égorger des infidèles – et pourtant, je l'ai *vu* faire. Ce bambin qui avait peur du noir, qui venait se réfugier dans mon lit et se blottir dans mes bras quand il entendait le tonnerre.

Samuel.

Mon enfant adoré.

3

Dans la cabine de pilotage, alors qu'il modifiait la trajectoire de l'appareil, Mohammed Atta a tenté de rassurer les passagers en proie à la panique. L'un d'entre eux venait d'être tué, des membres de l'équipage aussi, y compris les deux pilotes, et une hôtesse de l'air s'était réfugiée à l'arrière pour alerter le centre des opérations d'American Airlines. Tout à coup, la voix d'Atta s'est fait entendre au haut-parleur, il a demandé aux passagers de garder leur calme, il ne leur arriverait rien s'ils se tenaient tranquilles. Son objectif: faire croire à un détournement d'avion. Par erreur, Atta avait appuyé sur un autre bouton, le mettant en contact avec la tour de contrôle. Son message aux passagers a donc été enregistré et réécouté, puis analysé par le FBI.

Mohammed Atta parlait un excellent anglais, mais avec un accent arabe. Un type éduqué, issu d'une famille égyptienne aisée, diplômé d'une université allemande en aménagement urbain. Sa thèse de doctorat portait sur l'entretien et la sauvegarde des monuments historiques d'Alep, en Syrie.

Ses complices: des fils de bonne famille, eux aussi, des gens qui avaient travaillé fort pour faire instruire leurs enfants. Wail al-Shehri, par exemple, était professeur, tout comme son frère Waleed ; Satam al-Suqami, étudiant en droit. Tous fanatisés, tous adeptes du wahhabisme, l'islam dur et intransigeant de l'Arabie saoudite.

Le 11 septembre 2001, ces psychopathes avaient provoqué la plus grande attaque terroriste de l'histoire des États-Unis et tué des milliers de personnes.

Y compris ma mère.

Quelques jours après la tragédie, nous sommes allés à New York, Richard et moi, pour récupérer les affaires de Joan au Waldorf-Astoria. À chacun de ses passages, elle réservait toujours la même chambre, si possible, sa préférée, qui donnait sur l'église Saint-Barthélemy – ce que le gérant de l'hôtel nous a expliqué. Elle aurait pu loger chez Nancy Whitehall, elle l'avait fait déjà, mais jugeait qu'elle dérangeait trop son amie, même si celle-ci l'avait assurée que non. Au Waldorf, Joan avait rapidement pris ses habitudes, on la reconnaissait, elle s'y plaisait, l'atmosphère européenne de l'hôtel, son côté Art déco répondaient à son goût pour le luxe un peu suranné.

Je n'y étais jamais entrée avant ce jour-là, mon père non plus. Il a demandé à voir le gérant, lui a expliqué ce dont il s'agissait. Le type nous a offert ses condoléances et guidés, Richard et moi – Nancy avait préféré attendre au café, au rez-de-chaussée – jusqu'au huitième étage. Au bout d'un corridor, le gérant a déverrouillé la porte de la chambre et nous a invités à y entrer d'une voix douce et chaleureuse comme si on était de nouveaux clients.

Les effets personnels de ma mère s'y trouvaient encore – mon père avait demandé de ne rien déplacer. J'ai reconnu aussitôt son nécessaire de voyage, un *carry on* en cuir véritable. Dans la penderie, quelques robes, des chemisiers. Ses chaussures à talons hauts, des baskets également. Sur le canapé, des sacs provenant de grands magasins de Madison ou de la Cinquième Avenue. Même si la pièce était tout à fait anonyme, j'y ai retrouvé ma mère, ou plutôt des traces de ma mère, ses choix vestimentaires, sa façon de ranger ses effets personnels. Dans un tiroir de la table de chevet, une pile de magazines. Dans la salle de bain, sa trousse de toilette, débordante, en désordre. J'ai reconnu l'odeur de son parfum, remarqué son ensemble de maquillage, ses produits préférés dont elle ne se séparait jamais, disposés n'importe comment sur le rebord du lavabo, comme si, ce matin-là, ayant paressé au lit, par exemple, ou ayant siroté un café de trop, elle s'était mise en retard pour aller mourir.

L'émotion m'a envahie, j'ai fermé les yeux, résistant tant bien que mal à l'insupportable tristesse qui m'assaillait.

Quand je suis sortie de la pièce, mon père regardait par la fenêtre, l'air songeur. Le gérant nous observait, mal à l'aise, il n'osait plus partir, il n'osait pas bouger.

— Vous pouvez nous laisser seuls quelques instants ? je lui ai demandé.

— *Of course. I'm sorry.*

Il a refermé la porte derrière lui. Richard s'est tourné vers moi et il a prononcé alors une phrase étrange :

— Attendons-la, elle va rentrer.

Il avait perdu la tête, j'en étais convaincue.

Nous nous sommes donc assis sur le lit, tous les deux, complices de nos faux espoirs.

— Tu te souviens de nos voyages à Kaboul ?

— Oui.

— Nous étions si heureux, tous les trois.

J'ai trouvé curieux que Kaboul lui revienne en mémoire à ce moment précis. Il avait raison, c'était une période formidable. Nos séjours étaient réglés au quart de tour. Pendant que Richard parcourait les officines gouvernementales et qu'il tentait de séduire gratte-papier et autres champions du tampon encreur, maman et moi visitions les attractions touristiques : Paghman Gardens, Baghi Balah, Chicken Street – avec une pointe au marché d'Istalif où Joan aimait acheter des rames de tissu. Devant les étalages, elle me demandait conseil, nous étions deux adultes, ce n'était plus ma mère, mais ma grande sœur. Nous allions voir des films indiens au cinéma Ariana, place Pashtunistan. Ou alors nous empiffrer de glaces italiennes au restaurant Khom-i-Zargar. Parfois, nous éclations de rire, elle et moi, sans savoir pourquoi, comme deux gamines dans une cour d'école, complices jusqu'au bout des ongles. Nous étions heureuses ensemble, jamais nous ne serions séparées, croyions-nous, la vie avait été faite pour nous, à notre image, lisse et sans aspérités, une vie parfaite que nous vivions à fond comme si elle nous était due depuis toujours, comme si elle pouvait s'interrompre à tout moment.

— Elle va revenir, j'en suis certain. Elle va nous engueuler parce qu'on s'est inquiétés pour rien.

Mon père a souri, les yeux pleins d'eau.

Plus tard, nous sommes descendus à Ground Zero, Richard et moi. De la fumée s'échappait encore à l'endroit où s'élevaient les tours jumelles, semblable aux fumerolles d'un volcan, fumée qui résisterait encore des semaines au travail des secouristes, jetant sur Manhattan un nuage grisâtre balayé par le vent, que même la pluie ne parvenait pas à éliminer tout à fait.

Au moment de notre arrivée, alors que nous survolions New York, cette colonne de fumée s'agitait au-dessus de l'île comme une farandole funeste. J'ignore ce qui m'avait étonnée le plus : l'absence du World Trade Center, ce repère visuel, ou cette colonne grise qui découpait le ciel couleur bleu grec, pur et magnifique.

Mon père, qui n'avait pas cessé de boire depuis le décollage, à Saint-Hubert, quelques minutes plus tôt, gardait les yeux rivés sur le hublot. Il n'avait pas dit trois mots du voyage, perdu dans ses pensées. Je n'avais pas insisté. De toute façon, nous étions seuls à bord, à part Robert et Sylvain, pilote et copilote, qui avaient la décence de ne pas nous déranger et, surtout, de nous éviter leurs commentaires habituels sur la météo et le trafic aérien. Frank n'avait pas voulu se joindre à nous, même si Richard l'avait invité, du bout des lèvres. Sa tristesse, il ne voulait la partager qu'avec moi. Frank ne ferait même pas le voyage à New York, ce que j'ai trouvé indécent à l'époque. Mais il avait probablement raison. Pour y trouver quoi, en fait ?

L'aéroport de Teterboro, qui venait de rouvrir, était envahi d'appareils privés, petits, mais d'autres aussi, plus puissants, la plupart nolisés par des médias. Mon père avait dû utiliser toute la séduction dont il était capable pour avoir le droit d'y poser son Gulfstream.

Il a descendu les marches de l'escalier que Sylvain avait dépliées. Sur le tarmac, son pas était résolu, déterminé. Malgré l'alcool qu'il avait ingurgité, il apparaissait fort et fiable, un roc, mais il s'est effondré dans les bras de Nancy quand elle s'est précipitée sur lui dans le petit hall de l'aérogare. Une dame élégante, qui ne faisait pas son âge – elle avait soixante-dix ans, au minimum, en paraissait vingt de moins. Ce matin-là, en revanche, tous ses efforts cosmétiques étaient anéantis par la douleur d'avoir perdu, nous a-t-elle dit, sa meilleure amie. Je pleurais aussi, je les entourais de mes bras, tous les deux, incapable de dissimuler la tristesse que j'avais réussi à contenir dans l'avion.

Une fois les formalités douanières expédiées, nous avons foncé tous les trois vers la Chrysler de Nancy, garée à l'autre bout du parking. Notre hâte était incompréhensible : pourquoi nous dépêcher, nous arrivions trop tard. Ici également, frénésie, stupeur, incrédulité. Des gens qui ne se connaissaient pas se saluaient, les yeux rougis, eux aussi ; ce drame n'était pas que le nôtre, mais celui d'un pays au complet. De l'Occident tout entier.

Mon père s'est assis à l'arrière, moi à l'avant. Et ce fut l'autoroute, bientôt, la circulation était dense, Nancy se faufilait entre les voitures comme la conductrice new-yorkaise qu'elle était devenue. Joan avait fait sa connaissance au conseil d'administration du Musée des Beaux-Arts, au moment de l'organisation, dans la section des arts décoratifs, de l'exposition *Tapis afghans, nouvelles tendances*, commanditée par Oriental Rugs & Carpets. Richard avait confié à ma mère le mandat de veiller à ce que l'entreprise soit bien visible dans la publicité et les relations avec les médias, ce qui l'avait emballée. Joan et Nancy s'étaient bien entendues, l'exposition avait obtenu un grand succès, une amitié était née. Joan profitait du fait que Nancy travaillait désormais à New York pour venir y faire des courses, y passer quelques jours parfois.

— Elle devait rentrer aujourd'hui, mais elle avait devancé son vol à la dernière minute, a lancé Nancy alors que nous nous engagions enfin dans le Lincoln Tunnel à la suite d'une longue filée de voitures.

Des chauffeurs patients, respectueux, comme si la tragédie avait une répercussion sur leur comportement routier.

Mardi matin, Joan avait rendez-vous pour le petit-déjeuner à Windows on the World, au dernier étage de la tour Nord, nous a expliqué Nancy. Sur le point de quitter le restaurant, Joan avait appelé Nancy pour lui dire qu'elle devait repasser au Waldorf récupérer ses affaires – son vol pour Montréal était prévu en fin d'après-midi. Elle serait disponible pour le lunch, si Nancy était libre elle aussi.

Quelques minutes après cet appel, le premier avion s'écrasait sur la tour sous le quatre-vingt-dix-neuvième étage, isolant le restaurant et les étages au-dessus, piégeant clients et employés. Pendant que les occupants des niveaux inférieurs fuyaient le gratte-ciel par les escaliers de secours, un second appareil fonçait sur la tour Sud. Toute la journée du 11 septembre, Nancy avait espéré que son amie ait pu s'en tirer, sortir des Twin Towers avant qu'elles s'effondrent, mais elle avait dû se rendre à l'évidence : c'était impossible.

J'étais en route vers l'Académie Saint-Kevin, après avoir conduit Samuel à l'école, lorsque j'avais appris la tragédie. Un attroupement d'étudiants et d'employés dans le bureau du responsable de la sécurité, une télé allumée, la tour Nord en train de flamber. J'avais d'abord cru à un accident causé par une erreur de pilotage. Je ne m'étais même pas arrêtée pour en savoir plus, j'étais en retard, j'avais filé vers le local où je donnais mon cours. Là aussi, un attroupement, la stupeur, les mines défaites. Quand l'autre avion avait percuté la tour Sud, j'avais compris qu'il s'agissait d'un acte coordonné, terroriste, évidemment.

J'ignorais à ce moment que ma mère était de passage à New York. Mon père m'avait jointe sur mon portable en fin d'avant-midi pour m'annoncer que Nancy Whitehall l'avait appelé à son bureau de la Place-Ville-Marie pour lui apprendre que, probablement, Joan se trouvait parmi les victimes.

De collective qu'elle était, la tragédie était devenue privée, soudain.

En route vers le Family Information Centre mis en place par la Ville de New York à l'intention des familles des victimes, nous nous efforcions encore de croire que Joan avait réussi à quitter la tour avant que le premier avion s'y écrase. La mort des occupants des étages supérieurs s'était produite après une longue attente, ils avaient cru qu'on pourrait les sortir de là, de nombreuses personnes avaient communiqué avec le 9-1-1, les services d'urgence et leur famille, mais pas Joan. Ce qui nous donnait espoir qu'elle avait pu avoir le temps de s'en tirer. Une illusion, encore une fois. Joan s'apprêtait à prendre dans l'ascenseur quand elle avait appelé Nancy, elle s'y trouvait quand l'avion s'était écrasé sur la tour. Sa mort avait été instantanée.

Malgré la frénésie et l'énervement des proches des victimes, le Family Information Centre, dans Lexington Avenue, fonctionnait rondement, sans panique, sans excitation. Un climat de recueillement, de fatalisme aussi, qui donnait à l'endroit une atmosphère lugubre. La plupart des gens avaient apporté des photos, ce que mon père et moi n'avions pas prévu. Richard a donné le nom de ma mère à une préposée qui a tapé l'information à son ordi. Elle nous a souhaité bon courage, puis nous a demandé si nous avions besoin d'aide, spirituelle notamment. Des équipes de prêtres, pasteurs, imams, rabbins et autres religieux offraient leurs services aux parents et amis, des psychologues se relayaient auprès de ces pauvres gens, complètement déboussolés par ce qui venait de se passer.

Mon père a décliné la proposition, nous sommes sortis dans la rue avec l'intention de marcher jusqu'à Ground Zero, mais un policier nous a déconseillé de nous y rendre. L'endroit était bouclé, de toute façon

– impossible de descendre plus bas que la 14e Rue –, hors d'accès des médias, des curieux, des parents aussi, même si des centaines de bénévoles étaient accourus pour prêter main-forte aux pompiers et aux policiers. Des ouvriers de la construction avaient déserté les chantiers voisins pour participer aux recherches. Des policiers des villes environnantes s'étaient empressés de venir aider leurs collègues.

Nancy nous attendait près de sa voiture, qu'elle avait réussi à garer plus au nord. Elle nous a offert d'aller chez elle, de nous y installer si nous le voulions, le temps qu'il faudrait.

Mais mon père a dit :

— Je veux aller au Waldorf. Je veux voir sa chambre.

Richard tenait à payer la note de Joan, ce que le gérant a refusé, malgré l'insistance de mon père. Nous avons pris un repas avec Nancy au restaurant de l'hôtel, mais j'ignore ce que j'ai mangé. Je n'ai pas touché à mon assiette, je pense. Richard non plus. Il jetait des regards autour de lui, encore une fois, comme s'il s'attendait à voir apparaître Joan, les bras chargés de nouveaux achats. Nancy a tenté, un peu, de faire la conversation, mais y a renoncé après un moment. Nous sommes restés tous les trois enfermés dans le silence, ensuite, confortables dans notre tristesse, incapables de penser à autre chose.

Je venais de perdre ma mère et pourtant j'avais beaucoup de difficulté à me faire à cette idée, tellement sa mort, soudaine, me semblait perdue au milieu de toutes ces morts, aussi surprenantes et révoltantes que la sienne. Au décès d'un être cher, la vie s'arrête, on s'isole, on se referme sur soi. Il suffit de lever la tête pour trouver étranges ces gens autour de nous qui se soucient de choses bénignes et insignifiantes. La mort est une épreuve personnelle que cette tragédie rendait publique, une expérience partagée alors qu'elle aurait dû se vivre de façon intime. La mine abattue des clients du restaurant me donnait l'impression qu'ils pleuraient aussi pour ma mère, qu'ils avaient imposé leur douleur à la mienne, à la nôtre, en fait. Comme Richard, je n'avais qu'une envie : rentrer chez moi retrouver Samuel, le serrer très fort dans mes bras, puis me cacher sous les couvertures de mon lit, ou me terrer dans un grand placard, m'enfermer et pleurer pleurer pleurer jusqu'à ce que la douleur disparaisse.

De retour à Montréal, mon père et moi avons suivi l'actualité avec une obsession maladive. Rapidement, les responsables de l'attentat ont été identifiés. Pour la première fois, les mots « djihad » et « al-Qaïda », les noms Oussama ben Laden, Ayman al-Zawahiri et, bientôt, Khalid Cheikh Mohammed, déjà connus des services secrets et des passionnés de politique étrangère – et familiers de mon père et moi –, sont devenus courants pour le grand public.

Le président Bush parlait de guerre contre la terreur, réclamant vengeance et réparation pour cette attaque surprise et dévastatrice, lançant les troupes à l'assaut de l'Afghanistan au début d'octobre, avec l'appui de plusieurs pays occidentaux, dont le Canada.

Derrière mes lunettes noires, désemparée, j'ai observé ces événements avec une angoisse grandissante. C'était ma vie d'avant qu'on me ramenait en plein visage. Celle de Richard, également. Tout au long de l'invasion, je me suis efforcée de rester auprès de mon père. Je savais ce que l'Afghanistan représentait pour lui, je ne voulais pas le laisser seul dans un moment pareil. J'allais le rejoindre au bureau où, étrangement, il semblait n'avoir rien à faire. Avant le 11-septembre, il fallait négocier avec ses trois secrétaires pour le coincer cinq minutes. Et voilà maintenant qu'il répondait lui-même à ses appels et acceptait de me voir quand je le voulais. J'avais toute son attention, j'étais tout ce qu'il lui restait de Joan.

Un matin, j'ai compris la raison de sa disponibilité. Mon père ne travaillait plus, il s'enfermait dans son bureau à longueur de journée, pour boire, surtout, et rêvasser devant la baie vitrée. Richard avait abandonné son poste, il avait lâché prise même si, officiellement, il était encore le grand patron d'Oriental Rugs & Carpets.

Sa secrétaire en chef s'était inquiétée, d'abord, puis avait fini par accepter la situation. Frank McCullough avait repris du service sans même que mon père s'y oppose, indice supplémentaire de sa dépression profonde.

Ce jour-là, je l'ai secoué, je lui ai crié – littéralement – qu'il fallait continuer de vivre, qu'on ne pouvait se complaire dans un deuil qui ne menait à rien. Joan est morte, depuis peu, d'accord, mais ce n'est pas une raison pour s'enivrer du matin au soir et se détruire à son tour.

Mon père m'a regardée comme si j'avais proféré une énormité. Après un moment, il m'a dit :

— Il faut que tu saches, au sujet de ta mère.

— Oui ?

— Je m'étais juré de ne pas t'en parler…

— Qu'est-ce que tu essayes de me dire ?

— Tu l'aurais appris tôt ou tard, de toute façon.

— Papa, je t'en prie.

— Ta mère avait un amant.

— Quoi ?

— Elle voyait un autre homme.

Joan ? Pendant plusieurs minutes, je suis restée saisie, figée, incapable de bouger. Ma mère avait trompé mon père ? Je me suis répété cette petite phrase pendant des jours sans parvenir à y croire.

— C'est avec lui qu'elle a pris son petit-déjeuner ce matin-là, a ajouté Richard.

Nancy le lui avait confirmé. Si Joan allait si souvent à New York, ce n'était pas uniquement pour faire le tour des musées et des grands magasins, mais pour rencontrer son amant. C'était la raison pour laquelle elle préférait descendre à l'hôtel. Nancy les avait surpris, un jour, dans un restaurant.

— Tu étais au courant, elle t'en avait parlé ?

— Bien sûr que non.

— Ça durait depuis quand ?

— Nancy l'ignore. Plusieurs mois au moins, selon elle.

— Et c'est qui, ce type ?

— On le saura bientôt.

Mon père a ouvert un tiroir, s'est emparé d'un dossier et me l'a tendu :

— J'ai engagé un enquêteur.

Bernard Tourangeau, un retraité de la GRC qui avait décidé de se lancer en affaires : enquêtes privées, discrètes, résultats garantis. Mon père le connaissait de je ne sais où, des Pages jaunes peut-être. J'ignore si Tourangeau avait plusieurs clients, j'ai toujours pensé que Richard était le seul et unique.

Mon père s'est levé et a contourné le bureau. Sa démarche était laborieuse, même s'il avait perdu du poids depuis quelques semaines. Je ne sais pas ce qu'il mangeait, s'il mangeait. Il s'est penché péniblement, il a saisi une bouteille de gin, dans la crédence, il s'en est versé un grand verre, sans m'en offrir. D'une voix saccadée, sous le coup de l'émotion, il m'a lancé :

— Il est mort avec elle, la dernière personne qu'elle a vue, à qui elle a parlé. Elle ne m'a pas appelé, ni toi, ni Nancy, ni personne. Ils sont morts dans les bras l'un de l'autre, enlacés…

Fou de rage, il a projeté son verre contre le mur, puis s'est effondré, en larmes.

4

Décembre 1979

Je souffle les huit bougies du gâteau d'anniversaire que Zahid, le cuisinier, a préparé selon les instructions de ma mère. Distrait, préoccupé, mon père n'attend pas qu'elle m'offre mon cadeau, il court s'enfermer dans son bureau pour écouter les nouvelles sur Radio Pakistan, ce qu'il a fait toute la journée.

L'Armée rouge vient d'entrer dans Kaboul.

La situation est encore plus confuse qu'en septembre, quand le gouvernement du président Taraki a été renversé par le premier ministre Hafizullah Amin. Les communistes remplacés par d'autres communistes, encore plus sanguinaires, ceux-là : des dizaines de milliers de morts depuis le coup d'État, le pays plongé dans une guerre civile, ce qui a obligé Moscou à intervenir.

— Qu'est-ce que tu fabriques, Richard ? lance Joan, irritée. La fête n'est pas finie.

Richard revient à contrecœur dans la salle à manger.

— Ça y est, les *spetsnaz* ont investi le palais présidentiel. Amin a été liquidé, les Soviets ont pris le contrôle de la capitale. D'autres bataillons ont investi Hérat et Kunduz, ils filent maintenant vers Kandahar.

Spatule à la main, ma mère le regarde.

— On rentre à Montréal ?

Depuis son retour tragique de Kaboul, depuis la mort de Rahim, dont il a été faussement accusé, mon père se démène du mieux qu'il peut pour conserver le moral, mais il en arrache. Humilié, il a dû avouer à Travis son échec pour percer le marché afghan. Son beau-père, curieusement, ne lui en veut pas. Dans la défaite, répète-t-il à son gendre, il faut puiser les forces nécessaires pour se redresser et repartir de plus belle.

Il sait de quoi il parle, Travis. Dans sa jeunesse, il avait rompu avec sa famille pour parcourir le monde. Le baroudeur avait butiné d'un endroit à l'autre, avant de se poser à Téhéran, où il s'était initié au commerce du tapis.

À l'époque, le marché était dominé par les Britanniques, qui renvoyaient au Canada, et à Montréal plus particulièrement, la production de seconde qualité, réservant les meilleurs produits à leurs clients de Londres ou de New York. Travis y avait vu une occasion d'affaires. Avec beaucoup d'audace, du bluff et de l'argent pas très propre, il avait ouvert Oriental Rugs & Carpets dans Côte-des-Neiges, à Montréal – qu'il allait franciser paresseusement, dans les années 1970, en *Tapis* Oriental Rugs & Carpets –, court-circuitant ainsi les représentants britanniques qui avaient pignon sur rue à Westmount. Bien vite, on s'était rendu compte que les tapis obtenus par Travis dépassaient en qualité ceux de la rue Sherbrooke. McCullough voyageait huit mois par année – et le faisait savoir à ses clients – pour s'assurer d'un approvisionnement de première qualité. De Montréal, il avait conquis Toronto, puis s'était installé Place-Ville-Marie dès l'inauguration du gratte-ciel, en 1962. L'un des locataires les plus anciens de l'immeuble. La même année, il acquérait son entrepôt de Ville Saint-Laurent.

Des succursales, minuscules parfois, des avant-postes en fait, avaient été créées dans les pays producteurs.

Engagé comme garçon d'entrepôt – sans instruction, mais avec une ambition démesurée –, mon père aurait peut-être réussi à s'imposer par lui-même et à gravir les échelons jusqu'au siège social, mais son mariage avec Joan lui avait donné un sérieux coup de pouce. Mariage intéressé, du moins c'est ce que croyait Frank. Mais Richard et Joan s'aimaient sincèrement.

Travis avait déjà ralenti ses activités. Sa femme, la mère de Joan et Frank, malade depuis longtemps, venait de mourir. Le couple était déjà séparé, mais la perte de Maureen avait affecté Travis. L'heure de la retraite avait trop tardé, déjà. Frank avait pris le relais, mais le vieil homme – qui se pointait au bureau un jour sur deux – restait penché par-dessus son épaule. Je crois même que Travis a encouragé le conflit entre Richard et son fils, ayant compris que mon père avait besoin d'être provoqué et mis au défi pour exceller.

Après trois ans dans le bureau à le voir courir dans tous les sens, à travailler tard le soir, à rentrer plus tôt que les autres le matin, Frank n'a plus été capable de supporter Richard. Mais Travis aimait l'énergie, la fougue, l'ambition de son gendre. Et surtout, il voyait bien que Joan était amoureuse. Richard et elle avaient déjà une enfant – moi –, ce qui n'était pas le cas de Frank, encore célibataire, et qui le resterait pour plusieurs années avant de rencontrer Dorothy.

Pour s'en débarrasser, Frank a convaincu son paternel de poster Richard à l'étranger. Travis était ambivalent. D'une part, il serait privé de sa fille et de sa petite-fille, mais d'autre part il estimait qu'un ambitieux comme Richard devait s'initier à l'industrie de la production, comme lui-même l'avait fait à son époque. Aux yeux de

Travis, Frank était un bon gestionnaire, mais il n'aurait jamais accepté de laisser tomber les discothèques de la rue Crescent pour les entrepôts enfumés, les villes surpeuplées et les routes raboteuses de l'Asie centrale.

Richard aurait préféré Istanbul, qu'il voyait comme un formidable tremplin, mais le fils McCullough avait décidé de lui offrir le Pakistan, le moins intéressant des pays fournisseurs. Un marché en dormance, lui avait-il dit, qui n'attendait qu'un acheteur dynamique pour se réveiller. Un cimetière plutôt, où McCullough junior rêvait de pouvoir enterrer ce beau-frère aux dents longues.

Je pense que Joan aurait souhaité que son mari en profite pour rompre avec sa famille, qui devait lui peser à elle aussi. Et qu'il parte à son compte, dans le domaine du tapis ou autre chose. Par ailleurs, je suis convaincue que l'entêtement de Richard lui a plu, ce qu'elle n'avait peut-être pas perçu au départ chez ce représentant de commerce. Pour elle, ce n'était qu'un autre prétendant, plus entreprenant que les précédents, peut-être. Plus dérangeant aussi, ce qu'elle mettait sur le compte de la jeunesse. Ce que son frère croyait également. Et puis voilà que cet employé exubérant avait aussi des ambitions et qu'il était prêt à tout pour parvenir à ses fins : devenir le meilleur fournisseur d'Oriental Rugs & Carpets, le champion rabatteur de l'Asie centrale.

Le mois dernier, à la suite de la prise d'assaut par les étudiants iraniens de l'ambassade des États-Unis à Téhéran, et la prise d'otage du personnel diplomatique, Jimmy Carter a imposé à l'Iran un boycott total de toutes leurs exportations, y compris les tapis. Ce qui fait de l'Afghanistan un marché encore plus convoité. Depuis des semaines, mon père, frustré d'en être privé à cause de Vassillis, échafaude des scénarios plus tordus les uns que les autres.

— C'est horrible, lance ma mère en parlant des otages américains. On se demande ce que ces excités sont en train de leur faire. Je n'ose pas imaginer la détresse de leurs familles.

Mon père ne répond pas, perdu dans ses pensées.

— Et nos Pakistanais à nous, tu crois qu'ils pourraient perdre la tête, eux aussi ? renchérit Joan, alarmée.

— Aucun danger. Le général Zia contrôle la situation. Il est plus fort que jamais.

Nick Vassillis également, à Kaboul, malgré la guerre civile. Toutes les semaines, Richard s'entretient par téléphone avec le docteur Jivago, qui lui a renouvelé sa confiance. Pour l'instant, sans résultat.

Je suis gavée de gâteau, j'en serai même malade toute la nuit – Zahid y est allé fort sur le glaçage. Je le soupçonne d'avoir interprété à sa manière la recette de Paul Bocuse que ma mère lui a refilée.

Mon cadeau d'anniversaire : un vélo flambant neuf que Farooq fait entrer dans la salle à manger. Un vélo de fabrication britannique que je veux essayer sur-le-champ, mais ma mère refuse, il fait noir, il est tard, tu iras demain.

Pendant que je me tourne et me retourne dans mon lit, l'estomac à l'envers, mes parents discutent.

— L'invasion des Soviets, c'est peut-être une chance pour nous.

— Qu'est-ce que tu racontes ?

— Si le pays est encore plus déstabilisé…

— Tu n'as pas l'intention de retourner dans ce bled perdu ? lance Joan, découragée.

Mon père se tait.

— Ton Américain, qu'est-ce qu'il en dit ?

Prononcé avec un soupçon de mépris dans la voix parce que William Gallagher, qu'elle a rencontré brièvement avec mon père quand nous avons été invités à la petite fête de la Thanksgiving organisée par le consulat américain, lui a fait très mauvaise impression. Un grand rougeaud incapable de supporter le soleil. Prétentieux, selon Joan, et imbu de sa personne. *Special political and economic analyst*, d'après sa carte de visite. Bref, un agent de la CIA.

Ma mère a trouvé la petite colonie d'expatriés plutôt décevante, composée de très peu d'Américains, en fait. Ce qui avait obligé la femme du consul à élargir son cercle d'invités. Aux Donegan, notamment, des Britanniques dont la fille, Jennifer, est de mon âge. Mignonne, intelligente, délurée. Bien entendu, je l'ai détestée dès le premier contact, en septembre, quand la directrice de la British International School m'a suggéré de devenir son amie, histoire de mieux m'acclimater à ma nouvelle école.

Mon père hausse les épaules, il n'a aucune idée de ce que pense Gallagher de la situation. Mais il se promet d'aller vérifier à la première occasion.

— Cette guerre, c'est un piège à ours, s'écrie William, au bar « clandestin » du Peshawar Golf Club.

Le conseiller fréquente assidûment le parcours, histoire de ne pas perdre la forme, dit-il. Mais le golf n'est qu'une couverture, une excuse pour soigner ses contacts, en nouer de nouveaux, se mettre au parfum de la situation de l'autre côté de la frontière.

Gallagher observe un long moment le terrain de golf, puis il se tourne vers Richard :

— Tu sais ce que disait Harold Macmillan, l'ancien premier ministre britannique ? « *Rule number one in politics : never invade Afghanistan.* »

Il éclate de rire :

— Ces imbéciles l'ont quand même fait. Incroyable.

Au cours des semaines suivantes, la bonne humeur du conseiller déteint sur mon père, mais pour une autre raison : des milliers d'Afghans traversent la frontière pour trouver refuge à Peshawar. Dans quelques mois, ils seront bientôt près de deux millions à occuper la ville et les environs, dans des camps plus ou moins bien organisés. Parmi eux, des artisans qui ont transporté leurs métiers à tisser de peine et de misère, parfois sur plusieurs centaines de kilomètres. Des centres temporaires de production sont recréés dans les camps de réfugiés, le tissage de tapis reprend peu à peu, échappant cette fois au contrôle de Vassillis.

Richard ne tarde pas à se faire connaître auprès des nouveaux venus, il se pointe à ces ateliers de fortune, au camp de Jalozai, notamment, près de Nowshera, distribue sa carte de visite, manifestant haut et fort son intérêt pour leur nouvelle production.

Mon père se comporte comme un nabab, même si son budget d'acquisition est modeste. À Karachi, par téléphone, il a commandé un complet sur mesure, arrivé trois semaines plus tard, et qu'il a essayé devant ma mère et moi. Un costard légèrement démodé qui lui donne l'allure d'un banquier londonien. Quand Joan lui demande pourquoi avoir engagé une telle dépense, mon père répond qu'il veut se démarquer des autres expats, journalistes ou coopérants, des types un peu malpropres, hirsutes, en *battle dress*, jeans délavés et chapeaux mous. Des gens sans le sou, à la merci d'un per diem insuffisant et payé en retard. Au contraire, Richard veut projeter l'image d'un homme d'affaires prospère bien décidé à prendre le contrôle du marché. Un costume qu'il complète avec un chapeau en karakul qu'il s'est procuré à Kaboul lors de notre premier voyage. Ce qui lui donne une allure à la fois exotique et occidentale.

Pour éviter que les prix gonflent, il s'est associé à un Pakistanais, Imran, qui négocie à sa place avec les chefs de famille, une fois les premiers contacts établis, une fois avalées les tasses de thé et consommés les petits gâteaux – que mon père ne peut refuser, il prendra dix kilos en six mois, ce qui obligera à des retouches importantes à son complet de Karachi.

Dès que les formalités sont réglées, Richard s'occupe ensuite des autorités pakistanaises plutôt réfractaires à l'égard de ces réfugiés. Islamabad les accueille, puisque le Pakistan appuie – et finance – la résistance afghane, mais leur artisanat dérange le gouvernement. Le ministre de l'Industrie oblige les réfugiés à apposer sur leurs tapis le label *Made in Pakistan*, ce qui en diminue la valeur. Mon père plaide la cause auprès d'Islamabad, sans succès même après plusieurs voyages dans la capitale. Nous leur offrons l'asile, non ? Pourquoi sont-ils si pointilleux ? En réalité, les artisans s'en fichent, mais pas mon père. Il tient au label d'origine, il en fait une question de principe, même si sa motivation est plus commerciale que patriotique. Il ne veut pas que ses clients nord-américains confondent ses petits bijoux avec des Jaldar mal foutus, à la teinture déficiente, ou des Boukhara en déficit de nœuds sortis des métiers d'Hyderabad ou de Lahore.

Puisque Islamabad se montre intransigeante, Richard doit de nouveau recourir aux passe-passe, aux bakchichs, aux petites enveloppes discrètes. Les tapis qu'il réussit à récupérer prennent la route de Karachi, où ils sont empilés dans des conteneurs et embarqués à bord de cargos en direction de Montréal.

Malgré les réticences de Joan, j'accompagne parfois le représentant d'Oriental Rugs & Carpets jusqu'à Namak Mandi, le marché au sel, loin de la quiétude d'University Town. Ou dans les ruelles poussiéreuses du Khyber Bazar. Un monde fascinant où se côtoient mendiants et commerçants, des voleurs aussi, où je suis étourdie par les odeurs de curry, de cardamome et d'autres épices. Amusée par le sérieux des buveurs de thé parfumé. Cordonniers, forgerons, orfèvres, je ne sais où donner de la tête. Richard a enfilé ses chaussures truquées, de peur que des bandits le dépouillent entre deux échoppes, mais personne ne tente rien contre lui. Du jour au lendemain, mon père est devenu un incontournable de Peshawar, ses « expéditions » sont le prétexte à des salamalecs à n'en plus finir, auxquels Richard se prête de bonne grâce dans son complet de lord anglais.

Il a un comportement princier, d'ailleurs. Dans les cahutes des réfugiés, il agit comme si ces pauvres gens étaient ses employés. Il joue le rôle du bon patron, félicitant les artisans, faisant rire les enfants, prenant des bébés sur ses genoux. On le dirait en campagne électorale. Il apporte *sweets* et autres sucreries, qu'il distribue à tout venant, ce qui lui permet de réutiliser *ad nauseam* ses quatre mots de pachto. Il s'extasie sur la beauté des jeunes femmes de la maison, séduites par ce gentleman issu d'une autre planète. Son comportement m'intrigue, mais je deviens, moi aussi, le centre d'attraction.

En fait, je suis très fière de marcher aux côtés de Richard – sapé en banquier, la tête haute, le sourire facile –, comme si j'étais non pas sa fille mais son partenaire d'affaires, ou alors sa bonne fée. Les portes s'ouvrent devant nous, on me gâte partout, je suis la petite princesse de l'Acheteur, celui qui leur permettra de repousser de quelques semaines la pauvreté qui les assaille depuis leur fuite de l'Afghanistan.

De véritables ruches, ces ateliers. Installée derrière de grands métiers à tisser, toute la famille se relaie au boulot, femmes et enfants, parfois plus jeunes que moi. Je m'émerveille de les voir nouer avec précision ces petits fils minuscules, un geste mille fois répété, même la nuit. Il n'est pas rare, affirme mon père, de surprendre une lumière derrière un rideau ou des volets, ces tapis, c'est leur gagne-pain, il ne faut jamais cesser de nouer, de tisser, de barrer, puis de nouer, de tisser et de barrer de nouveau. Un travail incessant, monotone, mais dont dépendent des milliers de réfugiés. Et la prospérité d'Oriental Rugs & Carpets.

Quand on déballe devant lui le résultat de mois de travail, mon père s'anime. Accroupi, il examine le tapis d'une main caressante, vérifie d'un œil expert la densité du tissage, la qualité de la laine utilisée, puis en soulève un coin qu'il triture. Quand il n'est pas satisfait, il prend un air contrit, il soupire longuement, profondément. Il grogne, parfois. Du jeu, du bluff, ses tactiques habituelles de négociation.

— Qu'est-ce que t'en penses, Nadia ?

Je m'approche à mon tour. La famille m'observe, anxieuse. Comme si leur survie dépendait de l'opinion d'une fillette. Je caresse, moi aussi, le tapis posé par terre, j'acquiesce, mon père sourit. Notre petit numéro est terminé, il peut étaler les roupies devant le chef de famille, ravi, soulagé.

Richard n'entend toutefois pas se contenter des miettes du marché afghan. Peshawar bouillonne, la ville s'agite. Depuis l'invasion y affluent non seulement des réfugiés, mais aussi des intellectuels et des politiques chassés par les Khalqis, des islamistes également, harcelés par le régime depuis des lustres, maintenant inspirés par la révolution iranienne. Ils côtoient les marchands d'armes et les trafiquants qui font transiter par Peshawar l'opium issu des champs de pavot situés juste de l'autre côté de la passe de Khyber. Un business auquel Nick Vassillis n'est pas étranger, affirme Richard. Des agents de la CIA et de l'Inter-Services Intelligence (ISI), les services secrets pakistanais, se croisent dans les rues, s'intéressant au commerce des armes et de la drogue – pour en profiter, parfois – mais surtout pour appuyer les groupes d'opposition. L'avancée russe se heurte à la résistance des seigneurs de la guerre qui contrôlent plusieurs régions. L'Armée rouge occupe Kaboul, Kandahar et d'autres villes d'importance, les routes principales aussi, mais la campagne lui échappe. Au nord, Ahmed Chah Massoud règne sur le Pandjchir, Gulbuddin Hekmatyar domine les Pachtounes, au sud. Djalâlouddine Haqqani contrôle Khost, et Ismail Khan est roi et maître dans la région d'Hérat. Des types redoutables, à la tête d'armées privées, prêts à tout pour déloger les Russes, mais surtout pour conserver et accroître leurs privilèges. Les communautés sont à couteaux tirés les unes avec les autres : Pachtounes, Tadjiks, Ouzbeks, et à l'intérieur de ces groupes, des dissensions, des intérêts divergents, des luttes de pouvoir. L'unité de la résistance n'est qu'une façade ; derrière les portes closes, tous ces despotes en devenir se détestent et ne rêvent que de s'approprier le morceau de l'autre, une fois que l'Armée rouge aura retraversé la frontière.

Cette résistance en porcelaine est coordonnée depuis Peshawar, et financée par l'ISI et le gouvernement pakistanais, qui déteste les Soviets parce qu'ils sont copains-copains avec l'Inde, l'ennemi séculaire. Des groupes de rebelles qui n'ont, officiellement, qu'un seul but : chasser les Soviétiques de l'Afghanistan. C'est aussi l'objectif à long terme de mon père. Une fois les Russes disparus, une fois le pays revenu aux mains des Afghans et de leurs amis d'Islamabad, une fois les coopératives démantelées ou, du moins, réorganisées afin qu'elles puissent s'ouvrir à d'autres marchés que l'URSS et ses pays satellites, une fois Vassillis rentré à Londres avec armes et bagages, Richard pourra enfin s'imposer et, surtout, imposer Oriental Rugs & Carpets comme le partenaire privilégié du nouveau gouvernement, peu importe qui en prendra la tête.

Bref, mon père entre en résistance à son tour, pendant que je me balade à vélo dans Peshawar.

J'ai huit ans, je suis heureuse.

5

La salle de bal du Volkova est bondée, des tables pour six, huit et douze personnes sont occupées par des exposants, babillage incessant de ces commerçants qui papillonnent d'un groupe à l'autre, s'échangeant accolades et poignées de mains chaleureuses. D'année en année, le même groupe de vendeurs, d'acheteurs et d'experts en moquette, qui se retrouve d'un coin de l'Europe à l'autre, troquant potins et nouvelles croustillantes, faisant le bilan – toujours embelli – de leurs performances de l'année précédente, passant sous silence leurs mauvais coups, amplifiant outre mesure leurs prouesses, commentant du bout des lèvres la situation internationale, parce que leurs tapis ont la malencontreuse particularité d'être tissés dans des pays souvent à feu et à sang, ou sur le point de basculer dans l'anarchie, ou encore sous la coupe de tyrans et de dictateurs plus ou moins ouverts au commerce et à la libre circulation des produits. Des représentants de ces régimes, des sous-fifres déguisés en Occidentaux mais encore plus cravatés, si possible, circulent au milieu de la salle comme s'ils voulaient prouver à tous qu'ils ont fait, eux, le pari de la modernité, au contraire de leurs dirigeants.

Tous les dix ou quinze ans, les générations se renouvellent, les familles se régénèrent, des vieux tirent leur révérence, discrètement, laissant la place aux plus jeunes, comme c'est le cas dans toutes les entreprises. Mais certaines transitions sont plus cruelles que d'autres.

Après son départ d'Oriental Rugs & Carpets, après la mort de ma mère, Richard, rancunier, n'avait pas passé le flambeau, n'avait pas – volontairement, j'en suis sûre – refilé à Frank son carnet d'adresses, pour lui en faire baver à son tour, souhaitant peut-être provoquer ainsi la ruine de l'entreprise. Après moi, le déluge. Mais Frank n'est pas aussi dénué de talent que mon père l'a rabâché pendant des années. Pas aussi *maverick* que lui, mais plus apte à faire naviguer le gros navire qu'Oriental Rugs & Carpets était devenue au fil des ans. Chose certaine, Frank n'accorde pas autant d'importance à l'International Carpet & Rug Association, se contentant de payer sa cotisation annuelle et d'envoyer un employé novice faire acte de présence aux foires internationales.

Jocelyn Turmel partage donc notre table, un garçon timide qui n'a jamais travaillé avec mon père, et que Richard snobe depuis que nous avons pris place à ses côtés en compagnie de Harald Christiansen, affublé de son sempiternel nœud papillon, rouge cette fois, et de sa bonne humeur contagieuse. La femme de Harald, Macha, et ses deux grandes filles, qui semblent s'ennuyer à mourir, nous tiennent compagnie également.

Malgré l'air radieux qu'il affiche, malgré les blagues de Christiansen qui l'amusent, Richard donne l'impression d'être déçu, cette fois. Personne ne vient lui parler, personne ne s'occupe de lui, sauf Harald, personne pour s'imposer à notre table et refaire connaissance. Mon père appartient à un autre monde, ne se reconnaît pas dans celui qu'il a sous les yeux, froid, austère, professionnel, axé sur la performance à court terme. Il est issu d'un environnement différent, celui de Travis McCullough, pour qui la séduction, toujours et en toutes circonstances, était un credo, un mode de vie. Mon père parlait sans arrêt, mais c'était une musique, une mélopée qui accompagnait chacune de ses sorties d'affaires, comme il disait. Il flattait, courtisait, enrobait les choses et les gens de ses paroles réconfortantes.

Un petit numéro traditionnel russe ouvre la soirée, accordéon et balalaïka, deux costauds habillés en cosaques entourent une jeune femme grassouillette à la voix chaude et entraînante, une sorte de Peter, Paul & Mary issu des anciens kolkhozes, ce qui incite les exposants à taper du pied et à frapper des mains. Des applaudissements chaleureux, mais pas de rappel. Et puis voilà Harald Christiansen, très digne, qui s'amène au micro, remercie la Fédération de Russie, la gouverneure de Saint-Pétersbourg, qui a préféré s'asseoir avec ses Igors à une autre table, qu'elle partage avec l'envoyé de Moscou et d'autres huiles du gouvernement central. Et de remercier ensuite les participants, saluant les exposants les plus fidèles, les indiquant dans la foule avec, toujours, une blague, un mot d'esprit, une anecdote chaleureuse. Je dois l'admettre : Christiansen est un remarquable *showman* qui a raté sa carrière en se passionnant pour l'industrie du tapis.

Depuis dix minutes, mon père se tortille sur sa chaise. Le smoking que j'avais réservé, perspective Nevsky, est arrivé tard à l'hôtel, mais avec le propriétaire de la boutique qui, pour se faire pardonner, a procédé à « l'habillage » de mon père, devenu tel un noble russe à la merci de son valet de chambre. Ce qui n'était pas pour lui déplaire, au contraire. À l'écart dans un coin de la pièce, ayant déjà enfilé cette robe longue que je m'étais procurée pour une soirée à l'école de Samuel, l'année dernière – je faisais partie des adultes qui agissaient comme chaperons –, j'ai observé la scène sans qu'on me demande mon avis. Le reste de ma tenue : talons hauts, trop hauts, collier de perles, celui de maman, dont j'ai hérité du coffret à bijoux. Avec le bracelet assorti, j'ai l'air d'une grande dame, je ressemble à quelqu'un d'autre, à ma mère, justement, qui s'habillait ainsi à la moindre occasion après son retour d'Asie, comme pour rattraper le temps perdu et sa jeunesse disparue.

Harald Christiansen commente la vie et la carrière de mon père à partir des notes que je lui ai fait parvenir par courriel, il y a quelques jours, embellissant ici et là une anecdote, un trait de caractère, insérant dans son laïus des blagues et des mots d'esprit, encore, les siens, donnant en fin de compte un portrait qui ravit mon père, si j'en juge par le sourire plaqué sur son visage depuis le début de l'allocution. J'ai l'impression que le profil « amélioré » que Christiansen trace de lui reflète l'homme qu'il aurait aimé être, plutôt que ce qu'il a été réellement. Richard a toujours pris ses désirs et ses rêves pour des réalités, et voilà que son vieil ami Harald tombe dans le panneau à son tour, et avec éloquence, décrivant un homme d'affaires intrépide, audacieux, dont le flair proverbial avait permis la croissance et le succès d'un fleuron de notre industrie : Oriental Rugs & Carpets.

Richard se dirige vers la scène sous les applaudissements des exposants, accepte le trophée en cristal, œuvre d'un artisan local, que Christiansen lui remet. Le serrant sur son cœur, il remercie Harald, puis se lance dans un discours plus ou moins cohérent – il est à jeun, heureusement – sur l'artisanat afghan et les défis de la mondialisation, à partir de son expérience personnelle. Perspicacité, persévérance, professionnalisme, il n'a que ces mots à la bouche; il s'est transformé en motivateur. Les convives écoutent poliment, c'est un vieux de la vieille qui s'exprime, certains avec impatience, toutefois, ne pouvant résister à l'envie de manipuler fourchettes et couteaux, trahissant leur désir qu'on en finisse avec les discours et qu'on passe enfin au repas.

Richard ne s'éternise pas au micro, contrairement à son habitude. Une volée de remerciements encore une fois, à sa fille Nadia notamment, « présence irremplaçable », ensuite une référence à ces quelques euros que Harald lui doit depuis des années – rires polis. Venue de nulle part apparaît une jeune Russe en tenue de page avec l'incontournable bouquet de fleurs à la main. Mon père réussit à saisir l'agencement floral sans échapper le trophée en cristal, embrasse la jeune fille sur les deux joues, puis descend prudemment les trois marches qui mènent de la scène à la salle – l'énorme bouquet lui cache la vue, le trophée l'encombre, je suis sûre qu'il va tomber – et se dirige enfin vers notre table.

Richard ressemble plus à un livreur FTD qu'au lauréat d'un prix international. Jocelyn Turmel se lève pour l'accueillir, le débarrasser du trophée et le féliciter d'une poignée de main, mais Richard ne s'intéresse qu'à moi. Il se penche à mon oreille alors que je récupère le bouquet :

— Comment c'était ?

— Parfait.

Il sourit, radieux. Une autre jeune Russe, en tailleur cette fois, apparaît avec une bouteille de champagne. Hésitation, malaise, mon père me regarde comme si j'étais son agent de probation, les yeux pétillants, les lèvres sèches.

— D'accord, mais une seule coupe.

Au Pakistan, Richard se retenait devant les familles d'artisans, ses fournisseurs et les domestiques, mais le reste du temps, dans la quiétude et l'intimité de la maison de Park Road, tous les prétextes étaient bons pour se servir à boire, un réflexe qui ne nous dérangeait pas, Joan et moi, probablement parce que mon père, comme tout bon alcoolique qui se respecte, n'était jamais soûl. Il vacillait, parfois, à la fin de la journée, mais ne perdait pas le contrôle de ses gestes. Je n'ai jamais entendu ma mère se plaindre d'un comportement qu'il aurait pu avoir, ou de paroles déplacées qu'il aurait pu prononcer. À Montréal, jusqu'à la mort de ma mère, Richard avait réduit sa consommation. Ne buvait qu'après 17 heures, et jamais au bureau. Des résolutions qu'il avait prises quand il était rentré du Pakistan, triomphant, comme un général victorieux.

En fait, je me trompe. Avant la mort de Joan, Richard s'était soûlé une fois, au décès de Travis, son mentor et bienfaiteur. Mon père dirigeait l'entreprise depuis peu, mais il demandait souvent conseil au patriarche, même s'il en avait rarement besoin, dans le but de rassurer Travis. Pour lui confirmer qu'il avait fait le bon choix en le nommant directeur de l'entreprise. Aux funérailles, Richard avait pleuré. Sa tristesse était sincère, elle m'avait même semblé plus aiguë que celle de Frank. Au point où je m'étais sentie mal à l'aise de le voir ainsi humilier de nouveau le fils du fondateur, cette fois en faisant étalage de sa grande douleur.

Ce soir-là, seul, Richard s'était enfermé dans le bureau qu'il avait aménagé au sous-sol de la maison d'Outremont et il s'était soûlé la gueule jusqu'à l'aube.

Nous portons un toast, tous les sept – Christiansen est revenu à la table –, pendant que la gouverneure de

Saint-Pétersbourg, à qui Harald vient de céder la parole, déclare ouvert le trente-huitième *trade show* de l'International Carpet & Rug Association. Je me sens soulagée que tout se soit passé sans anicroche, et la bonne humeur de Richard rejaillit sur moi. Pendant le repas, les blagues de Harald me font rire, ce qui amuse mon père à son tour. Les deux filles de Christiansen, en revanche, l'ignorent. Elles chuchotent et s'échangent des commentaires sur les jeunes serveurs en livrée – des étudiants d'une école d'hôtellerie avec des têtes de premiers de classe, sérieux, concentrés. Leur mère me demande où j'ai déniché ce collier de perles qui me va à ravir.

Richard – revenu au Ginger Ale – raconte à Harald des anecdotes, que j'entends à moitié, où il est question d'une jument décorée et maquillée échappée d'un mariage traditionnel tadjik, ou d'un village habité uniquement par de vieilles femmes dont la moitié étaient aveugles, ou encore d'un magnifique Adraskan oublié sur un métier à tisser dans une grotte où il s'était réfugié après s'être égaré dans les montagnes. Bref, des souvenirs de son passé de marchand itinérant, plus ou moins vrais, mais savoureux, cocasses, pour lesquels Harald hoche la tête, faussement émerveillé, s'extasiant par politesse, ne voulant pas gâcher la soirée de mon père.

Le nom de Jerry DeSoto parvient à mes oreilles. Les deux filles de Christiansen adorent Atomic Behavior, elles aussi, et elles sont déçues de ne pas avoir pu se procurer de billets pour le show de Saint-Pétersbourg.

— Vous aimez ce qu'il fait ? Ce n'est pas un peu dépassé ?

Elles me regardent, étonnées que je connaisse le groupe. J'apprends que leur *revival* a été provoqué par Internet, par YouTube et d'autres médias. Sorti de sa retraite, Jerry DeSoto doit être le premier surpris de ce curieux engouement.

— *He's so cute. In an oldish sort of way...*

Et me voilà replongée dans les souvenirs, dans la douleur du passé, qui refait surface au moment où je m'y attendais le moins, ici, à Saint-Pétersbourg, des années plus tard. Mon père et ses honneurs, le rappel de la mort de ma mère, notre vie au Pakistan, tous les trois, dans un bonheur tranquille qui s'était peu à peu défait comme le reste, sous les riffs de guitare de DeSoto et son groupe. Sans oublier Samuel. Tout me revient et me fait mal, encore, comme si ces blessures n'avaient jamais cessé de me dévorer au fil des ans.

Mon fils est né le 12 juillet 1990, et je l'ai élevé seule comme un défi lancé à mes parents. Ce qui était une erreur, je m'en rends compte aujourd'hui. J'ai brandi Samuel bien haut, comme un étendard, refusant d'abord l'aide de Joan et Richard puis, débordée, désemparée, ayant recours à leur soutien du bout des lèvres. Ce qui était, pour Richard du moins, une façon de se réconcilier avec moi.

Quelques jours après la mort de Joan, dans le Gulfstream qui nous ramenait à Montréal, j'ai senti la main de mon père qui prenait la mienne.

Il a dit :

— À partir de maintenant, arrêtons de nous faire du mal, veux-tu ?

Sa demande venait du fond du cœur, un cri de détresse auquel j'ai acquiescé sans hésitation. Moi aussi, j'en avais assez de cette guerre qui avait trop duré. Mais la paix ne fut pas de tout repos, mon père négligeant son travail, sombrant dans l'alcoolisme, perdant son emploi. J'ai pris mes distances, de nouveau. Jusqu'à ce que Terry Owen fasse irruption dans sa vie. Entre-temps, Samuel avait vieilli, il s'était transformé en un adolescent typique, incapable de déplacer ou de replacer le moindre morceau de vêtement dont il se défaisait. Incapable de trouver la porte du placard, comme si elle était camouflée dans le mur, invisible à l'œil nu. Le pantalon qu'il enlevait restait là, en accordéon, abandonné sur le plancher, et ne se retrouvait dans le panier de lessive qu'en cas de force majeure : un ultimatum, un autre, de moins en moins respecté à mesure que Samuel traversait l'âge ingrat. Une sorte de jungle impénétrable à laquelle je n'avais pas accès, dont il avait lui-même les codes, qu'il refusait de me révéler. Je restais à la porte de son nouveau monde, interdite d'accès, ébahie, mais inquiète, soucieuse de ce qu'il y trouverait – ou y avait déjà trouvé – et impatiente de le voir en ressortir le plus tôt possible.

J'étais désespérée, je ne savais plus comment parler à ce garçon qui semblait s'être débarrassé de tout ce que je lui avais appris et inculqué au fil des ans. Nous nous disputions sans arrêt, ma vie était devenue un enfer.

Et puis, un jour, Richard est venu à la rescousse, encore une fois. Il venait d'emménager chez Terry, qui s'entendait bien avec Samuel. Tous les trois étaient fans de hockey. Richard a persuadé Samuel de rechausser les patins, comme on dit. Il s'est démené – avec conviction, comme d'habitude – pour que Samuel intègre une ligue de hockey et l'équipe des Redoutables, dont il est vite devenu le meilleur joueur. Je m'y suis intéressée de loin, ravie de voir mon père s'engager à fond dans l'éducation de mon fils, redevenu sérieux et discipliné, ce qui m'a permis de souffler.

Samuel passait de plus en plus de temps chez Richard et Terry, dans l'appartement que je payais, de toute façon. Quand il rentrait de l'école, c'était pour s'y précipiter. Le week-end, je le voyais à peine. En réalité, il fréquentait la mosquée Attawba, dans le quartier Saint-Michel, un lieu de prière très prisé, un lieu de rencontre aussi. Où sévissait Rachid Bensouda, un Marocain, spécialiste improvisé du Coran, version *hard*. Son nom avait été mentionné dans les médias à quelques reprises, mais il avait toujours réussi à justifier son attitude. En fait, les autorités n'avaient rien sur lui, sinon qu'il parlait fort et affirmait des choses controversées.

— Un fan fini des Redoutables, il assiste à tous les matchs, m'a révélé Richard, comme s'il voulait excuser les agissements de l'imam.

C'était d'ailleurs à l'aréna que Richard avait rencontré Bensouda pour la première fois. Samuel lui avait présenté le religieux, mais Richard ignorait que son petit-fils et lui étaient proches.

En réalité, que Samuel s'intéresse à la religion et qu'il soit associé à la mosquée Attawba avait plutôt rassuré mon père. Un ancrage de plus, comme le hockey.

Un soir que Samuel n'était pas rentré, inquiète, j'ai mobilisé Richard et Terry, et nous sommes allés chez l'imam. Barbu, coiffé, vêtu d'une djellaba, le religieux nous attendait à l'entrée de la mosquée, un modeste bungalow affublé d'une tour pour l'appel des fidèles, avec haut-parleur camouflé sous une lucarne, une construction sommaire qui ressemblait à une antenne de télévision. Un géant, un type imposant, rond pourtant, plus près de Pavarotti que de ces imams émaciés, lunettés, qui nous font la leçon sur vidéo. Celui-là, c'était un joueur de football. Un quart arrière de l'islam qui ne laissait rien passer.

Aucune trace de Samuel, cependant, qui devait se terrer dans le salon transformé en salle de prière.

— Vous n'avez rien à faire ici, allez-vous-en! a lancé Bensouda à l'intention de Richard et Terry quand ils sont descendus du camion de livraison.

Comme si l'imam s'attendait à recevoir notre visite.

Je suis descendue à mon tour. Nous sommes restés debout à côté du véhicule, Richard, Terry et moi, sans bouger.

Rachid Bensouda m'a vue, il a pourtant choisi de m'ignorer. Le type m'intimidait malgré moi. Je n'aimais pas son attitude, agressive, très déterminée, mais une détermination un peu enfantine, comme un bambin qui tape du pied. J'ai regardé autour : d'autres bungalows plongés dans le noir. Le vacarme dérangeait sûrement les occupants, tout le monde devait observer la scène, mais personne ne se manifestait.

— Je veux voir Samuel ! j'ai crié. Je suis sa mère. Dites-lui de sortir.

— C'est une propriété privée, foutez le camp !

Richard, Terry et moi avons ignoré l'ordre que l'imam a répété, plus insistant encore. Il a même menacé d'appeler la police, ce qui serait la meilleure solution. De toute façon, dans une de ces maisons, quelqu'un l'avait déjà fait, j'en étais certaine.

J'avais froid, j'étais fatiguée, je voulais rentrer. Mais je ne voulais surtout pas quitter cet endroit sans ramener Samuel avec moi. Richard s'est approché et m'a dit, tout bas :

— Viens, il a raison. On réglera tout ça demain.

Je n'ai pas bougé. Mais le rideau du salon, lui, s'est écarté légèrement. Aucun doute, Samuel ne perdait rien de l'échange.

Richard a ajouté :

— Au moins, on sait où Samuel se trouve.

Ignorant son commentaire, j'ai de nouveau ordonné à l'imam de me laisser entrer, de me laisser parler à mon fils. Planté dans l'allée qui mène à la maison, Bensouda paraissait immuable.

Je me suis étirée vers la fenêtre du salon.

— Samuel, je sais que tu es là. Faut qu'on discute, toi et moi. Faut qu'on règle cette histoire…

La porte s'est ouverte. Samuel est apparu. En djellaba, lui aussi. Une vision incongrue, je ne l'avais encore jamais vu accoutré de cette façon.

— Je ne rentre pas, je reste ici, a-t-il dit d'une voix déterminée.

— Tu reviens à la maison maintenant.

— Je ne peux pas loger avec toi. Une mécréante.

— Je suis ta mère, Samuel.

De la tour de télévision, tout à coup, s'est fait entendre l'appel à la prière. L'imam a regardé l'heure, machinalement. L'enregistrement a retenti, la même voix mélodieuse, mais nasillarde, la même mélopée qu'on entendait dans les pays musulmans, mais qui semblait ici hors contexte.

J'ai jeté un œil autour de moi : rien ne bougeait chez les voisins, tout le monde y était habitué. Ou alors ce petit numéro avait été concocté par le prédicateur pour nous impressionner.

D'un geste de la main, sans dire un mot, Bensouda a fait signe à Samuel de réintégrer la demeure. Mon fils a obéi sans protester, la tête baissée. Au tour de Richard de m'entraîner vers le camion. Nous étions si fatigués. Épuisés en fait.

— Qui lui a mis ces idées-là dans la tête ? ai-je demandé alors que je montais dans le véhicule.

— L'islam ?

Richard a hésité, puis :

— Moi, peut-être. Indirectement.

— Comment ?

— Il m'a posé des questions sur son père.

Akbar, le grand amour de ma vie.

J'ai fermé les yeux. J'étais furieuse.

6

Au dessert, pour échapper aux récits de Macha Christiansen et au babillage de ses deux filles, je me dirige vers les toilettes, me faufilant entre les convives qui envahissent déjà le centre de la salle, transformé en piste de danse. Les toilettes sont occupées, au sous-sol, la file d'attente habituelle des fins de repas. Je regagne le rez-de-chaussée pour me mettre en quête d'une autre salle de bain, que je trouve à l'étage. Dans le corridor, à mon retour, sortant des ascenseurs, un homme m'aborde. Les cheveux roux, coupés court, chaleureux, le sourire facile, mais un peu crispé. Une mini feuille d'érable en guise de boutonnière.

— Nadia Rocheleau ? Gabriel Lambert.

Le représentant du consulat canadien. Debout, la main tendue, il semble ravi de me voir alors qu'on ne s'est parlé qu'au téléphone et brièvement depuis Montréal. Il vient d'arriver, une réunion urgente au consulat, il a malheureusement raté le discours de Richard. Il m'invite à m'asseoir à sa table. Pourquoi pas ? Tout plutôt que Macha Christiansen.

— Première fois en Russie ? me demande-t-il.

Je lui raconte, au sujet du tournoi des Jeunes Étoiles. Il acquiesce, il sourit, il semble s'intéresser au hockey. Il n'est en poste que depuis l'an dernier mais a déjà assisté à quelques matchs du SKA Saint-Pétersbourg, l'équipe de la Ligue continentale. Lambert est célibataire, les distractions sont rares, il ne parle pas le russe, pas encore, même si le ministère lui paie des cours.

— C'est une langue difficile. En tout cas, pour moi.

Il s'est acheté une voiture. Pas une Lada, non, lance-t-il en riant. Une Volvo.

— Si vous voulez vous changer les idées, votre père et vous, je suggère Pouchkine. En train, ça se fait très bien. Une demi-heure et vous plongez dans la Russie des tsars.

Il ajoute :

— Vous repartez quand ?

— Samedi prochain.

— Alors vous aurez le temps.

Après le tournoi en 2003, j'avais prévu une semaine de congé à Moscou avec Samuel, qui s'était révélée aussi atroce que le séjour à Saint-Pétersbourg. Son équipe s'était fait ridiculiser par les jeunes Russes, trois défaites humiliantes coup sur coup. Samuel avait alors décidé de détester la Russie, et pendant la semaine à Moscou il n'avait pas cessé de se plaindre, ou de s'enfermer dans un mutisme insupportable. Il aurait fallu les paroles de Richard pour le sortir de sa déprime, moi j'étais à court d'arguments. Samuel vivait cette défaite intensément, comme s'il avait été attaqué personnellement. J'allais retrouver plus tard, au moment de sa plongée dans le salafisme, la même intransigeance, cette façon de « focusser », comme disait son coach, sur un problème ou une question en particulier et d'exclure ainsi de sa vie tout ce qui n'en fait pas partie.

Bref, cette semaine avait été un enfer. Un garçon boudeur à la traîne, une place Rouge qui l'emmerdait, des visites de musées qu'il passait à la cafétéria, son Game Boy à la main.

Un soir, il m'a dit :

— J'en ai assez, maman. Je veux rentrer à la maison.

J'avais ma dose, moi aussi. J'avais payé un supplément à Lufthansa pour mettre fin à ce supplice. Dès notre retour, Samuel s'était empressé d'aller se faire consoler par Richard, son gérant d'estrade. Je suis certaine qu'il me tenait responsable de la mauvaise performance de son équipe, je lui avais porté malheur. J'aurais dû rester à la maison.

— Vous avez eu des nouvelles de votre fils ?

Je redresse la tête, étonnée par la remarque de Lambert, comme s'il avait lu dans mes pensées. Je trouve la question déplacée. Il s'en rend compte, rougit aussitôt.

— Je suis désolé, je ne voulais pas…

— Non, ça va.

Je me souviens que la police a mis les Affaires étrangères à contribution pour retracer Samuel, peu après son départ l'été dernier. Il est fort probable que le message se soit rendu jusqu'au consulat de Saint-Pétersbourg.

— Vous savez où il est ? demande-t-il, un peu gêné de sa curiosité, mais rassuré par mon ouverture.

Le Yémen, peut-être, l'Irak ou ailleurs, l'Afghanistan même, les champs de bataille semblent se multiplier d'une crise à l'autre.

Mais Samuel était déjà ailleurs avant d'avoir quitté Montréal. Après l'épisode chez Rachid Bensouda, j'avais accepté toutes ses exigences. J'avais modelé ma vie sur la sienne. Samuel se levait à l'aube pour faire ses prières, dans le garage, en direction de La Mecque – ce qui m'étonnait : en géographie, il a toujours été nul, et en voiture, il suffisait de lui confier le rôle de copilote pour être certain de s'égarer et d'avoir à rebrousser chemin. Et pourtant, pour La Mecque, pas de problème. Il préparait ses repas dans son coin, qu'il mangeait dans sa chambre, dont la décoration mélangeait artefacts de sport et affiches coraniques rédigées en vermicelle. Son emploi du temps, à part le hockey et la mosquée ? Internet. Il pouvait passer des heures, casque d'écoute sur les oreilles, à regarder des vidéos et à lire des blogues.

J'essayais de comprendre son point de vue et l'intérêt qu'il éprouvait pour une religion qui lui était indifférente jusqu'à tout récemment. Comme pour le hockey, ce qu'il aimait de l'islam, c'étaient les règlements, la discipline – ce qui, moi, m'horripile. Je revoyais Rachid Bensouda poser la main sur l'épaule de Samuel pour l'inviter à rentrer à la mosquée. Un geste paternel, presque, mais un geste d'autorité aussi, auquel Samuel n'avait pas résisté. Alors qu'avec moi ce n'étaient qu'engueulades et crises de nerfs, insultes et claquements de porte. Le prédicateur exerçait sur mon fils une autorité morale que j'avais perdue, et c'était peut-être cette défaite qui me rendait furieuse, plus que les idées religieuses de Samuel.

Un soir, Marcel Girard, le propriétaire des Redoutables, m'a invitée à assister à un match. J'ai accepté et pris place avec lui derrière le banc des joueurs. Après son passage sur la glace, Samuel est venu s'asseoir juste devant moi, me tournant le dos, la tête penchée, reprenant son souffle. Je ne lui avais pas dit que j'allais être présente, j'ignorais que ma place serait située aussi près du banc des joueurs. Mais Samuel, concentré, m'a ignorée, comme les autres spectateurs. Au cours de la partie, je l'ai senti réservé par rapport à ses coéquipiers même s'il n'était pas avare de passes et de jeux qui les mettaient en évidence. Mais comme me l'avait mentionné Girard, son joueur vedette donnait l'impression de retenir ses émotions, de s'imposer une barrière invisible entre ses coéquipiers et lui, même dans les moments les plus exaltants de la partie. Quand il marquait des buts – quatre, ce soir-là –, il acceptait les félicitations et les accolades avec une froideur surprenante. Je me rappelais l'enfant cajoleur, chaleureux, qui tendait toujours les bras pour que Joan, Richard et moi le prenions sur nos genoux. Étrange que cet enfant en mal d'affection soit devenu cet adolescent froid et distant.

Je me suis dit : pour ça aussi, il a changé.

Après la partie, Girard m'a invitée à le suivre dans le vestiaire – un rituel, à la fin de chaque match, il s'empressait d'aller féliciter ou consoler ses joueurs –, mais j'ai refusé. Je ne voulais pas mettre Samuel mal à l'aise.

De retour à la maison, incapable de trouver le sommeil, j'ai entendu Samuel rentrer et se diriger doucement vers sa chambre, s'y enfermer, puis en ressortir quelques instants plus tard. De mon lit, j'ai entendu couler l'eau de la baignoire. Il est sorti de la salle de bain, ensuite. Je n'avais qu'un désir : le rejoindre dans sa chambre, le féliciter, lui dire à quel point j'étais heureuse de sa performance. Ce que je faisais quand il était plus jeune.

Mais ce soir-là, je n'ai pas osé. Alors je suis restée dans mon lit en m'efforçant de trouver le sommeil, mais la porte de ma chambre s'est ouverte, tout à coup. Samuel avait revêtu sa djellaba, il se tenait à l'entrée de la pièce, gêné, comme s'il trouvait inconvenant de me déranger ainsi en pleine nuit.

— Samuel ?

J'ai allumé la lumière, il s'est approché.

— Pourquoi tu ne m'as rien dit ?

Il n'était pas agressif, au contraire. Il semblait sincèrement déçu de ne pas avoir été mis au courant. J'ai sorti la première excuse qui m'est venue en tête :

— Je ne voulais pas te distraire. Nuire à ton jeu.

Ce qui était vrai, dans un sens.

Il a souri, dans la pénombre. Des replis de la djellaba, il m'a tendu une rondelle, celle de son quatrième but.

Le geste m'a surprise à moitié. De la part du nouveau Samuel, sans doute. Mais quand il était enfant et qu'il rentrait d'un match où il avait bien joué, il me remettait une rondelle. Je les ai gardées précieusement, chacune d'elles, incapable de m'en séparer. Encore aujourd'hui, mieux qu'une photo, datées, numérotées, elles sont les jalons d'une enfance idéale, parfaite et heureuse. En tout cas, moi je l'étais. J'avais l'impression que la vie m'avait fait le plus beau des cadeaux, cet enfant curieux, éveillé, sensible, qui adorait sa mère, un enfant issu de l'ombre, que j'aurais pu rejeter, dont j'aurais pu me débarrasser, dont le souvenir douloureux auquel il était associé aurait pu me détruire. Et pourtant, c'était le contraire qui s'était produit.

Ce soir-là, j'ai eu l'impression de faire un saut dans le temps, et ça m'a bouleversée. Je n'ai pas osé, comme à l'époque, inviter Samuel à s'asseoir sur le bord du lit et à me raconter ses faits d'armes, mais lui-même en a pris l'initiative. Ce grand gars s'est installé à mes pieds, il semblait préoccupé, déchiré. Cette rondelle, ce n'était qu'un prétexte en fait. Il voulait me parler, tout simplement. Nous avons discuté de choses et d'autres pendant un long moment, une heure peut-être, davantage même. Je ne m'en souviens plus.

Et puis il a dit :

— Comment il était, mon père ? Tu ne parles jamais de lui.

La question m'a prise au dépourvu. Je ne savais pas quoi lui répondre. Alors je lui ai parlé de Peshawar, et d'Akbar, ce grand amour que j'avais trouvé, puis perdu, réalisant soudain que je lui décrivais davantage un amoureux qu'un père, mais je ne l'avais pas connu autrement. Je ne pouvais pas lui expliquer pourquoi ni comment, j'avais l'impression de lui mentir, de tenir secrets de grands pans de ma vie, comme si j'en avais honte, ce dont il s'est probablement rendu compte.

Et puis, comme quand il était enfant, il a dit :

— Je suis fatigué, maman. Je vais aller me coucher.

Le lendemain matin, je croyais pouvoir reprendre notre conversation, compléter ce que je n'avais pu lui dire la veille, retrouver le Samuel que j'avais entrevu dans la pénombre, un Samuel revenu à la raison, mais c'est l'autre Samuel, rigide, borné, sectaire, qui mangeait seul dans sa chambre, sans appétit, la nourriture qu'il avait préparée lui-même.

J'ai regretté, ce matin-là, de ne pas lui avoir tout révélé au sujet de ses origines. J'avais laissé se refermer la petite ouverture, qui ne se rouvrirait jamais plus, c'était trop tard. J'avais laissé Samuel s'enfuir dans le noir, s'enfoncer dans le silence, et je ne m'étais même pas donné la peine de le retenir.

Par la suite, les choses s'étaient détériorées. J'avais cru que nous pourrions vivre ensemble, lui et moi ; dans des mondes différents, mais sans nous comporter en étrangers l'un envers l'autre. Je croyais qu'avec quelques compromis nous aurions pu atteindre un certain équilibre. Tous les compromis étaient à sens unique, les miens, qui ne le satisfaisaient jamais tout à fait. Je faisais un bout de chemin, mais lui n'en faisait aucun. Il restait sur le bord de la route à m'attendre, les bras croisés. Je me défaisais peu à peu de mon identité, de ma personnalité, alors que lui s'ancrait dans la sienne. J'essayais de m'habiller de manière à ne pas l'offusquer. J'avais modifié ma garde-robe, devenue plus sombre, couvrant davantage mon corps – mes jambes, mes bras.

C'était imperceptible, même si, j'en suis certaine, à l'Académie Saint-Kevin on avait noté le changement. Richard, en tout cas, ne s'était pas gêné pour m'en faire la remarque. La jeune femme en minijupe et pull seyant s'était transformée en une dame qui s'habillait plus vieux que son âge, comme si elle avait renoncé à attirer les regards.

— C'est lui qui t'oblige à te vêtir comme ça ? m'a demandé mon père, un jour.

J'ai nié. Mais il avait raison. Si je m'étais transformée peu à peu, c'était à cause du jugement de Samuel sur moi. Je me suis dit : c'est le prix à payer pour assurer la paix entre nous. Refuser la confrontation, refuser de le provoquer, de le choquer, dans tous les sens du terme.

Après son départ pour Le Caire – je me sens coupable de l'avouer –, j'ai ressenti comme une libération. Je n'avais plus à jouer son jeu. J'ai pris rendez-vous chez le coiffeur, raccourci mes jupes, recommencé à me maquiller. En moi s'affrontaient la douleur d'avoir perdu mon fils, de ne pas savoir où il était parti, et le bonheur de pouvoir enfin respirer et vivre à ma guise.

Et pourtant je l'ai cherché partout, j'ai remué mer et monde pour le retracer, j'ai même harcelé Rachid Bensouda – j'étais certaine qu'il « savait des choses » – au point où la police m'a priée de ne plus l'importuner. Pourtant, l'enquête ne donnait aucun résultat, je n'étais pas certaine qu'on prenait ma détresse au sérieux, d'ailleurs. J'ai demandé à Bernard Tourangeau de prendre le relais, j'étais prête à l'envoyer à l'autre bout du monde pour qu'il me ramène Samuel, jusqu'à ce que Richard parvienne à me raisonner.

Et puis, un jour, l'appel est venu.

De Samuel.

— Maman…

Sa voix était étonnamment claire et radieuse. Je roulais sur l'autoroute, je me suis stationnée en vitesse, il m'a demandé d'allumer mon ordi, il voulait me montrer quelque chose.

— Je suis en voiture.

— Rentre à la maison, je te rappelle.

Je ne voulais pas qu'il me quitte, non, pas tout de suite, mais la ligne avait été coupée. J'ai transgressé toutes les limites de vitesse, j'ai brûlé trois feux rouges avant de me garer en catastrophe devant chez moi. Dans la maison, je me suis précipitée sur l'ordi.

L'écran s'est allumé. J'étais assise devant mon portable, en train de reprendre mon souffle.

J'ai attendu.

Et attendu.

Rien. Pendant une heure, au moins.

Ça y est, je me suis dit, il joue avec mes nerfs. Il me lance une bouée de sauvetage pour me la retirer à la dernière minute. Une nouvelle façon de me faire mal.

Et puis, alors que j'avais presque abandonné, le téléphone a sonné. C'était lui, encore une fois.

— Ouvre ton Skype, il a dit.

Ce que j'ai fait. On cherchait à me joindre, la sonnerie caractéristique me l'indiquait. J'ai appuyé sur le petit téléphone vert et Samuel est apparu, méconnaissable. Barbu, bronzé, les cheveux ébouriffés. Impossible de savoir où il se trouvait. À l'intérieur d'une maison, sans aucun doute. Une pièce fermée puisque je n'entendais rien en provenance de l'extérieur : aucun bruit de la rue, klaxons, passants, rien. Je ne pouvais deviner le pays non plus. Samuel était peut-être terré dans le fin fond du Yémen, ou alors caché dans le sous-sol de mon voisin.

J'étais au bord des larmes. Soulagée de le voir devant moi, changé, oui, mais vivant, et en pleine forme d'après ce que je pouvais observer.

— Samuel… Où es-tu ? Comment tu vas ?

Il me regardait sans répondre, étonné sans doute par mon allure – j'avais perdu du poids depuis son départ, j'avais une tête affreuse.

— Je vais bien, dit-il.

— Où es-tu ? Pourquoi tu es parti ?

Il n'a rien répondu, de nouveau. Du mouvement, derrière lui. J'ai compris alors qu'il n'était pas seul dans la pièce, mais je ne voyais personne d'autre. Des bruits de pas, des chuchotements.

— Qu'est-ce qui se passe, Samuel ? Tu veux rentrer ?

— Je m'appelle maintenant Faïz al-Kanadi.

— Avec qui tu es ?

Des voix encore, Samuel a disparu de l'écran, puis est revenu. Cette fois, j'ai pu apercevoir une ombre, juste derrière lui. Un type attaché sur une chaise.

— Regarde.

Cette ombre est devenue un visage épouvanté, collé sur l'écran – des yeux injectés de sang, en panique. Dans la bouche de l'inconnu, une balle de tennis maintenue par du ruban gommé. Un Arabe, probablement. Il a tenté de crier, en vain. Je me suis aperçu que la main de Samuel retenait sa tête contre l'écran.

— Regarde, a-t-il lancé de nouveau.

Et la lame d'un couteau, sorti de nulle part, s'est enfoncée dans le cou de ce pauvre homme et l'a déchiré. Le sang a giclé, maculant l'écran, le type s'est affaissé.

« Allah est le plus grand », j'ai entendu, comme dans un souffle.

La voix de Samuel, enthousiaste, alors que je me suis mise à crier. Mais la communication avait été coupée, déjà. Je ne pouvais plus bouger, saisie par l'horreur de ce que je venais de voir. Comprenant trop tard que Samuel m'avait manipulée, m'attirant contre mon gré dans sa folie meurtrière. J'étais moi aussi une victime, par association. Il était venu me chercher de l'autre bout du monde, il s'était introduit dans ma tête pour y causer des dommages irréparables…

Par la suite, je me suis demandé si je n'avais pas rêvé, si ce meurtre en direct n'était pas le fruit de mon imagination. Je n'en ai rien à dit à Richard, encore moins à la police, alors que j'aurais dû. Par mon silence, je voulais convaincre Samuel de renouer contact avec moi : je ne l'avais pas trahi, je ne l'avais pas dénoncé. J'étais *avec* lui.

Je prends congé de Lambert et regagne notre table. Richard est absent, Harald discute avec des invités, plus loin. Les deux adolescentes ont disparu avec leur mère, me dit Jocelyn Turmel.

— Et mon père, il est où ?

Il l'ignore, il ne l'a pas vu quitter la table.

Le trophée et le bouquet sont toujours là, mais pas de trace de Richard. Son verre de Ginger Ale est vide. Instinctivement, je jette un regard du côté du bar, où se sont rassemblés quelques exposants, mais Richard n'y est pas. Aux toilettes, peut-être. Mais il ne s'y trouve pas non plus, comme me le confirme Jocelyn à qui j'ai demandé d'aller vérifier.

Je suis très inquiète, tout à coup.

— Il est sans doute remonté à votre chambre.

Je m'engouffre dans l'ascenseur. Au quatrième, j'entre dans la pièce, je fais de la lumière : personne.

De retour au rez-de-chaussée, de plus en plus préoccupée, j'avise le concierge :

— Il y a un autre bar dans l'hôtel?

— Dernier étage.

L'ascenseur de nouveau. L'endroit est fermé : problème de plomberie, m'explique un type en salopette. Je lui demande s'il a vu un vieil homme, je décris mon père. *Niet*, me répond-il en hochant la tête.

Je redescends à la salle de bal, en espérant que Richard soit de retour, mais Jocelyn Turmel est encore seul à sa place, il s'apprête à quitter les lieux. J'accroche Harald Christiansen à qui j'explique que mon père est introuvable. Il tente de minimiser la chose, il n'est sûrement pas très loin, aux toilettes peut-être?

J'essaie de me calmer, je regagne notre table. La salle se vide lentement, Turmel a disparu, Harald et sa famille viennent me saluer à leur tour. Il me répète de ne pas m'inquiéter.

Après leur départ, j'aborde Gabriel Lambert, à qui je demande s'il a vu Richard. Il me suggère les toilettes, lui aussi. Il m'y accompagne, il vérifie dans chacun des cabinets: pas de trace de mon père.

Lambert m'offre de poursuivre les recherches avec moi. Je suis désemparée, j'ai besoin d'aide, je saute sur l'occasion. Il me vient une idée, je demande au concierge l'adresse des bars les plus proches, ceux qu'une personne âgée peut rejoindre à pied, par exemple. Mais Richard peut avoir pris un taxi.

— J'ai ma voiture, au parking, si vous voulez…

Pendant une partie de la nuit, je fais le tour des bars de Saint-Pétersbourg avec l'employé du consulat, ma panique s'accentuant de minute en minute. Je décris mon père, il devrait être facile à repérer, mais personne ne l'a vu. Cette disparition n'est pas normale, il s'est passé quelque chose, mais quoi? Lambert tente de me rassurer, sans succès.

Nous rentrons à l'hôtel au petit matin. J'espère que Richard y est revenu, mais non. La salle a été débarrassée des tables, des employés nettoient le plancher à grande eau. À la réception, on me remet le bouquet et le trophée.

Gabriel Lambert me dit:

— Il faut appeler la police.

Deuxième partie

Le roi mage

7

Septembre 1982

Depuis trois ans, grâce aux réfugiés afghans, les choses se sont améliorées pour mon père. Les tapis de Peshawar prennent le chemin de Karachi, puis de Montréal de façon régulière, Richard accompagnant parfois un chargement, histoire de s'assurer que la cargaison ne soit pas détournée en cours de route. Ce qui n'arrive jamais, mon père n'ayant pas cessé de soigner ses contacts politiques à Islamabad, et à Karachi, surtout. Des relations privilégiées qui lui coûtent cher, mais le résultat en vaut la peine. Oriental Rugs & Carpets a renoué avec le profit, Travis jubile, Frank aussi, même s'il a horreur d'admettre que la prospérité de l'entreprise dépend en grande partie de ce casse-cou du commerce, de ce beau-frère intrépide qui s'est imposé à l'autre bout du monde en pleine guerre civile.

Au mépris de toute logique, les Soviets s'incrustent en Afghanistan. Plus tard, j'apprendrai comment cette invasion insensée a été décidée et planifiée par l'entourage de Leonid Brejnev, au crépuscule de son règne. Une invasion que le responsable du KGB, Iouri Andropov

– qui remplacera bientôt Brejnev à la tête du pays –, lui a décrite comme inévitable si l'on ne veut pas que les Afghans basculent du côté des Américains, comme les Pakistanais, fragilisant ainsi la frontière sud de l'URSS. L'autre danger: la montée de l'islamisme. Nous ne pouvons permettre une, deux, trois révolutions iraniennes aux portes de Moscou, aurait déclaré Andropov.

Mieux encore: les Soviets rêvaient d'ajouter l'Afghanistan à leurs républiques du Sud, Turkménistan, Ouzbékistan et Tadjikistan. Mais ils ont depuis longtemps abandonné cette idée farfelue. Tout ce qu'ils veulent aujourd'hui, c'est mater la rébellion. Ils dépensent des sommes énormes pour une guerre d'usure qui leur échappe, dont l'issue semble maintenant incertaine.

Richard s'informe régulièrement, auprès de Konstantin Nikonov, de la situation à Kaboul. Vassillis est toujours actif malgré le conflit. Son implication dans le commerce de l'opium l'a même rendu indispensable auprès des Soviets, qui encouragent le trafic pour démotiver les moudjahidines et créer des dissensions au sein des groupes rebelles. Pas surprenant que les ententes signées avec Taraki, puis Amin, aient été renouvelées par Babrak Karmal, le nouveau président imposé par Moscou.

Ce qui fait rager mon père.

— Tu en as déjà plein les bras avec les ateliers de Peshawar, rétorque ma mère pour le calmer.

— Quand la guerre finira, les artisans et leurs familles retourneront dans leur pays.

— Pas avant plusieurs années, c'est toi-même qui me l'as dit.

— Les Soviets veulent négocier une trêve avec le commandant Massoud.

— C'est Nikonov qui t'a appris ça ?

— Radio Pakistan. Et si Massoud s'entend avec les Russes, ça signifie que la fin de la guerre est proche.

— Ne te mets pas dans cet état, Richard.

Joan pose la main sur celle de mon père, qui se calme, qui lui sourit, qui lui dit :

— Merci d'être ici, avec moi, merci de m'épauler.

Une rare confidence de Richard, plutôt timide quand vient le temps d'avouer son amour pour Joan, devant moi en plus. Je devine que ma mère lui fait part régulièrement de son désir de rentrer au pays, pour le bien de Nadia, dit-elle. Je vais bientôt avoir onze ans, ma mère a fait des démarches auprès d'écoles secondaires privées de Montréal, comme si elle voulait mettre de la pression sur Richard. Ils pourraient décider de m'y envoyer seule, pensionnaire, mais mon père refuse que nous soyons séparés. À moins que Nadia veuille rentrer, alors là…

Ils se tournent vers moi. Comme dans les ateliers de tapis, quand Richard me demande mon avis, la décision me revient, du moins en apparence.

— Je veux rester avec vous deux.

Joan me prend dans ses bras, Richard aussi. M'aimer les rend heureux, je le vois bien, leur bonheur m'est plus important que mon désir de quitter cette ville, ce pays, cette école que je n'aime pas – je n'ai pas de copines, n'en aurai jamais, même si ma mère est convaincue que je m'entends bien avec Jennifer Donegan. Mme Botterell, la directrice, se sent investie d'une mission divine – elle aussi – qui rend la vie misérable à tout le monde, moi la première. Parmi les élèves, elle a ses préférées, qu'elle protège, les autres longent les murs, effrayées par son côté autoritaire et intransigeant. Dans mon uniforme bleu marine, je suis semblable à mes camarades, mais je ne fais pas partie de leur monde. Pour le travail d'équipe, l'institutrice doit m'imposer à un groupe ou à un autre, qui rechigne en me voyant prendre la place d'une amie. Dans la cour, je reste toute seule, et trop orgueilleuse pour gagner la sympathie des autres filles. Trop fière pour entrer dans le cercle à mon tour. Leurs blagues m'ennuient, leurs préoccupations aussi, je suis une snob en devenir, comme ma mère.

Je me réfugie dans la lecture. Dans ma chambre, je dévore des tonnes de livres que j'emprunte à la bibliothèque de l'école. Un jour, Mme Botterell me fait venir à son bureau. Exceptionnellement, j'ai eu de bons résultats à mon dernier bulletin, elle veut me récompenser. Elle m'indique sa bibliothèque, immense, qui fait toute la longueur du mur, et m'offre de choisir un bouquin, n'importe lequel.

— J'ai même des livres en français, me dit-elle.

J'hésite entre *Michel Strogoff*, parce que c'est le volume le plus imposant, et *Le Dernier des Mohicans*, mais je choisis finalement *Pêcheur d'Islande*. C'est ainsi que je découvre Pierre Loti, pour lequel je voue aussitôt une fascination insatiable. Je veux tout savoir de cet auteur, sa vie hors norme m'enthousiasme, je relis *Pêcheur d'Islande* à plusieurs reprises, chaque fois bouleversée par le destin de ses personnages.

Quand je ne lis pas, je me balade à vélo. Et je continue d'accompagner mon père aussi souvent que possible. Après son tour des ateliers, Richard s'arrête au Peshawar Golf Club pour discuter politique avec William Gallagher. Je reste à l'écart, sur le terrain, fascinée par les bulbuls, gypaètes, mésanges et rossignols, dont le chant me séduit. J'ignore ce que les deux hommes se racontent, même si la teneur de la conversation ne doit jamais varier : l'occupation par les Russes, la résistance des moudjahidines, la stratégie du gouvernement Karmal, stratégie plutôt douteuse, inefficace, en tout cas. Chose certaine, les Soviétiques continuent de s'enliser, ce qui est une bonne nouvelle pour les États-Unis.

— Et cet accord de paix avec Massoud ? demande mon père, inquiet de perdre ses fournisseurs.

— Personne n'y croit. Autrement, nous ferions tout pour en empêcher la signature.

Les Américains ne souhaitent pas la fin de la guerre, encore moins la défaite de l'URSS, ajoute Gallagher. Ce qu'ils applaudissent, c'est la diversion provoquée par les rebelles, qui oblige Moscou à s'occuper d'un conflit mineur, dont l'importance stratégique est nulle – du moins pour les États-Unis. Ils font croire aux moudjahidines qu'ils sont sympathiques à leur désir de se débarrasser du communisme, mais en réalité Washington s'en fiche complètement.

— Donc j'ai tort de m'inquiéter ?

— Cette guerre durera encore plusieurs années, Richard. J'y veille personnellement.

William Gallagher s'amuse des inquiétudes de mon père. Il lui répète que les États-Unis ne le laisseront pas tomber.

— Toi et moi partageons les mêmes intérêts, lui confie-t-il, la main sur son épaule. Notre amitié est indéfectible.

Surtout depuis que notre ambassadeur à Téhéran a permis de sauver la vie de plusieurs diplomates ayant échappé *in extremis* à la révolte des étudiants et à l'occupation de l'ambassade américaine.

Mon père me ramène à la maison à l'heure du lunch et je retrouve alors, déçue, l'univers fermé de ma mère et des domestiques. Mais je sors avec Joan, parfois, comme à Kaboul, quand nous suivions Richard dans ses voyages de reconnaissance. En ville, ma mère rencontre d'autres expats, comme elle, qui s'occupent tant bien que mal, notamment auprès des réfugiés, mais à distance, histoire de ne pas trop déranger. Et surtout de ne pas trop se compliquer la vie. C'est un bénévolat qui sert de prétexte à ce que ces dames s'échangent des potins. Ces après-midi m'ennuient, je les évite autant que possible.

Ce que j'adore, en revanche : faire les courses avec Homa. Son *tchadri* la couvre des pieds à la tête, elle ressemble à un fantôme, un spectre bleu que j'accompagne docilement au marché. J'admire l'habileté avec laquelle elle se déplace au milieu des étals, même si son champ de vision est limité. D'une main, elle tient le grillage près de ses yeux, sinon elle ne verrait rien, ce qui complique davantage la manipulation des produits. C'est une femme sérieuse, me dit ma mère, toujours à son affaire. Les courses, en tout cas, se déroulent rondement. Un salut, un remerciement, de temps à autre une longue négociation sur le prix, dont elle sort gagnante, j'en suis certaine, et puis nous voilà en route pour une autre échoppe où le même rituel reprend. J'aide à porter les achats, ou alors Homa fait signe à un jeune garçon de nous accompagner. Tous les trois, nous rentrons à la maison chargés comme des mulets.

Un jour, Homa est malade, Zahid est hystérique, Farooq est absent – il fait le tour des ateliers avec mon père. Le marché est annulé, je me dis. Mais voilà Homa à la porte de ma chambre avec ses paniers en osier. Qu'est-ce qui se passe ? Elle est guérie, déjà ?

Joan ne peut s'empêcher de rire. C'est elle qui a enfilé le *tchadri*, pas celui de Homa, un autre, qu'elle s'est procuré au bazar.

— Nous allons leur faire une surprise, tu vas voir !

Ce n'est pas l'idée du siècle, à mon avis, mais ma mère est tellement excitée par son projet, je n'ose pas m'y opposer. Nous sortons par la cour arrière sans être remarquées, et nous voilà en route vers le marché. Ma mère a envie de rire, elle se prend les pieds dans le tissu, elle a toutes les peines du monde à marcher droit. Des femmes que nous croisons la saluent, elles ne se doutent de rien – ou font semblant. Ma mère est radieuse, je l'entends s'esclaffer derrière son grillage. Mais je ne suis pas rassurée. Et si nous rencontrons une amie de Homa ?

— Arrête de te faire du souci ! Personne ne va rien remarquer.

Je n'en suis pas aussi certaine, mais elle a peut-être raison. Nous nous engouffrons dans le marché au milieu des autres femmes, plus ou moins invisibles sous leurs *burqas* ou leurs *tchadris*, elles aussi. Je guide ma mère vers les comptoirs que fréquente Homa. Les choses se passent bien, tout d'abord. Les vendeurs ne la regardent pas, lui remettent ce qu'ils donnent d'habitude à Homa. Ma mère s'amuse, visiblement, ce qui m'inquiète. Pourtant, elle joue son rôle à la perfection ; je l'imagine en train de savourer à l'avance l'air étonné des autres Occidentales quand elle leur racontera son « aventure ». Et puis les choses se compliquent. Quelqu'un a remarqué qu'il ne s'agit pas de Homa, la rumeur circule rapidement, les autres femmes nous entourent, amusées, j'entends leurs remarques – sans les comprendre –, elles nous montrent du doigt, deux hommes rient, un autre hausse les épaules.

C'est alors que je l'aperçois pour la première fois. Il est plus vieux que moi, il a une quinzaine d'années peut-être. Il ne cesse de me regarder, des yeux noirs qui me fixent, au lieu de fixer ma mère et son déguisement. C'est moi qui l'intéresse. Je détourne le regard, puis l'observe de nouveau, il n'arrête pas de me dévisager. Il a l'air sérieux et déterminé des adultes. Je suis mal à l'aise, j'attire Joan vers moi, je lui glisse à l'oreille :

— Il faut partir maintenant.

— On n'a pas terminé les courses…

— J'ai mal au cœur, je veux rentrer.

La première excuse qui m'est venue en tête. Ma mère n'a pas le choix, nous quittons le marché sous les regards moqueurs des clients et des commerçants. Nous rentrons à la maison sans ennuis, je ferme la porte derrière nous. Joan enlève le *tchadri.*

— Comment tu vas ? me dit-elle, sérieuse.

— Mieux.

Elle me regarde, radieuse.

— Moi, je me suis bien amusée !

Ce soir-là, alors que je m'apprête à aller dormir, je ferme les rideaux de la chambre que j'occupe à l'étage. Dans la rue, de l'autre côté de l'enceinte, je revois le garçon du marché. Il se tient debout sous un lampadaire, il regarde dans ma direction.

Instinctivement, je me recule, mais je laisse le rideau entrebâillé, je l'observe sans me faire voir. Il suffirait que je dise à Farooq d'aller lui ordonner de partir, mais je ne le fais pas.

Dans la nuit, je me réveille en sursaut. Je marche jusqu'à la fenêtre : le garçon a disparu.

8

Petit mais costaud, le visage fermé encadrant des yeux vifs qu'il balaie de temps à autre autour de lui, le lieutenant-colonel Alexis Alexiev m'attend, accoudé au comptoir du bar de l'hôtel, en sirotant bruyamment un expresso. Blouson de cuir, chemise ouverte, cheveux en bataille, il me donne l'impression d'un fêtard qu'on a privé de sa grasse matinée. Chose certaine, la disparition de Richard ne semble pas l'émouvoir, au contraire. Hier soir, en présence de Gabriel Lambert, après que j'eus relaté les faits à un policier de la Militsia, le protocole habituel a été appliqué : hôpitaux, commissariats, gares routières et ferroviaires. Puis l'enquête a été refilée à Alexiev. Le fait que mon père soit alcoolique ne semble pas l'alarmer, au contraire.

— Si ça se trouve, il est en train de cuver sa vodka sous un des ponts de la ville.

Qu'on a vérifiés, également. Sans succès.

J'ai l'impression de le déranger, de nuire à ses autres dossiers. Je suis une emmerdeuse, une touriste un peu émotive qui s'inquiète et crie au loup pour un rien.

Dans son anglais laborieux, entre deux gorgées de café, il me demande :

— Des épisodes de perte de mémoire, d'égarement ?

— Mon père a toute sa tête.

— Des tentatives de suicide dans le passé ?

— Non plus.

Richard est parti sans son passeport, mais ce n'est pas cette photo qu'on fait circuler, l'autre plutôt, plus récente, publiée dans le programme du marché.

Alexiev me dit qu'il a déjà interrogé le concierge et des employés en service hier, qui se souviennent très bien du héros de la soirée, mais ne se rappellent pas l'avoir vu quitter la salle de bal. Avec l'un d'entre eux, Alexiev a vérifié chaque recoin de l'hôtel, du sous-sol au dernier étage, sans trouver d'indice.

— Et les caméras de surveillance ?

— À l'extérieur seulement. Et elles ne couvrent que l'entrée principale et le quai de chargement, à l'arrière.

Richard s'est tout simplement volatilisé.

On dirait que le lieutenant-colonel rêve d'en faire autant.

— J'ai remis sa photo aux refuges qui recueillent les clochards. Je l'ai fait parvenir également aux églises de la ville.

Il m'offre un café, que je refuse.

— Il a des ennemis, votre père ?

Autrefois, certainement. En Afghanistan, ses pratiques commerciales ne faisaient aucune place à l'éthique. Le Richard Rocheleau de ces années-là ne reculait devant rien pour parvenir à ses fins et impressionner le siège social. Mais c'était il y a longtemps, le monde a changé.

— Vous croyez qu'il a été victime d'un crime ?

— Une possibilité comme une autre, répond Alexiev en haussant les épaules.

Il termine son café, se tourne vers moi, me répète les encouragements d'usage. Ses yeux s'animent, tout à coup. J'ai l'impression qu'il s'apprête à déguerpir en me laissant avec mon « problème », comme s'il avait hâte d'aller s'occuper de choses vraiment importantes. Mais il me dit :

— L'employé du consulat m'a appris que votre fils était parti à l'étranger. Un djihadiste ?

— Oui.

— Vous pouvez m'en parler ?

— Quel rapport avec la disparition de mon père ?

— Je ne veux rien laisser au hasard.

Je lui déballe tout, à ce policier, même si je n'ai pas envie d'exhiber ma vie privée. Je le mets au courant de la dérive progressive de Samuel, de nos disputes, de nos réconciliations, comme si nous nous testions mutuellement, un jeu auquel j'avais l'impression de perdre sans arrêt. Que je cédais sur tout, toujours, et il le savait, et il en profitait.

— Il a quel âge ?

— Seize ans.

Un matin, le printemps dernier, j'ai surpris Samuel dans le salon, son portable sur les genoux, des écouteurs dans les oreilles. Vêtu de cette djellaba qu'il s'empressait d'enfiler dès qu'il rentrait de l'école. C'était devenu une seconde peau pour lui. Il ne m'avait pas entendue arriver. Je me suis approchée. À l'écran de son ordi, une chèvre qu'un type s'apprêtait à tuer. En une fraction de seconde, il l'a saisie par le cou et lui a enfoncé son couteau dans la gorge, le sang s'est mis à pisser partout. Je n'ai pu réprimer un cri de stupeur, Samuel s'est retourné vivement. Il n'a rien dit, mais il était visiblement furieux d'avoir été surpris.

Je ne voulais pas me disputer, je me suis enfuie dans la cuisine. Plus tard, en se dirigeant vers le comptoir pour préparer son petit-déjeuner – olives, dattes, une céréale que je ne connaissais pas noyée dans du lait de brebis –, il m'a expliqué que le sacrifice rituel de certains animaux faisait partie du rite islamique.

— Le *dhabiha*, ça s'appelle.

Il m'a parlé comme un néophyte, enthousiaste, ravi d'avoir appris, mais encore plus heureux de pouvoir me faire profiter de ses nouvelles connaissances.

— Ce type a tout bousillé, pourtant, je lui ai répondu.

Samuel m'a regardée, perplexe.

— Il faut prononcer le nom d'Allah, ce qu'il n'a pas fait. Et la tête de l'animal n'était pas tournée vers La Mecque. Vers le sol, plutôt.

C'était la première fois que je m'opposais à lui depuis son changement de vie.

— Qu'est-ce que tu connais de l'islam ? m'a-t-il alors demandé, tout en continuant de préparer son petit-déjeuner.

— J'ai vécu dix ans au Pakistan. Un an à Istanbul, tu t'en souviens ? À Peshawar, les musulmans, je les côtoyais tous les jours, ils venaient à la maison, j'allais chez eux, parfois.

Il a haussé les épaules, ça ne comptait pas.

— Je te parle de l'islam véritable.

— Le salafisme ?

— Au moins tu connais le mot.

Son ton était insultant, méprisant ; je l'ai détesté dans sa robe de chambre ridicule qui lui donnait l'allure d'une publicité pour Royal Air Maroc.

J'avais baigné dans cette religion toute ma jeunesse. J'en connaissais les différences, les nuances, j'étais au courant des déchirements, des hérésies, des guerres intestines. Des égorgements de chèvres, j'en avais vu ailleurs que sur YouTube. En direct. *Live*.

Surpris par ma sortie, Samuel a continué de préparer son repas avec une concentration maniaque, comme s'il s'apprêtait à traverser le Sahara et qu'il voulait s'assurer d'avoir suffisamment de provisions. Il était froissé, humilié, je l'avais attaqué à l'endroit le plus sensible, sur un sujet dont il s'estimait, à tort, spécialiste, alors qu'il n'en savait à peu près rien. Sur le hockey, il pouvait me raconter n'importe quoi, je n'aurais jamais osé le contredire, mais l'islam, je connaissais, plus que lui, sur certains aspects en tout cas.

J'ai senti que les choses pouvaient déraper. J'étais à deux doigts d'ordonner à mon fils de ramasser sa quincaillerie, son tapis de prière, ses dattes, ses olives noires, ses colifichets, et d'aller se faire voir ailleurs. Mais je me suis contrôlée, je ne voulais pas commettre l'irréparable. J'étais le dernier lien avec lui, le dernier contact. Je n'avais pas le droit de péter les plombs.

Je me suis approchée de lui, je me suis excusée, je ne voulais pas le froisser, lui faire la leçon – alors que lui ne se gênait pas pour me faire des remontrances à propos de tout et de rien : ma façon de m'habiller, de manger, de m'exprimer, même.

Il s'est tourné vers moi. Son regard d'acier, effrayant tout à coup :

— Ne m'adresse plus la parole.

C'était un ordre. Direct. Implacable.

J'avais le choix : ou je l'envoyais promener, et il quittait la maison pour de bon, ou j'acquiesçais, je préservais notre entente fragile, je repoussais la confrontation à plus tard. J'avais tellement peur de le perdre que j'ai cédé et détourné le regard. Je me sentais si diminuée, si rejetée, que je n'arrivais pas à garder les idées claires. Qu'est-ce que j'étais en train de faire ? Commettre une erreur, j'en étais convaincue, mais je me sentais dépourvue de moyens.

* * *

Alexiev m'a laissée parler sans m'interrompre.

— Finalement, ce café, je le prendrais bien, j'ai dit.

Pendant qu'on me le sert, le policier me demande :

— Il est parti quand ?

— L'été dernier.

Pour son anniversaire, j'avais préparé un repas qu'exceptionnellement Samuel a accepté de manger, et surtout de manger avec moi. J'ai pris du vin, sans qu'il me juge. Ce qui était un immense progrès. Ensuite, nous avons fait la vaisselle ensemble. Tout en lui parlant, je l'observais du coin de l'œil essuyer méticuleusement assiettes et ustensiles, avec des gestes précis et méthodiques, perdu dans ses pensées. J'aurais donné n'importe quoi pour me glisser, là, entre ses deux oreilles, et fouiller dans sa tête. J'avais l'impression d'une boîte en désordre, remplie de contradictions.

Soudain, il m'est venu une idée stupide, j'étais un peu pompette, j'en avais assez de la tristesse, j'ai eu envie de m'amuser. Et Samuel semblait de bonne humeur, lui aussi. Je lui ai dit :

— J'ai quelque chose à te montrer.

Je suis descendue au sous-sol, j'ai ouvert un débarras, au fond de la pièce. J'en ai retiré une boîte couverte de poussière, je l'ai nettoyée d'un mouvement du bras, puis l'ai remontée au rez-de-chaussée. C'était l'heure de la prière, pour Samuel. Il s'apprêtait à se prosterner dans le salon.

J'ai posé la boîte devant lui.

— Regarde.

J'ai ouvert. À l'intérieur, un *tchadri*.

Samuel a levé les yeux vers moi.

— C'était à ma mère. Elle l'enfilait, parfois, pour aller au marché. Elle avait l'impression de pouvoir mieux négocier l'achat des provisions, mais tous les commerçants avaient deviné son petit jeu.

Samuel a saisi le vêtement et l'a manipulé doucement, religieusement. Je m'apprêtais à refermer la boîte lorsque :

— Mets-le.

Je l'ai regardé, je croyais qu'il blaguait. Mais il me fixait, sérieux, avec ces yeux intenses qui me faisaient peur, parfois.

— Endosse-le, je te dis.

Il a insisté de nouveau.

J'aurais pu l'envoyer promener, mais je ne l'ai pas fait. J'ai déplié le *tchadri*, cherché l'ouverture pour la tête, et l'ai enfilé d'un mouvement sec, comme on fait avec un poncho. Je n'ai rien vu, d'abord, puis j'ai réussi à aligner devant mes yeux la petite ouverture grillagée. Je distinguais quelques mètres à peine devant moi, ma vision périphérique était nulle. Je percevais la présence de Samuel, mais c'était une ombre, une silhouette furtive.

Je ne me suis jamais sentie aussi mal à l'aise. D'être obligée de me couvrir ainsi, intégralement, me donnait le même sentiment inconfortable que d'être forcée de me déshabiller. Même si j'étais cachée des pieds à la tête, le voyeurisme de mon fils m'indisposait et me blessait profondément. Je m'apprêtais à enlever le vêtement lorsque j'ai entendu le clic-clic caractéristique de son cellulaire : Samuel me photographiait. Furieuse, je me suis débarrassée du *tchadri* et l'ai jeté par terre.

— Donne-moi ce téléphone.

Il souriait, il était radieux, il m'avait humiliée, et ça l'amusait. La belle ambiance du repas était rompue, par ma faute, à la suite de ma maladresse et de mon manque de jugement.

— Donne-moi ce téléphone, j'ai réitéré plus fermement, en lui tendant la main.

Mais Samuel, m'ignorant, s'est dirigé vers sa chambre. J'ai tenté de le retenir, il s'est dégagé et a fermé la porte derrière lui. J'ai essayé de rouvrir, c'était verrouillé, j'ai frappé de toutes mes forces, réponds-moi, Samuel, je t'en prie ! Il a ouvert, finalement, son cellulaire à la main, toujours, un sourire plaqué sur son visage, son ordinateur portable allumé sur le lit. J'ai compris qu'il venait d'envoyer la photo de sa mère à tous ses « frères ». Je n'en pouvais plus, j'étais si furieuse, et si impuissante.

— Pourquoi, Samuel ? Pourquoi ?

— T'aimes mieux qu'on te voie comme une pute ?

— De quoi tu parles ?

— Une femme facile qui se sert des hommes, qui s'amuse avec eux pour ensuite s'en débarrasser, comme tu as fait avec mon père.

— C'est faux. Qui t'a raconté ça ?

Je rageais, je fulminais.

Samuel me regardait, sûr de lui, de son droit, de sa droiture, surtout, fier d'avoir réussi à m'humilier. J'ai cherché autour de moi quelque chose à lui lancer au visage, tellement je le détestais. J'ai aperçu son exemplaire du Coran, sur la table de chevet. Je me suis précipitée sur le bouquin, m'en suis emparée, l'ai ouvert et j'ai craché à l'intérieur avant de le lui jeter en plein visage.

Samuel a récupéré le livre sacré et, d'un même mouvement, il m'a poussée violemment contre le mur, avant de sortir de la pièce et de quitter la maison, claquant la porte derrière lui. Écrasée par terre, j'avais mal à la tête, j'étais étourdie, secouée, désemparée. Je ne m'étais jamais sentie aussi idiote. Je m'en voulais à mort, je devais absolument rattraper Samuel et m'excuser auprès de lui.

Je me suis précipitée à l'extérieur. Dans la rue, il avait déjà disparu. Je ne savais pas quoi faire, qui alerter, où le retrouver. J'ai pris un taxi pour la mosquée de Rachid Bensouda, où l'imam était en prière avec ses ouailles.

Mais pas de trace de Samuel.

Pendant des jours, j'ai espéré que mon fils réapparaisse, comme ça, tout bonnement, comme s'il avait voulu me jouer un mauvais tour. Je rêvais qu'il s'excuse et me demande pardon de m'avoir fait peur, mais la porte restait fermée, le téléphone, muet, et les journées, interminables.

Le seul lien de Samuel avec l'ancien métier de son grand-père : le tapis de prière dont il ne se séparait jamais, comme sa doudou quand il était enfant. Et pourtant, ce soir-là, il était parti sans sa saleté de carpette. Je m'assoyais sur son lit, je la fixais, je lui parlais, la suppliais, l'engueulais même, comme si elle était l'incarnation de mon enfant.

Bref, je sombrais peu à peu dans la folie.

Un enquêteur du Service de police de la Ville de Montréal, René Andersen, s'occupait plus particulièrement de cette affaire et m'informait de l'évolution du dossier. Sur son ordinateur portable, Andersen m'a montré un extrait vidéo des caméras de surveillance de l'aéroport, à Dorval, où on voyait clairement Samuel quitter le comptoir d'Air France et se diriger vers les contrôles de sécurité.

— Un billet aller simple pour Le Caire, a précisé Andersen. Où, possiblement, un complice l'a pris en charge. J'attends confirmation de la police égyptienne.

Un complice ?

Qu'est-ce que ça voulait dire ?

Et qui lui avait payé ce billet ?

— Votre fils n'a jamais pris l'avion seul, vous m'avez dit ?

— C'est vrai.

— Et pourtant, il semble très à l'aise. Regardez-le.

Le policier avait raison. Samuel circulait dans le hall de l'aéroport avec l'air blasé de celui qui voyage souvent et qui a l'habitude de cet environnement.

Andersen a gelé l'image, puis est revenu en arrière.

— Regardez bien.

Je me suis approchée instinctivement. La bande vidéo a défilé de nouveau : Samuel au milieu des autres voyageurs, la fontaine où il se désaltère, puis l'aire de contrôle au-delà de laquelle les chariots ne sont pas permis. Samuel récupère son bagage et, du même geste assuré, il pousse le chariot au milieu d'autres inutilisés. Une fois de plus, l'image s'est figée.

Je n'ai rien remarqué d'anormal ou d'étrange.

— Je reprends. Cette fois, observez à sa droite. Quand il saisit le caddie, notamment.

J'ai regardé, encore, plus attentivement, je n'ai rien vu. Andersen a accéléré la bande.

— Et ici, qu'est-ce que vous remarquez ?

— Rien. Sauf…

— Oui ?

— Ce type, là, avec la casquette. Il était juste derrière Samuel dans la salle d'attente.

— Exactement.

Andersen a fait jouer l'enregistrement encore une fois, et je me suis concentrée sur cet inconnu. Il était à la fontaine, un peu plus loin, devant. Dans la file pour le contrôle des bagages ensuite. Et puis dans la salle d'embarquement.

— Vous le connaissez ? Vous l'avez déjà vu quelque part ?

La bande est repassée.

— Qui est-ce ?

— Nous avons épluché la liste des passagers, sans succès. Il a peut-être pris un autre vol. Nous continuons de chercher.

Alexiev me quitte en me promettant de me tenir au courant des développements ; je passe la journée dans l'attente de nouvelles qui ne viennent pas. Dans le hall de l'hôtel Volkova, un tourbillon de vendeurs, d'acheteurs, de visiteurs et d'employés du marché. Je n'ai pas le courage de visiter la salle d'exposition où s'empilent des milliers de tapis en provenance de cinquante-neuf pays, comme le précise la documentation fournie par les organisateurs. Je reste dans ma chambre, dans celle de Richard, plutôt, incapable de demeurer en place, pourtant.

J'appelle Terry, à Montréal, pour lui raconter ce qui se passe et lui demander s'il a une idée de l'endroit où peut se trouver Richard. Terry est aussi surpris et inquiet que moi.

Sur la table basse, le trophée en cristal, insignifiant. Et les fleurs qui fanent déjà.

9

Lady Reading Hospital à Peshawar. Quand j'ai repris conscience, j'étais entourée d'inconnus en blouses blanches, un médecin, des infirmières, visiblement soulagés de constater que je m'en étais sortie. La capsule de cyanure était éventée, m'a-t-on dit, plus tard, le poison n'avait pas donné les résultats escomptés. Je n'étais pas morte, mais vivante, et furieuse de l'être, comme si la vie avait décidé de me jouer un mauvais tour et de me faire souffrir davantage.

Le médecin m'a demandé :

— Vous savez où vous êtes en ce moment ?

À l'hôpital, de toute évidence, en ce triste matin de novembre 1989.

Je me suis rendormie et, en me réveillant de nouveau, j'ai senti une odeur familière, son parfum, le parfum de Joan, élégante comme toujours, assise sur une chaise droite, me regardant, sa main prenant la mienne, molle et sans énergie. Je ne l'avais jamais vue aussi belle, aussi rayonnante, comme si elle avait voulu me prouver, par son air de grande dame, que la vie vaut la peine d'être vécue. À son sourire éclatant, je ne pouvais répondre que par des larmes, mais je n'ai jamais su le faire élégamment, comme elle. Ma mère a toujours pleuré avec style, comme si, même dans la douleur et la tristesse, il ne fallait pas oublier qu'on nous regarde, qu'on nous juge, que nous aurons à vivre, plus tard, avec le souvenir de ces moments déshonorants, bien qu'inévitables.

Je m'en foutais, je voulais *encore* mourir.

J'avais dix-sept ans, ma vie n'avait plus aucun sens.

Ma mère a dit :

— Tu rentres à Montréal.

Mes bagages étaient déjà faits – ceux d'Islamabad, où je résidais alors toute l'année, seraient envoyés directement à Montréal, Joan s'en était chargée. Je ne verrais pas Richard avant mon départ, il se trimballait du côté de Kandahar pour regarnir son carnet de commandes. L'hiver allait bientôt s'abattre sur la région, il devait absolument compléter un dernier tour des ateliers.

J'étais convaincue qu'il avait inventé ce voyage uniquement pour ne pas avoir à m'affronter.

— J'ai parlé à ton père, tout à l'heure. Il voulait revenir de toute urgence, je le lui ai déconseillé, maintenant que tu es hors de danger.

Un mensonge, un autre.

— Qu'il aille au diable !

— Ce qu'il a fait, c'est pour ton bien.

— Pour le sien, surtout. Pour ne pas compromettre son sale commerce.

— Nadia, je t'en prie.

— Je ne veux plus jamais le voir.

Les funérailles d'Akbar avaient eu lieu sans moi, bien entendu.

J'étais encore faible quand nous avons pris un taxi pour l'aéroport de Peshawar. Ma mère a poussé le fauteuil roulant jusqu'au comptoir de Pakistan Airlines.

Pendant que nous attendions, elle s'est accroupie à mon niveau. Elle a pris mon visage dans ses mains et, à voix basse, pour éviter qu'on nous entende, elle a dit :

— Tu es enceinte. Le médecin me l'a confirmé.

J'ai regardé ma mère, sous le choc.

Elle m'a rassurée, ensuite :

— Nous verrons ça à Montréal.

Dans l'avion jusqu'à Munich, via Islamabad, puis au départ de Munich jusqu'à Montréal, en réécoutant en boucle sur le système d'écoute *Glory to All of You* et *Damage Control*, les grands succès d'Atomic Behavior, j'ai pleuré sans aucune retenue, inlassablement, ayant l'impression que la musique et les trémolos de Jerry DeSoto m'étaient adressés personnellement. Le chanteur donnait l'impression de me connaître, de me parler, d'avoir écrit ces chansons pour témoigner de mes malheurs et de ma tristesse inconsolable. Je pleurais, et si fort en plus, et de la manière la plus « inélégante » qui soit. Au-dessus de l'Atlantique, inquiète et exaspérée, une agente de bord a demandé au micro si un psy pouvait se rapporter au responsable du service. Je n'ai pas cru que c'était pour moi, pour me calmer, jusqu'à ce qu'un psychiatre de Stuttgart vienne s'asseoir entre ma mère et moi et tente de me débarrasser de mes craintes, de mes angoisses et de mon mal de vivre.

Dans un taxi, plus tard, direction Ville Mont-Royal.

— Le Dr Demers te recevra demain. Il va s'organiser avec tout ça, m'a dit Joan à voix basse, comme si elle avait peur de préciser de quoi il s'agissait.

Mais ma décision était prise.

— Je veux le garder.

J'ai vu notre médecin de famille, comme prévu, je lui ai répété que je voulais mettre cet enfant au monde, même si je n'étais pas en état de prendre une telle décision, comme le répétait ma mère.

— Et tu n'as que dix-sept ans.

Bientôt dix-huit. Mais je m'en foutais, de son avis. J'avais failli mourir et maintenant j'allais donner la vie, c'était un méchant pied de nez au destin, non ?

Dans la maison des McCullough, boulevard Graham, il y avait de la place pour une armée. Je m'y suis installée, d'abord avec Joan, ultraprotectrice. Ma mère est repartie pour le Pakistan quelques semaines plus tard, rassurée de me laisser entre les mains de Dorothy, l'épouse de Frank. J'ai retrouvé Travis, le grand-papa gâteau, qui m'a gâtée encore plus. Les dimanches, je « refusais » de parler au téléphone avec Richard, ce qui semblait lui convenir tout à fait.

Je détestais mon père, je le jugeais responsable de ma détresse, je ne voulais pas lui pardonner quoi que ce fût. J'étais têtue et intransigeante comme lui.

J'ai accouché des écouteurs sur les oreilles, passant en boucle, de nouveau, les grands succès d'Atomic Behavior et la voix écorchée de Jerry DeSoto, qui avaient accompagné ma grossesse. En l'absence de Richard, qui a eu la décence de ne pas faire le voyage jusqu'à Montréal.

Imprégnée d'Istanbul et de l'œuvre de Pierre Loti que je lisais sans cesse à Islamabad, et même avant, quand j'habitais Peshawar avec mes parents, j'ai choisi le prénom Samuel, celui d'un personnage d'*Aziyadé*. L'amant de Loti, d'ailleurs, selon ce qu'ont avancé certains de ses biographes. Louis Marie Julien Viaud – c'était son vrai nom – avait une vie sexuelle plutôt atypique. Bisexuel, amateur de déguisements, mythomane, grand amoureux de la civilisation ottomane, Loti ne ressemblait à rien. C'est peut-être ce qui m'a le plus séduite chez lui, son existence anticonformiste, alors que ses œuvres sont plutôt conventionnelles. Des histoires d'amour qui se terminent mal ou se complaisent dans une vision romantique de l'Asie et des pays arabes. Un orientalisme qui n'évite pas les clichés et les figures tragico-sentimentales.

Samuel ? Mes parents étaient soulagés, ils s'attendaient à un prénom plus exotique. J'ai repris mes études dès que mon fils a pu être placé en garderie. L'été, ma mère, rentrée de Peshawar pour les grandes vacances, faisait la nounou sans que je lui aie demandé quoi que ce soit. J'aurais préféré qu'elle reste « là-bas », mais elle tenait à m'accompagner dans mon expérience de jeune maman, disait-elle. Elle s'était acheté chez Holt Renfrew ce qu'elle appelait un « costume de bonniche », qui avait dû lui coûter une fortune.

Je m'étais promis de les détester tous les deux jusqu'à la fin du monde, surtout Richard, mais cette résolution s'est émoussée peu à peu. Grâce au petit Samuel, à l'égard de qui ma mère se faisait plus ouverte, plus maternelle, en fait, qu'elle l'avait été avec moi pendant mon enfance. J'ai succombé à mon tour. Au fil des mois, nous sommes redevenues proches, elle et moi.

Joan aimait pousser le landau boulevard Graham, adorait qu'on la méprenne pour la maman de l'enfant – toutes ces crèmes antirides hors de prix servent enfin à quelque chose, disait-elle en souriant. Dans le quartier Côte-des-Neiges, nous nous installions pour bavarder dans un de ces cafés remplis d'étudiants de l'Université de Montréal, tout près. Nous allions au cinéma ensemble, nous faisions le tour des galeries, des boutiques, nous partagions le même coiffeur. Le temps d'un été, Joan redevenait mon alliée, mon amie, ma référence, mon appel d'urgence, ma solution miracle.

Je continuais de détester mon père, mais j'avais fait la paix avec ma mère.

Et puis, quand mes parents sont rentrés définitivement du Pakistan, en 1996, les choses ont changé. L'été précédent, dans une de ces rues ombragées à flanc de montagne, à Outremont, Joan s'était entichée d'un bungalow grand format avec un immense garage – trois portes ! – qui empiétait sur un jardin magnifique. Une maison que Richard et elle ont occupée à leur retour, avec un enthousiasme de nouveaux mariés. J'ai perdu ma confidente, je la voyais de moins en moins, ce qui était compréhensible. Tout ce temps passé sans mon père, qu'elle voulait rattraper. J'éprouvais de la jalousie pour le couple qu'ils formaient, alors que j'étais seule, privée par leur faute de l'amour auquel j'aurais eu droit. Jalouse de leur bonheur, de leur passion l'un pour l'autre. Je me suis faite discrète, leurs retrouvailles me faisaient mal. Peut-être pour cette raison, les relations sont redevenues tendues entre Joan et moi.

Quand mon directeur de thèse Kartal Çelik a démissionné de l'Université McGill pour rentrer chez lui, en Turquie, à Istanbul, plus précisément, je n'ai pas hésité un seul instant. Je me suis inscrite à l'université Galatasaray, ravie de pouvoir vivre et étudier dans la même ville que Pierre Loti. Avec Samuel, je me suis installée dans une vieille demeure ottomane, située juste derrière la Mosquée bleue. J'avais prévu inscrire mon fils à l'école française, mais j'y ai renoncé, préférant des cours privés donnés par une institutrice à la retraite, le cadeau de départ offert par mon père.

Samuel avait sept ans, mon âge quand nous avions déménagé au Pakistan, mes parents et moi. Istanbul, je connaissais depuis mon enfance. Mais sans jamais y avoir mis les pieds. Autour de la table, à Peshawar, le nom de la ville revenait sans cesse. C'était là où se trouvait l'antenne asiatique d'Oriental Rugs & Carpets, le bureau régional qui coordonnait les activités des acheteurs de l'entreprise disséminés dans les pays voisins.

Kartal Çelik, un vieil intellectuel à la santé fragile, n'était alerte qu'en début de journée. L'après-midi, sa concentration diminuait, il acquiesçait à tout ce que j'avançais, ce qui me rendait inquiète quant à la qualité de mon travail. Ma thèse portait sur l'orientalisme critique de Pierre Loti dans *Aziyadé*, son premier roman, qui avait lancé sa carrière littéraire. Un sujet un peu pompeux, je l'admets, une thèse pas très convaincante, je l'admets aussi. Mais ma passion pour Loti me permettait de revenir en Asie, de retrouver, cette fois comme adulte, le ravissement et l'émerveillement qui avaient nourri mon enfance et ma jeunesse.

À 11 heures, j'en avais terminé avec Çelik et, après avoir récupéré Samuel, nous déambulions tous les deux dans les rues arpentées par l'officier de marine, autrefois, recherchant dans le cadre d'une porte, dans une entrée, sur une place des traces d'Aziyadé, me fermant volontairement à la nouvelle Turquie, très loin de l'ancienne que Loti avait aimée avec passion.

Dans ma maison ottomane, avec mon fils, je vivais dans le passé. J'en étais consciente, mais je m'en fichais complètement. J'étais bien, j'étais heureuse, la Turquie m'offrait la dose d'exotisme dont j'avais besoin sans m'éloigner tout à fait du confort de l'Occident. Je me voyais comme Loti, qui vivait en Turc le soir et la nuit, pour rentrer au petit matin sur son navire, reprendre ses activités d'officier – avec tout le décorum que cela exigeait. Et puis j'avais vécu pendant des années dans un islam rigide, celui du Pakistan, région ouest, la plus conservatrice. J'appréciais à Istanbul la version ottomane de la même religion, exprimée de façon plus modérée. J'en avais assez des donneurs de leçons, des préfets de discipline, j'adorais pouvoir parcourir la ville en minijupe, cheveux au vent. Prendre un verre sur une terrasse donnant sur le Bosphore, comme toutes les autres étudiantes de Galatasaray. Fréquenter les discothèques de Beyoğlu – après avoir confié Samuel à la propriétaire de ma maison ottomane, qui adorait mon fils. Je vivais à Istanbul comme à Montréal, mieux qu'à Montréal, même, parce que j'étais redevenue libre. Pour la première fois depuis la naissance de Samuel, j'avais l'impression que lui et moi avions enfin une relation normale, un peu chaotique, peut-être, mais je pouvais le voir grandir sans que nos rapports aient été alourdis par les commentaires et les suggestions de Richard et Joan, surtout Joan. Avoir entraîné Samuel en Turquie était une preuve de mon inconscience, disait-elle, comme si elle avait oublié m'avoir elle-même glissée dans sa valise, à l'époque, et pour un voyage encore plus risqué.

Je suis rentrée en 1998, ma thèse non complétée. J'ai trouvé un appartement dans le quartier Rosemont, puis j'ai répondu à une annonce dans le magazine *Voir*. On cherchait des profs de français pour les immigrants, les nouveaux arrivants, comme disait la publicité. Un métier qui ne m'inspirait rien qui vaille, pour lequel j'étais certaine de n'avoir aucune qualification. Mais j'étais fauchée. Je vivotais d'une marge de crédit à l'autre, trop orgueilleuse pour me tourner vers mes parents, ou vers Frank, qui n'aurait pas hésité à subvenir à mes besoins s'il avait été au courant de ma situation financière.

Je me suis présentée à l'Académie Saint-Kevin, une vieille école primaire qui avait troqué les enfants contre des adultes. Les corridors transformés en une sorte de Société des nations nouveau genre. Une tour de Babel à l'horizontale, si on peut dire, des gens de partout dans le monde décidés à maîtriser le français pour dénicher le boulot qui, enfin, les sortirait de la pauvreté.

On m'a engagée aussitôt, et j'y enseigne maintenant depuis huit ans.

Mais mon retour définitif à Montréal ne nous a pas donné l'occasion de nous rapprocher de nouveau, Joan et moi. Elle s'était peut-être attendue à ce que je ramène de Turquie un mari, un père pour Samuel, ce qui m'aurait permis, enfin, de mener une vie de famille normale, d'avoir un autre enfant, d'oublier le passé, d'envisager l'avenir avec sérénité.

Joan était déçue de mon attitude, de mon obstination. On n'élève pas un enfant toute seule, me répétait-elle sans arrêt. Elle avait peut-être raison. De toute façon, elle n'a pas vécu assez longtemps pour que je puisse partager ou infirmer son avis. Le matin du 11 septembre 2001, après avoir terminé son appel à son amie Nancy Whitehall, en se dirigeant vers l'ascenseur avec son amant, ma mère n'avait pas remarqué qu'un avion fonçait droit sur la tour. Sur elle-même, en fait.

Comme si Mohammed Atta l'avait visée, elle.

Dans les mois qui ont suivi la tragédie, mon père n'a pas cessé ses recherches pour identifier l'amant de Joan, l'homme qui avait partagé les derniers moments de sa vie. Une entreprise masochiste, qu'il menait à fond de train et qui lui permettait, étrangement, de ne pas sombrer dans la dépression. Dans la maison d'Outremont, dans une pièce à l'étage, il avait installé son centre des opérations, comme il disait. Ordinateur, fax, télé... Les murs couverts de photos et de coupures de journaux à propos du 11-septembre, dont celles de toutes les victimes du World Trade Center tirées du *New York Times*, avec un paragraphe ou deux sur leur vie et leur carrière. C'est à moi que le journaliste avait parlé pour la courte bio de Joan, quand il s'était rendu compte que mon père était en plein délire. Dès son retour du bureau, en milieu d'après-midi, Richard s'installait dans son centre des opérations pour diriger les recherches de Tourangeau. L'endroit empestait la cigarette ; j'imagine que mon père y rencontrait l'enquêteur régulièrement – un fumeur invétéré –, histoire de faire le point sur son travail.

Cette pièce était devenue un sanctuaire pour la femme qu'il avait aimée à la folie. Sur l'une des photos épinglées au mur, on la voit étendue sur une chaise longue, près de la piscine derrière la maison, une sorte de bassin en forme de fève où personne ne nageait jamais, mais qui lui servait de salon de bronzage. Sur ce cliché, ma mère semblait avoir été surprise ; par qui, je l'ignore, mon père se trouvait encore à Peshawar cet été-là. Son mystérieux amant, peut-être. Elle lève la main vers l'appareil, comme les policiers le font quand ils veulent éloigner des journalistes. Mais elle sourit, elle est radieuse, bronzée, magnifique, une femme superbe. Souvent, je me demande ce que nous serions devenus si nous étions restés à Montréal, tous les trois, au lieu de nous exiler au bout du monde pour poursuivre les ambitions de mon père. Je ne peux m'empêcher de penser que notre famille aurait survécu, que maman serait vivante, encore. Sa mort m'apparaît parfois comme une réponse au destin que mon père nous avait imposé, à Joan et à moi. Une conclusion logique, en fait.

Un jour, je lui ai dit :

— Pourquoi tu t'acharnes ? Elle ne reviendra pas, maman. Elle est partie, c'est fini. J'essaie de continuer de vivre, ce que tu devrais faire toi aussi. C'est ce qu'elle souhaiterait que nous fassions, j'en suis certaine.

Mon père ne m'écoutait pas.

— Laisse tomber, oublie cette histoire, j'ai ajouté.

Sa santé déclinant, Richard a mis un terme à ses recherches, mais sans fermer le dossier, avec l'espoir que, tôt ou tard, un fait nouveau ou un témoin inconnu se matérialiseraient, pour lui révéler le nom de l'homme que ma mère avait aimé, avec qui elle avait partagé ses derniers moments, dans les bras de qui elle était morte.

Un soir, il est débarqué chez moi en catastrophe. Les choses débloquaient enfin, m'a-t-il dit. Il avait appris par hasard que le maître d'hôtel de Windows on the World – un Français d'origine – avait eu la vie sauve parce qu'il était descendu dans le hall commercial, au sous-sol, pour un rendez-vous chez son dentiste. Richard était entré en contact avec lui, il s'était rendu à New York, à son domicile. Le maître d'hôtel avait perdu des dizaines de collègues, il ne s'en était pas encore remis. Il était sensible à la tristesse et aux démarches de mon père, mais non, il ne se souvenait pas d'avoir vu une personne correspondant à la description de Joan, ce matin-là, à l'une des tables du restaurant. Il y avait beaucoup de monde – la plupart en plein *power breakfast* –, il était normal qu'il ne l'ait pas remarquée.

Mais en apercevant une photo de ma mère, le type s'était écrié :

— Nous avons parlé en français !

— Celui qui partageait sa table, vous pouvez me le décrire ? avait demandé mon père, excité.

— Elle était toute seule. Je m'en souviens très bien maintenant. Elle attendait quelqu'un, il était en retard. Il ne viendrait peut-être pas, m'avait-elle dit. Elle semblait très déçue…

Cette révélation avait fouetté Richard, qui avait relancé son enquêteur sur la piste des derniers moments de Joan. Tourangeau s'est remis à fouiller dans les souvenirs des uns et des autres, il s'est entretenu de nouveau avec Nancy, et avec le gérant du Waldorf. Il a interrogé les femmes de chambre de l'hôtel, il est allé fureter du côté des chauffeurs de taxi. Et puis il a frappé le jackpot, comme disait mon père :

— Après la tragédie, avant que toi et moi on arrive pour récupérer les affaires de ta mère, une préposée de l'hôtel a laissé un inconnu pénétrer dans la chambre.

— L'amant de Joan ?

— Évidemment. Pour éliminer toutes les preuves de leur liaison.

Mon père s'est tourné vers moi :

— Il est encore vivant, ce salaud.

Des coups à la porte m'arrachent à mes pensées. Je vais ouvrir. Harald Christiansen a perdu son sourire engageant. Il n'a pas envie de faire des blagues. Ce dont je lui suis reconnaissante.

— J'ai appris ce qui est arrivé. Si je peux faire quelque chose…

— Rien, sinon attendre, espérer que la police le retrouve.

— Je peux entrer ?

J'aimerais mieux être seule, mais je dis oui. Pourquoi pas ? Je lui offre à boire, il refuse poliment. Installé dans le fauteuil au centre de la pièce, il se met à me parler de Richard, du plaisir qu'il a eu à échanger avec lui, hier, pendant le repas.

— Il vous a mentionné quelque chose qui pourrait…

— Non, la police m'a déjà interrogé. On s'est rappelé des souvenirs. Je ne pensais jamais qu'il irait jusqu'à…

Il s'arrête, mal à l'aise, comme s'il en avait trop dit.

— Jusqu'à quoi ?

— Je disais ça comme ça, je ne voulais pas…

Son malaise persiste. Je ne lâche pas prise :

— Monsieur Christiansen, si vous savez des choses…

— Je ne veux pas envisager le pire, mais dans son état, ce serait tout à fait compréhensible. En tout cas, moi, j'y songerais sérieusement si je me trouvais dans sa situation.

— Quelle situation ? De quoi vous parlez ?

Christiansen me regarde fixement, interloqué. Plus embarrassé que jamais.

— Il ne vous a rien dit ? Et c'est moi qui…

Je n'ai aucune idée de ce qu'il raconte.

— Qu'est-ce que je devrais savoir ?

— Son cancer. Votre père en a pour quelques mois, tout au plus.

10

Octobre 1982

Mon vélo a déraillé, je suis accroupie dans la rue, incapable de remettre la chaîne en place. La foule circule autour de moi, empressée, distraite. Je suis désemparée, j'ai besoin d'aide. Je me redresse, des visages fermés, des yeux qui m'évitent, sauf les siens. Ceux du garçon que je n'ai pas cessé de voir, partout en ville, qui est revenu de temps à autre m'espionner à la maison, qui ne m'a jamais adressé la parole, et dont je n'ai jamais signalé la présence à ma mère, encore moins à mon père ou aux domestiques. Il se tient debout, devant moi. Il regarde autour de lui comme s'il avait peur d'être observé, puis s'approche davantage.

— Je suis américain, explique-t-il dans un anglais parfait, sans donner d'autres détails.

Et pourtant, il a une tête d'Afghan. C'est quoi, ce cirque ? Pourquoi ce déguisement ?

Accroupi, il se met à faire la réparation alors que je ne lui ai rien demandé.

— J'en avais un pareil, dit-il. Quand j'avais ton âge.

J'ai horreur de me faire traiter d'enfant. Je lui arrache la bicyclette des mains avant qu'il ait terminé son travail.

Je m'éloigne en poussant le vélo. Du coin de l'œil, je vois que le jeune Américain n'a pas bougé, il me regarde sans réagir. Mais j'entends bientôt sa voix dans mon dos.

— Je peux le réparer, c'est très facile.

Je l'ignore, je regarde droit devant.

— Tu habites loin, tu en as pour une heure, au moins.

— Laisse-moi tranquille.

Au bout de dix minutes, je crois l'avoir semé, mais le voilà qui réapparaît juste en face de moi, comme s'il m'avait doublée sans que je m'en rende compte.

— Tu prends le chemin le plus long.

Je m'arrête, le regarde fixement dans les yeux.

— Qu'est-ce que tu veux ?

— Moi, c'est Akbar.

Sans attendre ma réaction, il reprend le vélo, le pose à l'envers sur le sol et entreprend de remettre la chaîne à sa place. Ses mains sont maculées d'huile, maintenant, mais ça ne semble pas le déranger.

Il me redonne la bicyclette. Regarde à gauche et à droite de nouveau. De quoi a-t-il peur ? Il me sourit.

Ma frayeur s'est envolée.

— Je m'appelle Nadia.

— Je sais.

— Et tu connais l'endroit où j'habite.

— Je ne voulais pas te faire peur.

— Tu veux quoi alors ?

— Te parler.

Il jette un œil derrière lui, méfiant, toujours.

— Mais pas ici. Kennel Castle. C'est un chenil, il appartient à ma famille. Là-bas, j'ai la paix.

— Pourquoi ?

— Je te l'ai dit : je veux te parler.

Sa proposition me semble suspecte. Akbar s'en rend compte. Il ajoute :

— Tu peux me rendre un service ?

Le lendemain, sans rien dire à mes parents, je me mets en route. En suivant les indications d'Akbar, je traverse Peshawar, je me perds dans les petites rues, j'en emprunte d'autres qui me permettent de quitter la ville au milieu des camions qui klaxonnent et que j'ignore. En vingt minutes, j'arrive au Kennel Castle, accueillie par les chiens qui aboient. L'endroit est paisible, malgré tout, une enclave au milieu d'un secteur industriel de la ville.

Akbar sort du bâtiment principal. Il est heureux de me voir, il ne croyait pas que j'allais venir.

— Viens, ne restons pas ici.

Une rangée de cages grillagées, dans lesquelles sont enfermés des molosses. Des chiens de race qui valent une fortune, me dit Akbar. Poussant mon vélo, il me guide jusqu'à la dernière d'entre elles, où se trouvent trois bergers allemands, des bêtes magnifiques.

— Ils ne sont pas dangereux. Ils me connaissent.

Prudente, je reste à l'extérieur quand Akbar y pénètre. Les chiens l'entourent, ils savent ce qui les attend, ils s'agitent, ils semblent heureux.

Lui et moi quittons le chenil en direction d'une rivière qui coule en contrebas. Akbar tient en laisse les trois bergers allemands. En marchant, il se tourne vers moi :

— Tu as trouvé ce que je t'ai demandé ?

— Oui.

Nous continuons en silence comme si nous étions, déjà, en manque de choses à dire. Je ne sais pas comment me comporter avec lui, si proche de moi, mais si étranger d'une certaine façon. À la fois familier et terriblement exotique.

— Tu parles pachto ou dari ?

— Pachto.

Son père, Mohammad Abdelhamid, a suivi à partir des États-Unis les enseignements d'Abdallah Azzam et a décidé de concrétiser son engagement en venant rejoindre les moudjahidines, à Peshawar. Akbar ne comprend pas encore ce qu'ils font ici, tous les deux, il s'ennuie de Cleveland, sa ville d'origine, ses amis lui manquent. Les jeunes de son âge lui semblent étrangers, même s'ils partagent la même religion.

— Et ta mère ?

Akbar évite de me répondre. Il me raconte plutôt que son père s'est remarié à leur arrivée à Peshawar, sa nouvelle femme vient d'avoir un enfant, elle en attend déjà un autre. Je lui demande où il va à l'école, nulle part qu'il me répond, son père l'a confié à une *madrasa*. Il n'est même pas supposé me parler parce que je suis une mécréante, un suppôt de Satan, mais il s'en fout.

— Je déteste le Pakistan, ajoute-t-il.

Akbar attache les chiens à un arbre, près de la rivière.

— On les fera marcher tout à l'heure.

J'ouvre mon sac. Il s'empare aussitôt des livres que je lui tends et que j'ai empruntés en mon nom à la bibliothèque de l'école : Mark Twain, J.D. Salinger, Charles Dickens…

— Tu les as lus ? me demande-t-il.

— Non.

Il choisit le Salinger, qu'il se met à parcourir sur-le-champ, accroupi devant la rivière. Une heure plus tard, il est toujours là, absorbé par sa lecture.

— Il faut que je rentre, maintenant.

Akbar me redonne le livre en disant :

— Je continuerai un autre jour. C'est possible pour toi ?

— Demain, si tu veux.

***

D'après mon père, ce qui préoccupe William Gallagher, c'est de trouver le moyen d'aider les rebelles afghans sans en avoir l'air. Encore une fois, le conseiller politique ne souhaite pas la fin du conflit, ce qui risque de se produire si les Soviets intensifient leur occupation du pays.

— C'est David contre Goliath, cette guerre.

Un David armé d'une fronde, qui ne fait pas le poids devant Goliath et ses redoutables hélicoptères Mi-24. L'Armée rouge n'a aucune difficulté à détruire, du haut des airs, les positions des rebelles.

Gallagher claque ses balles de golf avec intensité, régularité, sans fléchir. Une fois que le terrain de pratique est rempli de petites taches blanches, trois garçons se précipitent pour les récupérer, alléchés par le pourboire que le joueur leur a promis.

Le conseiller se tourne vers mon père.

— Nous devons rétablir l'équilibre, Richard. Mais comment faire ?

Les Américains veulent aider les moudjahidines, oui, mais sans trop se mouiller, sans trop en donner, sans surtout susciter la grogne des Russes.

À table, de retour à la maison, mon père nous fait part des inquiétudes de Gallagher, dans l'indifférence la plus complète. Joan n'en a rien à cirer. Ses intérêts sont beaucoup plus terre à terre. Elle a sermonné Homa pour des produits de mauvaise qualité qu'on lui a refilés au marché, elle n'est pas d'accord avec le nouvel horaire du club de tennis – « Tu devrais t'y mettre, Richard, tu as une mine affreuse. » –, elle aimerait bien que nous allions passer un week-end à Islamabad de temps à autre…

— Nous avons encore des amis, là-bas.

Mon père parle dans le vide, mais pas toujours. Les repas deviennent alors des joutes oratoires où s'affrontent l'enthousiasme naïf mais courageux de Richard et le gros bon sens de Joan, qui le ramène à l'ordre, qui lui balance au visage ses contradictions, ses changements d'opinion soudains et surprenants, sa manie de toujours arranger les choses à sa manière, comme s'il possédait, lui, le mode d'emploi du monde, et pas les autres.

— Tu crois que ton flair politique est plus aiguisé que celui de ton ami golfeur ?

— Nous n'avons pas les mêmes priorités.

— Ah oui, j'oubliais. Tu veux obliger Vassillis à plier bagage. Tu te fais des idées.

— Les moudjahidines peuvent gagner cette guerre, Joan.

— Là-dessus, je donne raison à Gallagher. Ces enturbannés n'arriveront jamais à rien, et surtout pas à te permettre de prendre la place de Vassillis.

Mon père se renfrogne. Joan insiste :

— Tu surestimes les rebelles depuis le début. Cette bande de va-nu-pieds est incapable de quoi que ce soit, sauf de se chamailler.

La résistance se répartit entre sept groupes distincts, qui ont tous pignon sur rue à Peshawar. Entre eux, la dissension est totale, sauf à l'égard des Soviétiques. Joan a raison, mais Richard pense autrement :

— C'est la manière afghane de discuter.

Joan ne peut s'empêcher de sourire. Encore une fois, mon père ajuste la réalité à sa manière. Ma mère n'est pas dupe, mais elle laisse filer.

— Et qui sont-ils, réellement ? Tu as vérifié leurs antécédents ? Tu es certain qu'ils parlent vraiment au nom des gens qu'ils sont censés représenter ?

— Le gouvernement pakistanais s'en porte garant.

— Bravo.

Mon père hausse les épaules.

— En d'autres termes, si les Soviets mangeaient dans ta main, si Vassillis ne t'avait pas écarté du marché, tu ne perdrais pas ton temps à réunir dans notre salon cette bande de profiteurs…

— Ce sont des patriotes, Joan.

— Les grands mots.

— Nous voulons la même chose, eux et moi.

— En es-tu certain ?

Ma mère fait référence aux réunions « secrètes » dont Richard est l'hôte, avec l'accord tacite de la CIA et de l'ISI. Dans notre salon de Park Road, derrière les tentures fermées, les chefs de la résistance afghane discutent stratégie sous le regard intéressé de William Gallagher et d'un homme trapu, taciturne, à la gueule de tortionnaire, l'agent de l'ISI mandaté par Islamabad. L'insurrection dure depuis plusieurs mois sans issue en vue, les soldats russes sont encore plus nombreux qu'auparavant, les insurgés s'impatientent, mon père tente de calmer le jeu, il s'est improvisé diplomate, lui, le marchand de tapis. Gallagher est souvent pris à partie, on le blâme de ne pas s'engager davantage. Il fait état pour la millième fois de sa position délicate, qui ne convainc plus personne. Le petit groupe est disparate. Des Afghans en complet-cravate assis à côté de chefs rebelles en tenue traditionnelle. Des dirigeants qui n'ont pas mis les pieds en Afghanistan depuis des lunes côtoient des moudjahidines plutôt rustres, pieds nus, qui, le matin même, livraient combat de l'autre côté de la passe de Khyber.

J'ignore de quelle manière Richard est entré en contact avec les résistants et s'est engagé de leur côté. Par l'entremise de Gallagher, peut-être, à la suite de l'une de leurs rencontres au terrain de golf. Le fait qu'il soit Canadien a sûrement joué en sa faveur. Un commerçant, un *privé*, sans attache gouvernementale, en plus. Les Anglais sont trop proches de Washington pour ne pas soulever de doutes quant à leur intérêt dans le combat des Afghans contre les Soviétiques. Et les Français se contentent de jouer les infirmières – des équipes de Médecins Sans Frontières ratissent le pays sous la protection des moudjahidines pour soigner les éclopés, civils et combattants –, les Soviets ayant parsemé le territoire de mines antipersonnel.

Je ne crois pas que McCullough père et fils aient été informés des accointances de leur employé. Frank aurait sauté sur l'occasion pour ramener le patriarche à l'ordre, ce que ne veut surtout pas Richard. C'est un jeu dangereux, à l'insu de son patron, et qui peut très mal tourner. Mais mon père, selon son habitude, voit l'avenir en rose et manipule les événements à son avantage – du moins, le croit-il.

Jeu dangereux aussi parce que Richard n'a rien dit au docteur Jivago de ses nouvelles amitiés. Il continue de maintenir le contact à distance avec le Russe, qui l'informe des allées et venues de Vassillis, des efforts du Grec pour se maintenir dans les bonnes grâces des nouveaux dirigeants afghans, malgré la situation politique confuse. Mon père mise sur les deux tableaux, en attendant que le brouillard se dissipe, laissant apparaître, enfin, le gagnant de cette drôle de guerre.

Ces rencontres se multiplient au cours de l'automne, et la tension devient plus vive entre les religieux, radicaux, et les politiques, plus modérés. À l'hiver, les combats cessent, le salon se remplit de combattants en congé forcé. Derrière la maison, un jardin, avec une maisonnette où Farooq range les outils. C'est mon endroit secret, bien à moi, là où j'aime aller me réfugier, comme cette nuit. Pour la deuxième année de suite, les fêtes de Noël et mon anniversaire, deux jours plus tard, sont passés sous le radar. Richard a dû se rendre à Islamabad pour je ne sais quoi et n'a rien rapporté ni pour ma mère ni pour moi – ce qui a provoqué une violente dispute, mon père arguant que ça lui était complètement sorti de la tête. « Oublier Noël et l'anniversaire de ta fille, ça ne se fait pas ! » a hurlé ma mère. Richard a promis de se rattraper, de nous offrir à toutes les deux, bientôt, une magnifique surprise – mais je sais bien que ce sont des mots en l'air, une petite musique pour amadouer ma mère, furibonde.

Alors, dans ce cabanon, ce soir, je rumine, je boude, je me complais dans ma mauvaise humeur pendant que des rebelles se disputent devant mon père. J'entends du bruit à l'extérieur, dans le jardin. J'entrouvre la porte et c'est alors que je l'aperçois. La nuit est claire et étoilée, sa longue et mince silhouette se découpe sur le ciel. Sa tête est couverte d'un foulard, son visage est orné d'une barbe noire. Il est magnifique, dans sa tunique blanche, qui lui donne l'allure d'un personnage des *Mille et Une Nuits*. La première pensée qui me vient : c'est un roi mage. Le voilà, le cadeau surprise que mon père nous a promis, à ma mère et à moi. L'un des trois rois mages, que Richard est allé recruter je ne sais où, pour se faire pardonner son oubli. Ignorant que je ne suis plus une enfant, et que je ne crois pas davantage aux rois mages qu'au père Noël.

L'apparition semble prendre conscience de ma présence. Nos regards se croisent. Il s'apprête à dire quelque chose. Et puis, soudain, le charme est rompu. La voix de mon père retentit :

— Oussama !? Qu'est-ce que tu fais là ?

Le roi mage maugrée une réponse que je n'arrive pas à entendre. Mon père, de nouveau :

— Elles sont à l'intérieur, les toilettes. Farooq, tu lui montres où c'est ? Farooq, où es-tu ?

11

— Un cancer?

— Je suis désolé, je croyais que vous étiez au courant.

— Vous en êtes sûr?

— Malheureusement, oui.

— Quand vous l'avez appelé pour l'inviter au marché, c'est ce qu'il vous a dit?

— Ce n'est pas moi qui ai téléphoné, c'est lui.

— Je ne comprends pas. Vous vouliez l'honorer, vous êtes entré en contact avec lui.

— Non, c'est l'inverse. Il m'a appelé, il m'a dit: «Je vais très mal, il me reste peu de temps…»

Au fil des ans, ils avaient fait des blagues à ce sujet. La carrière de Richard, ce commerçant exceptionnel, mériterait un jour qu'elle soit soulignée à sa juste valeur…

— Il y a deux semaines, quand je lui ai parlé, Richard m'a dit que les honneurs, si j'étais toujours sérieux à ce sujet, ne pouvaient plus attendre.

Christiansen s'est empressé de réviser le programme à la dernière minute. Les performances de ce grossiste suédois, la vedette de l'heure, seront soulignées l'année prochaine. Il fallait profiter du fait que Richard est encore vivant pour lui témoigner l'admiration qu'il mérite.

Je ne sais pas comment réagir. J'ai l'impression que Harald a été victime d'une invention de son vieil ami. Mon père a soutiré une invitation au marché pour une raison que j'ignore. Il a eu recours à ce subterfuge pour justifier ce voyage.

À moins qu'il souffre vraiment du cancer et qu'il ait dissimulé son état de santé à tout le monde. Ce qui me semble improbable.

Je ne peux évidemment pas dire tout cela à Christiansen. Alors je joue le rôle de la fille éplorée, triste de la nouvelle, encore plus triste de l'avoir apprise d'un inconnu, ou presque. Christiansen me serre dans ses bras, il regrette son indiscrétion, je le rassure : non, non, je l'aurais su tôt ou tard, vous avez bien fait…

Dès qu'il a quitté la chambre, je rappelle Terry – qui ignore tout de ce supposé cancer –, récupère le numéro du médecin de mon père, que je joins ensuite et qui me confirme ce dont je me doute depuis le début : Richard n'est pas malade. Le Dr Grenier l'a vu le mois dernier et, à part les problèmes habituels, il n'a rien remarqué d'anormal. À moins, me dit-il, qu'il ait consulté un autre médecin. Terry m'a juré que non. Et comme Richard ne se déplace jamais sans son coloc…

Je raccroche. Pourquoi cette invention ?

Sa disparition est peut-être volontaire.

Dans quel but ?

J'essaie de remonter le temps. Que s'est-il passé avant notre départ de Montréal ?

D'abord le téléphone de Harald Christiansen, le vendredi matin, alors que je me dépêchais pour aller donner mon cours à Saint-Kevin. Il voulait des détails et des anecdotes illustrant la carrière de Richard en prévision de son discours de présentation.

— Quel discours ? je lui ai demandé.

Christiansen croyait que j'étais au courant.

Chaque année, l'International Carpet & Rug Association, basée à Copenhague, organise une foire qui se tient alternativement dans l'une ou l'autre des grandes villes européennes, m'a appris Christiansen. Cette année, c'est Saint-Pétersbourg, et mon père y est honoré.

Ce voyage m'inquiétait, avec raison. Richard n'est pas en forme – diabète, surpoids – et son problème d'alcool risquait de le mettre dans l'embarras.

Je devais le voir le lendemain, au cimetière, pour l'anniversaire de naissance de ma mère. J'étais certaine de pouvoir le dissuader d'accepter l'invitation de Christiansen.

Dans les semaines qui ont suivi la tragédie, en attendant qu'on retrouve la dépouille de Joan, Richard avait pris les devants et commandé chez Berson une pierre tombale pharaonique, un truc massif en pierre grise, gravé de lettres dorées.

Mais malgré les recherches qui se poursuivent toujours cinq ans plus tard nous n'avons jamais pu récupérer les restes de ma mère, comme la moitié des victimes de l'attentat. J'imagine que partout en Amérique, des parents, des amis sont obligés de se recueillir devant rien, sinon le souvenir de l'être cher qu'ils ont perdu.

Cette rencontre annuelle au cimetière, c'est notre cérémonial à nous, Richard et moi, auquel nous n'avons dérogé ni l'un ni l'autre depuis la mort de Joan. Même dans les pires moments, quand mon père était presque à la rue, avant que Terry le récupère et l'héberge chez lui. Ce pèlerinage me permet aussi de prendre de ses nouvelles et de constater à quel point il décline. Sa démarche est laborieuse, son souffle, de plus en plus court, il est dans une forme épouvantable.

Quand je suis arrivée sur les lieux, Richard était déjà debout devant la pierre tombale, le dos tourné, légèrement penché sur le cénotaphe, pendant que Terry bichonnait son camion, à l'écart.

J'ai rejoint mon père. Dans ses mains, un chapelet. J'étais étonnée, je ne l'avais jamais vu prier.

— T'as pas l'intention d'aller en Russie, j'espère ? C'est quoi, cette histoire ?

— Moi aussi, je suis content de te voir.

— Papa, s'il te plaît…

— L'industrie se souvient encore de moi. On va me remettre une médaille, un trophée…

J'avais oublié à quel point Richard, cet éternel vantard, a toujours adoré ce genre d'honneurs, d'autant plus qu'Oriental Rugs & Carpets a souvent participé à la foire de l'Association. Pour Richard, il devait s'y rendre, c'était une obligation.

— Avec quel argent ? Celui de Terry ?

— Le voyage est payé par l'Association. J'ai convaincu Harald que j'avais besoin d'un chaperon.

— Je vais les appeler, leur dire d'annuler.

— T'es devenue comme ta mère : peureuse.

— Je m'inquiète pour toi, papa.

Mon père a haussé les épaules, puis s'est éloigné, il a regagné le camion de Terry, qui l'a aidé à s'installer à l'avant. Quand le véhicule a fait demi-tour et s'est dirigé vers la sortie du cimetière, Richard a fait exprès pour m'ignorer. Je me suis tournée vers le cénotaphe. Par terre, le chapelet que Richard avait laissé tomber. Volontairement, sans aucun doute. Pour que je le rappelle et que je le lui rapporte. Une technique qu'il a peaufinée depuis la mort de Joan. Des objets qu'il abandonne, comme ça, un livre, un gant, une montre, même, dans l'espoir que je lui téléphone et lui dise : tu as oublié ceci, j'arrive te le porter. Mais je ne tombe jamais dans le piège.

Avec le bout de mon pied, j'ai enfoncé le chapelet dans la terre meuble, un acte sacrilège qui m'a fait du bien. S'il veut aller en Russie, tant pis pour lui.

Pourtant, je suis passée chez Terry, ce soir-là. Quand je suis arrivée, il s'appliquait à raser la barbe de mon père, longue de trois jours et qui l'incommodait, m'a confié son ami. Je m'en suis voulu de ne pas l'avoir remarqué, j'étais déçue de constater que Terry était plus intime avec mon père que moi-même, ce qui était normal, mais m'indisposait quand même. Richard s'était endormi. Ses yeux fermés, perdus dans un endroit connu de lui seul. Terry lui couvrait le menton de crème à raser. J'ai retrouvé, par-delà les années, l'odeur de mon père dont la salle de bain était imprégnée tous les matins. Richard aimait aussi se parfumer, une habitude qu'il avait prise en Asie et qu'il avait conservée, de retour à Montréal. Des parfums étranges, capiteux, presque sensuels, qui donnaient à tous le goût de s'approcher de lui et de respirer son odeur. Une autre tactique de vendeur, peut-être.

J'ai été étonnée de la délicatesse de Terry. Le costaud s'appliquait doucement, retenant d'une main la tête de mon père, qui se laissait faire avec docilité. Bientôt, Terry est venu à bout de ce menton récalcitrant, qu'il a essuyé avec la serviette qu'il avait imbibée d'eau chaude. Avec un peu d'imagination, on se serait cru dans un salon de barbier.

Mon père a ouvert les yeux.

— Tiens, ton chapelet, j'ai dit.

Il m'a souri, il avait gagné.

Le lendemain, nous sommes allés manger ensemble. Je lui ai imposé mes conditions – au sujet de l'alcool, notamment –, qu'il a acceptées sans faire d'histoires, ce qui m'a surprise.

De quoi avons-nous parlé, à part le voyage ?

De Samuel, pour lui répéter que je n'avais pas eu de nouvelles. De Joan, ensuite. Et de Nolan Temkin, ça me revient. Mon père s'était entretenu avec lui quelques jours plus tôt, il m'en a glissé un mot entre le potage et le plat de résistance. Nolan Temkin est sur le point de prendre sa retraite, m'a dit Richard, mine de rien. Temkin, l'agent du FBI qui faisait partie de l'équipe d'enquête sur la tragédie du 11-septembre. Les deux hommes se téléphonent de temps en temps, m'a avoué Richard. En fait, c'est mon père qui va aux nouvelles, qui ne veut pas lâcher le morceau au sujet de Joan. Mais pourquoi l'a-t-il appelé, cette fois ?

J'ai rencontré Nolan Temkin pour la première fois quelques semaines après la mort de ma mère. Il en était à sa deuxième visite à Montréal, ce qui troublait mon père.

— Le FBI me surveille de près. Je suis certain que Temkin a planté un mouchard quelque part.

— Pourquoi on s'intéresserait à toi ?

— Ils savent que j'ai fait du commerce en Asie.

J'ai tout de suite vu le topo : les recherches de Temkin avaient permis d'en apprendre plus sur le long séjour de Richard au Pakistan, lui qui ne se gênait pas pour accueillir à Peshawar les journalistes de passage, trop heureux de rencontrer si près de l'action ce businessman canadien qui pouvait leur donner des détails croustillants sur cette étrange confrérie qui tenait tête à l'Armée rouge. Je me souviens d'un article flatteur, dans *La Presse*, où on voyait Richard vêtu en afghan – ce qu'il ne faisait jamais –, le bras tendu vers Kaboul, plus ou moins, l'air de dire : toutes les semaines, je risque ma vie dans ce guêpier pour permettre aux clients de *Tapis* Oriental Rugs & Carpets de bénéficier de produits de la meilleure qualité à des prix défiant toute compétition. Ces mises en scène m'amusaient ; moins ma mère, qui n'en voyait pas l'intérêt. Elle imaginait sûrement les blagues de son frère et de ses associés, à Montréal, qui ne manquaient jamais une occasion de ridiculiser son mari, ce clown en pyjama, ce moudjahidine en goguette, ce Pachtoune de carnaval.

Chose certaine, on ne pouvait qu'admirer son sens du marketing. La photo avait été reprise dans des journaux américains, ce qui avait suscité une augmentation sensible des ventes. Pas de doute, l'équipe d'Oriental Rugs & Carpets ne reculait devant rien pour satisfaire sa clientèle.

— Temkin cherche des liens entre ce qui vient d'arriver et ma carrière, là-bas, à l'époque.

La plupart des zigotos qui se rassemblaient dans notre salon de Peshawar avaient du sang sur les mains, du sang frais, d'ailleurs, ce qui n'empêchait pas Richard et son contact américain de les traiter comme les meilleurs amis du monde.

Y compris Oussama, le riche Saoudien.

— Ils savent que nous étions proches, lui et moi.

Après le 11-septembre, paranoïaque, Richard s'était attendu à ce qu'on débarque chez lui, tôt ou tard, puis qu'on l'arrête et qu'on l'envoie croupir à Guantánamo. Ce qui ne s'est pas produit malgré ses craintes.

J'avais récupéré un cartable dans lequel ma mère avait documenté notre vie en Asie centrale, quelques clichés de seigneurs de la guerre et autres personnages pittoresques pris par mon père. Des photos officielles, parfois, avec des fournisseurs qui avaient oublié de sourire. Des paysages aussi, ceux-là croqués par Joan au cours de nos séjours à Kaboul. Montagnes, déserts, des animaux au loin. Peu de photos de ma mère comme telle, mon père ne la jugeant pas suffisamment exotique, peut-être, mais quelques-unes quand même, comme celle de son bureau. Son visage paisible, ses cheveux magnifiques, malheureusement cachés par un foulard, ses yeux, remarquables également, mais dissimulés derrière des lunettes fumées. Mon père seul, aussi, devant un paysage, un autre, ou près du pick-up Toyota, posant fièrement la main sur le capot. Sur l'une d'elles, il a enlevé son veston, retroussé ses manches, il sourit, il est fier de lui.

Les jours de pluie, quand Samuel était petit, je m'assoyais avec lui sur le tapis du salon – un immense Mauri Bokhara que mes parents m'avaient rapporté d'Afghanistan –, et nous parcourions l'album de photos d'où surgissait ma vie passée, ma vie avant qu'il en fasse partie.

Cet album, je l'avais pris avec moi, à la demande de Richard, pour ma première rencontre avec Nolan Temkin. Dans l'entrée, mon père m'a présentée à un type dans la quarantaine, grand, les cheveux coupés ras, une caricature d'agent secret. Je m'étais attendue à voir apparaître son enquêteur Bernard Tourangeau, mais il n'avait pas été convoqué à la réunion, ce que m'a chuchoté mon père en prenant mon manteau. Je ne devais surtout pas parler à ce visiteur de ses efforts pour retrouver l'amant de ma mère. Cette enquête, c'était la sienne, il ne voulait pas que la police y mette ses gros doigts.

— Le FBI, intéressé par une histoire de cœur ?

— Ça ne regarde que moi, a-t-il répété.

Je n'ai pas insisté. D'autres choses me préoccupaient. Le désordre de la maison, notamment. Richard avait congédié son chauffeur, la femme de ménage et la dame qui venait de temps à autre faire de la cuisine pour Joan et lui. Il s'était réfugié dans la solitude, où il se sentait à l'aise, de toute évidence.

Avec Nolan Temkin, nous avons pris place autour de la table de la salle à manger. Le cartable au milieu de nous, comme une pièce à conviction.

Dans les décombres du World Trade Center, on n'avait rien retrouvé, sauf une bague – miraculeusement. À l'intérieur, leurs prénoms, à Richard et Joan, et une date, celle de leur mariage. L'agent américain l'a remise à Richard, puis a reparlé de la tragédie, de l'attentat, des efforts « surhumains » qu'on mettait à récupérer les victimes. Ground Zero, ou « *the pile* », comme l'appelaient les équipes de déblayage, était un amas de ruines, encore fumantes peu de temps auparavant, où on tentait d'identifier qui était qui. Les familles voulaient entreprendre leur deuil, les compagnies d'assurances souhaitaient verser les premières indemnités.

Quelques semaines plus tôt, j'avais envoyé des cheveux en prévision d'un éventuel test ADN, qu'on utiliserait pour identifier les restes de ma mère. Mais on n'avait retrouvé que la bague. Étrange que Temkin ait fait tout ce trajet pour la remettre à Richard. Et qu'on m'invite à en être témoin.

J'avais tout faux : Temkin voulait me voir, moi.

De sa poche, il a sorti une enveloppe qu'il a ouverte. Il en a retiré une feuille, une photocopie, qu'il m'a tendue. Une lettre, que je reconnaissais, une missive surgie du passé, que j'avais oubliée ou presque, la première d'une série de lettres que j'avais rédigées avec toute la passion de mes seize ans…

Temkin m'a regardée, à la fois curieux et dégoûté :

— Vous avez écrit à Oussama ben Laden ?

Comment lui expliquer ? Devant mon père, en plus. Que lui avait-il raconté ? Temkin était déjà au courant des relations que Richard avait entretenues avec le riche Saoudien à l'époque où il n'était pas encore l'homme le plus recherché de la planète, mais un révolutionnaire de salon. Un grand dadais qui distribuait son fric chez les exilés afghans, qui n'avaient pas tardé à profiter de ce généreux commanditaire. Sa richesse et la notoriété de sa famille épataient Richard, agissaient comme un aimant, il désirait sa compagnie, incitait ses contacts afghans à l'inviter avec eux quand il organisait ses petites rencontres plus ou moins clandestines, à laquelle la CIA participait également, il va sans dire.

Devant Richard et Nolan Temkin, je n'ai rien caché, j'ai tout déballé. Y compris mon amour pour Akbar, le fils d'un combattant proche de ben Laden.

J'avais cru naïvement qu'en m'adressant au grand chef il pourrait intercéder en ma faveur auprès de Mohammad Abdelhamid. Il avait emmené son fils avec lui au combat, en Afghanistan. Je demandais peu de choses : des nouvelles, un signe de vie, n'importe quoi.

— Et vous connaissiez suffisamment ben Laden pour lui écrire directement ?

— Un peu. Moins que mon père.

— Un rebelle parmi les autres, a ajouté Richard, essayant de minimiser ses relations avec le Saoudien.

— C'était avant la création d'al-Qaïda, j'ai précisé.

— Quand même…

— Si vous voulez savoir où il se cache, je n'en ai aucune idée, je vous assure.

À l'époque, je détestais Islamabad, qui me semblait froide et inhumaine, peuplée d'imbéciles. Je détestais mes parents encore plus.

Et je pensais à Akbar jour et nuit.

En Afghanistan, au Pakistan et ailleurs, ben Laden se déplaçait sans cesse. Un saltimbanque du djihad, un globe-trotter de la guerre contre les Soviétiques, à laquelle, infatigable, il consacrait toutes ses énergies.

Je n'avais pas son adresse, mais celle de sa famille était facile à dénicher : la plus grande entreprise d'ingénierie en Arabie saoudite. Faire suivre, s'il vous plaît, au cousin Oussama, à l'endroit où il se trouve en ce moment, merci.

Je lui ai écrit à quelques occasions, toujours pour lui demander des nouvelles d'Akbar, n'hésitant pas, pour justifier mon insistance, à lui raconter mes malheurs, mes aspirations aussi, que mes parents, selon moi, s'appliquaient – à distance – à bousiller de toutes les manières possibles.

Un jour, j'ai même ajouté une enveloppe préaffranchie pour que ben Laden n'ait pas à payer les timbres de retour ! À Peshawar, malgré sa générosité envers la cause, il avait la réputation d'être radin et d'économiser sur tout, ce que m'avait confirmé Akbar. Un salafiste près de ses sous, il ne manquait plus que ça.

— Et il vous a répondu ?

— Akbar ?

— Ben Laden.

— En retard, j'avais oublié d'ajouter mon code postal.

Temkin m'a regardée comme si j'étais sérieuse. Je me suis empressée de le détromper.

— Bien sûr que non.

— Si on regardait ces photos, maintenant ?

12

Sur Internet, j'ai trouvé le numéro du FBI, à Washington. J'ai demandé à parler à Nolan Temkin, on m'a transférée à une boîte vocale, une voix féminine, sa secrétaire, son adjointe, je l'ignore. J'ai expliqué qui j'étais, où je me trouvais et ce qui se passait en espérant que les circonstances étranges de la disparition de mon père titillent suffisamment l'enquêteur pour qu'il me rappelle rapidement.

Le téléphone sonne quelques minutes plus tard.

À Temkin, je fais de nouveau le résumé de la situation, ce que j'en sais, très peu, je lui mentionne même la maladie inventée de Richard.

— Vous vous êtes parlé peu avant notre départ pour la Russie.

Un appel en plein milieu de la nuit. L'enquêteur lui avait laissé son numéro personnel lors de leur première rencontre. Il l'avait sûrement regretté par la suite, Richard le talonnant sans cesse, à n'importe quelle heure, même le week-end. Mais Temkin ne l'avait jamais envoyé promener.

— De quoi vous avez discuté, je peux le savoir ?

— D'argent. Il voulait me vendre une information.

Temkin soupire à l'autre bout de la ligne.

— Il avait bu, il était à côté de ses pompes. Il m'a dit qu'il voulait accorder la priorité au FBI, pour des raisons évidentes. Sinon il irait voir ailleurs.

— C'est arrivé quand, tout ça ?

— Le mois dernier.

— Quelle information ?

J'ai l'impression que Temkin ne veut pas me parler des élucubrations de mon père. Je lui répète que Richard a disparu et que chaque détail est important.

— À propos d'un taliban. Il m'a raconté que des faits nouveaux sont apparus. Il n'en avait pas encore la preuve, mais ça n'allait pas tarder, selon lui. Le monde va en être secoué, a-t-il ajouté.

— Un taliban ?

— L'un de ceux qui lui ont rendu visite. Il faisait partie de la délégation qui s'est arrêtée à Montréal, en route vers le Texas.

En 1999, m'explique Temkin, malgré les excès du mollah Omar et de son ministère pour la promotion de la vertu et la répression du vice, malgré les charniers, les exécutions sommaires, les fillettes privées d'école, les femmes invisibles derrière leur *tchadri*, malgré la destruction des musées, des monuments, de toute vie intellectuelle, malgré la chape de plomb qui s'était abattue sur le peuple afghan, Washington voulait quand même reconnaître le régime, le légitimer, d'une certaine façon.

En retour, le mollah s'engageait à remettre au FBI le Saoudien le plus recherché de la planète, l'ennemi numéro un de l'Occident. Mais Omar n'avait pas mordu, amusé, peut-être, de voir les États-Unis à la merci d'un borgne inculte.

Parce qu'ils avaient confié aux Pakistanais le mandat de gérer à leur place la guerre contre les Russes, les

Américains avaient tardé à développer des liens directs avec les dirigeants de l'insurrection contre les Soviétiques. En parallèle de leurs négociations avec Omar, ils tentaient de rattraper le temps perdu, ils avaient enfin entrepris des discussions avec le commandant Massoud, le seul chef rebelle qui avait réussi à résister aux talibans, mais la priorité, c'était l'arrestation de ben Laden. Et pour y parvenir, Washington n'avait pas le choix, il fallait s'entendre avec les talibans, qui dirigeaient désormais le pays.

— Des talibans à Montréal ? Et ils ont pu entrer aux États-Unis ensuite ? Le FBI n'a pas réagi ?

— Ce n'était pas une organisation interdite, comme le Hamas ou le Hezbollah. D'autant plus que des entrepreneurs américains cherchaient à conclure des affaires avec eux.

Peter Hernandez, par exemple.

À cette époque, m'apprend Temkin, Hernandez dirigeait la Supreme Western Oil et rêvait de pomper du pétrole au Turkménistan, l'ancienne république soviétique située au nord de l'Afghanistan, devenue indépendante, dirigée par un despote à la Ceausescu, et de le transporter jusqu'en mer d'Oman, à Karachi, par un pipeline qui traverserait l'Afghanistan jusqu'au Pakistan. Depuis des mois, Hernandez courtisait Omar et ses acolytes, comme Richard pour ses tapis. Courbettes, cadeaux, promesses et contrats alléchants en devises étrangères.

Hernandez négociait par-dessus la tête des autorités américaines, directement avec les dirigeants talibans, sauf Omar, qui refusait de s'entretenir avec un mécréant. Heureusement, ses subalternes n'avaient pas la même intransigeance. Malgré la lenteur des négociations, malgré l'hésitation proverbiale du mollah, relayée par ses acolytes, Hernandez ne perdait pas espoir de conclure une entente. Dans un geste audacieux, il avait invité ses interlocuteurs à venir voir à Houston les installations de la Western Oil, convaincu que ses futurs partenaires refuseraient. Mais ils avaient accepté, et décidé de profiter du voyage pour faire une escale à Montréal, chez Oriental Rugs & Carpets, leur partenaire exclusif.

Selon Temkin, Richard avait pris connaissance des intentions des talibans par Hernandez lui-même, qu'il avait rencontré lors de l'un ou l'autre de ses passages à Kandahar. La présence des talibans à Montréal mettait Richard mal à l'aise, une véritable douche froide, en fait, mais il ne pouvait l'éviter. Refuser de recevoir les émissaires du mollah Omar, peu importe les excuses invoquées, compromettrait leurs relations et pourrait même lui faire perdre l'exclusivité dont il bénéficiait de la part des talibans. Bref, il avait répondu à ses partenaires afghans qu'ils seraient les bienvenus chez Oriental Rugs & Carpets.

À ce moment, mon père venait de prendre le relais de Travis, déjà malade et qui allait bientôt décéder. Richard régnait sur une centaine d'employés répartis sur deux étages de la Place-Ville-Marie, en communication constante avec leurs collègues d'Istanbul, de Kaboul et de New Delhi.

J'avais commencé à enseigner à l'Académie Saint-Kevin, j'en avais plein les bras avec Samuel, je ne voyais mes parents que rarement, et en coup de vent. La visite des talibans ? Première nouvelle.

— Qu'est-ce que vous avez répondu ?

— Rien. Je lui ai dit d'aller se coucher, de cuver ce qu'il avait bu, qu'on s'en reparlerait quand il serait à jeun. Mais il ne m'a jamais rappelé.

Avec la défaite des Soviets et le refus de démissionner du président Mohammad Najibullah, l'homme de Moscou, avec la guerre civile qui continuait de faire rage et s'était même intensifiée, Richard a cru que ses projets afghans allaient s'écrouler. Une fois Najibullah enfin écarté du pouvoir, mes parents ont observé avec épouvante la traînée de sang qui courait de Kandahar à Kaboul, où le commandant Massoud tentait de se réconcilier avec Hekmatyar et les autres seigneurs de la guerre qui se battaient pour des coins de rue dans une capitale déjà en ruine de toute façon. Une traînée de sang pour mettre fin au carnage, ironiquement, au climat de terreur qui s'était abattu sur le pays depuis le départ des Russes. Sur les routes, les voyageurs étaient rançonnés, les commerçants, taxés, la population, terrorisée, pendant que Massoud et Hekmatyar se crêpaient le chignon comme deux adolescents en mal d'attention.

Quand les talibans ont pris le contrôle de la capitale, tout le monde a poussé un soupir de soulagement. Enfin, la paix ! Une paix jonchée de cadavres, une paix où s'empilaient chaînes stéréo, antennes paraboliques, tables de billard et autres objets *haram* détruits par des fanatisés, une paix sans femmes, sans écoles, sans universités, une paix sans musées, sans musique, sans lumière. Une paix à l'écoute de Radio Charia, l'ancienne Radio Kaboul, la seule autorisée dorénavant. Mais la paix tout de même.

Bref, les affaires pouvaient reprendre.

Ce qui ravissait mon père et horripilait ma mère, du moins d'après ce qu'elle me racontait dans les lettres qu'elle m'envoyait toutes les semaines, de longues missives rédigées sur papier avion avec son écriture de bonne sœur. Depuis trois mois, m'écrivait-elle, les livraisons de tapis ont cessé, Richard s'efforce de remettre son commerce sur les rails, une tâche à laquelle il s'applique sans répit. Ma mère le regardait faire avec amusement, parfois dégoût, sans se surprendre de la gymnastique morale que la nouvelle situation politique lui imposait. Des tapis tissés dans une mare de sang, mais Richard s'en fichait. Il voulait négocier des ententes avec les talibans, qu'il ne connaissait pas, toutefois, ils étaient sortis de nulle part comme des champignons après la pluie. Financés et armés par le Pakistan et l'Arabie saoudite, qui avaient largué Hekmatyar, appuyés par des mercenaires russes de l'ancien régime, ils contrôlaient maintenant la passe de Khyber. Alors que Joan incitait de nouveau Richard à quitter le bateau, à rentrer à Montréal – elle était certaine que les talibans allaient bientôt traverser la frontière et « purifier » Peshawar –, mon père s'agitait de plus belle. Il connaissait déjà la famille d'Abdul Ahad Karzai, en exil à Quetta mais proche des talibans, il parlait le même langage que ses commerçants, il leur a donc demandé d'intercéder en sa faveur auprès du mollah Omar, le borgne qui dirigeait les étudiants radicaux. Karzai était un homme raisonnable, il détestait les extrémistes mais les tolérait parce qu'ils apportaient au pays paix et sécurité. C'était tout ce dont les commerçants avaient besoin, n'est-ce pas ?

Malgré les hauts cris de Joan, plus inquiète que jamais, Richard a décidé de se rendre à Kandahar. En retour d'une taxe payée par les trafiquants de drogue, les talibans avaient sécurisé les routes pour leur permettre de continuer leur business. Richard ne voyagerait pas seul, il n'était pas téméraire à ce point ; il s'était acoquiné avec un agent de l'ISI qui lui servirait de laissez-passer et de police d'assurance.

Les deux hommes sont arrivés dans la capitale des talibans, sans anicroche.

Grâce aux Karzai, Richard a enfin pu nouer des contacts avec les leaders du nouveau gouvernement, il a fait état de sa feuille de route en tant que « résistant », ami de l'ISI et d'Islamabad. Mon père n'était pas un inconnu, son nom avait circulé. De Peshawar, sa réputation avait grandi au fil des mois. D'une industrie moribonde à cause des Soviétiques, il en avait fait une formidable pompe à devises. Les talibans ont écouté avec intérêt. Ils avaient besoin d'argent, comme tout le monde, même s'ils tiraient déjà profit du commerce de l'opium. Et ils étaient pris avec des tonnes de tapis à écouler, dont la production n'avait pas cessé pendant la guerre civile.

Bref, ils attendaient le sauveur, le représentant d'Oriental Rugs & Carpets. Quand Richard est apparu, ils ne voyaient que les dollars, ils étaient disposés à faire des affaires, eux aussi. Mais attention, a précisé Richard. J'arrive avec mon réseau, mes façons de faire et mon carnet de factures. Mon installation, mes relations, mes profits. Vous vous contentez d'encaisser votre pourcentage, vous me laissez travailler à ma guise.

— Des femmes ? ont-ils demandé, inquiets.

Ils savaient que l'industrie du tapis reposait en grande partie sur des entreprises familiales, dont les femmes et les enfants étaient la main-d'œuvre principale. Ce que les talibans craignaient : que mon père oblige les femmes à travailler dans des ateliers, donc qu'elles doivent sortir en ville, seules, ce qui était interdit dorénavant. Mais Richard avait une réponse toute prête : je m'engage à ce que les métiers ne sortent jamais des maisons privées, les ateliers des Russes, je ne les reproduirai pas, n'ayez aucune crainte. Les femmes travailleront hors de la sphère publique, cachées dans la résidence familiale.

Les talibans ont acquiescé. Le compromis leur plaisait. Ce n'était pas tant le travail des femmes qui les horripilait que leur présence dans la rue, sans chaperon.

— Et comme vous interdisez aux fillettes d'aller à l'école, vous aurez sous la main une main-d'œuvre supplémentaire, qui vous permettra d'augmenter la production.

Les talibans ont acquiescé de nouveau.

Ils avaient confiance, Richard avait fait ses preuves. S'il y avait quelqu'un qui pouvait écouler les Khal Mohammadi et les Afghan Aqche tout en relançant la production, c'était bien lui.

Mais mon père n'en avait pas terminé avec ses exigences. Il pensait à l'avenir, à ce pays maintenant pacifié que les Américains, ces faux jetons, viendraient lui ravir s'il n'assurait pas ses arrières.

— Et je suis le seul dans le décor, a-t-il ajouté. Pas d'Américain, tout à coup, ou alors un Britannique, ou même un Français qui viendra louer le local d'à côté, ou engager la famille voisine. Pas de commerçant pakistanais qui sortira de nulle part pour me couper l'herbe sous le pied et récolter ce que j'ai mis des années à cultiver. Pas d'importateur grec du style Nick Vassillis qui viendra marauder dans mes platebandes. Pas d'entente parallèle, c'est bien compris ?

Les talibans étaient d'accord, toujours. Oriental Rugs & Carpets aurait l'exclusivité, promis. Mais les pourcentages allaient devoir être plus généreux. Mon père a accepté, c'était de bonne guerre. Il travaillait sur le long terme et ses interlocuteurs le savaient. S'il avait voulu quitter la région, comme les autres, Richard l'aurait fait depuis longtemps. Non, il était là pour rester et pour faire sonner le tiroir-caisse.

Quand mon père est rentré à Peshawar, une semaine plus tard, en un seul morceau – à la grande joie de Joan –, il était rayonnant. Dorénavant, plus besoin de la famille Karzai. Bien sûr, un cadeau de temps à autre, une bonne pensée, mais il avait établi un lien direct avec la garde rapprochée du mollah.

— Et tu crois que ces énergumènes vont tenir parole ?

— La paix est revenue. Pas celle que nous souhaitions, d'accord. Mais la paix tout de même.

— Tu penses que New York et Chicago te laisseront faire ?

Brooklyn House of Carpet et Midwest Handicraft étaient les deux principaux concurrents d'Oriental Rugs & Carpets aux États-Unis.

— Tu parles de Hoffmann et Rubinstein ? Rien à craindre, crois-moi. Avant que les talibans acceptent de parler à des juifs…

— Tu n'as aucune morale. Tu t'associerais avec le diable pour mener tes affaires à bien.

— Et avec toute sa famille, Joan. Parce que je pense à toi et à Nadia et au petit Samuel, et à l'entreprise de ton père, que je suis en train de faire prospérer alors que Frank passe ses journées à dériver sur le lac Champlain, appuyé sur le gouvernail de son quarante pieds. Je le fais pour toi, pour nous tous.

— Tu veux humilier mon frère, lui faire payer l'affront d'avoir voulu t'exiler au Pakistan.

— Un affront ? Une insulte suprême.

— Du sadisme, tout simplement.

— Je m'en fous. Je le déteste.

Ma mère s'est levée d'un bond, a quitté la table et couru s'enfermer dans leur chambre. Mon père, calmé, est allé la rejoindre plus tard dans la soirée. Ils ont fait la paix, comme d'habitude. Il lui a promis des vacances, bientôt, que nous prendrons en famille, ma chérie, dès la fin de l'année scolaire. Une promesse à laquelle Joan a fait semblant de croire, mais qui ne se matérialiserait jamais.

13

Incapable de trouver le sommeil, je ne cesse de penser à ces talibans en visite au siège social d'Oriental Rugs & Carpets. Cette affaire m'intrigue au possible. Je vivais à Montréal. Je voyais mes parents rarement, d'accord, mais un dimanche sur deux Samuel et moi allions souper à Outremont. Richard aurait pu me parler de cette visite, il ne l'avait pas fait. Ni à ce moment-là ni plus tard. Dans les médias, personne n'avait mentionné la présence de talibans à Montréal. Du moins à ma connaissance. De toute évidence, mon père avait réussi à garder la chose secrète.

Pour quelle raison ?

Depuis leur prise du pouvoir en Afghanistan, les talibans attiraient l'attention du monde entier. Un groupe austère et répressif, dont la cruauté sombrait dans le ridicule avec leur destruction massive de téléviseurs, d'ordinateurs et autres outils du Mal. Des dirigeants sanguinaires, sans aucun doute, mais du temps de leur visite au Texas et à Montréal, comme me l'a rappelé Nolan Temkin, ce régime n'était pas vraiment différent du despotisme auquel on était habitué dans cette partie du monde. Iraniens et Irakiens faisaient leur part, eux aussi. Les Saoudiens également. Torture, emprisonnement arbitraire, nettoyage ethnique et religieux. Ce qui n'explique pourtant pas la relative indifférence dans laquelle les émissaires du mollah Omar ont été reçus en Amérique.

Je me lève, fais bouillir de l'eau, me prépare une tisane à même les sachets que le personnel de l'hôtel dépose tous les jours sur la crédence en même temps que la bouteille d'eau, le thé et les fruits frais.

Il est encore tôt à Montréal, je téléphone à Frank.

— Une délégation de talibans qui serait venue rencontrer mon père.

— Difficile à imaginer...

— C'est ce que je croyais aussi, mais cette visite a vraiment eu lieu, d'après Nolan Temkin.

— Quel rapport avec la disparition de Richard ?

— Je l'ignore. De temps en temps, tu reçois des délégations, toi aussi. Qui s'en occupe, d'habitude ? Je veux dire : l'organisation du séjour, le choix de l'hôtel, ces choses-là ?

Un silence au bout de la ligne.

— Qu'est-ce que tu cherches exactement ?

— Réponds-moi.

— Le service des relations publiques.

— Mon père avait sûrement fait la même chose. Il avait confié à ce service la responsabilité de coordonner la visite.

— Ce ne sont plus les mêmes employés, Nadia.

— À l'époque, qui c'était ?

— Je t'en prie...

— Je veux juste un nom.

Soupir de Frank. Puis je l'entends feuilleter son vieux cardex.

— Prentice, peut-être. Michael Prentice.

Le responsable des relations publiques d'Oriental Rugs & Carpets à ce moment-là, m'apprend Frank. Ce nom ne me dit rien.

— Tu as son numéro ?

— C'est ce que je vérifie.

Je joins Prentice chez lui quelques minutes plus tard. Aujourd'hui retraité, il a de bons souvenirs de Richard – moins à l'égard de Frank. Quand mon père s'est peu à peu désintéressé de son travail, permettant ainsi le retour de son beau-frère à la tête de l'entreprise, Frank s'est empressé de se débarrasser des employés fidèles à Richard, ceux qu'il avait rapatriés des autres succursales. Frank a formé une nouvelle équipe, poussant vers la sortie – ou la retraite anticipée – des collaborateurs de mon père. Parmi eux, Michael Prentice.

Celui-ci regrette de ne pas avoir gardé contact avec son ancien patron, mais les circonstances de la vie l'ont obligé, me dit-il, à couper les ponts, sans préciser de quoi il s'agit. Je le sens mal à l'aise d'avoir laissé tomber celui qui lui avait donné une chance dans la business, mais je ne l'ai pas appelé pour entendre ses excuses. Je veux savoir s'il est au courant de la visite des talibans au siège social d'Oriental Rugs & Carpets, en 1999.

Prentice ne peut s'empêcher de rire.

— C'était complètement loufoque. À leur demande, on les a installés au Hilton de l'aéroport, loin des tentations du centre-ville, j'imagine.

— Ils étaient en route pour le Texas ?

— Houston ou Dallas…

— Chez Peter Hernandez.

— Oui, c'est ça.

— Une grosse délégation ?

— Je ne m'en souviens plus. Sept personnes, je pense.

Au début, Richard avait songé à les accueillir dans sa résidence privée, comme s'apprêtait à le faire Hernandez. Pour l'occasion, à la suggestion d'un imam local, le Texan avait fait recouvrir de sacs-poubelle les reproductions en plâtre des naïades grecques et dénudées qui entouraient sa piscine.

Finalement, Richard avait plutôt opté pour le bureau, m'apprend Prentice, ce qui a aussi demandé des aménagements. Des autorités de la Place-Ville-Marie, mon père a obtenu de réduire au silence la musique des ascenseurs, et même la sonnerie qui indiquait l'arrivée aux étages. Et il avait prévu de donner congé à toutes ses employées. Comme Hernandez, Richard avait engagé un spécialiste du salafisme, un prof de l'Université Concordia, qui a parcouru les bureaux de la société, indiquant ici et là les tableaux, photos et autres objets qui pourraient offusquer les visiteurs. Calendriers aux illustrations suggestives, bibelots évocateurs et même une lampe sur pied ont été remisés jusqu'à la fin de la visite.

Dans la salle de conférences, la veille de l'arrivée de la délégation, mon père a réuni les membres de son équipe – mâles exclusivement – pour leur faire ses dernières recommandations. Prentice se rappelle qu'un des employés a demandé : « Et les montgolfières, qu'est-ce qu'on en fait ? »

L'employé en question indiquait le sud, en direction de Saint-Jean-sur-Richelieu.

— Nous étions au mois d'août, c'était le festival des montgolfières. Par temps clair, on pouvait les apercevoir.

Si les cerfs-volants étaient interdits, les montgolfières aussi ?

Tout le monde s'était regardé, personne n'en avait aucune idée. Mais Richard ne voulait pas prendre de risque, précise Prentice : il a fait masquer d'un rideau opaque le côté sud des espaces à bureaux.

— Ils ont visité la Place-Ville-Marie, c'est tout ?

— Et le Jardin botanique, après les heures d'ouverture.

Prentice ajoute :

— Votre père a joint quelqu'un à la Ville de Montréal. Je ne sais pas ce qu'il lui a raconté. En tout cas, on s'est baladés une demi-heure d'un carré de fleurs à l'autre, et puis ils sont rentrés à l'aéroport. Ils se sont enfermés à l'hôtel avant de reprendre leur avion pour les États-Unis, le lendemain.

— Il s'est passé quelque chose de spécial ?

— Qu'est-ce que vous voulez dire ?

— Je ne sais pas… Ils avaient une attitude bizarre, ils étaient étranges ?

— Pas vraiment, non. Exotiques, oui.

— Vous êtes toujours resté avec eux ?

— Sauf pour leur départ. C'est votre père qui les a reconduits à l'aéroport avec ses conserves de sirop d'érable…

Prentice déclare, en riant :

— On s'était assurés que l'érable n'était pas, par malheur, un arbre prohibé par l'une ou l'autre des sourates du Coran.

Je remercie Prentice et mets fin à l'appel. Quelques instants plus tard, je reçois un courriel de sa part, auquel est joint le fichier d'une photo que j'ouvre aussitôt. Un groupe d'Afghans penchés au-dessus des rosiers comme des jeunes naturalistes fascinés par les merveilles de la nature. Je reconnais le Jardin botanique à l'arrière-plan. Il fait beau, le ciel est magnifique. Prentice a pris la photo de façon discrète, sans se faire remarquer – mon père avait interdit formellement d'immortaliser cette visite d'une manière ou d'une autre. Dans son message,

Prentice raconte qu'il n'a pu se retenir quand il les a vus penchés sur les arbustes. La scène était trop cocasse. Il n'en a jamais parlé à mon père.

Je salue son audace. Pour la première fois, la venue à Montréal de ces talibans devient concrète. La plupart sont jeunes, dans la trentaine. Tous barbus, sérieux, concentrés. J'agrandis la photo et je fais glisser mon curseur de l'un à l'autre des visiteurs, lentement, m'attardant sur chacun de ces visages – ils sont de face ou de profil, les yeux fixés sur les rosiers. Je m'intéresse ensuite à leur accoutrement. Ils sont habillés comme s'ils sortaient du grand bazar de Kandahar : turban posé négligemment sur la tête, le *salwar kameez* habituel, des sandales aux pieds.

Quelque chose m'agace, sur cette photo, mais il me faut un certain temps avant de savoir de quoi il s'agit. Il est tard quand je rappelle Prentice, que je réveille, cette fois.

— Vous m'avez dit qu'ils étaient sept. J'en vois juste six.

Prentice hésite un long moment, puis :

— Celui de l'hôpital. Il n'est pas venu.

J'essaie de comprendre.

— L'un d'entre eux a été hospitalisé ?

— Dès son arrivée à Montréal. Je ne me souviens plus de quoi il s'agissait.

— Où ça ?

— À l'Hôtel-Dieu.

— Il s'en est remis ?

— Je présume qu'il a pris l'avion avec les autres.

— Mais vous ne l'avez pas vu avant son départ ?

— Non.

* * *

Je sirote ma verveine en quête d'un sommeil qui ne vient toujours pas, mes yeux s'attardant sur Saint-Pétersbourg. Je repense à Richard. Ses secrets, ses mystères, ses dérives, mais, aussi, sa capacité de rebondir, qui m'a toujours émerveillée. À Peshawar, il aurait pu déclarer forfait à plusieurs reprises, rentrer à Montréal, sans que Travis lui en tienne rigueur. Mais il s'était acharné, il s'était battu sans relâche, il avait pris des risques énormes, tout en s'efforçant de nous protéger. Enfant, je n'ai jamais eu l'impression d'être en danger. Après la mort de Joan, j'ai cru que la tristesse et le désespoir allaient venir à bout de lui mais, quand je ne m'y attendais pas, il quittait sans effort son personnage de désespéré pour retrouver son éclat d'antan. Une scène me revient en mémoire. Un soir, en rentrant de l'Académie Saint-Kevin, je l'avais trouvé, assis devant la porte de mon appartement, l'air dépité. Il venait de se disputer avec Terry – parce que son ami l'empêchait de se soûler la gueule tous les jours, probablement. Je n'avais pas le choix, je l'ai fait entrer chez moi avant qu'un voisin se plaigne. Dans mon sac, j'ai récupéré mon portable pour appeler Terry. Pas de réponse, j'ai laissé un message.

Quand j'ai relevé la tête, mon père se tenait dans la chambre de Samuel. Un musée à la gloire du hockey, perpétuellement en désordre. Mon fils avait treize ans, à l'époque.

— Samuel n'est pas rentré ?

— C'est jeudi, soir de pratique.

L'équipe dans laquelle évoluait Samuel avait des problèmes financiers, sa survie était menacée. Les joueurs devaient participer au tournoi des Jeunes Étoiles, en Russie, leur voyage était désormais compromis. Mon père n'a pas réagi quand je l'ai mentionné. Et n'en a pas non plus parlé à Samuel, quand il est arrivé, plus tard, hirsute, affamé, en sueur. Pendant que Richard lui servait à souper, j'ai déplié le canapé-lit, dans le salon. J'appellerai Terry demain, avant de partir, je me suis dit.

À 7 heures du matin, j'ai été réveillée par des voix. Des personnes qui chuchotaient. Je me suis rappelé, tout à coup : Richard. J'ai enfilé ma robe de chambre. Dans le salon, une scène irréelle. Pendant que Samuel mangeait des céréales, Terry – que je n'avais pas entendu entrer – aidait mon père à enfiler un veston beaucoup trop petit pour lui.

— Qu'est-ce que vous faites ?

Richard était radieux. Indiquant le veston :

— Tu le reconnais ?

Son complet de banquier qu'il portait à Peshawar, des années plus tôt. Mon père s'était épaissi, le veston ne boutonnait plus.

— Terry suggère de le laisser ouvert, comme ça. Pour la chemise, ça ira. Qu'est-ce que t'en penses, Terry ?

Son ami a acquiescé d'un mouvement de la tête, en connaisseur. Terry Owen, ancien lutteur, expert-styliste...

— Et toi, Samuel ?

Samuel a haussé les épaules. Je lui ai ordonné de se dépêcher, il allait être en retard à l'école.

— Écoutez, vous êtes très amusants, mais moi j'ai un cours à 9 heures, je dois filer.

— Tu annules, a ordonné mon père. J'ai besoin de toi, ce matin. Et de Terry aussi.

— Ça suffit, papa. Partez, maintenant, tous les deux.

Dix minutes plus tard, pourtant, j'étais assise entre mon père et son colocataire, dans la cabine du camion de livraison de Tapis Hochelaga. Un Econoline qui puait l'essence. Dont le pare-brise était craquelé. Terry conduisait et j'étais coincée entre lui et Richard, engoncé dans son veston dont les coutures menaçaient d'éclater à tout moment. Dans mon champ de vision, un petit sapin odoriférant se dandinait. Heureusement, sa date de péremption était échue depuis longtemps. J'ai de nouveau huit ans, je me suis dit. Qu'est-ce que je fais ici ? Où allons-nous ? J'avais l'impression de participer à une mise en scène dont on m'avait caché le déroulement. Mon père se montrait mystérieux, il s'amusait de me voir déconcertée.

Nous avons roulé boulevard de Maisonneuve pendant un moment, virage à gauche rue University, et à gauche de nouveau dans Cathcart. J'avais deviné où nous allions. D'un geste de la main, mon père a indiqué à Terry où se garer, à droite de la rangée de taxis.

Nous étions aux abords de la Place-Ville-Marie.

— Qu'est-ce que ça veut dire ? j'ai demandé en descendant de la camionnette.

Mes vêtements étaient couverts de fibres synthétiques, des résidus de tapis, probablement. J'ai essayé de les éliminer. Peine perdue.

Mon père, lui, tentait de rajuster son veston.

— Ma serviette, Terry.

Terry lui a tendu une sorte de porte-documents en cuirette orné du logo de Tapis Hochelaga. Pendant que son ami glissait l'affichette LIVRAISON dans le pare-brise, Richard m'a prise par le bras et entraînée vers la porte principale.

— J'ignore ce que tu as en tête, mais c'est une très mauvaise idée.

Mon père s'est contenté de marcher droit devant, sans me regarder. Son attitude avait changé. Ce n'était plus un ivrogne, un râleur, mais un athlète gonflé à bloc. Il me rappelait le Richard Rocheleau de Peshawar.

L'ascenseur nous a conduits au dix-neuvième étage sans que Richard ait prononcé un mot. Je lui ai jeté un regard de biais, j'avais l'impression qu'il se concentrait, comme un artiste avant d'entrer en scène, ou un boxeur avant de monter sur le ring. Je ne savais pas quoi penser de tout cela, sinon qu'il n'en sortirait rien de bon.

Oriental Rugs & Carpets occupait tout l'étage. C'était ici que mon père était rentré d'Asie, quelques années plus tôt, fier, triomphant, la tête haute. Ici que Travis McCullough lui avait remis les clés de son entreprise sous le regard haineux de son fils unique, furieux d'avoir été trahi par son paternel. Seule condition posée par Travis : assurer à Frank un poste dans l'entreprise, n'importe lequel. Mon père s'était empressé de l'oublier sur une tablette quelque part, ajoutant à sa colère et à sa frustration.

Sa première décision, une fois installé dans le bureau du grand patron : congédier ce salaud, à New Delhi, qui lui avait fermé les portes du Cachemire. Qu'il retourne dans son bidonville, celui-là !

Derrière la porte vitrée, une réceptionniste absolument ravissante, une carte de mode, nous a appris que M. McCullough n'était pas au bureau, de toute façon il ne recevait jamais sans rendez-vous, à quel titre voulez-vous le voir, d'ailleurs ? Mon père ne s'est pas laissé démonter, il a ordonné à la jeune femme de composer le 1550, le poste du bureau du président, et de laisser savoir à « Frank » qu'il voulait le voir séance tenante, peu importe ce qu'il était en train de faire. C'est une question de vie ou de mort, a ajouté Richard.

La réceptionniste, désemparée, a pianoté sur son téléphone avec ses doigts longs et magnifiques, puis nous a guidés dans le corridor qui fait tout le tour du bureau. Des jambes superbes que Richard n'a pas regardées, toujours concentré. Par les portes ouvertes, j'ai aperçu de jeunes employés affairés qui n'avaient jamais bossé pour mon père – du moins, personne ne semblait le reconnaître.

Frank s'est levé de son fauteuil et s'est approché pour nous accueillir. Son bronzage de plaisancier lui donnait toujours un air de *beach bum* vieillissant, mais encore séduisant. Il m'a fait la bise, m'a demandé comment j'allais, et des nouvelles de Samuel. Une main tendue vers Richard, ensuite, que mon père a serrée sans chaleur.

— Tu aurais dû m'appeler, Richard. Qu'est-ce que je peux faire pour toi ?

— Samuel joue au hockey. Le meilleur de son équipe. Nadia et moi, nous suivons sa carrière de près…

« Nous ? »

— Formidable.

— Mais il y a un os, a ajouté mon père.

Frank nous a invités à prendre place dans les deux fauteuils qui faisaient face à son bureau. Lui, il a récupéré le fauteuil de président et l'a fait rouler de notre côté, histoire de montrer que nous n'étions pas des visiteurs ordinaires, des clients habituels, mais des proches, des membres de la famille. Mon père, qui connaissait le truc, ne s'est pas laissé impressionner – même si Frank, à son tour, semblait s'inquiéter de ce veston trop petit qui menaçait de se découdre sous ses yeux.

Qu'étions-nous venus faire là ? À quoi rimait cette rencontre ?

Richard m'a demandé de relater les ennuis financiers de l'équipe de Samuel. Leurs problèmes de liquidités, les menaces de la banque, la saisie prochaine. Et ce voyage en Russie qui n'aura pas lieu, les espoirs de ces jeunes qu'on s'apprête à décevoir…

Frank a hoché la tête. Diriger une entreprise n'était pas une mince affaire, il s'en rendait compte tous les jours. Richard en était conscient lui aussi. Frank s'est tourné vers mon père :

— Qu'est-ce que je peux y faire ?

— Il nous faut cent mille dollars.

« Nous », encore une fois.

McCullough l'a regardé comme s'il était un animal étrange.

— C'est pour ça que vous êtes venus me voir ? Pour du fric ?

— Pour donner à Samuel la chance de s'épanouir comme joueur de hockey.

Sourire de Frank.

— Tu n'as pas écouté ce que je viens de dire, Richard.

— Samuel et ses coéquipiers comptent sur nous, on n'a pas le droit de les laisser tomber.

Frank l'observait, sans comprendre. Il avait l'impression d'entendre un fou délirer. Et moi aussi, d'ailleurs. Se ressaisissant :

— Tu veux qu'Oriental Rugs investisse dans une équipe de hockey, j'ai bien compris ?

— Ton petit-neveu a besoin de toi, Frank.

— Je vous ai dit ce qu'il faut faire : rééchelonner le prêt, s'entendre avec les créanciers, discuter avec la banque. Il y a sûrement une solution. Mais pas Oriental Rugs.

Un long silence. Je me suis avancée pour me lever, la rencontre avait assez duré. Je me sentais humiliée par l'initiative de mon père. D'un geste de la main, Richard m'a ordonné de ne pas bouger.

Il a ouvert son porte-documents et en a retiré une photo. Il l'a tendue à Frank.

— Regarde ce que j'ai trouvé dans mes affaires, l'autre jour, en faisant le ménage.

Un noir et blanc, huit et demi sur onze, glacé, de bonne qualité. On y distinguait mon père au temps de sa gloire afghane. J'ai reconnu notre grande maison de Park Road, les représentants de groupes rebelles réunis dans le salon pour combattre les Soviétiques. De tous ces inconnus émergeait une figure familière. Près de deux mètres, un sourire énigmatique sur un visage aux traits presque féminins.

Frank l'avait identifié, lui aussi. Il a levé les yeux vers Richard, il devinait déjà ce qui se préparait.

— On ne se doutait de rien à l'époque, a repris mon père, avec une expression désolée.

Il en a sorti une autre, de bonne qualité elle aussi. Cette fois, on y voyait Oussama seul avec Richard, devant une affiche publicitaire d'Oriental Rugs & Carpets. Les deux hommes semblaient être des… partenaires d'affaires.

Ces photos, je ne les avais jamais vues auparavant.

Frank McCullough avait changé de couleur. Son bronzage de sportif s'était transformé en une blancheur cadavérique, comme s'il était sur le point d'avoir une crise d'apoplexie.

Le message était clair, mais Richard – qui s'amusait visiblement – a concrétisé la menace. Indiquant les photos :

— Celle-ci pour le *New York Times*. L'autre pour le *Washington Post*. Avec copie à Saul Rabinovich, ton gros client de Chicago. Tu sais que son fils est enterré à Arlington ?

— *You fucking son of a bitch.*

— Et tant qu'à y être : cent cinquante mille. Il y aura d'autres frais, j'en suis sûr. Pas vrai, Nadia ?

— *GET OUT!*

Frank s'était redressé d'un bond. Calmement, Richard s'est levé à son tour. J'avais l'impression que le grand patron d'Oriental Rugs & Carpets se retenait de frapper mon père, ce qui n'aurait fait qu'aggraver les choses.

Nous sommes sortis du bureau sans nous retourner.

Mon père était radieux.

Terry nous attendait, appuyé sur la camionnette. Richard a ouvert la portière, puis la boîte à gants, et en a retiré un dix onces qu'il a vidé d'une traite. J'ai alors réalisé à quel point être resté à jeun depuis tôt le matin lui avait demandé un sacrifice énorme.

Il m'a regardée. Et a souri.

— Tu diras au propriétaire de l'équipe de s'arranger avec son directeur des finances. S'il n'a pas de nouvelles demain, fais-moi signe.

— Merci, papa.

Terry s'était déjà installé au volant, il a démarré la camionnette. Richard m'observait toujours, ses yeux avaient un aspect vitreux, maintenant.

Il m'a dit :

— Tous les jours, je pense à ta mère.

Je me suis approchée de mon père, qui s'est abandonné dans mes bras. Je l'ai serré bien fort contre moi. Je ne savais pas quoi dire. J'étais désemparée, à la fois triste et heureuse. Je me retenais de pleurer, comme lui.

La sonnerie du téléphone me fait sursauter.

Je décroche : le lieutenant-colonel Alexiev.

— On a retrouvé votre père, me dit-il.

Dans le ton de sa voix, je devine qu'il ne s'agit pas d'une bonne nouvelle.

— Je suis désolé…

Je n'entends pas le reste de sa phrase.

Le sol se dérobe sous mes pieds.

Troisième partie

Résurrection

14

Février 1984

Autour de la table, alors que Zahid, notre cuisinier, circule, affairé, ma mère écoute le boniment de Richard avec son air dubitatif habituel. Rien ne l'étonne, rien ne la surprend. De temps en temps, Joan se tourne vers moi et me demande des nouvelles de ma journée. Ce n'est pas mon père qui s'intéresse à mes activités, c'est elle. Richard, lui, continue de comploter. À mesure que l'occupation russe perdure et s'intensifie, les réfugiés afghans installés à Peshawar se mettent à tisser des motifs guerriers dans leurs tapis : un moudjahidine avec une kalachnikov à la main, par exemple, ou alors un tank soviétique en train d'exploser. Pas très vendeur, dans une boutique de Madison Avenue. Qui voudrait d'une scène de guerre sur le plancher de son salon ? Mon père a beau essayer de leur faire entendre raison, les artisans n'en font qu'à leur tête.

— Je suis obligé de rejeter une grande partie de leur production, et ils m'en veulent.

D'autant plus que des rabatteurs ont pris exemple sur Richard et patrouillent Peshawar à la recherche de fournisseurs potentiels. Ils ont flairé la bonne affaire, eux aussi. Mon père est encore l'interlocuteur privilégié des réfugiés, mais d'autres artisans continuent d'arriver, auprès desquels il n'a pas le même rapport. Et les choses risquent d'empirer.

Les Soviets ont repris l'offensive, comme Nikonov l'a confirmé à Richard lors de leurs conversations téléphoniques. À Kaboul, Vassillis contrôle toujours le marché, même s'il a perdu plusieurs familles d'artisans. Lui aussi s'est remis à espérer. Son commerce de drogue est toutefois plus profitable que jamais.

Mon père soupire. William Gallagher a raison, la guerre s'éternise. Mais il n'est plus le seul à en profiter. Et puis ces rebelles déchaussés, comme les appelle Joan, semblent s'être installés à demeure dans notre salon. Difficile de les chasser, rétorque Richard. Mais cette alliance n'aide en rien la poursuite de ses affaires.

Pas de doute, Peshawar n'est plus la même.

En parcourant la ville avec mon père, en faisant les courses avec Homa, ou à vélo quand je prends le plus long chemin pour revenir de l'école, je ne peux faire autrement que constater les changements qui s'opèrent sous mes yeux. Plus que jamais, Peshawar est devenue le point de ralliement d'étrangers attirés par la guerre dans le pays voisin. Une guerre de rien du tout, insignifiante, transformée en un conflit international. Un entrefilet devenu nouvelle à la une. Une histoire à suivre et à savourer pour les amateurs de conflits interminables. Des journalistes, dont plusieurs Occidentaux, fréquentent les environs du Dean's Hotel, ou les cafés d'University Town. Mais des gens comme le père d'Akbar, ou alors des Arabes afghans, comme on les appelle aussi, des Saoudiens pour la plupart, se tiennent au Maktab al-Khadamat, le Centre de services du Palestinien Abdallah Azzam, à quelques rues d'où nous habitons.

Azzam a lancé un appel au djihad contre les Soviétiques, un appel entendu dans les mosquées du monde entier. Des jeunes gens sans expérience militaire, mais avec une foi à toute épreuve ont pris l'avion pour le Pakistan et se sont rapportés au Centre de services où on leur offre logement, nourriture et lieu de prière. Tous les jours, de nouveaux volontaires affluent, surtout des pays arabes. Ils ne souhaitent qu'une chose : aller en découdre avec les Soviétiques, même au péril de leur vie. En fait, ils souhaitent mourir. Le martyre, c'est leur objectif. Les Afghans, dont l'islam est moins rigide et moins restrictif, les regardent de haut, ils n'ont pas besoin de ces étrangers suicidaires pour participer aux combats, ils ne veulent pas s'encombrer d'amateurs qui n'ont jamais tenu un fusil de leur vie.

Alors ces nouveaux venus se tournent les pouces à Peshawar, ils ne se mêlent pas aux autres expatriés, sinon pour se bagarrer. Des échauffourées éclatent parfois entre des journalistes ivres, bruyants, et ces islamistes rigoureux.

À la maison, quelques Arabes se sont joints aux autres leaders rebelles, lors des rencontres que mon père anime. De l'argent afflue depuis Riyad, ce qui a permis aux sept groupes rivaux d'emménager dans des locaux plus grands, plus luxueux. Dans University Town, d'ailleurs, tout près d'ici, au milieu des eucalyptus. Les rebelles ne peuvent donc pas ignorer leurs bailleurs de fonds, qui participent aux réunions, mais ce sont les seigneurs de la guerre qui dirigent les discussions. Comme d'habitude, ils se disputent sur tout, ils refont le pays cent fois dans la soirée, avant de le défaire et de le refaire à la rencontre suivante. Des enfants gâtés qui n'ont aucun intérêt pour la population afghane ; ce qui les motive, c'est leur pouvoir à eux, leurs petites dictatures personnelles établies ici et là sur le territoire, et qu'ils souhaitent renforcer avec le départ des Soviétiques.

Le seul qui se démarque et qui garde son calme, c'est ce grand Saoudien aperçu dans la cour de la maison. Malgré son visage doux, presque féminin, malgré sa poignée de main molle et sans énergie, ses opinions sont tranchées, virulentes parfois. Mais toujours exprimées avec courtoisie. Avec timidité, presque. Quand il rit, très rarement, mon père a remarqué qu'il met toujours la main devant sa bouche, comme s'il avait honte d'être joyeux. Pour Richard, Oussama ben Laden n'est qu'un feu de paille, un autre, qui réintégrera le giron familial dès que la guerre sera terminée.

Fils d'un entrepreneur yéménite installé en Arabie saoudite, ignoré par son père – qui a d'autres femmes et d'autres enfants qu'il semble préférer –, orphelin très tôt lorsque le paternel décède dans un accident d'avion, héritier d'une fortune colossale, Oussama cherche à faire sa marque. Pieux, sérieux, ascétique même, dans les réunions il n'est pas le plus véhément, le plus loquace non plus. N'étant pas afghan, il préfère céder le plancher aux enfants du pays. Oussama est riche, et sa richesse éblouit, séduit, suscite des convoitises. Chacun des seigneurs de la guerre se demande : comment pourrais-je profiter de ses largesses, à celui-là, par quel moyen pourrais-je détourner de mon côté et à mon profit le fric que cet exalté est prêt à flamber pour la cause ? Selon Richard, si les autres moudjahidines l'acceptent dans le petit groupe qui se réunit périodiquement chez nous, c'est parce qu'il joue le rôle de la banque, comme au Monopoly.

À table, mon père ne peut dissimuler sa morosité. Il cherche des alliés, des appuis, mais ma mère, qui en a tellement entendu au cours des derniers mois, ne lui est d'aucune utilité. Elle écoute par délicatesse, pour ne pas froisser son mari, mais il s'agit d'un discours ennuyeux dont elle connaît les moindres arguments.

— Cette fois, les Américains ont décidé d'y aller à fond la caisse. D'après Gallagher, la politique de Reagan a changé. Plus question de simplement « distraire » les Russes, on veut leur infliger la défaite.

Ma mère hausse les épaules.

— Et ils sont prêts à augmenter de façon importante leurs mises de fonds, reprend Richard. Pour appuyer celles des Saoudiens.

Une surenchère dans la générosité.

Par ses conversations avec le conseiller politique, mon père sait que Ronald Reagan a reçu à la Maison-Blanche quelques-uns des leaders moudjahidines, qu'il a appelés les « combattants de la liberté », en référence aux révolutionnaires américains en guerre contre les Britanniques. Parmi les invités, Abdelhamid lui-même, le père d'Akbar, qui a séduit le président avec son accent de Cleveland et sa connaissance du baseball.

Résultat : les envoyés de Washington, tous différents d'une fois à l'autre, viennent faire leur tour de piste à Peshawar. Des ambitieux, des naïfs, des téméraires, qui n'ont cependant aucune idée de ce qu'est l'Afghanistan et des enjeux en cause, à part celui de combattre les communistes. Gallagher les informe de la situation, des forces en présence, des besoins exprimés par les groupes rebelles. Les décideurs de Washington souhaitent intégrer le diplomate dans les prises de décisions. En réalité, ils sont à la recherche d'un bouc émissaire au cas où les choses tourneraient mal. Personne ne fait confiance aux Pakistanais, mais les discussions avec eux se font ouvertement, sans craindre d'indisposer les Soviétiques.

— Nous sommes passés à une autre étape ! s'exclame Richard. Nos amis jouent maintenant cartes sur table.

— Qu'est-ce que ça change ? demande Joan.

— Tout. La guerre est publique, dorénavant.

— Donc, plus besoin de tenir ces réunions secrètes dans notre salon. Au tour du consulat américain de prendre le relais. C'est Farooq qui va apprécier.

— On n'en est pas là, Joan.

Ma mère soupire. Elle commence à en avoir assez, de ces tractations politiques. De ce jeu de cache-cache entre les Russes, les Américains, les Pakistanais et les Saoudiens, avec, au centre, le rôle ambigu de Richard Rocheleau.

— Tu crois que ça en vaut la peine ?

— Qu'est-ce que tu veux dire ?

— Tous ces efforts pour ces foutus tapis.

— Tant que Vassillis…

Joan lui coupe la parole :

— Tu crois qu'il va rentrer chez lui, qu'il va faire comme les Soviets ? Je te gage qu'il est en train de négocier son avenir avec les seigneurs de la guerre. Un avenir où tu n'auras aucun rôle à jouer.

— C'est faux.

— Ton docteur Jivago aussi se ménage une porte de sortie, j'en suis convaincue.

Mon père soupire. Il sait qu'elle a raison.

— Et toi, pendant ce temps, tu joues les animateurs de foule. Tu applaudis l'un, tu applaudis l'autre. Avec Gallagher, tu souscris à ses politiques, que tu dénigres devant tes amis rebelles. Tu joues sur les deux, trois, quatre tableaux en même temps, en essayant de dominer la partie, mais c'est de toi qu'on abuse. Tu es trop gentil, trop poli, et ça te retombera bientôt sur le nez.

Mon père se tait.

— Il faut que tu choisisses ton camp, Richard.

— C'est déjà fait : Oriental Rugs & Carpets.

* * *

J'ai un nouveau vélo, plus massif, un vélo indien. Je rejoins Akbar au chenil, c'est devenu une habitude. Je lui apporte des livres, nous sortons les chiens, il s'assoit près de la rivière pour poursuivre sa lecture ou en entamer une autre. Akbar est timide, perdu dans ses pensées. Parfois, il oublie complètement ma présence à ses côtés. Je ne lui en tiens pas rigueur. Je me sens bien avec lui, mieux qu'avec les filles de l'école, qui me méprisent et me font savoir, tous les jours ou presque, que je n'appartiens pas à leur monde – surtout Jennifer Donegan. Mon père n'est qu'un vulgaire marchand de tapis, après tout.

Avec Akbar, aucune réflexion de ce genre. Aucune attitude condescendante. Quand nous faisons marcher les chiens, je lui parle de mes problèmes avec mes parents, il déplore l'intransigeance de son père, je lui raconte mes journées, il me relate les siennes, plus sérieuses que les miennes, axées sur la prière et la lecture du Coran.

J'aimerais tellement lui faire apprécier Pierre Loti, mais il ne lit pas le français. De toute façon, il a d'autres bouquins à dévorer, c'est un boulimique de la lecture, comme s'il en avait été privé depuis longtemps. Comme s'il avait peur d'en être privé de nouveau.

J'observe les bergers allemands, l'eau tourbillonner, les feuilles qui s'agitent dans les arbres. Et Akbar, encore et encore. Je suis amoureuse, mais me refuse à l'admettre, ça ne m'est jamais arrivé, je ne sais pas comment définir ce que je ressens.

— Tu ne parles jamais de ta mère.

Je sens qu'Akbar veut changer de sujet, mais j'insiste. Peu à peu, par petites touches, j'apprends la vérité. Victime d'abus dans son enfance, la mère d'Akbar frayait dans des milieux sordides, à Cleveland, à la merci du prochain *fix*, de l'overdose, qui serait fatale, celle-là. Mohammad Abdelhamid l'avait rencontrée à l'hôpital Fairview, où il était bénévole auprès de patients musulmans. Il lui avait montré la voie de l'islam « véritable », ils sont tombés amoureux, ils se sont mariés et ont fondé une famille. Quand elle est morte, Akbar avait douze ans. Puis, Abdelhamid a décidé de s'engager concrètement auprès de ses « frères », en Afghanistan, obligeant son fils à partager son destin.

— Mon père est sévère, je ne suis pas d'accord avec ses idées, mais il a sauvé ma mère.

Il ajoute :

—J'aurai toujours du respect pour lui.

—Et s'il te demande d'aller à la guerre ?

—Quand je serai en âge, j'irai. Après, si j'en reviens, je me marierai.

À une cousine, précise-t-il. Elle habite encore aux États-Unis mais le rejoindra le moment venu. Tout est arrangé par son père, les deux familles se sont entendues, Akbar n'a pas son mot à dire.

—Elle est très gentille. Je l'aime bien.

Le monde s'écroule. Je me suis imaginé des choses, comme d'habitude. De toute façon, je suis trop jeune pour lui, une petite fille, encore.

Nous revenons au chenil sans parler. Je vis ma première peine d'amour, je ne sais pas comment réagir, je suis triste mais, orgueilleuse, je ne veux pas le montrer à Akbar. Alors je me tais, et lui aussi.

Mais, après un moment, je ne peux me retenir davantage.

—Et si tu changes d'idée ?

—À propos de quoi ?

—Ta fiancée.

—Je n'ai pas le choix, Nadia.

— Vous allez vous installer à Peshawar ?

— On verra.

Nous avons presque rejoint le chenil lorsque Akbar entend les autres chiens s'agiter. Il m'ordonne de ne pas approcher davantage, je me planque avec mon vélo derrière un bouquet d'arbres. Abdelhamid attend son fils, près de l'enclos. Il est furieux, il engueule Akbar, probablement pour avoir déserté son poste. Un autre homme est avec lui : Oussama ben Laden. Le Saoudien s'est approché des bergers allemands, qu'il caresse, ignorant la dégelée qu'Abdelhamid fait subir à son fils. Il se redresse et se glisse entre le père et le fils. Je ne saisis pas ce qu'il dit, mais Abdelhamid se calme.

Ces bergers allemands appartiennent à Oussama, m'a appris Akbar. Il les a fait venir d'Europe à grands frais, il y tient plus que tout. Prendre soin de ces chiens, c'est une grande marque de confiance à ton égard, lui a dit Abdelhamid. Une grande responsabilité aussi. Dont Akbar s'acquitte très bien. Quand le Saoudien vient faire courir ses chiens, il le félicite et le remercie. Quand les chiens sont malades, Akbar s'en occupe comme s'ils lui appartenaient. Abdelhamid bombe le torse : il est fier de son fils, il a de grandes ambitions pour lui.

Oussama prend Akbar par les épaules. Si le sheikh est heureux, Abdelhamid est heureux lui aussi. Akbar promet de ne plus quitter son poste.

Mais le lendemain, je suis de retour. Ce jour-là, Akbar me tend un Walkman.

— Tu peux le garder pour moi ?

Je ne comprends pas.

En quittant les États-Unis, m'explique-t-il, son père lui a confisqué ce qui était *haram*, impur. Akbar a tout perdu : ses cassettes vidéo, ses bandes dessinées, une centaine de disques. Mais il a réussi à dissimuler ce

Walkman, qu'il a apporté avec lui. Jusqu'à maintenant, il pouvait écouter de la musique en cachette, mais son père se doute de quelque chose, il est devenu méfiant. Akbar a peur que, tôt ou tard, il mette la main sur le baladeur et le détruise lui aussi.

Je saisis l'appareil. À l'intérieur, une cassette. *Glory To All of You*, d'un groupe de Seattle que je ne connais pas, Atomic Behavior ; la seule cassette qu'il a pu sauver de la destruction, et qu'il écoute en boucle, me confie-t-il, comme une sorte de mantra qui lui rappelle sa vie d'avant, qu'il est convaincu de ne pouvoir jamais retrouver.

Ce Walkman et cette cassette, je les dissimule à mes parents, à mon tour. Je pourrais leur en parler, mais je ne tiens pas à leur révéler mon amitié avec Akbar, ce que Richard ne tolérerait pas. Abdelhamid est un personnage influent chez les moudjahidines, pas question de mettre en péril les bonnes relations qu'il a nouées avec eux.

Mais où le cacher ? Dans le cabanon à outils de Farooq ? Trop risqué. À l'intérieur de la maison, je ne vois pas où. Ma chambre est encore le meilleur endroit. Sous le plancher, par exemple, en dessous du lit. Une tuile s'est déchaussée, c'est facile pour moi d'y dissimuler le baladeur. Et pas de danger que Homa y fasse le ménage – je l'ai vue faire, elle ne passe jamais sous les meubles.

À chacune de nos rencontres au chenil, j'apporte dorénavant le Walkman, en plus des livres. Nous nous partageons les écouteurs, Akbar et moi, pour entendre et réentendre Jerry DeSoto, comme une bouffée d'air frais. Joan a ramené d'Islamabad une radio qui fait aussi office de lecteur de cassettes, elle en possède quelques-unes – Bruce Springsteen, notamment. Blondie, Dire Straits ou la nouvelle venue, Madonna. Je les propose à Akbar, qui refuse. Il ne veut entendre qu'Atomic Behavior, encore et encore, comme si c'était davantage le souvenir associé à ce groupe que le groupe lui-même et son répertoire qui l'intéressait.

Des livres défendus, de la musique impie…

J'entre en résistance à mon tour.

15

En septembre 2002, sans en parler à Richard ni à personne d'autre, pas même à Nancy Whitehall, sans en parler non plus au professeur de Samuel – j'ai fait croire qu'il était malade, qu'il devait rester à la maison –, j'ai pris l'avion pour New York dans le but de refaire le trajet de ma mère, ce matin-là, pour lui rendre hommage à ma façon. Depuis des semaines, Samuel me posait des questions sur Joan, sur ce qui lui était arrivé ; je ne savais pas comment le lui expliquer, j'étais à court de réponses. J'avais pensé qu'en lui montrant l'endroit où ça s'était produit il comprendrait un peu mieux l'ampleur de la catastrophe.

L'année suivante, nous sommes retournés, tous les deux, et l'autre ensuite, puis c'est devenu un rituel. D'abord en septembre, pas nécessairement le 11, ou alors en octobre ou même en novembre, parce que j'étais débordée de travail cet automne-là. Tout le monde, y compris Richard, avait deviné mon secret, mais l'acceptait comme une sorte de lubie, le caprice d'une fille malheureuse qui désirait, une fois par année, se retrouver seule avec le souvenir de sa mère. Curieusement, mon père ne m'a jamais offert de m'accompagner, et je regrette aujourd'hui de ne pas l'avoir invité. J'aurais dû faire les premiers pas, mais j'avais choisi de ne partager ma douleur qu'avec Samuel. La tragédie était tellement publique qu'il me fallait, de temps à autre, ces moments de solitude que je jugeais essentiels.

Joan et Samuel s'étaient toujours bien entendus, mon fils adorait sa grand-mère. Compte tenu de ce qui s'est passé par la suite, de ce qu'il est devenu à l'adolescence, je me dis que l'aspect religieux de ces pèlerinages annuels devait correspondre à un besoin, chez lui. Nous respections toujours le même rituel, d'ailleurs. Après l'arrêt à Ground Zero, je demandais au chauffeur de taxi de nous laisser quelques rues plus haut. Je prenais Samuel par la main et nous descendions Broadway jusqu'au site du World Trade Center, imaginant ma mère empruntant le même trajet, ce matin-là, se dépêchant parce qu'elle était peut-être en retard, s'empressant vers la mort d'un pas nerveux.

Les premières années, l'endroit grouillait de touristes émus, effarés, ne pouvant visiter New York sans y faire un saut et constater *de visu* ce qui n'était plus. Sur les grillages, des photos, des témoignages, des fleurs remplacées régulièrement, ou alors abîmées par la pluie, séchées par le soleil. Des gens qui priaient, mais aussi les inévitables vendeurs de souvenirs, débris et autres. Et puis ils durent céder la place aux équipes de reconstruction. Le grillage est devenu permanent, une promenade temporaire a été aménagée. Nous nous joignions à ces curieux, Samuel et moi, silencieux comme eux, incapables de comprendre ce qui s'était passé ce jour-là, ou alors – dans mon cas – le comprenant trop bien, mais refusant de l'admettre, refusant surtout d'accepter le rôle que ma famille et moi y avions joué.

Au Waldorf-Astoria, où j'avais réservé la chambre de ma mère, nous retrouvions un lieu, des meubles, un personnel devenus familiers. Le mot avait couru chez les employés, on connaissait notre routine, on respectait mes lubies. Parfois, la chambre n'était pas libre, on nous en donnait une autre, je ne protestais pas : ma mère était descendue si souvent au Waldorf qu'il était fort probable qu'elle ait occupé l'une ou l'autre de ces chambres.

Pendant que Samuel allumait une bougie à la mémoire de Joan, je m'étendais sur le lit sans prendre le temps de défaire mon sac. Je fixais le plafond comme elle avait dû le faire ce matin-là, en se réveillant. Je faisais monter à la chambre le repas du soir, ensuite, choisissant la même chose qu'elle, poussant le mimétisme jusqu'au ridicule, mais je m'en foutais, je pouvais délirer à ma guise, le monde entier me laissait faire. Y compris Samuel.

Les premières années, je profitais de l'occasion pour donner rendez-vous à Nancy Whitehall, l'amie de ma mère, pour le lunch que nous prenions au bar de l'hôtel, comme le jour où nous nous étions réunis, tous les trois, mon père, elle et moi. Et puis j'ai cessé, sa présence, agréable pourtant, me dérangeait. Nancy nous sortait du cocon de tristesse et de mélancolie que nous nous étions fabriqué, Samuel et moi. Elle s'était donné comme mission de m'inciter à passer à autre chose, comme je l'avais fait avec Richard. Mais lui et moi, de façons différentes, chacun à notre manière, refusions d'oublier, de ranger le souvenir de Joan dans le fond de notre mémoire. Plus tard, Nancy est rentrée à Montréal définitivement, et je n'ai jamais repris contact.

Chaque voyage faisait surgir en moi les mêmes images et ravivait le même désespoir. J'étais consciente qu'en agissant ainsi je ne faisais que prolonger mon deuil et l'imposer à Samuel, ce qui était néfaste, mais ce sentiment de tristesse profonde m'était indispensable.

L'automne dernier, les choses se sont mal passées avec Samuel. Il m'avait accompagnée, mais avec moins d'enthousiasme que les fois précédentes. Il avait amorcé son voyage au pays de l'adolescence, cette traversée tumultueuse dont il ne sortirait pas indemne. Nous étions au restaurant du Waldorf, un type est entré, avec une kippa sur la tête. Samuel s'est tourné vers moi :

— Ils devraient être mis à mort pour ce qu'ils ont fait, ceux-là.

— Pardon ?

— Les juifs. Le 11-septembre, c'est leur faute.

— De quoi tu parles ?

— Ils ont fait ça pour que le monde entier s'en prenne aux musulmans.

— Qui t'a raconté une chose pareille ?

— C'est la vérité.

— Faut pas croire tout ce qu'on trouve sur Internet.

Samuel s'est renfrogné. Il a à peine touché à son repas, il semblait perturbé.

Au moment de remonter à la chambre, il m'a dit :

— J'en ai assez, maman. Je veux rentrer à la maison.

La morgue a fait l'objet de rénovations importantes au cours des dernières années, me confie Alexiev alors que nous descendons l'escalier qui mène au sous-sol, lui devant, moi derrière. Des installations modernes. De nouveaux équipements. À la fine pointe de la technologie, ajoute-t-il, une lueur de fierté dans le regard. Plusieurs employés supplémentaires ont été engagés.

L'un d'entre eux s'avance vers Alexiev, qui me fait signe de le suivre. Les deux hommes me précèdent dans une pièce dont l'un des murs est recouvert d'un rideau. Le policier le tire, une fenêtre apparaît, maculée de traces de doigts. On dirait un théâtre de marionnettes pour amateurs de pièces macabres. Derrière la fenêtre, une pièce vide, minuscule. Après quelques instants, une civière est poussée par le préposé, qui attend ensuite le signal d'Alexiev pour découvrir la dépouille.

Le corps de mon père, son visage surtout, semble boursouflé, comme s'il était rempli d'air. Alexiev m'explique que le phénomène est normal, après un certain temps dans l'eau.

Voir Richard ainsi, sans vie, je flanche. Je m'étais préparée au pire, mais le pire n'est pas de voir son corps déformé. C'est de prendre conscience qu'il est parti pour de bon, sans prévenir, en me laissant démunie, désemparée, privée d'une force sur laquelle je ne pourrai plus jamais compter. Ne restent que les souvenirs, qui s'emmêlent, que j'aimerais trier pour ne garder que les meilleurs, mais je n'y arrive pas.

D'abord Joan, ensuite Samuel – qui n'est pas mort, mais c'est tout comme –, et maintenant Richard.

— Ça va ? me demande Alexiev, inquiet.

— Oui oui.

D'un geste de la main, il ordonne au technicien de refermer le rideau, puis me guide vers une autre pièce, une salle de conférences sans fenêtre, qui sert aussi de cafétéria : un employé en blouse blanche est en train de grignoter un sandwich. Il se lève et déguerpit dès qu'il nous voit entrer. Alexiev m'invite à m'asseoir.

Le préposé de la civière rapplique avec un boîtier métallique rectangulaire, numéroté en rouge, qu'il pose sur la table, puis quitte les lieux à son tour. Alexiev ouvre la boîte et la tourne vers moi pour que je puisse en examiner le contenu. Un dix onces d'alcool, d'abord. Une marque russe, mais pas de la vodka. Un spiritueux que je ne connais pas.

— Votre père était ivre, explique-t-il.

Le portefeuille de Richard, ensuite, un vieux truc en imitation d'alligator qu'il traîne depuis toujours, qui débordait de cartes de visite et de devises étrangères, à l'époque où il en menait large à la tête d'Oriental Rugs, mais qui s'est aminci au fil des ans, à mesure que mon père s'est retiré, non seulement des affaires, mais de la vie en général. À l'intérieur, carte d'identité, carte de crédit – qui n'a pas été utilisée. Quelques billets canadiens aussi. Avec le portefeuille, un peigne, la carte magnétique de sa chambre d'hôtel, un vaporisateur, un paquet de Kleenex acheté à Heathrow, son nécessaire pour le diabète.

Je referme le boîtier. Alexiev me tend une petite enveloppe.

— Et aussi ça.

À l'intérieur, deux bagues identiques. Celle de Richard et celle de Joan, qu'il portait avec la sienne. La seule trace de ma mère retrouvée dans les décombres du World Trade Center.

— J'aimerais voir l'endroit où il est mort.

— Vous êtes certaine ?

— Donnez-moi les directions, je trouverai bien.

Alexiev hésite. Il croyait en avoir fini avec moi, mais non. Il soupire, puis :

— Suivez-moi.

Cinq minutes plus tard, nous filons sur la perspective Obukhovskoy Oborony, près de la Neva, d'abord sans rien dire, lui et moi. Il allume la radio, pour l'éteindre aussitôt. Après un long moment, comme s'il était déçu que je ne l'interroge pas à ce sujet, Alexiev raconte que son équipe a d'abord patrouillé les bars, puis les restaurants et les commerces ouverts la nuit, avant de recevoir l'appel d'un jogger qui s'entraînait à proximité du fleuve.

Encore envahie par la mort de mon père, bouleversée par sa disparition, je ne dis rien.

Pour meubler le silence, Alexiev me parle de sa famille, de ses trois filles qu'il adore, de sa femme très patiente à son égard, et même de la *datcha* qu'ils viennent d'acheter près de Moscou.

— Quand j'y serai promu, je pourrai garder la propriété. De la capitale, ce sera gérable. Vous êtes mariée, vous avez des enfants ?

— Non. Oui.

— C'est vrai, j'oubliais. Votre fils djihadiste.

Après un moment, je dis :

— Mon père est venu en Russie sous une fausse raison.

Alexiev me regarde sans comprendre.

— Il s'est inventé un cancer. Pour soutirer une invitation de la part des organisateurs du marché.

— Dans quel but ?

— Je l'ignore.

La Neva s'échappe de la ville et traverse des quartiers industriels, où apparaissent les vestiges de la politique économique de Staline : longues cheminées des hauts-fourneaux et usines massives, grises, ponctuant le paysage. Certaines abandonnées, d'autres encore en activité. L'avant-poste de l'enfer, dirait-on, et puis, sans qu'on soit prévenu, le retour de la campagne, celle d'un autre siècle. Ensuite, une forêt de bouleaux et de merisiers qui oscillent au vent, tout doucement. Une atmosphère presque bucolique où la Neva se sent justifiée d'être paresseuse.

Alexiev immobilise sa voiture à Pontonny, dans un parking improvisé où cyclistes et randonneurs se donnent rendez-vous le week-end, mais l'endroit est désert.

— Nous ferons le reste à pied.

Une centaine de mètres nous sépare du fleuve. Nous empruntons un sentier utilisé par les joggers, jusqu'à la Neva qui apparaît tout à coup derrière un talus. Le corps de Richard a été découvert un peu plus loin, tôt le matin, le soleil se levait à peine. Alexiev me montre l'endroit exact, que les spécialistes de son équipe ont examiné avec soin.

Il m'indique un vieux débarcadère, dont le garde-fou a été remplacé par un morceau de contreplaqué.

— Il a perdu pied, il est tombé. Vu son état d'ébriété...

— Comment vous savez qu'il était ivre ?

— Un témoin l'a aperçu, il titubait.

La fausse maladie, la réception qu'il a quittée sans rien dire, son ivresse aussi étrange que peu plausible, tout cela me laisse confuse. Quelle était la vraie raison de la présence de Richard à Saint-Pétersbourg ? Pourquoi ne m'a-t-il rien dit ? Et rien confié non plus à son ami Terry ?

Nous restons pendant quelques instants à observer le fleuve et ses abords. Une volée d'oiseaux nous fait lever la tête. Selon Alexiev, la Neva est rarement agitée, et jamais en cette saison. Ce qui explique qu'on a trouvé le corps rapidement, qu'il n'a pas dérivé très loin.

Des coureurs cyclistes passent derrière nous à toute vitesse, d'autres les croisent. Plus loin, un couple promène un chien. Le vent s'est levé, tout à l'heure ; il souffle encore, je frissonne.

— Venez, m'ordonne le lieutenant-colonel.

Nous nous arrêtons un peu plus loin dans une buvette qu'Alexiev semble connaître et fréquenter. Je lui suggère d'envoyer ses hommes interroger le personnel, ils ont peut-être vu quelque chose.

— C'est fait.

Il ajoute, en s'excusant presque :

— Maintenant que votre père a été retrouvé, mon travail est terminé. Inutile pour vous de rester à Saint-Pétersbourg.

— Ce n'est pas un accident. On l'a tué.

— Pourtant, rien ne l'indique.

— On verra à l'autopsie.

— Je ne crois pas que ce soit nécessaire. La cause de la mort me semble évidente.

Je ne réplique rien.

— Vous travaillez dans l'industrie du tapis, vous aussi ?

— Je suis prof.

— C'est important, l'éducation. Vos élèves vous manquent, j'en suis certain.

— J'aimerais le rencontrer.

— Qui ça ?

— Le témoin qui l'a vu tituber.

Un indépendant, m'explique Alexiev, alors que nous revenons vers le centre de Saint-Pétersbourg. En d'autres termes, un taxi clandestin qui opère surtout la nuit. New Yellow, Taxi 777 ou 068, ce ne sont que des profiteurs, selon lui, qui exploitent les chauffeurs. Vladimir préfère travailler à son compte et encaisser le fric des clients directement.

Quelques instants plus tard, nous voici devant un immeuble minable près du théâtre Mariinsky. Une cour intérieure, des appartements qui se font face, se touchant presque, un escalier sombre et couvert de graffitis. La porte elle-même ressemble davantage à celle d'un bunker que d'un appartement.

Nous frappons à plusieurs reprises et crions son nom, puis un homme en camisole, mal rasé, les yeux bouffis de sommeil, nous ouvre. Alexiev s'identifie, l'autre nous laisse entrer sans même demander ce que nous voulons.

Mais j'ai l'impression qu'Alexiev et lui se connaissent déjà.

Le chauffeur de taxi nous précède le long d'un corridor sombre qui sent les oignons qu'on aurait fait cuire – et oublié – pendant des années, jusqu'à une cuisine en désordre depuis une éternité, elle aussi. De toute évidence, Vladimir vit seul.

Je reste dans le coin de la pièce, je laisse Alexiev faire son travail. Le policier se promène en regardant autour de lui, examinant les lieux. Quand Vladimir vient pour dire quelque chose, d'un mouvement de la main sur son épaule, il l'oblige à s'asseoir à la table, graisseuse, où trône une bouilloire rouillée.

Bien sûr, Vladimir se souvient du vieil homme en smoking. Il l'a hélé près du Volkova, me traduit Alexiev.

— Pourquoi il n'est pas monté dans un taxi réglementaire ? Il y en a toujours qui sont garés devant l'hôtel, j'ai vérifié.

Vladimir est surpris que j'intervienne. Il jette un œil vers Alexiev comme pour lui demander la permission de continuer son récit. Le policier acquiesce.

— Je me suis arrêté, je lui ai dit que je pouvais le conduire n'importe où pour un tarif très raisonnable. Il m'a demandé où il pouvait se procurer de la vodka.

— Donc, vous lui avez fait traverser la ville, étant donné la rareté du produit.

Les deux hommes me regardent avec un drôle d'air, ils n'apprécient pas mon ironie, de toute évidence.

— C'était le milieu de la nuit, rétorque Vladimir.

J'en ai assez de cette comédie, je quitte les lieux.

Alexiev me rattrape dans l'escalier. Sans me retourner, je lui dis :

— À votre place, je ferais faire une autopsie. On ne sait jamais…

L'enquêteur fulmine. Il croyait pouvoir facilement me faire entendre raison. Peine perdue.

J'ajoute :

— Si vous avez besoin d'arguments pour convaincre vos supérieurs, je peux en glisser un mot au consulat.

À mon retour à l'hôtel, le premier à qui j'annonce la mort de Richard : Samuel. Avant Terry, avant Frank. Le message téléphonique disparaît dans le trou sans fond habituel, me laissant désemparée, frustrée, incapable de partager ma tristesse. À Terry, ensuite, je donne les détails que m'a révélés Alexiev. Ma conversation avec le meilleur ami de mon père est ponctuée de silences – Terry s'efforce de garder son calme, de maîtriser ses émotions. Je lui fais part de mes doutes, de mes très grandes réserves à l'égard de la police locale.

— Vous allez rentrer bientôt ?

— Oui. Dès que l'enquête sera terminée.

— Vous m'appellerez. J'irai vous chercher à l'aéroport.

Terry n'a que son camion de livraison à me proposer, et il me l'offre sans détour. Je ne sais pas pourquoi, mais ça me touche plus que tout.

Frank, ensuite, que je joins au bureau. Lui aussi, après m'avoir offert ses condoléances, me demande si je vais rentrer sous peu. Puis :

— Oriental Rugs paiera pour le rapatriement de la dépouille. C'est la moindre des choses.

— La meilleure solution serait d'en disposer ici même. Je vais vérifier auprès du consulat.

— Tu décides ce que tu veux. Ils n'ont qu'à m'envoyer la facture.

— Merci.

Une solution qui doit bien lui plaire. Je vois mal Frank faire semblant d'être triste et de sécher ses larmes, fausses et forcées, devant un parterre de gens conscients de l'animosité entre mon père et lui. Bref, je lui évite une situation délicate.

Une fois que j'ai terminé mes téléphones, la douleur et la tristesse me rattrapent de nouveau. Je l'avais remarqué au moment de la disparition de ma mère. Tant que je m'agite, que je déplace de l'air, rien ne bouge en moi. Mais il suffit d'arrêter cinq minutes, et voilà que la machine à sanglots se remet en marche. Les images de Richard, les souvenirs, ses mots d'esprit, ça me revient à la mémoire, un grand courant d'émotions qui balaie tout sur son passage.

Harald Christiansen m'appelle, la nouvelle a circulé.

— Si je peux faire quoi que ce soit…

Il ajoute :

— Je regrette encore de…

— Vous avez été parfait.

— Au moins, il n'est pas mort à petit feu, cloué dans un lit d'hôpital.

J'avais presque oublié le mensonge de mon père.

Gabriel Lambert toussote, s'empare de l'attaché-case à ses pieds, l'ouvre et en extrait des documents qu'il a déjà commencé à remplir et qui n'attendent que ma signature. Il m'a jointe au téléphone quand j'étais avec Alexiev près de la Neva, nous nous sommes donné rendez-vous au bar de l'hôtel.

— Vous voulez boire quelque chose ? Un café, peut-être ?

— Non merci.

Il toussote de nouveau.

— Vous connaissez la réputation de la bureaucratie russe ; eh bien, elle n'est pas surfaite, déclare-t-il. Trois ministères sont concernés dans ce dossier, à des degrés divers. Depuis hier, avec tous ces téléphones…

Il hésite, me regarde. Rougit. Donne l'impression d'avoir commis un impair, mais je ne vois pas lequel.

— En fait, c'est normal d'avoir à joindre plusieurs fonctionnaires. C'est mon boulot. N'empêche, les Russes ont la manie du formulaire. Et en cinq exemplaires, s'il vous plaît.

Lambert pousse quelques papiers devant moi.

— Il faut signer ici et là, et là aussi. J'ai tout révisé, mais si vous avez des questions…

Des tonnes, mais par où commencer ?

— Le lieutenant-colonel Alexiev m'a promis une autopsie.

Le diplomate me regarde, étonné.

— Alexis Alexiev ?

— Vous le connaissez ?

— Il s'occupe de cette affaire ?

— Ça vous surprend ?

— Un haut gradé de la Militsia, directement sous les ordres de Viktor Sorokin, le procureur général.

Normalement, Alexiev aurait confié le dossier à un subalterne, à un junior, même. Surtout dans le cas d'une mort accidentelle. Ce dont je doute depuis le début.

— Je ne veux pas dire que le décès de votre père est sans importance, mais…

— Je comprends.

Il m'indique de nouveau les papiers. Je signe les yeux fermés, qu'on en finisse au plus vite. Certains documents sont rédigés en russe, donc en alphabet cyrillique. Du charabia pour moi. Je signe quand même. J'espère que Lambert sait ce qu'il fait ou que les services de traduction du consulat sont de calibre professionnel.

La décision de ne pas rapatrier le corps de Richard ne semble pas étrange à l'agent consulaire, qui m'oriente vers une entreprise de pompes funèbres qui pourra se charger de la dépouille de mon père dès que la police en aura terminé.

— Un type très sympathique, ce Dimitri Paskevitch. Nous avons déjà fait appel à ses services.

Lambert regarde sa montre.

— À cette heure-ci, il est encore au bureau.

Il sort son portable et compose le numéro, mais je l'interromps d'un geste de la main. Je lui parlerai plus tard. Toute seule.

— Comme vous voulez.

Le fonctionnaire récupère ses formulaires, referme son attaché-case. Je sens qu'il veut partir, mais qu'il hésite encore sur les mots à prononcer. Nous ne nous reverrons plus jamais, c'est donc un adieu, mais nous nous connaissons à peine. Comment conclure ?

Il se relève, me tend la main.

— Toutes mes condoléances pour votre père, madame Rocheleau.

L'une des entrées du bar communique directement avec le hall d'exposition, où s'est terminé le marché, la veille. Je n'ai pas envie de remonter tout de suite à la chambre, je décide d'aller y flâner. Mais je ne sais pas si c'est une bonne idée : rien de plus désolant qu'une salle d'exposition qu'on « déshabille », j'ai l'impression d'un village de vacances qui ferme pour la saison, juste avant le retour en classe. Des tapis, certains immenses, portés par des employés qui les remettent à d'autres employés sur le quai. Des meubles aussi, récupérés par les sociétés de location. En me promenant au milieu des stands à moitié défaits, un sentiment de nostalgie m'envahit, amplifié par la tristesse d'avoir perdu mon père et de ne pouvoir partager cette douleur avec personne. Quand ma mère est décédée, au moins, Richard et moi avions pu nous appuyer l'un sur l'autre, comme lors du départ de Samuel. Cette fois, je prends vraiment conscience d'être seule au monde, désormais. Rien ni personne ne pourra remplacer l'amour en dents de scie que j'éprouvais pour lui, et réciproquement. Nous étions pareils, dans un sens, maladroits avec nos sentiments, incapables de nous avouer ce que nous ressentions l'un pour l'autre, malgré les horreurs que nous avions traversées, lui et moi. C'était mon père, je l'aimais plus que j'osais me l'avouer. Et il me manque, encore plus que l'imaginent ceux qui m'entourent.

Les questions n'arrêtent pas de se bousculer dans ma tête. Pourquoi Saint-Pétersbourg, pourquoi ce voyage urgent, enrobé de mystère ? Pourquoi l'intérêt d'Alexiev, ce haut gradé, quant à la mort « accidentelle » de mon père ?

Tout en marchant, je communique avec Dimitri Paskevitch, qui m'explique la procédure et m'invite à venir voir leurs installations, rue Rasstannaya. Il est même prêt à envoyer un chauffeur à l'hôtel pour me faciliter les choses. Pas nécessaire, je lui fais entièrement confiance, je lui dis de se mettre en contact avec le lieutenant-colonel Alexiev, de la Militsia de Saint-Pétersbourg. Il le connaît déjà, ils ont fait des affaires ensemble – sans préciser lesquelles. Ne reste plus que le contrat d'incinération comme tel. Je lui demande de me le faire parvenir, et une copie à Frank McCullough, à Montréal, puisque Oriental Rugs & Carpets paiera la facture.

Depuis la salle d'exposition, on a accès aux étages par un ascenseur réservé aux exposants, qui peuvent ainsi gagner leur chambre sans avoir à retraverser le hall et la réception. Je m'y engouffre avec un commerçant portugais furieux qui engueule au téléphone la représentante d'une société de transport. Je sors de l'ascenseur avant la conclusion de l'échange.

Quand je pénètre dans la suite, je remarque que la porte de la chambre de mon père est entrouverte de quelques centimètres. Le ménage ? Mais je n'ai pas vu dans le corridor le chariot de la préposée. J'avance doucement, le son de mes pas étouffé par l'épais tapis de la pièce. En m'approchant, j'entends des bruits de feuilles qu'on agite, comme si quelqu'un consultait rapidement un dossier. Je pousse la porte sans faire de bruit. Me tournant le dos, un homme est penché au-dessus du lit et fouille dans les affaires de Richard. Sa valise est ouverte, par terre, derrière l'inconnu. Sur le coup, je pense que le type travaille pour Alexiev, un policier, donc, qui mène son enquête. Mais Alexiev me l'aurait fait savoir s'il avait ordonné à un de ses hommes d'aller inspecter les effets personnels de mon père.

— Je peux vous aider ?

Le type se retourne vivement. Je ne le connais pas : grand, maigre, le visage émacié. Je remarque qu'il a des gants – un voleur ? Mais le voilà qui se précipite vers la porte, celle qui donne dans le corridor, et quitte les lieux à toute vitesse sans refermer derrière lui. Il me faut un moment pour me ressaisir et comprendre ce qui vient de se passer.

Dans le couloir, personne.

16

Le Modern Metropol ne paye pas de mine, un établissement vieillot – malgré son nom – mais confortable, dont la gloire est depuis longtemps révolue. Un immeuble tout en couloirs et en escaliers, avec une cour intérieure permettant aux clients de s'isoler des bruits de la ville. Le hall est assombri par des boiseries, les murs, surchargés de tableaux et de reproductions. Un endroit animé. Les voyageurs vont et viennent, le personnel aussi. L'heure de pointe, on dirait.

Dans ma nouvelle chambre, devant Alexis Alexiev qui m'observe, je feuillette son *book* sans pouvoir identifier l'inconnu qui s'est introduit dans la chambre de Richard. Je suis vite perdue au milieu de ces repris de justice, la plupart avec des têtes de condamnés à mort, comme si le photographe avait fait exprès pour accentuer leur dangerosité. Je répète à Alexiev que l'intrus n'avait pas l'air d'un gangster, au contraire. D'un homme d'affaires, plutôt. Le lieutenant-colonel ne semble pas surpris de ma réaction, comme s'il m'avait présenté ses suspects habituels sans trop y croire lui-même.

— Vous n'avez plus rien à craindre, je pense, dit-il en récupérant son catalogue. Vous n'étiez pas visée.

Facile à dire, ce n'est pas lui qui s'est retrouvé nez à nez avec un voleur.

— Son complice faisait le guet dans le hall. Et comme vous êtes montée à votre chambre par l'ascenseur de la salle d'exposition, il ne vous a pas vue et n'a donc pu avertir l'autre type, là-haut.

Il semble bien informé.

— C'est censé me rassurer, ce que vous me dites ?

— J'ai vérifié : Lufthansa a des places libres pour Francfort demain matin. Je vous suggère de prendre ce vol et de quitter le pays.

— Et l'autopsie ?

— Les délais sont souvent très longs. Je ne veux pas vous faire perdre votre temps. Dès que le rapport est prêt, je vous le fais parvenir par courriel.

Oui, il a raison. Je n'ai rien à faire ici. Mais je n'ai pas l'intention de lui obéir. Dès que l'enquêteur a quitté la chambre, j'appelle Jenneta, une de mes élèves, originaire du Turkménistan. Elle a mon âge, elle est arrivée à Montréal il y a quelques années. Elle suit des cours de français pour pouvoir mieux communiquer avec ses enfants, nous a-t-elle expliqué le premier jour, quand j'ai demandé aux nouveaux venus de se présenter aux autres. Elle comprend plus ou moins le français, elle peut se débrouiller – épicerie, pharmacie, etc. –, mais en exige davantage. Quand ses trois filles reviennent de l'école ou du travail, elle a l'impression d'être une étrangère en leur présence.

Ce n'est pas la meilleure de mes élèves, ni la plus assidue, elle manque plusieurs cours, ne remet pas à temps les devoirs pourtant très simples que j'impose à tous. J'ai l'impression qu'elle ne fait pas beaucoup de progrès. Dans les séances de discussion, elle a vite été déclassée par de nouveaux arrivants, mus par l'urgence de travailler, de gagner de l'argent, de faire vivre leur famille. Jenneta n'est pas dans cette situation. Les cours de francisation, c'est un loisir, on dirait. Je crois que cette femme s'ennuie, toute seule à la maison, et que cette histoire de « mieux communiquer » avec ses enfants n'est qu'un prétexte.

Si je l'appelle, c'est pour qu'elle me mette en communication avec sa fille Sophia, qui travaille comme secrétaire à l'Hôtel-Dieu : je cherche des renseignements sur un patient d'il y a quelques années, un Afghan de passage qui aurait reçu des soins, mais j'ignore lesquels – j'évite de prononcer le mot « taliban » pour ne pas l'effrayer. Je pourrais m'adresser directement à l'hôpital, mais formulée au téléphone, de l'autre bout du monde, ma demande serait sûrement accueillie avec scepticisme.

D'après Jenneta, Sophia peut avoir accès aux archives, elle promet de s'en occuper.

Tôt le lendemain, la jeune femme me confirme qu'un ressortissant afghan avait été brièvement hospitalisé à l'été 1999. Il s'appelait Abou al-Durani, et une facture avait effectivement été émise, puis payée par un certain Nazir Amara. Du club vidéo Minuit Express, avenue Querbes.

— Et il souffrait de quoi, ce patient ?

— Ce n'est pas précisé. Mais il a occupé une chambre individuelle pendant trois nuits.

Aucune information supplémentaire, sauf le nom du Dr Denis Fontaine, qui a signé le congé du patient.

Je remercie Sophia, puis je m'empresse de *googler* le nom du club vidéo, maintenant fermé. Il était auparavant situé dans le quartier indien de Montréal, près de l'ancienne gare Jean-Talon. Nazir Amara s'est volatilisé lui aussi. Je tape le nom du médecin. Pas de chance non plus : le Dr Fontaine est décédé subitement en 2003.

Sa notice nécrologique fait état d'enfants et de petits-enfants, mais aussi d'une veuve, Micheline, que je tente de retracer. Elle est absente d'Internet, je me rabats sur le reste de sa famille. Le nom Fontaine est répandu, je n'arrive à rien. En désespoir de cause, je relis la notice, un encadré donne plus de détails sur la pratique du Dr Fontaine. Après avoir quitté l'Hôtel-Dieu, il a terminé sa carrière du côté de Saint-Bruno-de-Montarville, dans une clinique privée.

La réceptionniste – jeune, d'après sa voix – n'a aucune idée de qui je parle. Mais je l'entends demander à la ronde si quelqu'un n'a pas déjà travaillé avec un certain Dr Fontaine.

Finalement, un type âgé prend mon appel. Oui, c'était son collègue, un homme charmant, excellent partenaire de badminton.

— Vous êtes une de ses amies, vous dites ?

— De Micheline, en fait. Nous nous sommes perdues de vue depuis des lustres, mais j'essaie de la retracer.

Un mensonge plutôt maladroit, mais le médecin ne s'en rend pas compte. Micheline habite chez une de ses filles, à Québec. J'ai le prénom de cette fille, mentionné dans la notice nécrologique. Oui, c'est elle, me confirme mon interlocuteur.

La retrouver est relativement facile. Au téléphone, je lui explique la situation. Elle me passe sa mère, qui écoute mon boniment sans rien dire.

— Votre mari vous a peut-être parlé de ce patient différent des autres. Ça remonte à quelques années. Son nom : Abou al-Durani.

Un long silence au bout du fil.

— Madame Fontaine ?

— Je m'en souviens très bien.

— C'est vrai ?

— J'étais infirmière. Denis venait de divorcer, moi aussi. Nous sommes tombés amoureux pendant les heures de service…

Elle éclate de rire. Elle adore raconter cette histoire, elle veut m'en dire davantage. Poliment, délicatement, je coupe court à son enthousiasme.

— Donc vous vous êtes occupée de ce patient ?

— Pas du tout. Dès que je l'ai approché, il a exigé un infirmier. Il ne voulait pas qu'une femme le touche. Ça m'est resté en mémoire.

— Il était hospitalisé pour quelle raison ?

— Je ne m'en souviens pas. On l'a gardé pendant un moment.

— Trois nuits, d'après l'hôpital.

— C'est possible.

Elle ajoute :

— Entre vous et moi, tout le monde sur l'étage était bien content de s'en débarrasser. Il exigeait un menu spécial, un endroit pour prier, et d'autres choses qui compliquaient le travail du personnel. Un vrai fardeau. En plus, il était handicapé.

— Ah bon ?

— Une jambe coupée à la hauteur du genou. Il portait une prothèse rudimentaire, qu'on a voulu remplacer, d'ailleurs. Il a refusé.

— Des gens sont passés le voir ?

— Le Russe, à la fin. Celui qui est venu le chercher.

— Comment vous avez su que c'était un Russe ?

— Un préposé a dit : « Enfin, il est parti, celui-là. » Et un autre a répondu : « Le Russe est venu le chercher. »

J'essaie de comprendre. Un taliban handicapé hospitalisé dès sa descente d'avion. Trois nuits à l'hôpital – la durée exacte du séjour de ses collègues –, qu'il quitte ensuite avec un Russe inconnu. Pas un Russe mais « le » Russe, donc ce n'était pas sa première visite. Tout cela sent l'exfiltration à plein nez.

Je mets un terme à ma conversation avec l'ancienne infirmière en la remerciant. Cette fuite m'intrigue, mais surtout la facilité avec laquelle l'opération s'est déroulée. Comme si elle avait été planifiée depuis un bon moment. Ce type, que le Russe a pris en charge, est-ce le taliban dont parlait Richard à Nolan Temkin ? La mort tragique de mon père est-elle associée de près ou de loin à cette exfiltration, si c'est bien ce dont il s'agit ?

Il est tard, je devrais dormir, mais je n'ai pas sommeil. Je descends au bar de l'hôtel, situé au sous-sol, un endroit encore plus sombre que le reste de l'établissement. Ce qui ne semble pas déranger le barman, qui m'accueille avec un sourire russe, c'est-à-dire à peine perceptible. Autour, de faux livres anciens, comme si on avait voulu réchauffer la buvette en lui donnant l'apparence d'une bibliothèque monastique du Moyen Âge. Sur des tables basses, des plats de bonbons enveloppés à l'usage des clients. L'endroit est désert, curieusement, à part un couple qui se bécote dans un coin. Et un habitué qui prend ses messages sur son cellulaire, au bout du comptoir. Je m'installe à l'autre extrémité, commande un double scotch que je compte boire à la mémoire de mon père.

— *I wouldn't touch that stuff if I were you.*

Je me tourne. Le type au portable me regarde en souriant.

— *You American ?*

— *Canadian, from Montreal.*

Il s'approche, me tend la main :

— *Nice to meet you, Canadian. The name's Jerry DeSoto.*

Je l'avais déjà reconnu, bien sûr.

Atomic Behavior joue demain, au Club Zal, me dit-il, ce que je sais déjà. Les autres membres du groupe sont allés s'éclater en ville, Jerry a mal à l'estomac, des blinis mal digérés que le scotch de mauvaise qualité fait maintenant remonter à la surface.

— J'aurais dû les accompagner.

Les ennuis gastriques de DeSoto me font sourire. Au moins, ça me change les idées. Je lui parle du *revival* de son groupe grâce à Internet. Il hausse les épaules, il en est stupéfait lui-même. Et surtout de cette tournée en Russie, qui leur est tombée dessus comme une véritable surprise. Leur gérant avait d'ailleurs cru à une blague. Dans sa période de gloire, Atomic Behavior avait été invité déjà, mais la sortie de son nouvel album, cette année-là, avec une pochette « nucléaire » rappelant vaguement Tchernobyl, l'avait obligé à mettre ce projet sur la glace.

— *Glory to All of You.* Avec la reprise de *Lord of Tinsel* sur la face A.

— *You a fan ?*

Je lui raconte : Peshawar, Akbar et son Walkman, nos rencontres secrètes au chenil, *Lord of Tinsel* que nous écoutions en boucle. Fasciné, DeSoto est surpris de voir à quel point une seule chanson – et pas ma meilleure, dit-il – avait pu jouer un rôle aussi important dans la vie de deux adolescents.

— Et après Saint-Pétersbourg ?

— Novgorod et Smolensk. Ensuite Moscou, pour le dernier soir. *Then back home.*

Nous buvons du mauvais scotch jusqu'à tard dans la nuit. Avant de nous quitter, il m'offre deux billets pour son show. Dès le lendemain, j'appelle Harald Christiansen pour les lui offrir :

— Je suis certaine que vos filles vont adorer.

17

Mai 1984

Petit lundi morose, à Cleveland, dans ce quartier ouvrier sans histoire, la Cadillac de Mohammad Abdelhamid garée devant un bungalow bien entretenu ; pauvre, oui, mais qui n'empêchait pas les occupants de soigner les alentours : des fleurs, des arbustes, le gazon bien coupé. Akbar s'attendait à ce que son père lui ordonne de rester dans le véhicule, j'en ai pour une minute, mais il lui a dit suis-moi, et Akbar lui a emboîté le pas jusqu'à la porte d'entrée, sans comprendre ce qu'on attendait de lui. Un homme est venu répondre, qu'Akbar se souvenait d'avoir aperçu, parfois, avec son père, à la mosquée, au moment de la prière du vendredi. Un soudeur d'origine égyptienne, lui avait-il expliqué, un type très bien. Qui les a fait entrer dans son modeste salon, propre lui aussi, le résultat des efforts d'une femme, dissimulée derrière une porte entrebâillée, une silhouette qui se déplaçait devant la lumière comme si elle voulait leur signifier : je suis là, quand même, ce que vous allez dire, je l'entendrai.

Nous sommes de retour au chenil après notre séance de Walkman près de la rivière. Akbar caresse l'un des chiots et me le remet. Son pelage est doux et humide, il semble si fragile. Je lève les yeux vers Akbar :

— Ensuite ?

Akbar replonge dans ses souvenirs. Tarik al-Chamari et son père se sont installés au salon et ils ont discuté pendant un long moment, me dit-il, sans qu'il comprenne d'abord de quoi il retournait, et puis il a saisi le but de cette visite. La fille du soudeur était dissipée, fréquentait des voyous, il avait bien tenté de la raisonner, mais elle se foutait de sa gueule, s'amusait de ses remontrances, ridiculisait ses accès de colère. Une adolescente à peine plus vieille qu'Akbar. Tarik était désemparé, il ne savait plus comment réagir, quelle mesure prendre, c'est la raison pour laquelle il avait fait venir Abdelhamid chez lui.

Le père d'Akbar avait d'abord été conciliant, sa femme, la mère d'Akbar, avait elle aussi sombré dans le péché avant de retrouver le droit chemin, d'expier par sa piété et son abnégation les fautes qu'elle avait commises.

— Ton épouse était une sainte, malgré tout. Sultana est une pute.

La discussion a continué pendant un long moment, sans qu'Abdelhamid réussisse à convaincre le soudeur de donner une nouvelle chance à sa fille. Akbar se demandait pourquoi son père l'obligeait à être témoin du désarroi de ce pauvre homme, pourquoi il avait insisté pour qu'il le suive dans cette maison. Peut-être pour qu'il puisse mesurer l'influence et l'autorité qu'il exerçait dans la communauté, lui qui n'avait pas hésité à se frotter aux mécréants, à les apostropher, même, refusant de plier l'échine, de se faire tout petit, tout doux, comme les autres musulmans de Cleveland, qui pratiquaient un islam de façade, ou dilué, histoire de ne pas effaroucher voisins xénophobes, *rednecks* et autres suppôts de Satan.

— Tu as bien fait de m'en parler, Tarik.

— Qu'est-ce que tu suggères ?

— Je ne peux pas diriger ta famille à ta place.

— La répudier ?

— C'est ta fille. À toi de décider.

Le soudeur s'est levé et il nous a fait signe de le suivre, reprend Akbar, et nous avons descendu avec lui les marches jusqu'au sous-sol, où Tarik avait installé un petit établi. Son refuge, probablement, quand il n'en pouvait plus des railleries de sa fille, l'endroit où il pouvait pleurer sans se faire voir, maudire sa progéniture, ce pays pourri à l'os où il avait eu le malheur de venir élever sa famille, ayant cru, naïvement, que la liberté de religion signifiait la liberté d'en faire ce qu'on veut, avec qui on veut, sans entrave aucune. Il avait imaginé, naïvement là aussi, que Sultana pourrait être élevée dans une sorte de cage aseptisée, sans influences autres que celles de son père et de sa mère, puis de la culture et de la religion dont ils étaient issus. Le soudeur gagnait un bon salaire, plus élevé qu'en Égypte, mais sa vie ne valait plus rien parce que sa fille n'en faisait plus partie.

— Regarde, a-t-il ordonné à Abdelhamid, en se penchant sous l'établi pour en retirer un sac de plastique.

Il l'a ouvert et en a remis le contenu au père d'Akbar. Curieux, le garçon s'est approché.

— Je l'ai trouvé dans ses affaires, a expliqué Tarik.

Une lettre, un accusé de réception, en fait. On remerciait la jeune fille d'avoir envoyé l'enregistrement de sa chanson à un *rocker*, Jerry DeSoto, mais il n'interprétait que son propre matériel, lui avait-on répondu. Une lettre polie mais anonyme, une lettre de refus comme devaient en recevoir des milliers de fans.

Akbar reprend le chiot, le redonne à sa mère. Se relève, me regarde :

— Je ne connaissais pas DeSoto, ni son groupe. Atomic Behavior ne me disait absolument rien.

Mais le lendemain, curieux, intrigué, Akbar avait profité d'un moment de liberté pour se pointer chez un disquaire, qui lui avait fait entendre, en démonstration, *Lord of Tinsel*, le *hit* qui avait lancé le groupe.

— J'ai été complètement bouleversé. Depuis des mois, mon père m'avait privé de musique. J'avais l'impression de sortir d'un désert pour aboutir tout à coup dans une oasis remplie de vie et de couleurs.

Chaque jour, Akbar était retourné chez le disquaire, qui lui avait fait entendre d'autres pièces, *Inside My Head*, *Damage Control*, *Seek No More*… Pour s'acheter le Walkman, il avait volé de l'argent à son père. Du fric qu'Abdelhamid gardait pour aider les plus démunis de la communauté.

— Quand Jerry DeSoto et son *band* sont passés à Cleveland, j'ai même assisté à leur spectacle.

— Et Sultana ? Qu'est-ce qu'elle est devenue ?

Akbar détourne le regard.

— Ce show d'Atomic Behavior, j'y suis allé avec elle. Je l'avais abordée, à l'école, et je l'avais invitée.

Il ajoute :

— Sultana est morte le lendemain. D'un accident de voiture. C'est son père qui conduisait l'auto. Ses parents sont ensuite rentrés en Égypte.

La confidence d'Akbar me bouleverse – cette histoire, il ne l'avait racontée à personne, me dit-il. Soudain, à l'autre extrémité du chenil, les chiens se mettent à aboyer très fort, des hurlements même. Akbar se redresse, alarmé. Je me redresse aussi. Deux hommes s'approchent, que je reconnais aussitôt. Le plus grand, c'est Oussama. Il se dirige vers l'enclos où l'accueillent ses bergers allemands. Les bêtes sautent contre le grillage, heureuses de revoir leur maître qui leur parle comme à des enfants. Je ne comprends rien de ce qu'il dit, mais le ton de sa voix ne fait aucun doute. Avec plus de chaleur qu'avec ses propres enfants, d'après ce que m'a raconté Akbar. Le Saoudien dirige sa famille d'une main de fer, obligeant ses proches à vivre à la dure, changeant de logis régulièrement, marchant de longues heures dans la montagne. Ses enfants doivent être endurcis pour devenir des combattants de la Révolution.

— Akbar, où es-tu ? s'écrie Mohammad Abdelhamid d'une voix forte, regardant autour de lui avec des mouvements d'impatience.

Akbar me fait signe de m'éloigner. Je m'accroupis dans le fond d'une cage vide, il jette sur moi une bâche en m'ordonnant de ne pas bouger.

Je n'ose même pas respirer.

Abdelhamid s'entretient avec son fils en pachto. Akbar – que je ne vois pas, mais dont je devine la soumission – se tait, le visage tourné vers le sol. Oussama revient de l'enclos avec ses bergers allemands qu'il tient en laisse, puis les confie à Akbar pour qu'il les emmène se dégourdir. Les aboiements s'atténuent. Abdelhamid et le Saoudien sont maintenant seuls, les deux hommes discutent en arabe, à voix basse. En présence d'Oussama, pourtant plus jeune que lui, le père d'Akbar devient mielleux, les courbettes verbales se succèdent les unes aux autres, du moins c'est ce que je perçois par son timbre de voix.

J'ai peur d'être découverte, je continue de faire la morte. Heureusement, ni l'un ni l'autre ne songe à venir fouiller de ce côté-ci du chenil. Un moteur de voiture se fait entendre, s'arrête, les deux hommes s'éloignent pour se porter à la rencontre du nouveau venu. Une portière claque, c'est de l'anglais que j'entends ensuite, alors que les trois hommes vont et viennent devant l'enclos.

Cette voix, je la reconnaîtrais entre toutes, c'est celle de mon père.

Ma frayeur augmente d'un cran. Pourquoi Richard est-il venu trouver ben Laden et Abdelhamid ? Je comprends bientôt que c'est l'inverse qui s'est produit. Cette rencontre, c'est le Saoudien qui l'a demandée. Et mon père s'est empressé d'accepter parce que Oussama est riche. Le fric, encore une fois. Comme les seigneurs de la guerre, Richard espère grappiller une partie de sa fortune. Il l'a souvent répété à Joan.

Curieusement, les trois hommes ne parlent pas d'argent. D'autre chose dont je ne saisis pas tout de suite la teneur, mais mon père acquiesce. Je me dis qu'il s'agit d'une tactique de commerçant. Il amadoue ben Laden à sa manière, il sait à quel point le Saoudien adore la flatterie. C'est un être religieux, mais aussi vaniteux et soucieux de ce qu'on pense de lui, préoccupé de l'image qu'il projette. Mes parents en ont déjà discuté devant moi : pour Joan, Oussama est une cocotte.

M'efforçant de ne faire aucun bruit, je soulève la bâche. Plus loin, ben Laden et Abdelhamid font face à mon père. Le soleil l'aveugle, Richard se met une main devant les yeux.

— Cette guerre ne peut pas être gagnée si nous ne disposons pas d'armes de meilleure qualité, explique Abdelhamid. Depuis le début, nos frères se battent avec des reliques : vieux mousquets de la Première Guerre mondiale, mitrailleuses britanniques d'un autre âge…

— Mais aussi des Lee-Enfield.

— Qui datent du dix-neuvième siècle…

Mon père s'impatiente. Ce discours, ces récriminations, il les entend chaque fois que les seigneurs de la guerre se réunissent dans notre salon.

— Ronald Reagan a finalement convaincu la CIA de moderniser notre arsenal.

Mais la CIA, méfiante, ne veut pas se salir les mains, même si le parti pris américain est maintenant de notoriété publique. D'où l'implication des Pakistanais, qui agiront comme intermédiaires pour la livraison des kalachnikovs, bazookas, RPG-7 et autres. Ces armes, les Américains les achèteront de la Chine, de l'Égypte, de la Turquie et d'ailleurs afin de confondre les services secrets soviétiques.

— Les armes seront débarquées à Karachi, puis acheminées à Rawalpindi. De là, elles seront transportées à Peshawar, puis distribuées aux groupes rebelles.

— Choisis par l'ISI, précise Oussama.

On avait exclu le commandant Massoud à cause de son attitude ambivalente à l'égard des Russes, du moins c'est ce que William Gallagher avait laissé entendre à Richard. Il soupçonnait même Massoud de recevoir du financement du gouvernement iranien, l'ennemi juré de Washington. Richard sait également que la CIA a fourni à l'ISI une flotte de camions pour permettre le transport des armes de Rawalpindi à Peshawar.

— De cette façon, reprend Abdelhamid, les Américains peuvent clamer haut et fort qu'ils ne s'ingèrent pas dans la guerre, tout en y contribuant.

Mon père hausse les épaules.

— Et en quoi cela me concerne-t-il ?

— Ces armes, il faut les distribuer aux frères qui se battent dans les montagnes. Il faut leur faire traverser la frontière.

— Tu pourrais en cacher dans ton camion, ajoute Oussama.

— Je n'ai pas mis les pieds en Afghanistan depuis des mois. Si je le fais, je mets ma vie en danger.

Les deux hommes ne semblent pas surpris par les arguments de Richard. Le Saoudien fait la moue, mais c'est du théâtre. Il vient d'une famille d'entrepreneurs, après tout. Il négocie l'engagement de mon père comme on s'entend avec un client potentiel.

Il s'approche de Richard et le saisit par les épaules. D'une voix apaisante, il lui dit :

— Si c'est ce type, Nick Vassillis, qui te fait peur…

Une semaine plus tard. Nous sommes à table, les domestiques butinent autour de nous. Dans les mains de Joan, un exemplaire du *Dawn*, le quotidien pakistanais de langue anglaise. D'habitude, ma mère s'intéresse davantage aux potins des expats qu'aux dépêches politiques, mais elle se tourne vers mon père, ce matin-là, et lui dit d'une voix posée :

— Eh bien, ils ne l'ont pas manqué, ton Grec.

Je relève la tête de mon bol de céréales. On a retrouvé le corps de Vassillis dans un terrain vague de Kaboul. Un meurtre lié au trafic de drogue, d'après le journal. Je regarde Richard, j'épie sa réaction, mais mon père est un merveilleux menteur, qui ne donne jamais l'impression de mentir, qui choisit de se taire plutôt que d'aggraver son cas en commentant la manchette. Par le silence donc, par un haussement d'épaules, c'est ainsi qu'il accueille la nouvelle, comme si ça l'intéressait à peine.

Je me précipite sur le journal dès que la salle à manger est libre pour lire l'article et en apprendre un peu plus sur ce décès « providentiel ». Un homme a été tué et, malgré mon jeune âge, même si je n'en comprends pas toutes les répercussions, je sais que mon père et son ami saoudien ne sont pas étrangers à cette mort.

18

La forteresse Pierre-et-Paul, le bastion Troubetskoï, là où Dostoïevski a été enfermé et condamné à mort – sentence annulée à la dernière minute par le tsar Nicolas Ier –, là où le frère aîné de Lénine, Alexandre Oulianov, Mikhaïl Bakounine et Maxime Gorki ont aussi été incarcérés. Et où je me tiens maintenant, au milieu de touristes plus avides de morbidité que de faits historiques.

Je regarde l'heure, décide d'écourter la visite – la cathédrale attendra –, je reviens sur mes pas, ignore la statue de Pierre le Grand et pénètre dans le restaurant, désert, curieusement, où m'attend, assis à une table, dos au mur, Konstantin Nikonov. Le retrouver après toutes ces années a été facile : à la mort de ma mère, il avait envoyé une lettre émouvante à Richard, qui l'a conservée précieusement. J'ai appelé Frank et lui ai demandé de se mettre à la recherche de cette lettre, que mon père avait sûrement conservée.

Il m'a rappelée ce matin avec une adresse et un numéro de téléphone. Nikonov habite désormais près de Moscou. Il doit passer à Saint-Pétersbourg pour affaires. Il m'a donné rendez-vous ici.

Le docteur Jivago n'a plus ses cheveux noirs autrefois gominés. Ils sont gris, clairsemés, mais l'ancien commerçant et commissionnaire de l'État est toujours aussi séduisant. Toujours aussi solide, du moins en apparence. Nikonov avait été très affecté par la mort de ma mère, je m'en souviens. En plus de la lettre envoyée, le Russe avait téléphoné à Richard à plusieurs reprises pour lui assurer son soutien moral, ce qui n'avait servi à rien. Mon père était dévasté au-delà des formules de réconfort et des paroles apaisantes. Il était sourd à ces démonstrations d'amitié, qui ne l'atteignaient plus.

Après la défaite de l'URSS en Afghanistan, Nikonov était retourné chez lui, à Smolensk. C'est de là, me dit-il, qu'il avait assisté et participé à la glasnost et la perestroïka de Gorbatchev, le successeur d'Andropov et de Tchernenko, croyant – comme Gorbatchev – que le régime communiste pouvait être sauvé de sa faillite morale et financière. De loin, Nikonov avait observé avec stupeur et consternation la tentative de putsch des conservateurs réprimée *in extremis*, et subi le dur et déprimant règne de Boris Eltsine, le démantèlement de l'empire, la privatisation à outrance, la naissance des mafias, les luttes de pouvoir entre les oligarques. Sous Eltsine, aviné, chancelant, au comportement erratique, la Russie était devenue comme lui, fragile, instable, semblable à un pays du tiers-monde dont les Russes eux-mêmes avaient honte, avant que Vladimir Poutine s'impose comme une sorte de tsar nouveau genre, un despote cruel et sanguinaire issu du KGB et mettant au pas oligarques dissidents et Tchétchènes islamistes.

Nikonov boit une gorgée de son café, en commande un autre d'un claquement des doigts auquel la jeune fille au comptoir obéit sans sourciller. Je me dis que l'ancien commerçant fréquente l'endroit souvent, qu'il y reçoit peut-être ses amis quand il vient à Saint-Pétersbourg.

En présence d'une « ancienne » de l'Afghanistan, comme il dit – même si ma famille et moi étions installés dans le pays voisin –, Nikonov ne tarde pas à revenir sur ses années à Kaboul, quand Richard et lui faisaient équipe. Il me relate des événements, des anecdotes dont je n'ai jamais eu connaissance, ou que j'ai oubliés si mon père, un jour, les a déjà évoqués. Nikonov s'adresse à moi comme si j'étais Richard. J'acquiesce à ses remarques sans poser les questions qui trahiraient mon ignorance. Je fais semblant de savoir, d'être au courant. Il n'est pas dupe, j'en suis certaine, mais il joue le jeu. Sa façon à lui d'honorer le souvenir de son ami.

— Vous connaissez le surnom que je lui avais donné ? Le tsar de Peshawar. Et il en était très fier…

Je n'en doute pas. L'image qu'il donne de mon père est celle d'un casse-cou du commerce, ce qui correspond à celle que Richard affectionnait le plus. Un aventurier des affaires qui maniait le carnet de commandes comme d'autres la kalachnikov. Cette image n'était cependant qu'une partie de la réalité. Mon père demeurait un être complexe, anxieux malgré ses coups de tête et son enthousiasme contagieux. Il cherchait à se convaincre lui-même, alléguait Joan, et je suis portée à lui donner raison.

— À mon retour d'Afghanistan, reprend Nikonov, j'ai constaté à quel point cette guerre nous avait fait mal. C'était la fin du régime, mais je l'ignorais, à l'époque. Après la chute du mur de Berlin, il n'y avait plus de doute dans mon esprit : dans cet empire qui imploserait bientôt, il y aurait des règlements de compte, des coups de poignard dans le dos, des trahisons rendues nécessaires, dirait-on, par la raison d'État. Moi qui venais de vivre quinze ans de guerre, je ne me sentais pas la force de reprendre les armes.

Nikonov prétend qu'il opère toujours dans le commerce, sans préciser dans quel domaine ; il travaille beaucoup – beaucoup trop, en fait –, il a été piqué à son tour, comme plusieurs Russes, par cette folie de la performance à tout prix. Il n'entre pas dans les détails, mais il semble collaborer avec le gouvernement, ou alors faire affaire avec un ministère quelconque. Il ne précise pas sa pensée, et je n'ai pas envie de le coincer au pied au mur avec mes questions indiscrètes.

Il reprend sur ses aventures afghanes, sur l'aveuglement de son pays à l'égard de la montée en puissance de ces fanatiques. La guerre perdue de l'URSS lui fait encore mal. Et il en veut aux États-Unis d'avoir comploté dans le dos des Russes pour mettre au pouvoir des hurluberlus pareils.

— Les Américains auraient dû nous laisser faire.

Mater les moudjahidines dans une sorte de guerre totale, globale, dont personne n'aurait survécu ? Mohammad Najibullah, qui avait succédé à Hafizullah Amin et à Babrak Karmal, était d'une cruauté sans nom. Avoir toléré son régime sanguinaire avait complètement discrédité les Soviétiques.

— D'accord, nous avons fait des erreurs, admet Nikonov. Mais sous Najibullah les filles allaient à l'école, elles pouvaient faire des études supérieures, le pays se modernisait lentement mais sûrement. Ce que les talibans ont détruit avec la complicité des Américains.

Nikonov ajoute :

— Votre père et moi, nous avons vécu la fin d'une ère, le début d'une autre. La chute de l'URSS, la naissance de l'islam radical. En une dizaine d'années, la guerre froide a été remplacée par une guerre de religion qui dure encore et qui n'a pas fini d'empiler les cadavres partout dans le monde. Nous étions là, lui et moi, à la jonction des deux univers, à l'endroit précis où l'Histoire a basculé, où les ennemis d'hier, usés, fatigués, démobilisés, ont été remplacés par des fanatiques qui n'ont qu'un objectif : crever pour la cause et entraîner dans leur martyre la mort de millions d'innocents, y compris leurs frères, des musulmans comme eux.

Je pourrais lui parler de Samuel, j'ignore s'il est au courant.

— Je comprends Richard d'avoir perdu la raison, ajoute-t-il.

— Vous croyez ?

— Il n'avait plus toute sa tête. Comme moi, comme nous tous. Ces bouleversements nous ont complètement démolis.

Un long silence, ensuite. Puis son sourire ravageur, un peu triste, celui qui faisait craquer Joan.

— Enfin, j'ai eu plus de chance que votre pauvre père.

Le café est servi, je refuse d'en prendre d'autre. Nikonov blague avec la jeune serveuse, j'ai raison : c'est un habitué des lieux. Je regarde autour de moi, nerveuse. Paternaliste, protecteur, il met sa main sur la mienne, pour me rassurer.

— Pourquoi vouliez-vous me voir ?

Je lui parle de la conversation téléphonique que j'ai eue avec l'ancienne infirmière, de l'hospitalisation d'Abou al-Durani, puis de son exfiltration probable par la Russie, ensuite. Forcément, le consulat de la rue du Musée y a joué un rôle. J'aimerais savoir qui s'en est chargé. Et découvrir ce que le taliban est devenu.

— Pour quelle raison ?

— Je suis convaincue que la mort de mon père a un lien avec ce qui est arrivé. Je ne sais pas comment, je ne sais pas pourquoi, mais je veux retrouver ce type s'il est encore en Russie.

— Et pourquoi je le saurais ?

— Parce que vous travailliez pour le KGB, à l'époque, non ? Vous avez sûrement conservé d'anciennes relations. De toute évidence, cette exfiltration, ce sont vos services qui s'en sont occupés. Vous devez connaître le nom de l'agent ou des agents qui l'ont orchestrée.

— KGB ? Vous exagérez…

— Comment vous auriez pu manœuvrer aussi facilement en Afghanistan pendant l'occupation soviétique sans faire partie de l'Agence ?

— Votre père se débrouillait très bien, pourtant.

Il a raison. Richard jouait sur les deux tableaux, louvoyait entre rebelles et Khalqis sans jamais se laisser coincer par un groupe ou un autre.

— Chacun croyait pouvoir le contrôler, mais il dominait la partie, précise Nikonov.

— Sauf en ce qui concernait Nick Vassillis.

Nikonov écarquille les yeux. Le nom est resté gravé dans sa mémoire.

— D'abord, l'arrestation de Richard, qu'on a accusé du meurtre de Rahim, son employé.

— Un piège mis en place par Vassillis, réplique Nikonov.

— La revanche que Richard a prise ensuite…

— De quoi vous parlez ? L'assassinat de Vassillis ?

Il semble étonné.

Je lui raconte tout : la conversation surprise entre ben Laden, Abdelhamid et mon père au chenil, l'enquête rapidement escamotée, probablement parce que les Khalqis ne voulaient pas perdre Richard, maintenant que Vassillis avait disparu. Ça leur aurait donné quoi, de le jeter en prison ? Qui aurait pu remplacer Vassillis pour écouler tous ces tapis ?

— Je ne le savais pas, reprend Nikonov. Je vous le jure.

— Vous êtes resté en contact avec mon père ces dernières années ?

— Un peu. À Noël, par exemple. Je lui téléphonais, ou alors c'était lui. Un soir, on s'est échangé des souvenirs pendant deux heures. Il avait bu, moi aussi. Il s'ennuyait de cette époque, de sa jeunesse, comme la plupart des gens, mais aussi des défis qu'il s'était mis en tête de relever. Au fil des ans, je crois que son appétit pour le pouvoir avait diminué. Il se demandait tout haut si ses efforts en avaient valu la peine.

Il me regarde, les yeux tristes.

— Il parlait beaucoup de vous, de vos études à Istanbul. Je crois qu'il était heureux de vous voir choisir une autre carrière que le commerce.

Première nouvelle. Quand j'étais partie en Turquie, mon père était ravi, oui, mais j'avais senti chez lui une certaine amertume. J'étais convaincue qu'il aurait préféré que je m'intéresse à Oriental Rugs & Carpets, que je poursuive l'entreprise amorcée des années plus tôt quand nous nous étions posés à Peshawar. Son rêve, il aurait aimé que je le porte encore plus loin, ce qui aurait justifié à rebours sa décision de nous avoir entraînées, maman et moi, à l'autre bout du monde.

Tous les jours, à Peshawar, mon père s'emportait contre son beau-frère, l'accusait de lui avoir « volé » la direction de la succursale d'Istanbul – la plus prestigieuse –, d'en avoir confié la responsabilité à des idiots qui ne comprenaient rien à l'industrie du tapis, des béni-oui-oui qui ne sortaient jamais de leurs somptueux bureaux, sinon pour aller se faire dorloter dans les hammams aux frais de l'entreprise. La succursale d'Oriental Rugs & Carpets occupait un bureau sur l'avenue de Bagdad. L'adresse était plus prestigieuse – ce sont les Champs-Élysées d'Istanbul – que l'immeuble comme tel, un édifice non climatisé où Richard plaignait les employés qui devaient y travailler, alors que lui aurait tout donné pour y faire valser son fauteuil à roulettes. De retour à Peshawar, après ses visites rituelles à la succursale où il faisait rapport de ses performances, il n'arrêtait pas de parler en mal d'Istanbul, d'ailleurs, qu'il trouvait polluée, bruyante et remplie de hippies. Joan n'était pas dupe, elle voyait bien que c'était sa façon à lui de justifier notre présence au Pakistan.

— Au moins, si on habitait Istanbul, on pourrait prendre des vacances en Grèce, lui lançait Joan, sans arrêt.

Mon père haussait les épaules, peu convaincu. Il n'avait jamais de temps pour les vacances, de toute façon. Il ne nous avait pas entraînés à l'autre bout du monde pour faire du tourisme, mais pour préparer sa rentrée montréalaise, qui serait mémorable. Les sacrifices que nous faisions nous seraient remboursés au centuple, disait-il avec une voix de *preacher*.

Une fois à la tête de l'entreprise, des années plus tard, en plus de caser Frank sur une voie de garage, il réduirait et déménagerait le bureau turc à l'extérieur de la ville, congédierait une dizaine d'employés, pour se venger, dirait ma mère. Parce que les temps ont changé, répliquerait mon père. Nous n'avons plus besoin de tous ces intermédiaires qui ruinent l'entreprise en frais de services. En réalité, j'ai toujours pensé qu'il avait peur qu'un autre Richard Rocheleau émerge d'une de ces lointaines succursales. Ce qu'il avait réussi, il ne voulait pas qu'un autre le réussisse à son tour. Sauf sa fille, peut-être.

Mais j'avais tout faux, du moins selon ce que raconte Nikonov. Je réalise à quel point j'avais mal saisi mon père, je m'étais laissée embobiner comme ses clients par sa désinvolture, son aisance, son optimisme débridé, alors que c'était, comme moi, un être inquiet, soucieux de bien faire, malgré des décisions qui me laissent aujourd'hui complètement abasourdie. En dépit de son manque de jugement politique évident – mais qui suis-je pour le blâmer ? –, mon père avait une vie privée à laquelle je n'avais pas accès, des amis – comme Nikonov – dont j'avais sous-estimé le rôle et l'importance. Il devait se sentir bien seul dans son bureau de la Place-Ville-Marie, triomphant, honoré partout, encensé de tous, mais ayant fait place nette autour de lui. S'étant débarrassé de Frank, qui n'était pas un mauvais bougre, finalement. Il ne triomphait plus de rien, Richard ; sa victoire, ses succès l'ennuyaient dorénavant.

J'ai toujours été surprise de voir à quel point, malgré ses différends avec mon père, malgré le fait qu'il ait été écarté de la direction de l'entreprise, Frank parlait de Richard en des termes qui laissaient deviner son admiration pour lui. En ma présence, il se retenait peut-être de le démolir, ce qui n'avait pas été le cas à Peshawar, où Richard ne se gênait pas pour dénigrer son beau-frère avec une mauvaise foi évidente, sans s'inquiéter un seul instant de la peine qu'il causait à Joan. C'était son frère, après tout, elle avait choisi Richard, mais ce n'était pas contre Frank, ce que mon père se refusait d'admettre.

Je sors la photo des talibans, dont j'ai tiré plusieurs copies agrandies à partir du cliché de Michael Prentice. Je la glisse sur la table.

— Vous les connaissez, ces individus ?

Nikonov extrait ses lunettes de la poche intérieure de son veston, ce qu'il fait avec embarras. La dernière chose que voulait ce vieux macho, c'était me montrer qu'il était presbyte. Le malaise passé, il examine la photo attentivement, puis relève la tête.

— Je ne les ai jamais vus.

— Ne manque que le type de l'hôpital. Selon moi, c'est de lui que parlait mon père quand il a téléphoné à Temkin.

Nikonov est perplexe. Il imagine mal son gouvernement donner asile politique à un taliban. Les Russes en avaient plein les bras avec les islamistes qui s'agitaient dans les anciennes républiques du Sud, celles qui avaient une frontière commune avec l'Afghanistan justement. On n'aurait pas pris le risque d'inviter au pays un individu aussi radical.

— Même un repenti ?

— S'il l'était vraiment…

Il a raison : à l'hôpital, al-Durani a refusé de se laisser approcher par l'infirmière, il a irrité tout le monde avec ses exigences, il n'a donné aucun signe de « conversion », au contraire.

— Mais pourquoi Montréal ? je lui demande. La délégation s'apprêtait à passer deux semaines aux États-Unis. Pourquoi ne pas l'exfiltrer à partir de Houston ?

Nikonov hoche la tête.

— Une question de logistique, peut-être.

— C'est-à-dire ?

— Une exfiltration, c'est délicat. Plus encore que, par exemple, placer un agent sur place, parce qu'alors l'Agence a le contrôle de l'échéancier.

— Vous parlez en connaisseur…

Sourire de Nikonov.

— Une exfiltration se fait souvent dans l'urgence, ajoute-t-il, d'où la possibilité de commettre des erreurs qui peuvent faire échouer l'opération.

— Qui a réussi, cette fois-là.

— Parce qu'on pouvait probablement compter sur un contact local, quelqu'un pour faciliter le travail. Faire le lien entre votre taliban et le consulat. Ce qui n'aurait pas été possible au Texas.

Richard, bien sûr.

En 1999, mon père continuait d'importer des tapis de première qualité qu'on lui livrait par Karachi, malgré la noirceur qui s'était abattue sur l'Afghanistan. Grâce à ses démarches et à ses relations privilégiées, c'était *business as usual*. Mieux qu'à l'habitude, puisqu'il était le seul à profiter de ce marché. Il se rendait dans le port de Montréal pour assister à l'ouverture du conteneur en présence des douaniers, c'était devenu un rituel, une sorte de cérémonie à laquelle il ne dérogeait jamais. Il déroulait et caressait littéralement ces tapis, comme s'il entretenait avec eux une relation perverse, comme il le faisait à Peshawar quand j'étais enfant, des tapis qu'il semblait aimer plus que sa femme, sa famille, plus que lui-même en fait.

Cette confiance de la part des talibans était étonnante. Chose certaine, mon père était protégé. Par Oussama lui-même ? Le seul qui pouvait défendre sa réputation. Le seul qui pouvait parler en son nom et monter au front si le mollah Omar se mettait à douter de la fiabilité et de la fidélité de Richard. Oussama le ramenait alors gentiment à l'ordre, lui rappelant l'importance de son ami canadien ; il lui enjolivait la chose pour qu'Omar, soupe au lait, lâche un peu de lest et réitère sa confiance envers le marchand de tapis.

Mais pourquoi avoir pris la défense de mon père ? Pourquoi avoir joué ce rôle, s'engager ainsi, alors que ben Laden, à l'époque, avait d'autres chats à fouetter ? Ses camps d'entraînement fonctionnaient à plein régime et suscitaient beaucoup d'intérêt dans les pays arabes. Des recrues accouraient de partout pour se mettre au service du héros de la guerre contre les Soviets. La base de ses opérations, c'étaient les régions montagneuses autour de Jalalabad, où le Saoudien s'était installé avec sa famille. L'attrait qu'il exerçait sur les étrangers donnait des boutons à Omar, qui trouvait de plus en plus agaçante la présence de ce fils à papa sur son territoire, une présence qui menaçait son autorité et ternissait son prestige. Lui, il se fichait de l'Occident, c'était le contrôle de l'Afghanistan qui l'intéressait, l'imposition du salafisme à la grandeur du pays, l'éradication des apostats, l'imposition à la population d'un ordre moral basé sur une interprétation *hard* de la charia. La seule guerre qu'il se serait résigné à faire, Omar, si on lui avait forcé la main, ç'aurait été contre l'Iran chiite – même Israël, il n'en avait rien à foutre.

Oussama, c'était autre chose. Sa vision était planétaire, et il ne manquait pas d'ambition. Il avait défait les Russes, détruit l'URSS, et projetait de réduire l'Amérique en cendres. Le Saoudien était en train de préparer un coup d'éclat qui lui assurerait une place de choix dans la grande histoire du djihad. Et cette opération de destruction qui ferait trembler l'Occident exigeait une organisation rodée au quart de tour, composée de guerriers de l'islam courageux, intelligents, entièrement dévoués à la cause. Mais requérait également des complices involontaires, des acteurs essentiels même s'ils n'étaient pas au courant du grand projet final, des « aveugles » qu'Oussama installait patiemment sur l'échiquier, mine de rien, sans en avoir l'air, des joueurs n'ayant aucune relation les uns avec les autres. Il les rassemblait et les bougeait à sa guise sur le tableau noir de ses projets, il les déplaçait ou non au gré de sa stratégie, qui se développait et se précisait peu à peu. Des guerriers de l'ombre qu'il gardait au chaud, prêts à intervenir – à leur insu – dès que le besoin se ferait sentir.

Parmi eux, Richard Rocheleau ? Un pantin qui gesticulait par manipulateur interposé. Une fusée chercheuse, téléguidée depuis Jalalabad, et qui obéissait sans s'en rendre compte aux ordres du djihadiste en chef. Était-ce la raison pour laquelle ben Laden continuait de prendre sa défense auprès de son hôte ? Parce que mon père, à son corps défendant, faisait partie des desseins du Saoudien. Richard croyait en sa bonne étoile, comme toujours, mais cette étoile, c'était Oussama qui la tenait dans ses mains et qui pouvait la détruire en une fraction de seconde.

Je me souviens de ses paroles, après la visite de Nolan Temkin à Outremont, à la suite de la mort de ma mère : « Temkin cherche des liens entre ce qui vient d'arriver et ma carrière, là-bas, à l'époque. »

En participant à l'exfiltration d'al-Durani, Richard remboursait sa dette à l'égard d'Oussama. Son ami saoudien l'avait débarrassé de Nick Vassillis, lui permettant ainsi de prendre le contrôle du marché afghan. Richard lui rendait service à son tour.

Je lève les yeux vers Nikonov :

— Ce que je ne saisis pas, c'est le rôle des Russes, que les talibans détestaient. Pourquoi se fendre en quatre pour al-Durani ? Comment ils s'y sont pris pour recruter mon père ?

Nikonov ne peut s'empêcher de rire. Richard, agent du FSB ? C'est la meilleure de la journée. Richard, l'infatigable bavard, incapable de se taire, toujours en train de se vanter. Ce marchand de tapis verbomoteur n'aurait passé le test d'entrée d'aucune agence d'espionnage au monde, peu importe son degré de sophistication. Et peu importe les relations qu'il aurait pu soumettre à l'appui de sa demande.

— Qui alors ?

Un long silence, puis :

— Votre mère, peut-être…

Joan ?

Ma réaction est si étonnée que Nikonov s'en étonne lui-même. Décidément, la fille de Richard Rocheleau est bien naïve, semble-t-il se dire.

— À Peshawar, Joan travaillait pour nous.

19

Une couverture impeccable : l'épouse apparemment docile et superficielle d'un commerçant étranger, son mépris à peine voilé pour son pays d'accueil, les moudjahidines, les Khalqis, et les Russes surtout, qu'elle ne se gênait pas pour dénigrer devant les domestiques et les visiteurs. Selon Nikonov, Joan possédait toutes les qualités requises pour devenir une espionne de première catégorie.

Ma mère, à l'emploi des services secrets soviétiques ? J'ai peine à y croire. Mais Nikonov confirme :

— C'est moi qui l'ai approchée à la demande de mes supérieurs. Quand elle est venue à Kaboul pour faire libérer son mari.

Rahim, l'employé et traducteur de Richard, qu'on avait retrouvé assassiné dans le camion Toyota. Meurtre pour lequel mon père avait été accusé avant d'être relâché.

— Vous l'avez obligée à collaborer avec vous.

— Obligée ? Elle était ravie. Elle s'emmerdait à Peshawar. En fait, cette accusation contre votre père, c'était de la frime. Richard n'a jamais été arrêté par la police.

Nikonov détourne le regard, semble hésiter.

— On se doutait bien que Vassillis était derrière le crime, dans le but d'intimider Richard et de le forcer à rester à Peshawar. Mais on ne pouvait pas le prouver. Et Vassillis avait ses entrées auprès des Khalqis ; plusieurs d'entre eux étaient impliqués dans son commerce d'opium, d'ailleurs. C'était délicat de poursuivre l'enquête de ce côté.

— Donc, vous avez décidé de vous servir de cette affaire non résolue pour enrôler Joan.

— Après la fausse arrestation de Richard, j'ai appelé votre mère à Peshawar, je lui ai dit que je faisais tout mon possible pour sortir son mari de prison.

— Celle du KGB.

— Toutes les cellules se ressemblent…

Nikonov la tenait au courant régulièrement, par des appels répétés. Et finalement, un jour, il lui avait révélé qu'il y avait peut-être une solution, mais elle devait venir à Kaboul.

Devant Nikonov et ses supérieurs, Joan n'avait pas hésité un seul instant : la libération de son mari, aucune charge retenue contre lui, mais en échange elle devait informer le KGB des rencontres de Richard, de ses nouveaux contacts, et ainsi de suite.

— Nous savions que votre père fricotait avec des exilés afghans. Nous voulions savoir ce qui se tramait de l'autre côté de la frontière.

— Pourtant, Joan n'avait pas accès aux rebelles.

— Mais Richard lui racontait tout. J'avais déjà remarqué qu'il adorait parler et en mettre plein la vue. Suffisait de poser la bonne question, de lancer une remarque pertinente, pour qu'il s'emballe, s'emporte et nous inonde de paroles.

C'est plausible. Joan faisait semblant de se désintéresser des affaires de Richard, elle minimisait ses réussites, ses bons coups, elle tournait en dérision ses exploits, ce qui l'incitait à se confier dans le but d'impressionner sa femme. Elle le manipulait à sa guise, et lui tombait dans le panneau sans s'en rendre compte. Des confidences sur l'oreiller, souvent, que Joan refilait à son contact de Peshawar, qui relayait ensuite l'information aux autorités soviétiques à Kaboul. Dont Nikonov était le représentant.

— Et Richard n'a jamais découvert le rôle de Joan ?

— Jamais.

Selon Nikonov, mon père était trop imbu de sa propre importance pour en attribuer à quiconque autour de lui, Joan en premier lieu. Même s'il aimait ma mère à la folie, il ne l'imaginait qu'en fonction de ses propres intérêts et préoccupations, ce qui explique son immense colère, son très grand désarroi, quand il a découvert qu'elle avait un amant, donc une vie secrète, indépendante de la sienne, une vie dans laquelle il ne jouait aucun rôle.

Nikonov est songeur. Il a l'impression d'en avoir trop dit, alors que moi, au contraire, je veux en apprendre davantage. Il ne pourra s'échapper et quitter les lieux sans qu'il m'ait avoué ce qu'il sait. Il hésite toujours, je demande :

— Et cette collaboration a porté fruit ?

— Oui.

— Dans quel sens ?

Nikonov hésite encore, mais à quoi bon garder le secret, se dit-il sûrement. L'URSS n'est plus qu'un lointain souvenir, les vétérans de l'Afghanistan disparaissent peu à peu et les autres ne participent pas à la destinée de la « grande » Russie.

— En 1979, Brejnev avait besoin de preuves avant de dire oui à Andropov. Le Secrétaire général était malade, mais il avait toute sa tête, contrairement à ce qu'on a laissé entendre. Andropov a donc mobilisé l'équipe de Kaboul : il fallait justifier l'invasion coûte que coûte.

Il ajoute :

— Joan n'avait pas d'entraînement, c'était improvisé, mais nous étions pressés par le temps. Et par Andropov qui nous soufflait dans le cou. Le rapport qu'elle nous a fourni était dévastateur. Selon elle, Peshawar était un véritable repaire de rebelles, ce que nous savions déjà. Elle a confirmé que les Pakistanais les encourageaient, mais aussi et surtout que les Américains s'intéressaient discrètement aux uns et aux autres, et qu'ils étaient prêts à mettre la main au gousset pour les aider à se débarrasser du gouvernement Amin.

Des infos basées sur les confidences que faisait William Gallagher à mon père, une fois sa partie de golf terminée.

— J'ai fait le voyage à Moscou, j'étais dans le bureau de Brejnev quand Andropov lui a brandi le document au visage. Notre agent à Peshawar, qu'il disait, comme s'il s'agissait d'un espion aguerri, du meilleur de nos officiers.

— Et Brejnev ne s'est douté de rien ?

— Non, au contraire. C'est à partir de ce moment qu'Andropov a eu le feu vert. Aussitôt, il a confié l'opération aux généraux Borissov, Sokolov et Dmitriev, qui s'étaient fait les dents sur la Somalie pendant la guerre de l'Ogaden, l'année précédente, et sur la Tchécoslovaquie, en 1968. Des hauts gradés déterminés, tous les trois, à mettre l'Afghanistan à la botte de Moscou, et ce, peu importaient le prix et les efforts nécessaires.

L'Armée rouge s'était mise en marche, Amin avait été assassiné et remplacé par Karmal. Mais les choses s'étaient bientôt gâtées : difficultés de l'occupation, résistance des moudjahidines, financés, entre autres, par Oussama ben Laden et ses bailleurs de fonds saoudiens.

Selon Nikonov, après la débâcle des Soviétiques, Joan avait perdu son utilité, on avait cessé d'avoir recours à ses services. Le sheikh Oussama était devenu le problème des Américains ; ils le connaissaient bien, qu'ils s'en occupent ! Nikonov avait déjà quitté le service pour se recycler dans l'entreprise privée. Après son départ, le KGB était devenu le FSB, sans que les objectifs et les méthodes de l'Agence soient modifiés. Dans ce contexte, il est possible que Joan ait continué de travailler pour les Russes. Si c'était le cas, elle aurait très bien pu participer à l'exfiltration d'Abou al-Durani.

En 1999, mon père et ma mère étaient installés à Outremont depuis un moment. Travis McCullough était venu personnellement accueillir Richard à Dorval avec une Rolex de huit mille dollars comme cadeau de bienvenue. Par la suite, mon père était devenu partie prenante de toutes les décisions de McCullough, qui se fiait à son jugement et n'osait rien entreprendre sans d'abord en parler à son dauphin. Richard avait triomphé en Afghanistan, il avait fait d'Oriental Rugs & Carpets un partenaire incontournable de l'industrie nord-américaine du tapis. Aux réunions du conseil d'administration, malgré l'air renfrogné de Frank, Travis faisait parler Richard de son expérience afghane, de ses exploits de guerre, de ses incroyables odyssées au milieu de moudjahidines sanguinaires.

Pendant ce temps, et ensuite, après la mort de Travis, alors que Richard dirigeait Oriental Rugs & Carpets sans compter les heures, Joan avait continué de jouer à l'espionne russe. Dans quel domaine ? Pour quelle raison ? Le commerce de Richard n'avait plus rien de secret. Et mon père n'évoluait pas dans un circuit, militaire ou autre, qui aurait pu être intéressant pour les Russes. Espionnage industriel, alors ? Dans quel secteur ? Joan frayait avec des épouses comme elle-même, à la recherche d'une raison de vivre selon un modèle déjà dépassé. Les femmes de sa génération travaillaient, gagnaient leur vie, occupaient des postes de direction, et Joan en aurait eu les capacités si elle avait voulu. Mais non, elle se contentait de briller auprès de Richard, de paraître à ses côtés dans les sorties officielles, moins nombreuses qu'on pourrait le penser, et d'interpréter le rôle de l'épouse modèle à la manière de Jackie Kennedy.

Ce qui lui permettait de mener une double vie, de cacher son autre occupation, ses activités clandestines au service d'une « puissance étrangère ».

Quelles activités ? Où, comment ?

New York, peut-être. Ses nombreux séjours, ses allers-retours fréquents, son refus de loger chez Nancy Whitehall, son amie. Son installation au Waldorf-Astoria, dont elle était devenue une cliente habituelle. Ses interminables marathons dans les grands magasins, qui n'étaient peut-être que des prétextes, ou des lieux de rencontres, de remise de renseignements glanés plus tôt à Montréal. La fontaine du Rockefeller Center. La cathédrale Saint-Patrick. Ou alors Central Park, à quelques rues de son hôtel. Une paisible balade dans une barque de location, une longue marche dans les allées boisées. Son « contrôleur » prenait livraison de ce qu'elle avait déniché, il faisait le tri de cette matière brute, qui valait de l'or, ou rien du tout. Il n'était pas regardant, il voulait de l'info, des *insights*, n'importe lesquels. De temps en temps, la cueillette était bonne, mais le plus souvent c'étaient des bobards, des rumeurs, des ouï-dire. À quel sujet ? Encore une fois, ni ma mère ni Richard n'étaient en contact avec des personnes qui occupaient des fonctions stratégiques.

Ou alors, si, à bien y penser. Ma mère siégeait au conseil d'administration du Musée des Beaux-Arts. Elle participait à la campagne de financement de l'Orchestre symphonique de Montréal. Elle adorait l'opéra, s'intéressait au théâtre, ne refusait aucun cocktail ni invitation à des rendez-vous prestigieux avec les artistes et les bailleurs de fonds. Dans toutes les soirées-bénéfice, elle faisait acte de présence, une femme élégante, raffinée, dont on recherchait la compagnie. Elle côtoyait des dirigeants d'entreprise dans un contexte décontracté, où personne ne se méfie de personne. Comme ça avait été le cas à Peshawar, ma mère ouvrait grand les oreilles. Elle maîtrisait l'art d'écouter. À ses côtés, mon père l'avait remarqué, on avait envie de s'épancher, de se dévoiler, d'y aller sans retenue. Ce qu'on voulait garder pour nous, nos secrets, nos intrigues, on sentait le besoin de les confier à cette personne qui nous regardait intensément et qui ne semblait vivre que pour ce qu'on lui confiait.

Et puis, parfois, on lui proposait un travail différent de l'ordinaire. Une « mission » spéciale, une opération délicate, qu'elle aurait pu refuser mais qu'elle s'empressait d'accepter. Elle adorait se déguiser, Joan. Porter le *tchadri*, se déplacer sans qu'on la regarde, pour qu'elle puisse mieux voir. Être en mesure d'enregistrer les trivialités comme les choses essentielles. Ma mère se fondait dans le décor sans qu'on se doute de son rôle et de son pouvoir.

— Je pense à elle souvent, me confie Nikonov.

Il redevient rêveur. Revoit Kaboul, peut-être. Les tractations avec Richard. La présence de ma mère, discrète, vigilante pourtant, donnant l'impression de ne pas porter attention aux affaires de son mari.

— Vous avez eu une liaison ?

Je repense à la révélation de Nancy Whitehall après la mort de Joan, à l'enquête ridicule déclenchée par mon père. Et si c'était lui, le mystérieux amant ? Celui qui ne s'était pas pointé au World Trade Center, ce matin-là.

Nikonov me regarde, offusqué. Ma question est trop directe, j'aurais dû mieux l'enrober. Mais avec ce que j'ai appris au sujet de ma mère, qu'elle ait eu une relation ou non avec Nikonov ne me semble pas un détail essentiel.

— Vous n'êtes pas obligé de répondre.

Sourire de Nikonov, qui refuse de prendre la sortie honorable que je lui propose :

— Richard et elle s'aimaient passionnément. Jamais je n'aurais osé…

Est-ce la vérité ? Peut-être pas. Ma mère avait toujours eu un faible pour le docteur Jivago, je la vois très bien tomber dans les bras de ce Russe aux yeux bleus, mélancoliques, qui prend plaisir à cultiver son côté vieille Europe.

Quelle importance aujourd'hui ? Mes parents sont morts, Akbar aussi, il ne reste rien de cette période de ma vie, sinon des souvenirs de plus en plus effacés que la disparition de mon père vient raviver.

— Vous repartez quand ? me demande Nikonov.

— Après-demain. Lufthansa, via Francfort.

— C'est une bonne idée.

— Vous croyez ?

— J'ignore ce que Richard manigançait, mais il a mis les pieds où il ne fallait pas. Rentrez à Montréal, oubliez toute cette affaire.

* * *

Gabriel Lambert m'ayant assurée de la collaboration du consulat pour rapatrier les bagages de Richard afin d'éviter que j'aie à payer une surcharge auprès de Lufthansa, je fais sa valise, je plie ses vêtements avec soin, comme si mon père, de retour chez Terry, allait les récupérer et les ranger dans le placard.

La valise déborde, pas de place pour les chaussures, je cherche le sac dans lequel Richard les a rangées. Oublié à l'hôtel Volkova peut-être. Tenant une paire de souliers à la main, à la recherche de ce sac, je m'arrête subitement, je regarde les chaussures. Il me vient une idée, tout à coup.

Un réflexe, plutôt.

Je tâte le talon de l'une, puis de l'autre. Ils sont fixés solidement. Je me précipite sur les deux autres paires de chaussures et je répète le même manège. Au troisième essai, le talon de l'une d'elles cède. Le compartiment secret est là, comme à l'époque. À l'intérieur : la clé d'une consigne automatique.

20

Depuis notre arrivée à Saint-Pétersbourg, nous ne nous sommes jamais quittés, Richard et moi, sauf à l'aéroport, brièvement, une fois passée la douane, avant la récupération des valises, quand je suis allée aux toilettes. Cinq minutes, maximum. Mon père aurait-il eu le temps de trouver une consigne, d'y déposer ce qu'il désirait y mettre, et de revenir tout bonnement m'attendre à l'endroit où je l'avais laissé ? Possible. Mais peu probable. Pour en avoir le cœur net, je fais le voyage jusqu'à Pulkovo. Je dois me rendre à l'évidence : la clé trouvée dans la chaussure de mon père n'appartient pas à la série de casiers qui occupe toute une section de la salle des départs.

Je m'assois au milieu des passagers et de leurs parents et amis qui les accompagnent. Une foule pressée, perdue, parfois hésitante. Si je n'ai pas quitté Richard des yeux, s'il n'a pas eu un seul moment à lui pour avoir accès à une consigne automatique, ça signifie que quelqu'un d'autre a fait la démarche pour lui. Cette personne lui a remis la clé, qu'il s'est empressé de dissimuler dans sa chaussure parce qu'il était essentiel, pour lui, d'être le seul à avoir accès au contenu du casier.

Si cette hypothèse est la bonne, Richard a eu plusieurs occasions de prendre livraison de cette clé. À la réception de l'hôtel, par exemple – j'irai faire mon tour tout à l'heure pour interroger le personnel, même si j'ai peu d'espoir d'obtenir une réponse à mes questions. Ou alors on l'a livrée avant notre départ, par la poste, peut-être. Vérifier avec Terry si Richard n'aurait pas reçu, par hasard, une enveloppe ou un petit colis.

Ce qui ne règle pas mon problème : où se trouve ce casier et que contient-il ?

Au comptoir de l'office de tourisme, une jeune femme me donne un plan de la ville et une liste des endroits où on peut laisser des bagages en consigne. Gares routières et ferroviaires, stations de métro, centres commerciaux...

Je me mets à la place de mon père, qui n'est jamais venu en Russie, qui ne connaît rien de Saint-Pétersbourg, et dont la maîtrise du russe est nulle. Un endroit simple, facile à repérer, accessible sans trop de complications. Où il est possible de se rendre sans avoir à demander son chemin. Un endroit à proximité de l'hôtel Volkova.

Je déplie le plan qu'on m'a remis. Dans un rayon rapproché, quelques stations de métro, des centres commerciaux.

Sur l'une des tables de l'office de tourisme, je déplie le plan qu'on m'a remis. Dans un rayon rapproché, deux stations de métro, un centre commercial.

Je prends le métro jusqu'à la station suivante. Rien, pas de consigne. Non plus à l'autre station, où je descends. Le centre commercial est situé un peu plus loin, et des consignes sont disponibles, mais la clé ne correspond pas aux casiers qu'on y a installés.

Les gares, donc. Finlande, Moscou, Varsovie, Vitebsk. J'écarte pour l'instant Finlande et Varsovie, à l'autre bout de la ville. Je débute avec la modeste gare de Vitebsk, la plus ancienne de Saint-Pétersbourg, d'où partent les trains pour Pouchkine, Novgorod et la Biélorussie. Déception : une consigne traditionnelle avec comptoir et surveillance permanente.

Par le métro, je me rends ensuite à la gare de Moscou, place Vosstaniïa.

Où j'ai plus de chance.

Devant les casiers : voyageurs, flâneurs, employés et autres habitués de l'endroit. Je me faufile parmi eux, fébrile. Le 641 est placé au milieu d'une longue rangée, à la hauteur de mon visage. Je glisse la clé dans la serrure, j'ouvre.

À l'intérieur, un sac de sport.

Je regarde autour, personne ne s'intéresse à moi.

Je m'étire et glisse la main dans l'ouverture, ramène le sac vers moi. Il est lourd, mais je n'ose pas l'ouvrir. Du coin de l'œil, je repère des toilettes. Je saisis le sac et je m'y dirige. Trois femmes devant le miroir, dont une *mamouchka*, ce qui me rassure. J'entre dans un cabinet, pose le sac sur le réservoir. Je l'ouvre : dedans, des liasses de billets de banque. Américains, en coupures de cent dollars, liés par des bandes élastiques. À première vue, une somme énorme. Je saisis une liasse parmi d'autres, identiques. Les billets sont neufs, comme s'ils sortaient tout juste de l'imprimerie.

D'où vient cet argent ?

Je quitte le cabinet, le sac à la main. Les trois femmes ont disparu. Je sors des toilettes. Mon téléphone sonne.

— Je suis désolé pour votre père, me dit un inconnu d'entrée de jeu, sans s'identifier.

Je ne reconnais pas la voix, celle d'un Russe, probablement. Ce n'est pas un jeune, ni un vieillard non plus. Éduqué, sûrement, d'après sa manière de parler, en français plus particulièrement.

— Qui êtes-vous ?

— Nous devions nous voir et puis…

— Vous êtes un exportateur ?

— Un vieil ami de Richard.

Il ajoute :

— L'important, maintenant, c'est que vous puissiez apporter l'argent, comme prévu.

— L'argent ?

— Vous venez de le récupérer, non ?

Il n'ajoute rien, il attend ma réaction. Je suis surprise, comment est-il au courant ? Je regarde autour de moi, je me sens épiée. Les voyageurs habituels, les bras chargés de bagages. J'essaie de repérer ceux qui parlent au téléphone. Quelques-uns d'entre eux, pressés de prendre leur train ou de revenir à la maison. Mais personne ne s'intéresse à moi. Et ils parlent, justement, alors que mon inconnu s'est tu.

— Il sert à quoi, ce fric ?

— Il y a un train pour Moscou dans quinze minutes. Je vous rappellerai en chemin pour vous donner l'endroit exact de notre rendez-vous.

Contrairement à Alexiev – qui parle vite et avec conviction, saute rapidement aux conclusions – l'homme s'exprime posément, mesurant chacune de ses paroles.

— Où êtes-vous ? Qui êtes-vous ?

— Je vous l'ai dit : un ami de Richard.

Il ajoute :

— Si vous informez la police, vous n'aurez jamais l'occasion de rencontrer l'amant de votre mère.

Et il met fin à l'appel.

Dans la salle d'attente, au-dessus de ma tête, l'horaire des départs et des arrivées. Des destinations clignotent, dont celle de Moscou. Mon interlocuteur mystérieux a raison : le train de Moscou, un « local » qui met huit heures à compléter le trajet, quitte la gare dans quelques minutes.

Le bon sens, ce serait d'alerter Alexiev, mais je ne le fais pas. D'un pas résolu, je me dirige vers l'un des guichets, je prends un billet pour Moscou.

Sur le quai, je jette des regards derrière moi, convaincue que chacun de mes gestes est épié.

Le train est bondé. Beaucoup de touristes, mais des Russes aussi, chargés de bagages, qui descendront à l'une ou l'autre des étapes du trajet.

Chose certaine, personne ne s'intéresse à moi.

Je m'installe sur une banquette, appuyée à la fenêtre, je serre le sac de sport contre moi, sur mes genoux. À mes côtés, une Russe, plongée dans un bouquin. J'y jette un coup d'œil, des enluminures, on dirait la Bible.

Après un moment, le train se met en branle. Nous quittons la gare, les faubourgs, nous traversons des quartiers industriels. À mesure que la ville s'estompe, que les bâtiments se font plus rares, mon inquiétude augmente.

D'où vient ce fric ? De Frank, comme la première fois ? Mon père l'a fait chanter de nouveau, et Frank a cédé. Mais comment l'argent s'est-il retrouvé dans un casier de la gare de Moscou ?

Mon téléphone sonne. C'est Alexiev.

—Je vous cherche. Où êtes-vous ?

Je suis à deux doigts de lui dire la vérité, mais j'y renonce.

—Tout près de l'Ermitage. Je visite la ville.

—Vous êtes dans le métro ?

—J'en sors à peine.

—J'ai les résultats de l'autopsie. Votre père s'est noyé. On a trouvé des traces d'alcool dans son organisme. Rien d'autre. Mon enquête est terminée.

—Merci de m'en informer.

— Vous partez toujours demain ?

— Après l'incinération de la dépouille.

— J'enverrai quelqu'un vous conduire à l'aéroport, si vous voulez.

— Je me suis arrangée avec le consulat.

— Très bien.

Il hésite, puis :

— Encore une fois, mes condoléances. Et bon retour à Montréal.

Je ne crois évidemment pas un mot de ce qu'Alexiev vient de m'apprendre. Cette autopsie, c'est de la frime, j'en suis convaincue. Lambert a raison : étrange qu'un haut gradé comme Alexiev s'intéresse à un fait divers aussi banal – pas pour moi, mais pour lui. Comme si la police de Saint-Pétersbourg n'avait pas à s'occuper de dossiers plus urgents.

Le train s'immobilise à la petite gare d'Uglovka, un bâtiment propret, tout en jaune. Des paysans chargés de bagages montent à bord, remplaçant des passagers qui ont quitté la voiture. J'observe les nouveaux venus, encore une fois personne ne porte attention à moi, le train se remet en route.

Une heure plus tard, mon portable sonne de nouveau. L'inconnu, encore une fois.

— Bientôt, vous serez à Tver. Vous descendrez du train, mais au dernier moment, comme si vous étiez distraite.

— Vous cherchez à me faire peur, c'est ça.

— Tver. Dans une dizaine de minutes.

Je me dis : il est ici, dans cette voiture. Je regarde autour de moi, je scrute chacun des visages, peine perdue.

— De là, vous irez jusqu'à Koltalovo. Numéro 238 de la route qui mène à Polubratovo. Vous voulez que je répète ?

— Non.

— Vous demanderez Evguéni Pekarev.

Il raccroche. De nouveau, j'observe les alentours. D'après sa voix, mon interlocuteur a une cinquantaine d'années, peut-être moins, je ne sais pas. Je cible trois passagers qui correspondent à cet âge.

Evguéni Pekarev ?

On annonce Tver.

Le train s'arrête à la gare d'une ville animée. Quelques passagers descendent. Je fais ce que l'inconnu m'a dit. J'attends le signal du départ pour me lever subitement, mon sac à la main. Je bouscule deux types debout qui bloquent la sortie. Des insultes dans mon dos, je les ignore, je me retrouve sur le quai au moment où le train se remet en marche.

Personne n'est descendu derrière moi.

Plus loin, des employés de la compagnie de chemin de fer, cigarette au bec, manipulent des colis sur un chariot. Je pénètre dans la gare, sans qu'ils me jettent un seul regard. Un concierge appuyé sur son balai. Des préposés qui se tournent les pouces. L'un d'eux lève la tête et m'indique une voiture, à l'extérieur. Un taxi.

Le chauffeur m'aborde alors que je me dirige vers son auto. Il est bien prêt à me conduire à Koltalovo – moyennant une fortune –, mais c'est plus pratique de prendre l'autocar. Je reviens à la gare et j'achète un billet, le prochain départ a lieu dans une heure. Dans le kiosque à journaux, uniquement des quotidiens et des magazines en russe. Je m'assois sur un banc de bois, mon sac de sport sur les genoux, en compagnie de quelques femmes âgées.

L'autocar est neuf, propre et rutilant, comme s'il sortait à peine de l'usine. Je mentionne ma destination tant bien que mal au chauffeur, avec l'adresse que m'a donnée l'inconnu. Il faudra voir là-bas, me dit-il. Je m'installe juste derrière lui. La campagne encore, des arrêts fréquents, le car se remplit peu à peu, nous roulons pendant ce qui me semble des heures.

Je me laisse bercer par la monotonie du paysage, des passagers se sont endormis. J'ai l'impression que le chauffeur m'a oubliée, mais non, il se range sur le côté de la route et me fait signe de descendre.

Je m'attendais à une petite ville, à un village, tout au moins. À peine un hameau, un magasin qui sert aussi de débit d'alcool et de station-service. À la préposée, qui ne comprend pas un mot de ce que je lui raconte, je fais part de l'adresse qu'on m'a transmise. La dame fait non de la tête – de toute évidence, elle sait, mais ne veut pas perdre de temps avec moi.

Une voiture taxi apparaît. Le chauffeur me fait monter dans son auto qui sent le lait caillé. La banquette arrière est déchirée, réparée tant bien que mal avec du ruban adhésif. En direction de Polubratovo, nous devons nous arrêter pour laisser traverser un troupeau de vaches. Un jeune garçon me fixe droit dans les yeux, comme si ma présence l'importunait. Puis nous reprenons la route, à basse vitesse, toujours.

La campagne semble prospère, moins saccagée que celle que j'ai aperçue de la fenêtre du train, plus tôt. Je suis habituée à l'anachronisme de ces paysages, maintenant, j'en apprécie même le calme et la sérénité. Au détour du chemin, je m'attends à voir apparaître une de ces *datchas* à la rusticité spectaculaire, refuge de luxe pour les retraités de la nomenklatura ou les jeunes loups du néotsarisme.

— L'endroit que vous cherchez, c'est ici.

Le chauffeur m'a sortie de ma rêverie.

— Vous êtes certain ?

— C'est l'adresse que vous m'avez donnée. Vous voulez que je vous attende ?

— Non, ça ira.

Après avoir été payé, il me tend une carte, avec un numéro de téléphone :

— Si vous changez d'idée.

J'attrape mon sac et je descends de la voiture, qui a redémarré et fait demi-tour dans un nuage de poussière. Je me trouve au milieu de nulle part, en pleine campagne.

Devant moi, un monastère.

Celui de la Résurrection.

21

Immense, entouré d'une grille, comme s'il s'agissait d'un manoir. Des jardins que je devine, une serre plus loin. Vêtu d'un anorak par-dessus sa soutane, un jeune moine s'approche, à peine la vingtaine, on dirait un enfant de chœur qui aurait grandi trop vite. Il me demande ce que je veux : parler à Evguéni Pekarev, je lui réponds. Sans un mot, le religieux ouvre la barrière et m'invite à entrer. De près, le monastère est encore plus impressionnant : des coupoles en forme de bulbes d'oignon, dominées par un haut clocher. Une muraille entoure les lieux, une sorte de carapace de pierres et de briques qui doit dater de l'époque où les moines devaient se protéger des pillards.

Une autre porte, minuscule celle-là – j'ai l'impression d'entrer dans une crypte, mais nous débouchons plutôt dans une vaste cour. Je continue de suivre le jeune portier, qui me fait pénétrer dans une petite salle où ont été abandonnées, en désordre, une douzaine de chaises en bois. Mais aussi des cendriers pleins au pied d'un énorme samovar. Une salle au plafond haut, sous des lustres magnifiques, mais pas autant que les peintures murales, des icônes qui me rappellent celles que j'ai vues à Istanbul. On dirait que des gens sont partis en vitesse, sans remettre en ordre.

Cette pièce, c'est un parloir. L'endroit où, pendant des générations, probablement, les familles sont venues rendre visite à leurs proches. Dix minutes plus tard, un autre religieux fait son apparition, plus âgé celui-là, en tenue de pope, barbe grise, touffue. Des yeux vifs derrière des lunettes curieusement à la mode. Je me lève, lui donne le nom de la personne que je suis venue voir. Le pope m'écoute sans réagir, puis, d'un geste de la main, m'invite à me rasseoir. Il saisit lui-même une chaise sur laquelle il prend place à son tour, devant moi.

— Evguéni Pekarev, me dit-il, en me regardant dans les yeux. Son nom a été changé quand il s'est joint à nous, c'est l'usage.

— J'aimerais le rencontrer, à moins que les règles de la communauté l'interdisent.

— Vous êtes une de ses amies ? me demande-t-il, surpris.

Joue-t-il la comédie ? Peut-être.

— Mon père l'était.

Je lui raconte une histoire où il est question d'Afghanistan et de commerce de tapis.

À nouveau aucune réaction de la part du religieux. Dois-je lui mentionner que le nom de Pekarev m'a été fourni par un inconnu au téléphone ?

— On m'a demandé de lui remettre quelque chose.

J'invente, je raconte n'importe quoi, une histoire que j'improvise et qui en vaut bien une autre.

Le pope semble mal à l'aise, ma visite l'importune.

— Theodosius.

— Pardon ?

— C'était son nouveau nom.

— C'était ?

— Il est décédé l'année dernière.

Quelques instants plus tard, après avoir enfilé un blouson sur sa soutane, le pope me précède dans le petit cimetière de la communauté, situé derrière le monastère. Il est accessible aux familles, m'explique-t-il. Une cinquantaine de croix orthodoxes, quelques pierres tombales. Sur la tombe du moine Theodosius, des fleurs, une inscription en cyrillique et, sous une petite plaque de verre, la photo du défunt, comme c'est souvent le cas dans les cimetières russes.

Je m'approche, m'attarde au médaillon. Ce Theodosius ne me dit rien.

— Une vocation tardive, comme on dit. Il voulait terminer sa vie dans la sérénité.

Nous restons un moment en silence.

L'homme du téléphone m'a envoyée ici exprès pour brouiller les pistes, peut-être.

Je me tourne vers le pope :

— Vous pouvez me recommander un hôtel ?

Le Chaika aurait besoin de rénovations. D'une couche de peinture, à tout le moins. L'entrée se trouve à l'arrière, je contourne le bâtiment. La piscine a été vidée pour la saison. Une balançoire est en train de rouiller. Je pousse la porte de la réception. Ici, au contraire, tout est propre, reluisant, chaleureux et invitant. Un homme me sourit derrière le comptoir. Il me souhaite la bienvenue, me demande si j'ai une réservation.

— Non.

Je lui tends mon passeport, dont il fait aussitôt une photocopie.

— Vous comptez manger à l'hôtel ?

— Je ne sais pas. Peut-être.

Il me tend une clé.

— Chambre 314. Vous avez besoin d'aide pour vos bagages ?

— Non, c'est bon.

L'ascenseur grimpe très lentement jusqu'à mon étage. Moquette propre mais usée. La chambre est située au bout du corridor. Derrière une porte, j'entends le son d'une télé. Je continue. La 314 donne du côté opposé à la route.

Je déverrouille. La pièce sent le renfermé, elle n'a donc pas été louée depuis un moment. Je pose mon sac et m'approche de la fenêtre, que j'ouvre pour aérer. Plus bas, la piscine, et une petite terrasse à droite – chaises renversées et table repliée.

La salle de bain est minuscule, mais propre et rénovée. Je me lave les mains, puis reviens dans la chambre. Le sac de sport est par terre. Je m'assois sur le lit.

Aucun bruit, sauf une voiture de temps en temps.

De la chambre, je peux apercevoir le clocher du monastère de la Résurrection.

J'attends qu'on me rappelle, qu'on me donne d'autres consignes, mais mon téléphone reste muet. Je suis fatiguée, je devrais dormir, mais je ne parviens pas à trouver le sommeil. Je tourne en rond dans la pièce, enveloppée dans une couverture ; je fais bouillir de l'eau, bois une tisane. Rien à faire.

Dois-je appeler Frank pour lui expliquer ce qui se passe ? Je devrais, mais je ne le fais pas. Il va tenter de me raisonner, m'ordonner d'appeler la police.

Je suis profondément assoupie lorsque le portable sonne enfin.

— Il y a une discothèque à la sortie de Polubratovo. Vous l'avez sûrement remarquée… Prenez l'argent et venez m'y rejoindre.

Dans une heure, ajoute l'inconnu.

— Pourquoi je vous obéirais ?

— Vous êtes venue jusqu'ici, non ?

— Je commence à en avoir assez de vos petits jeux.

— Faites ce que je vous dis. Et surtout, n'oubliez pas l'argent.

Il raccroche. Je regarde autour de moi sans comprendre. Et à l'extérieur de l'hôtel : personne. Il fait nuit noire, tout est calme.

Je sors dans le corridor, le sac de sport à la main, et me dirige vers la porte de l'escalier extérieur, que j'ouvre. De la musique se fait alors entendre. Un rythme saccadé, en provenance du village. Je descends l'escalier, je traverse le parking et marche en direction de la musique, assourdissante maintenant.

Un établissement, presque vide malgré l'heure tardive. Banquettes en cuirette, boule de miroir, pénombre rassurante. Du disco à plein volume, comme pour meubler les lieux. Personne ne s'intéresse à moi. Je m'installe au comptoir en gardant le sac de sport sur mes genoux. Je commande une vodka. La barmaid travaille vite et bien, je l'observe servir les clients. La musique tonitruante l'empêche de me parler, ce qui me convient tout à fait.

Le journal du matin traîne sur le comptoir, je le feuillette distraitement et tombe sur une photo de Jerry DeSoto, en transe devant des fans en délire. J'accroche la barmaid et lui demande de me traduire le court texte qui l'accompagne.

— « Un *band* comme il ne s'en fait plus, me dit-elle. Les amateurs de *metal rock* redécouvrent Jerry DeSoto. »

— Merci.

— Je les adore, moi aussi, ajoute-t-elle.

Il est bientôt minuit. Aucun signe de mon interlocuteur mystérieux. Les clients continuent de m'ignorer.

Tout à coup, des sirènes de la police se font entendre, des gyrophares illuminent la discothèque. Ça y est, je me dis, un voisin s'est plaint. Mais les voitures passent tout droit, je reviens à ma vodka.

— C'est à l'hôtel, m'explique la barmaid.

Je n'assimile pas, sur le coup.

L'hôtel, *mon* hôtel !

Je sors prudemment. Les gyrophares de plusieurs voitures, plus loin, devant l'entrée du Chaika, effectivement, que je peux apercevoir d'ici. Intriguée, je m'avance dans la rue principale. Quelques curieux font comme moi, mais restent à l'écart, attendant la suite des événements. Trois voitures de police sont garées en catastrophe.

Un homme dévale les marches de l'établissement avec deux agents. Je le reconnais aussitôt : c'est le type qui fouillait dans les affaires de Richard, et que j'ai surpris.

Un autre officiel descend d'une voiture pour le rejoindre : Alexis Alexiev.

Ma paranoïa revient.

Les deux hommes discutent avec véhémence. De loin, j'ai l'impression qu'Alexiev s'adresse à son supérieur, ou alors à une personne d'autorité.

De peur qu'ils poursuivent leurs recherches à la discothèque, je m'éloigne sans me retourner, je m'enfonce encore plus dans la pénombre, le sac de sport en bandoulière. Je m'efforce de marcher normalement, avec empressement ensuite, puis je cours carrément dans la nuit, déterminée à mettre entre ces policiers et moi la plus grande distance possible. Je file maintenant sur un chemin en gravier qui s'éloigne du hameau et traverse des champs que je ne peux apercevoir. Je ne sais pas où je vais, mais je me dis que, tôt ou tard, cette route aboutira à un village, à une ville peut-être, où je serai en sécurité et d'où je pourrai envisager la suite des choses.

Pour l'instant, je me sens protégée par l'obscurité, qui m'enveloppe. De temps en temps, je jette des regards derrière moi, le hameau et le monastère ne sont plus que de faibles lueurs. Je presse le pas.

Soudain, des phares balaient la route dans mon dos. Je m'écarte du chemin, à toute vitesse, je me fais toute petite dans un fossé, d'où j'aperçois une Audi qui passe sans me voir, lentement, trop lentement, puis s'éloigne dans le noir. La voie est libre, mes chaussures sont maculées de boue, je recommence à marcher. Je presse le pas, des phares éclairent de nouveau la route, cette fois devant moi. Je me précipite dans le champ, à ma droite, la voiture s'immobilise sur l'accotement. Je me mets à courir sans regarder derrière, j'entends une portière claquer, j'accélère, je n'arrête pas, je fonce toujours, je tombe, je me relève, je cours encore, mais je perds pied et m'étends de tout mon long. Du bruit, plus loin, on me cherche, on a perdu ma trace, puis tout à coup un homme m'aveugle avec sa lampe de poche. Je n'ose plus bouger, je n'ose plus respirer, je n'ai jamais eu aussi peur de toute ma vie.

Je reconnais le type du médaillon, sur la pierre tombale de frère Theodosius.

— Richard avait raison, me dit-il sans écarter la lampe de mon visage. Vous êtes aussi jolie que votre mère.

22

Je suis assise dans l'Audi, en compagnie d'un mort. Evguéni Pekarev ou Theodosius – peu importe son véritable nom – a posé le sac de sport entre lui et moi, l'a ouvert et, éclairé par le plafonnier, en comptabilise maintenant le contenu, en silence, manipulant chacune des liasses avec précaution.

Nous sommes garés le long de la route déserte, les feux de position allumés comme si nous avions un ennui mécanique. Je suis inquiète, je regarde sans cesse derrière moi, mais aucune voiture n'apparaît. Alexiev et ses collègues cherchent ailleurs.

Je me calme. Je respire à fond.

— Pour un trépassé, vous semblez plutôt fort en calcul.

Pekarev relève la tête, ne semble pas comprendre ce que je veux dire.

— Au monastère. Votre place au cimetière.

— Le pope, c'est un cousin.

Devant mon air étonné, il ajoute :

— La mort, la meilleure des couvertures.

Couverture ?

Une fausse entrée dans les ordres, un décès discret, une pierre tombale dans le cimetière de la communauté, et un membre de la famille pour servir de système d'alarme, de filtre à tout le moins, histoire d'ajouter un niveau supplémentaire de sécurité entre ses « ennemis » et lui.

Lesquels ?

Il ne répond pas.

— Et ces policiers, pourquoi ils m'en veulent ? Vous connaissez le lieutenant-colonel Alexis Alexiev ?

Pekarev ignore ma question. Pas très doué pour la parole, le frère Theodosius.

— Vous savez qui a tué mon père ?

— Je l'avais prévenu d'être prudent, il ne m'a pas écouté.

Le ressuscité referme le sac et le bascule sur le siège arrière. De la boîte à gants, il retire une arme à feu, qu'il pose entre lui et moi sur la banquette. C'est un 9 mm – je l'apprendrai plus tard.

Je n'ai jamais approché un pistolet de ma vie. Sa présence, là, entre nous, me semble irréelle.

— Pour quoi faire ?

— Richard ne vous a rien dit ?

Je lui explique, au sujet de la chaussure truquée, de la clé de casier dissimulée. Dans la pénombre, j'ai l'impression que Pekarev sourit.

— Les bonnes vieilles méthodes, murmure-t-il.

Indiquant le pistolet :

— Vous savez vous en servir ? Je peux le faire pour vous, si vous voulez.

— Faire quoi ? À qui ?

— Venger la mort de votre mère.

— Tuer son amant ?

Pekarev sourit carrément, cette fois.

— Notre « liaison », c'était son idée, histoire d'empêcher les curieux de poser trop de questions…

— C'est vous que Nancy Whitehall a surpris avec Joan dans ce restaurant de New York ?

— J'étais un peu nerveux, mais elle s'en est très bien sortie, votre mère. Une vraie professionnelle.

Il ajoute :

— Le pistolet, c'est pour celui qui a donné rendez-vous à Joan, le 11 septembre 2001, en haut du World Trade Center.

Je ne comprends pas.

— Al-Durani l'a fait exprès. Il savait que les deux tours seraient visées, ce matin-là. Il a délibérément envoyé votre mère à la mort.

Al-Durani, le taliban hospitalisé.

— Vous étiez en poste à Montréal, au moment de son exfiltration ? C'est là que vous avez fait la connaissance de Joan. Le Russe, à l'hôpital, c'était vous.

— L'agent du FSB rattaché au consulat avait mentionné que la femme de Richard avait travaillé pour nous, à Peshawar. Alors, je suis entré en contact avec elle. J'avais besoin de savoir si les Américains étaient au courant de la valeur stratégique d'al-Durani. Si Richard avait été approché par le FBI. Joan m'a assuré que non.

— Vous n'êtes pas des services secrets ?

— Jamais de la vie.

— Mais c'est vous qui êtes entré dans la chambre de Joan, au Waldorf, le jour de l'attentat.

— Oui.

— Vous cherchiez quoi, au juste ?

— Le week-end précédent, Joan m'avait appelé à Washington pour me dire qu'al-Durani détenait des informations importantes au sujet d'un attentat majeur qui se préparait, sans donner de détails. La rumeur avait filtré jusqu'à lui, disait-il. Il se trouvait à New York, il avait donné rendez-vous à Joan au World Trade Center. Selon elle, al-Durani ne voulait pas se confier au FBI ou à la CIA. Il avait peur d'être arrêté et interrogé par la police.

— Sa solution : se servir de ma mère comme messager.

— C'est ce qu'il lui a raconté, mais c'était faux.

Il soupire.

— Auprès de Joan et moi, al-Durani avait fait semblant d'être un repenti, de vouloir prendre ses distances avec la violence et le terrorisme. C'est pour cette raison que j'avais participé à son exfiltration, avec l'aide de Joan. Le mardi matin, quand j'ai découvert ce qui s'était passé, j'ai pris aussitôt la route pour New York.

Au Waldorf, il a soudoyé une préposée de l'hôtel et s'est glissé dans la chambre de Joan pour éliminer tout ce qui pourrait, de près ou de loin, l'associer à ma mère ou à al-Durani.

— Elle avait été prudente, je n'ai rien trouvé.

Pekarev éteint le plafonnier et remet l'Audi en marche. L'arme est toujours entre nous, sur la banquette, mais maintenant nous roulons à haute vitesse dans une direction que j'ignore. Nous croisons peu de voitures, je jette de temps à autre un regard à Pekarev, qui fixe la route sans parler, perdu dans ses pensées.

— Ils viennent d'où, ces deux cent mille dollars ? Jamais mon père n'aurait pu avoir accès à une telle somme. Sauf par l'entremise de Frank McCullough…

— C'est son vrai nom ? Frank McCullough ?

— Mon oncle, le frère de Joan.

— Richard lui avait donné un surnom : « docteur Jivago ».

Je ne peux réprimer un mouvement de surprise. Donc, c'est Nikonov qui a placé le sac d'argent dans un casier de la gare.

— Quand j'ai appelé Richard à Montréal pour lui parler de mon projet et qu'on s'est entendus sur un prix, il m'a répondu de ne pas m'inquiéter pour l'argent. Son ami le docteur Jivago était bourré de fric…

— Quel projet ?

— Al-Durani est à ma merci. Vous allez prendre le relais de votre père et l'abattre. C'est tout ce qu'il mérite, ajoute-t-il.

Après une heure de route, Pekarev tourne à gauche dans un mauvais chemin de gravier, une large chaussée que des camions doivent emprunter, si j'en juge par les ornières boueuses qui s'entremêlent devant les phares de la voiture. Il continue de rouler ainsi, doucement, évitant les trous et crevasses, de peur de s'enliser. Mais il semble bien connaître l'endroit.

Apparaît soudain un immense garage devant lequel ont été abandonnés de vieux tracteurs et des engins de terrassement, de toute évidence hors d'usage. Le garage a l'air inoccupé, un lampadaire illumine les lieux, pourtant. L'atmosphère est lugubre.

— On est où ? je demande, vaguement inquiète.

— Chez un pauvre type qui croyait à l'avenir de la Russie capitaliste. Ses créanciers sont maintenant propriétaires.

— Et ils sont au courant que vous occupez l'endroit ?

— Les créanciers ? Ce sont les moines du monastère de la Résurrection.

Il indique les alentours. Un bâtiment abandonné, d'un seul étage, long comme un motel, avec une cour grillagée devant chaque unité.

— Élevage d'autruches. Il y a cinq ou six ans, le ministère de l'Agriculture offrait des subventions, des crédits d'impôt dans le but d'inciter les fermiers et les éleveurs à diversifier leur production.

Les cadeaux fiscaux avaient été abolis, le propriétaire s'était retrouvé coincé par la banque. Dépression, faillite…

— Le monastère a racheté ses créances.

Pekarev récupère le pistolet, puis descend de la voiture. Il ouvre la portière arrière et saisit le sac de sport.

— Venez.

— Comment vous avez retrouvé al-Durani ?

— Après le 11-septembre, il a continué de vivre au grand jour, grâce à son passeport russe. Les Américains ne l'ont jamais inquiété.

— Vous ne l'avez pas dénoncé ?

— Pour que je sois accusé de l'avoir exfiltré ? En fait, je voulais juste mettre cette histoire derrière moi une fois pour toutes.

Il ajoute, tout en continuant vers le garage :

— Et puis un matin, après ma « mort », je me suis dit : cette crapule vaut du fric. Alors je lui ai tendu un piège, dans lequel il est tombé comme un imbécile. Ensuite, j'ai appelé votre père.

Ce côté du garage, privé de la lumière du lampadaire, est plongé dans le noir. Une porte jouxte l'entrée des camions. Pekarev pose le sac par terre et, sans lâcher l'automatique, déverrouille en disant :

— J'ai installé notre homme au sous-sol, je lui ai indiqué la direction de La Mecque. Il a pu faire ses prières tous les jours. On dira ensuite que je n'ai pas de considération pour l'islam.

À l'intérieur, Pekarev fait de la lumière. Sur la table, des restes de nourriture sont visibles. Nous sommes dans une cuisine aménagée derrière l'atelier de réparation.

— Il pourrait se ramasser, celui-là, maugrée Pekarev, sans mentionner de qui il s'agit.

Son complice ?

De nouveau, il me fait signe de le suivre, il tient toujours son pistolet dans une main, le sac dans l'autre. Nous sortons de la cuisine par la porte qui communique avec l'atelier. Une odeur d'huile est encore perceptible. Au centre de la pièce, sur le plancher visqueux, une trappe qu'il ouvre. Un escalier qu'il emprunte en m'invitant à descendre derrière lui.

Nous voilà sous le garage, dans une cave aménagée sommairement : une table, ici aussi, quelques chaises, un frigo qui ronronne bruyamment. Et au fond de la pièce, une cage : quadrillage de broche sur tous les côtés, y compris sur le dessus, à deux mètres du sol environ.

— Anton ?

Pekarev a un mouvement de recul : la porte de la cage est ouverte. Un homme est recroquevillé sur un lit de fortune, la tête repliée dans ses bras. Son corps dépasse de la couchette. Un seau rempli d'excréments, à droite. L'endroit pue la merde. Pekarev se précipite vers la couchette et saisit le type par l'épaule. Sa tête barbue se détache du corps, tout à coup, et roule à ses pieds. Stupéfiée, je reconnais le pope qui dirigeait le monastère, le cousin de Pekarev. Le Russe se tourne vivement en levant le pistolet, mais la lumière s'éteint, nous sommes plongés dans le noir. Des bruits de pas, des cris, un coup de feu, je me jette par terre, je n'ose plus bouger.

Quand je tourne la tête vers l'escalier, éclairé par la lampe de la cuisine, j'aperçois un type qui monte les marches péniblement à cause de sa jambe gauche, rigide. C'est al-Durani, sans doute. Un deuxième homme l'aide à grimper l'escalier. Je sursaute : le mouvement de son corps, sa manière de se tourner, de se déplier, tous ces gestes me sont familiers.

— Samuel ! je crie de toutes mes forces.

La silhouette s'immobilise en haut des marches, hésite un moment puis disparaît. Je me ressaisis, je grimpe l'escalier quatre à quatre et me lance à la poursuite de mon fils. J'ouvre la porte du garage. Samuel aide al-Durani à grimper dans un pick-up garé en retrait de la ferme. Le plafonnier du véhicule éclaire son visage. Al-Durani m'est familier également, je le reconnais par-delà les années : Mohammad Abdelhamid, le père d'Akbar.

Au volant du camion, un autre visage connu : celui du type qui avait guidé Samuel à l'aéroport, au moment de son départ pour Le Caire.

— Samuel !

Avant de monter dans le véhicule à son tour, Samuel me regarde. Pas très longtemps, un mouvement à peine perceptible. Il grimpe dans la cabine au moment où le camion se met en branle et fait demi-tour. Je me précipite vers eux, je cours de toutes mes forces, au mépris du danger, comme si je pouvais rattraper et rejoindre mon fils, si près tout à coup. Mais le véhicule s'éloigne, zigzague et prend de la vitesse dans la piste boueuse, puis disparaît dans la nuit.

Je m'effondre, à bout de souffle.

Quatrième partie

Samuel

23

Juin 1984

Assises à leur pupitre, les autres élèves me dévisagent comme si j'étais une bête de cirque. Sous le regard ambigu de Mme Botterell qui commence à s'impatienter, j'exhibe le Walkman d'Akbar. Je le tiens bien haut devant moi pour que toutes les filles puissent le voir. Je tremble, pourtant, j'ai tellement peur. J'espère que la directrice ne s'en rend pas compte.

Pendant un long moment, je reste ainsi, l'air ridicule, m'humiliant devant mes camarades qui m'observent sans comprendre. Des filles se chuchotent à l'oreille, Mme Botterell demande le silence, elle hausse la voix, elle fronce les sourcils, elle fait les gros yeux.

Hier soir, après le repas, pendant que je terminais mes devoirs, ma mère est entrée en trombe dans la salle à manger, le Walkman à la main.

— Qu'est-ce que c'est ? D'où ça vient ?

— De quoi tu parles ?

— Où as-tu pris ça ?

Je n'ai pas répondu, j'ai replongé dans mon livre de mathématiques. Ma mère, furieuse, m'a obligée à la regarder. Elle était convaincue que ce Walkman, je l'avais piqué à une camarade.

— À qui ça appartient, Nadia ?

Elle avait peur que le scandale l'atteigne, indirectement, parce que la fille à qui je l'avais volé, supposément, était sûrement l'enfant d'une amie, d'une connaissance, de quelqu'un d'influence, peut-être, qui pourrait nous rendre la vie misérable à tous les trois. Et surtout à ton père, Nadia, tu t'en rends compte, ton père qui a tout misé sur Peshawar et qui risque de se retrouver à la rue par ta faute. Ton père qui soigne ses relations avec une attention maniaque parce qu'il sait que notre vie, ici, dépend de son attitude, de notre attitude à tous les trois, Nadia. Une attitude qui doit rester irréprochable.

Depuis la disparition de Vassillis, les choses se sont améliorées pour Richard. Konstantin Nikonov et lui ont renouvelé leur partenariat. Mon père s'est procuré un nouveau camion, encore un Toyota, mais dont la caisse est fermée cette fois. Quand il se rend à Kaboul, il ne voyage pas à vide. Des armes sont cachées sous un faux plancher, à l'arrière. Grâce à l'intervention de Nikonov, qui ne se doute pas du double jeu de Richard, mon père traverse la frontière sans problème, s'arrête à Jalalabad y déposer ce qu'il transporte secrètement, avant de poursuivre sa route jusqu'à la capitale. Avec la livraison de ces armes, mon père respecte sa partie du contrat. Les moudjahidines tiennent promesse, eux aussi. La trêve qu'ils refusent aux Russes, ils l'accordent à Richard. Au retour, dans son camion chargé de tapis fraîchement sortis des ateliers, il traverse le pays et de nouveau la frontière sans embûches. À Karachi, l'ISI et l'armée pakistanaise veillent sur la précieuse cargaison, qu'on embarque à bord d'un porte-conteneurs sous le regard satisfait de Richard.

De temps en temps, mon père transporte aussi des moudjahidines. Il connaît les routes à emprunter quand la guerre est trop menaçante, les barrages à éviter quand les Soviets intensifient les contrôles, il peut compter sur des patrouilles de rebelles qui le protègent sans se faire voir. Pas surprenant que notre salon de Park Road soit si fréquenté par les Afghans. On n'y vient pas seulement pour comploter contre les Soviets, mais aussi pour récupérer des frères d'armes ou organiser une exfiltration urgente. Mon père est devenu les yeux et les oreilles des guerriers de salon, ceux qui ne quittent jamais le Pakistan et qui combattent les Russes par procuration.

Richard est maintenant le seul importateur occidental de l'Afghanistan en guerre, un commerçant incontournable, comme l'était Vassillis à l'époque, au point où Britanniques et Américains lui font des offres, le sollicitent activement, salivant à l'idée qu'il puisse défroquer et mettre son carnet de contacts au service des compétiteurs d'Oriental Rugs & Carpets. Mais mon père résiste, il est fidèle à Travis, la perspective de devenir un super voyageur de commerce pour ses concurrents ne l'intéresse pas. Ce qu'il veut par-dessus tout, dorénavant, c'est diriger l'entreprise des McCullough, son objectif ultime, la raison pour laquelle, depuis des années, confie-t-il à Joan, il se démène corps et âme à l'autre bout du monde.

Selon ma mère, ce Walkman « volé » pourrait tout compromettre, sans que je comprenne très bien ce dont elle a peur exactement. Chose certaine, elle tient mordicus à sa réputation parmi les expats.

Je n'osais pas la regarder, j'attendais que passe l'orage.

— C'est à qui, ce baladeur ? a-t-elle répété, plus hystérique que jamais.

Je ne pouvais pas lui avouer la vérité, alors j'ai inventé la première excuse qui m'est venue en tête :

— Je l'ai trouvé.

Joan ne m'a pas crue. Un long silence. Je ne pouvais plus me concentrer, elle me fixait de ses yeux magnifiques, noirs de colère et d'indignation. Je l'avais déshonorée, j'avais déshonoré toute la famille.

Dans la soirée, sa colère retombée, elle est venue s'asseoir sur le bord de mon lit.

— Nadia, me dit-elle d'une voix doucereuse. Tu sais à quel point j'ai horreur des mensonges.

— Je l'ai trouvé au marché. Quelqu'un a dû l'oublier, je…

— Nadia.

— Je ne l'ai pas volé.

— S'il te plaît.

Je me sentais prise au piège, incapable de trouver une excuse valable. Incapable de dénoncer Akbar, ce qui aurait compliqué les choses encore plus. Si ma mère apprenait que je suis devenue l'amie du fils de Mohammad Abdelhamid, elle m'ordonnerait de mettre un terme à cette relation. Ton père fraye avec ces gens-là, dirait-elle, mais pas moi, et sûrement pas toi. Nous les recevons dans notre salon, mais ce n'est pas une raison pour devenir intimes avec eux. Ils n'appartiennent pas à notre monde, ils ne nous veulent pas dans le leur. Nous sommes des visiteurs temporaires dans leur univers, des extraterrestres qui ne font que passer avant de remonter dans leur vaisseau spatial et de quitter une fois pour toutes la planète tiers-monde. Tu as compris ?

Je ne voulais pas perdre Akbar, la seule personne à qui je tenais. Plus qu'à mes parents en ce moment précis, je l'avoue. Plus qu'à ma mère, sans aucun doute.

— Tu vas faire une chose, Nadia.

J'ai tendu l'oreille.

— Celle qui l'a perdu, ce Walkman…

De toute évidence, elle n'accordait aucune crédibilité à mon histoire de trouvaille miraculeuse, elle croyait encore que sa fille était une voleuse, mais, magnanime, diplomate, elle comprenait mon malaise. Pourquoi empirer la situation avec des récriminations ?

D'une voix calme, elle a continué :

— Devant la classe, tu diras à tes amies que tu as trouvé ce Walkman, inutile de préciser dans quel contexte.

J'ai fixé ma mère, essayant de comprendre la différence entre mentir et cette « invention » qui me permettrait de sauver mon honneur et celui de la famille. Si je n'avais pas été dans une situation aussi désespérée, si je n'avais pas voulu à tout prix épargner Akbar, j'aurais pu mettre ma mère face à ses contradictions. Mais elle m'offrait une porte de sortie, que je me suis empressée d'accepter.

— Nous faisons tous des erreurs dans la vie, a-t-elle ajouté pour me signifier qu'elle me pardonnait de lui avoir menti.

Deux mensonges égalent une vérité, semblait-elle me dire.

— Je suis désolée, maman.

— Ton père n'a pas besoin d'être au courant, a-t-elle précisé, d'un air complice. Ce sera notre secret à toutes les deux.

Troisième mensonge, un vrai carnaval.

— Je vais en parler à Mme Botterell, je suis certaine qu'elle va comprendre.

Et maintenant, devant la classe, je tiens à bout de bras le Walkman d'Akbar, sachant très bien qu'il n'appartient à aucune des filles. Je me tourne vers chacune d'elles, je jette un œil vers la directrice, qui me sourit encore, satisfaite de ma performance. J'essaie d'être convaincante, mais le cœur n'y est pas. J'ai hâte qu'on en finisse.

Je baisse le bras, m'apprête à retourner à mon pupitre.

— C'est le mien.

Jennifer Donegan me fixe depuis sa place, à gauche, près de la porte d'entrée. Je fige, le monde s'écroule. Heureusement, Mme Botterell vient à ma rescousse :

— Et quelle cassette écoutais-tu quand tu l'as égaré ?

Mon cœur bat à tout rompre, mais je respire de nouveau.

— Qu'est-ce que vous voulez dire ?

— Il y a une cassette dans le baladeur.

— Ah oui, j'oubliais.

Je relaxe, cette comédie va bientôt se terminer.

— Tu te souviens de la cassette en question ? reprend Mme Botterell.

— *Lord of Tinsel*, d'Atomic Behavior.

Et cette garce de se mettre à fredonner le tube, sous les rires des autres filles. Je ferme les yeux, le monde s'écroule pour de vrai.

Après avoir ordonné aux élèves de se taire, Mme Botterell se tourne vers moi :

— Qu'est-ce que tu attends, Nadia ?

Je suis incapable de bouger, mais Donegan s'est levée. Un sourire de victoire plaqué sur son visage de surdouée. Tout le monde m'observe, je n'ai pas le choix. Je m'approche et lui remets le Walkman et les écouteurs, sans la regarder, puis je marche jusqu'à mon pupitre, les yeux au plancher, incapable de soutenir les regards accusateurs des élèves sur moi – elles aussi croient que j'ai volé. Je ne sais pas qui je déteste le plus, cette salope de Jennifer Donegan, l'hypocrite Mme Botterell, où ma mère, madame toute-pure-qui-déteste-le-mensonge, dont la rectitude me pue au nez.

Je passe le reste de la journée dans une sorte de stupeur dont je ne peux me libérer. Je suis distraite, je n'écoute pas, chaque fois que je me tourne ou lève les yeux de mon pupitre l'une des filles me regarde et sourit. J'ai l'impression d'être la victime d'un coup monté.

À la sortie des classes, j'aborde Donegan et lui demande d'arrêter de me faire chier. Elle a gagné, bravo, maintenant, rends-moi ce Walkman.

Elle hausse les épaules, me tourne le dos.

— Jennifer, s'il te plaît ! je lui crie, en vain.

D'autres filles la rejoignent, elles m'observent en s'esclaffant.

Je rentre à la maison, désespérée, ignorant mon rendez-vous habituel avec Akbar. Je ne me sens pas la force de lui avouer ce qui vient d'arriver, je ne pourrai supporter sa détresse quand il apprendra la nouvelle.

J'écarte brusquement ma mère, qui me demande discrètement – c'est notre secret, après tout – si les « choses » se sont bien passées. Je me précipite dans le couloir en jetant mon sac à bout de bras. Je claque la porte de ma chambre comme si, d'un seul geste, je pouvais changer de vie, me couper de ma réalité, en rejoindre une autre, sans Jennifer Donegan, sans Mme Botterell, sans Joan et Richard Rocheleau. Je refuse de sortir, de venir manger, je m'endors le ventre vide, je passe une nuit agitée où le visage d'Akbar revient sans cesse me hanter. Je me trouve idiote, imbécile, la championne des connasses. Je n'ai qu'un ami dans cette ville perdue, et il a fallu que je trahisse sa confiance.

Le lendemain non plus, je n'ose pas revoir Akbar. Le courage me manque. J'ai peur de le rencontrer par hasard dans la rue. Je fais un long détour jusqu'à l'école, où je n'arrive pas à me concentrer, je n'y arriverai plus jamais, j'en suis convaincue. Les mots se brouillent dans les bouquins, le babillement des autres élèves me parvient de loin, étouffé, nébuleux. À la récréation, j'aborde de nouveau Jennifer Donegan pour la supplier de me rendre le Walkman, je suis prête à toutes les bassesses pour qu'elle réponde à ma demande. Je ferai ce que tu voudras. Tu peux exiger n'importe quoi. J'obéirai, je t'obéirai, je serai ton esclave s'il le faut, mais rends-moi ce Walkman, je t'en supplie.

Je n'ai pas besoin d'aller aussi loin et de m'humilier davantage. D'entrée de jeu, elle me lance :

— Je l'ai remis à son père.

J'ignore comment elle a su, pour Akbar. Elle nous a surpris, probablement. Elle nous a entendus parler d'Atomic Behavior, peut-être.

— Ou plutôt à sa mère, reprend la fille. Enfin, à l'espèce de fantôme qui est venue répondre quand je suis allée chez lui. Je pense que c'était sa mère.

Jennifer Donegan sourit, puis s'éloigne.

J'enfourche mon vélo indien et je fonce à travers la ville, évitant rickshaws, taxis casse-cou et autres kamikazes de la route. Je me faufile entre les bus qui encombrent la circulation dans Qissa Khwani, évitant de justesse les vendeurs et leurs clientes voilées, masquées, taches noires ou bleues dans la poussière, je klaxonne nerveusement à l'intention d'inconnus qui s'écartent en maugréant, je pédale à en perdre haleine, dans la campagne maintenant, sourde aux klaxons des *lorries*, je roule et je roule et je fonce jusqu'au Kennel Castle, mais je m'immobilise, soudain. Les chiens aboient, plus agités que d'habitude, donc quelqu'un s'y trouve avec Akbar. J'abandonne mon vélo et je continue à pied, je prends par le champ, à droite, salissant mes chaussures, mes vêtements, je trébuche et me relève. J'approche du chenil par le chemin que nous empruntons, Akbar et moi, quand nous revenons de la rivière. Un chien hurle, j'ai froid dans le dos. Et puis, au milieu des aboiements, un bruit répété dont je ne saisis pas la nature. Je m'approche davantage, je contourne les dernières cages, placées en demi-cercle autour de la place centrale, je me glisse entre deux grillages, entre deux familles de chiens qui s'encouragent l'une et l'autre à japper encore plus fort. Le bruit répété, c'est une cravache qui s'abat sur le dos d'Akbar, dont je perçois la forme, rien d'autre. Il est couché à plat ventre sur un banc, je le distingue à peine. Autour, les cages sont disposées comme les estrades d'un théâtre, comme s'il était la vedette d'un spectacle cruel et horrible dont le maître de cérémonie n'est nul autre que son père. Je n'entends pas les cris d'Akbar, parce qu'il ne crie pas, mais le son de la cravache qui s'abat sur son dos, le sifflement répété du bâton que la peau amortit. Lorsque Abdelhamid change de position, j'aperçois Akbar plus clairement, son dos, d'abord, dégoulinant de sang, strié de marques noires qui s'agrandissent peu à peu. Akbar se tient la tête entre les mains, alors que les coups pleuvent. Je n'ai qu'une envie : me précipiter vers Abdelhamid pour lui faire avaler sa cravache. Mais c'est impossible, ça ne donnerait rien, sinon des ennuis pour moi d'abord, pour mes parents ensuite, qui ne me le pardonneraient jamais.

Alors je reste là et je regarde, médusée, je souffre, mon impuissance me désole, mais je ne peux quitter des yeux le spectacle que j'ai provoqué, comme si c'était moi qui tenais le bâton, moi qui frappais Akbar, moi qui lui lacérais le dos, moi qui répandais son sang sur le sol.

Il fait presque nuit quand les coups cessent, probablement parce que Abdelhamid est trop fatigué pour continuer. Je le vois jeter la cravache sanguinolente au loin, comme on se débarrasse d'un détritus, puis s'éloigner sans même un regard vers son fils. Il se lave les mains à l'autre extrémité de la place centrale du chenil, la tête penchée sur le lavabo extérieur, tortionnaire ayant terminé sa besogne. Puis il disparaît à l'intérieur du bureau. Akbar reste là, sans bouger, pendant un long moment. Des lambeaux de chair pendent de son dos comme les franges d'une couverture. Une plaie vive, sur laquelle déjà des mouches viennent se poser, sans réaction d'Akbar, qui ne respire plus. Un quartier de viande abandonné sur un étal, à la merci de la vermine. Je suis certaine qu'il est mort, mais une femme en noir – l'une des épouses d'Abdelhamid, probablement – accourt avec une bassine, de l'eau, elle le fait boire. Akbar refuse, ou alors il est inconscient. La dame lui éponge délicatement le dos, je veux mourir, je vais vomir, je quitte les lieux discrètement, je récupère mon vélo et je rentre à la maison, où Joan s'inquiète de mon absence. Elle commence à m'engueuler, je la traite de vache, qu'est-ce qu'elle a en ce moment ? s'écrie mon père, sans conviction, mais je m'enferme dans ma chambre en claquant la porte.

Je n'ai jamais été aussi malheureuse.

— C'est l'âge ingrat, répond ma mère à mon père, assez fort pour que je puisse l'entendre.

Je m'enfonce la tête dans l'oreiller, je me méprise totalement, je me trouve abjecte, Joan frappe à ma porte, je l'envoie promener, elle n'insiste plus. Je m'endors finalement.

Le lendemain, ma colère intacte, je me jette sur Jennifer Donegan dans la cour de l'école, je la renverse sur le sol pendant que les autres filles nous entourent, effrayées par ma détermination, par ma sauvagerie, par le désespoir de mon geste. Je la frappe au visage, une fois, deux fois, trois fois. Ensuite, je ne compte plus, elle saigne, je n'arrête pas, un craquement, son nez, je cogne encore et encore, mes mains me font mal mais je continue, jusqu'à ce que, finalement, deux professeurs me saisissent par les épaules et m'éloignent de cette salope.

Je quitte l'école le jour même pour ne plus jamais y remettre les pieds.

24

Ma première réaction, après le drame de la nuit dernière : fuir. Puis, j'ai essayé de me raisonner. J'avais besoin d'aide pour comprendre ce qui se passe depuis notre arrivée en Russie, à Richard et moi. Je ne savais pas vers qui me tourner. Je n'avais aucune confiance en Alexiev et je voulais confronter Nikonov sur ce que m'avait appris Pekarev au sujet de la provenance de l'argent. Je l'ai appelé, il m'a répondu aussitôt malgré l'heure tardive. Il était furieux que je le relance – il me croyait rentrée à Montréal. Et moi, j'étais en colère parce qu'il m'a raconté n'importe quoi lors de notre rencontre à la forteresse Pierre-et-Paul.

— Écoutez, Nikonov. Vous avez le choix : ou vous arrivez le plus vite possible, avec de très bonnes explications, ou j'appelle la police et lui révèle tout ce que je sais.

La menace a porté fruit. Nikonov ne veut surtout pas être mêlé à cette affaire, c'est la raison pour laquelle il m'a caché son implication dans les projets de Richard. Du moins, c'est ce que j'en déduis.

Une heure plus tard, les phares d'une Mercedes ont illuminé l'habitacle de l'Audi de Pekarev, que je n'avais pas quittée. Nikonov a immobilisé sa voiture et en est descendu. Je suis allée à sa rencontre.

— Où est-il ?

Je lui ai montré le garage, je n'avais pas l'intention d'y remettre les pieds. Nikonov est parti dans la direction indiquée. Il est revenu quelques instants plus tard après avoir fait, comme on dit, la macabre découverte : un ancien diplomate, mort d'une balle au cœur, son automatique à la main, dont il n'avait pas eu le temps de se servir. Et un moine du monastère de la Résurrection, son cousin, décapité.

— Partons d'ici, a-t-il ordonné, après avoir appelé la Militsia.

Je suis montée avec lui et nous avons roulé pendant une éternité, en silence, avant de nous arrêter dans ce restaurant rempli de camionneurs les yeux plissés de sommeil. Des routiers qui s'éternisent au comptoir, au fond, avant de repartir ensuite dans la nuit, vacillants, parfois un peu ivres, me convainquant de ne jamais m'aventurer sur les routes après le coucher du soleil.

Je suis encore bouleversée par ce qui s'est produit cette nuit, et par cette silhouette, si familière. Samuel, tout près. Et par la présence du père d'Akbar à ses côtés. Abdelhamid et al-Durani ne sont qu'une seule et même personne. Il participait à la visite des talibans à Montréal, il s'est caché à l'Hôtel-Dieu. Bouleversée aussi par ce que Pekarev m'a appris sur la mort de ma mère, et le rôle qu'Abdelhamid y a joué.

— Tenez.

Nikonov me tend un café dans un gobelet en *styrofoam*, que je bois d'un trait. Il se maîtrise, mais il est furieux des initiatives que j'ai prises. Je me suis comportée comme une imbécile – il n'utilise pas ce mot, mais c'est tout comme –, je me suis mise en danger, deux hommes sont morts, des crimes qu'on aurait pu éviter si vous n'aviez pas suivi ce type aveuglément.

— Et si vous ne m'aviez pas menti quand on s'est vus, je réplique. Pekarev avait raison : le fric vient de vous.

Soupir de Nikonov.

— Richard m'a appelé de Montréal le mois dernier, il m'a confié qu'il avait besoin d'argent. En espèces, disponibles en Russie. Il ne m'a pas dit pourquoi.

Après avoir sollicité en vain Nolan Temkin du FBI.

— Deux cent mille dollars. Une somme énorme. Et vous avez accepté sans poser de questions ?

— Votre père a été commerçant la plus grande partie de sa vie. Au cours de toutes ces années, il a tissé des liens avec des tas de gens, des gens qui, aujourd'hui, ont – avaient – une dette envers lui.

— Des gens comme vous.

— Si on veut.

Un long silence. Je n'en saurai pas davantage. Nikonov relève les yeux vers moi, finalement :

— Je suis allé déposer le sac de sport à la gare, comme convenu. On s'était donné rendez-vous dans le parking de l'hôtel Volkova. Pour éviter d'être repéré par les caméras de surveillance, je me suis garé à l'écart.

Quand il a vu Richard sortir de l'établissement par la porte de service, il a signalé sa présence en actionnant ses clignotants. Dans l'auto, Nikonov lui a remis la clé, qu'il a dissimulée dans le talon de sa chaussure.

— Comme il le faisait à l'époque, à Kaboul. Je n'ai pas pu m'empêcher de rire.

— Parce que vous ne le preniez pas au sérieux.

— J'avais l'impression qu'il était en plein délire. Qu'il disjonctait complètement. J'ai même pensé que le fric, il ne viendrait jamais le récupérer. Je me suis dit : Richard se croit encore à Kaboul ou à Kandahar en train de se livrer à son commerce de tapis. Il s'amuse, tout simplement. Il rejoue sa vie de marchand ambulant.

— Et ensuite ?

— Il m'a remercié, il est descendu de l'auto. J'ai démarré et quitté les lieux.

— Donc, il a été enlevé dans le parking même, quelques instants après votre rencontre.

— Probablement.

— Selon Pekarev, Abdelhamid est responsable de la mort de ma mère. Le père d'Akbar, le grand-père de Samuel. Un proche de ben Laden, que Pekarev avait aidé à exfiltrer, à l'époque, avec la collaboration de ma mère. Il se faisait appeler Abou al-Durani.

Je lui parle de Samuel, que j'ai vu avec Abdelhamid. Malgré tout ce qu'il a fait, malgré le danger qu'il représente, je ne me résigne pas à le dénoncer aux autorités. C'est mon fils, je veux croire encore que je peux le raisonner, le remettre dans le « droit chemin ». Je refuse d'admettre que Samuel soit devenu un criminel, un tueur comme les autres. À la solde de Mohammad Abdelhamid, en plus.

— Je veux le retrouver. Le ramener à la maison.

— Sans l'aide de la police. Dans un pays que vous connaissez à peine, dont vous ignorez la langue. Où vous n'avez personne à qui vous fier.

— À part vous.

Il sourit, malgré lui. Un autre qui me trouve naïve.

Nous voici de nouveau sur la route. Des maisons luxueuses, un village de riches : Barvikha. Il faut d'abord assurer ma sécurité, me dit Nikonov. Pendant que j'attends dans la voiture, il me procure un nouveau téléphone portable, je me suis déjà débarrassé de l'ancien. Plus tard, c'est au tour de Nikonov de m'attendre pendant que j'achète des vêtements de rechange dans un magasin déjà rempli de clients, malgré l'heure matinale.

Des vêtements que je fourre pêle-mêle dans un autre sac de sport, neuf lui aussi.

Je pensais que Nikonov m'offrirait refuge chez lui ou, plus logiquement, qu'il me caserait dans un endroit sûr, le temps de déterminer qui en voulait à Pekarev, pour quelle raison, et quelles étaient les intentions d'Abdelhamid.

Mais nous nous engageons dans un parking souterrain, celui du casino de Barvikha, laissant derrière nous, en surface, enseignes et néons géants. Nikonov circule entre les voitures encore ou déjà garées – le casino est ouvert jour et nuit – jusqu'à une place réservée, près d'un ascenseur. Un petit panneau mentionne son nom.

Je regarde Nikonov, qui m'ignore.

À la sortie de l'ascenseur, dans le corridor, des croupiers s'approchent pour faire signer à Nikonov des documents, ou lui demander quelque chose, j'ignore quoi, une autorisation quelconque. Nikonov, c'est le grand patron, d'après ce que je peux en déduire.

Ce qui explique sa facilité à avoir pu mettre la main sur deux cent mille dollars.

À droite du casino, auquel on a accès par un autre ascenseur, celui des VIP, un hôtel cinq étoiles garni de miroirs et de dorures. Ici aussi, Nikonov se fait interpeller, intercepter, il ordonne et il signe, avant de poursuivre son chemin, retenant au passage une jeune femme qu'il invite à nous suivre.

— Nadia, je vous présente Olga. Si vous avez besoin de quoi que ce soit, n'hésitez pas à lui en faire part.

Il ouvre la porte d'une chambre.

— Je vous laisse, on se revoit tout à l'heure.

Une suite, une autre. Du champagne sur une table basse. Des fleurs en quantité industrielle. Olga me demande si je veux manger quelque chose, oui merci, c'est gentil.

J'ai terminé le plateau-repas quand Nikonov revient avec un PowerBook.

— Malakhov, son vrai nom. Boris Malakhov.

— Vous avez vérifié auprès de vos anciens collègues du KGB ?

Ignorant ma question, alors qu'il allume le portable :

— Richard ne vous a rien dit à son sujet ?

— Jamais.

Le nom de Malakhov apparaît à quelques reprises sur le Web, notamment sur le site consacré aux anciens des Affaires étrangères. Des photos le montrent parmi d'autres diplomates, têtes grises ou chauves, un verre à la main, se remémorant leur longue carrière au service de l'État. Nikonov me traduit la fausse notice nécrologique, très succincte.

Au détour d'un article d'un spécialiste américain de l'histoire de l'URSS, le nom de Malakhov refait surface, cette fois sur le site de l'Alliance française de Saint-Pétersbourg. On relate la présence de Malakhov comme conférencier en 2004, il y a deux ans à peine, juste avant sa mort présumée. La bio nous confirme que le fonctionnaire a été en poste à Montréal en 1998.

De quoi a parlé Malakhov à l'Alliance française ? De la politique étrangère du président Loubet au moment de la première révolution, celle de 1905, la révolution ratée qui permettra l'autre, douze ans plus tard, réussie celle-là. Un sujet pointu, s'adressant à des spécialistes, ou du moins à des férus d'histoire.

Après Montréal, au tournant du millénaire, Malakhov est muté à Washington, à l'ambassade de Russie, comme il me l'a laissé entendre. Après son passage éclair au Waldorf, il revient à Washington, mais pour très peu de temps. Deux mois à peine, avant de rentrer en Russie pour de bon. En mars 2002, il entame trois ans d'enseignement à l'université de Saint-Pétersbourg, où il terminera sa carrière – avant de « mourir » en 2005.

Ce passage écourté à Washington, cette fin de carrière à l'université donnent l'impression d'une mise au rancart, selon Nikonov. Comme si, à Washington, à la fin de 2001, il s'était passé quelque chose qui avait obligé le gouvernement russe à le rapatrier de toute urgence, et même à lui montrer la porte du ministère.

Nikonov ne peut en obtenir davantage, de peur d'éveiller les soupçons.

Le seul qui puisse nous renseigner : Nolan Temkin.

Lorsque nous nous sommes parlé, l'ancien agent du FBI m'a donné son numéro personnel, que je compose après le départ de Nikonov. Je tombe sur lui directement. Je lui apprends la nouvelle de la mort de mon père et lui résume ce que je sais de ses intentions, sans lui parler de Samuel, ni même d'Abdelhamid. Je lui fais part de mes questions au sujet du séjour écourté de Boris Malakhov à Washington. Temkin va s'informer, il me rappelle dès qu'il a du nouveau.

Je téléphone à Frank, ensuite. Il semble soulagé d'entendre ma voix. Il n'a jamais rencontré Malakhov et ne se souvient pas d'avoir entendu Richard prononcer ce nom. Quand mon père et ma mère ont eu des contacts avec lui, c'était pendant le purgatoire de Frank, loin du bureau, quand Richard menait sa barque tout seul.

Alors que je suis sur le point de raccrocher, Frank me lance :

— Un policier de Saint-Pétersbourg m'a appelé. Le lieutenant-colonel Alexis Alexiev. Il cherche à te joindre, il s'inquiète pour toi.

Il ajoute :

— Moi aussi, d'ailleurs. Qu'est-ce qui se passe, Nadia ?

— Je reste en Russie pour quelques jours encore.

— Nadia…

— Je t'expliquerai.

— Tu es où, là ? À Saint-Pétersbourg ?

— Je dois te quitter. On m'attend.

Je mets fin à l'appel avant qu'il me pose d'autres questions auxquelles je ne pourrais répondre. Je n'arrête pas de penser à Samuel. Il est évident qu'il voyage sous un faux nom, avec de faux papiers : passeport volé, trafiqué, acheté au marché noir ou fourni par Abdelhamid. Je suis certaine, pour avoir vu avec eux l'inconnu de l'aéroport, que le père d'Akbar est à l'origine du départ de Samuel pour le djihad. Comment les choses ont-elles pu déraper à ce point ? Comment Abdelhamid a-t-il réussi à entraîner mon fils dans son sillage sans que personne ne s'en rende compte, moi la première ? Richard était-il au courant de la véritable identité d'al-Durani et de la présence de Samuel en Russie, avec lui ? A-t-il tenu à ce que je l'accompagne afin que je sois auprès de lui quand il aurait retrouvé Samuel ? Pour assister à nos retrouvailles, pour nous voir, lui et moi, nous enlacer, nous demander pardon l'un et l'autre pour les nuits blanches, les crises d'anxiété, les tourments interminables qui m'ont gâché la vie, la sienne aussi. Était-ce le moyen que Richard avait trouvé pour m'offrir le plus beau des cadeaux : le retour de Samuel ?

25

Tôt le lendemain matin, je suis réveillée par le téléphone de Nolan Temkin. Dans les archives de la police de Washington, me dit-il, j'ai trouvé le nom de Boris Malakhov. Nous sommes en novembre 2001. Un accident de voiture a causé la mort d'un piéton. L'enquête policière révèle que le chauffard est un diplomate russe. Des procédures judiciaires sont entreprises par la suite, interrompues lorsque Malakhov rentre précipitamment en Russie. Rappelé par son gouvernement afin qu'il soit jugé sur le territoire national.

— Le gouvernement américain avait dénoncé la démarche de Moscou, m'explique Temkin. Une plainte officielle avait été déposée, mais le dossier a été mis de côté, du moins on n'en a plus parlé ultérieurement.

— Affaire classée, donc.

Je comprends maintenant pourquoi on avait évincé Malakhov des Affaires étrangères, ce qui l'avait obligé à se recycler dans l'enseignement. Dans ce dossier aussi, on était intervenu de façon discrète, en laissant le moins de traces possible. On avait aidé Malakhov à se sortir de son mauvais pas, comme on avait appuyé Abdelhamid dans son désir de s'installer en Russie.

Je mets Nikonov au courant de ma conversation avec Temkin quand il vient me chercher après le petit-déjeuner. Lui aussi, il a du nouveau. Une personne liée aux services de l'immigration lui a appris que l'asile politique dont Abdelhamid avait fait la demande à Montréal, auprès du consulat, avait été entériné par les autorités, et ce, dans un délai très court. Mais le réfugié avait quand même été interrogé à fond par les agents responsables et par le FSB, comme c'est l'usage.

Il ajoute :

— Mon contact n'a pu me donner accès au rapport d'interrogatoire, s'il y en a eu un, mais on avait jugé qu'Abdelhamid ne représentait aucun risque. Ce qui m'étonne quand même un peu. Ou peut-être pas, si on y pense bien. Il ne s'est rien passé sur notre territoire, par la suite.

La Russie n'a pas été exemptée d'actes de violence issus du radicalisme islamiste. Le coup de force des Tchétchènes, par exemple, la prise d'otages du théâtre Doubrovka, ou encore celle de l'école de Beslan, qui se sont soldés par des bains de sang épouvantables. Al-Qaïda et les rebelles tchétchènes sont responsables de ces horreurs, mais jamais le nom de Mohammad Abdelhamid ou d'Abou al-Durani n'y a été associé de près ou de loin, comme si le salafiste avait décidé, après le 11-septembre, de rentrer dans le rang, de devenir un bon citoyen russe.

Je comprends le soulagement de Malakhov. Après les attentats, il croyait qu'al-Durani allait être recherché comme ben Laden, al-Zawahiri et les autres, qu'on mettrait sa tête à prix, et que lui aussi serait éclaboussé. Mais non, rien. Zéro. L'éminence grise de ces salopards avait réussi à s'en tirer. Mieux que les autres, d'ailleurs. Parce que lui, on n'était même pas au courant de son existence.

— Mais Abdelhamid est toujours actif, toujours en clandestinité, et cette fois avec une recrue à ses côtés, votre fils. Et tous les deux peuvent compter sur une montagne de fric pour réaliser leurs projets. Un attentat, par exemple, dans lequel, peut-être, Samuel jouera un rôle quelconque.

Un frisson me parcourt le dos.

Alors que nous roulons sur l'autoroute, Nikonov me met au courant de l'enquête de la police sur l'assassinat des cousins Malakhov – le pope et l'ex-diplomate.

— Le deuxième homme, le type que vous avez vu au volant du camion, le guide de votre fils à l'aéroport, s'appelle Nazir Amara.

Le nom ne m'est pas inconnu. L'ancien propriétaire du club vidéo Minuit Express, avenue Querbes, qui avait payé la facture d'hôpital d'Abdelhamid.

— La police a aussi identifié des empreintes digitales de votre fils à l'intérieur et autour de la cage. En fait, on ne savait pas que c'étaient les siennes jusqu'à ce qu'on les refile à Interpol, qui est revenu avec le résultat.

Après la fuite de Samuel, le SPVM avait procédé à des relevés d'empreintes et d'ADN, parce qu'on s'attendait à ce que mon fils soit tôt ou tard impliqué dans un acte criminel, au Canada ou à l'étranger. Ce qui est arrivé, malheureusement.

— Et Abdelhamid ?

— Jamais de prise d'empreintes en ce qui le concerne.

— Même s'il avait obtenu l'asile politique dans ce pays ?

— Étrange, mais possible.

— Ils savent que je suis impliquée ?

— Non.

Avant de quitter les lieux, Nikonov avait nettoyé à fond la voiture de l'ancien diplomate, ce que j'avais observé de loin, debout, les pieds gelés.

— Donc, Samuel est le suspect numéro un pour le meurtre des cousins Malakhov ?

— Oui. Avec Nazir Amara.

Il ajoute :

— La police n'a pas tardé à faire le lien entre Samuel et la mort de son grand-père…

— Alexiev croyait à un accident.

— Son hypothèse ne tient plus. On est à votre recherche pour vous protéger. Tout le monde s'inquiète à votre sujet.

— Ou alors on croit que je suis en communication avec Samuel, on veut se servir de moi pour appâter mon fils et ses complices.

Nikonov se tait. Il sait très bien que lui et moi avons beaucoup à perdre si nous collaborons à l'enquête. Lui, son casino, si les autorités découvrent que son argent a été détourné au profit d'un terroriste, au bout du compte. Moi, mon fils. Nous sommes liés, quoi qu'il arrive.

— Vous avez des enfants ?

— On ne peut pas tout leur pardonner, dit-il, après un moment.

— Donc, vous n'en avez pas.

— Votre fils est un criminel. Un tueur qui s'apprête à commettre d'autres meurtres, un attentat peut-être. Avec Abdelhamid et son complice. Ces trois-là ont maintenant deux cent mille dollars en poche pour financer leur hécatombe, grâce à votre père, d'ailleurs.

— Et grâce à vous.

Nous roulons en silence pendant un long moment. Les visages de Samuel et de Richard se confondent dans ma tête, je cherche à comprendre ce qui les réunit, tous les deux, la mort de mon père, la réapparition de mon fils, le meurtre des cousins Malakhov, ces deux cent mille dollars qu'Abdelhamid a récupérés, maintenant. Dans quel but ?

Je n'avais rien vu des activités de Richard, comme je n'allais rien voir, plus tard, de la descente aux enfers de Samuel. Je me réveille aujourd'hui d'une nuit sans rêves, où se sont réglés, à mon insu, des enjeux que je devine à peine, dont je ne peux encore saisir l'ampleur. Depuis mon arrivée à Saint-Pétersbourg, dans cette Russie omniprésente tout au long de mon enfance – même si je n'y étais jamais allée –, je suis habitée par un sentiment diffus qui ne veut plus me lâcher : le sort du monde et de ma famille s'est joué là-bas, en Afghanistan, dans ce pays perdu et poussiéreux, comme disait ma mère, où l'Occident a mal joué ses cartes, séduisant les mauvais alliés, faisant affaire avec des individus redoutables et sanguinaires, mettant les pieds dans un bourbier dont nous n'avions aucune connaissance, ou à peine.

La visite à Montréal des émissaires du mollah Omar et l'exfiltration du père d'Akbar ; Samuel qui réapparaît au milieu de nulle part, pour aider à le libérer des griffes de Malakhov ; les meurtres de Richard et de l'ancien diplomate, la fausse mort de ce dernier, au préalable…

Tout est lié. Mais comment ? Pourquoi ? Dans quel but ?

— Où allons-nous ?

— Vous m'avez demandé de vous aider, répond Nikonov, c'est ce que je fais.

Des lacs, des forêts, des chemins de terre qui s'ouvrent au milieu d'arbres ployés par le vent. Nous nous engageons dans l'une de ces pistes jusqu'à une modeste maison près d'une rivière dont le bruit, assourdissant, nous oblige à nous parler fort, Nikonov et moi. Un homme est en train de fumer, plus loin. Il se retourne quand il aperçoit la Mercedes. Grand, mais l'air fragile, il marche doucement, une canne à la main, et paraît surpris et vaguement méfiant de nous voir – la présence d'une femme semble le rassurer, pourtant. Mais il n'est pas à l'aise : je suis un solitaire qui déteste les visites à l'improviste, nous avoue-t-il, comme pour excuser son attitude. Nikonov n'a même pas besoin de lui montrer une pièce d'identité, le type est déjà convaincu d'avoir affaire à un représentant de l'autorité, ce en quoi il se trompe.

J'ignore ce que nous faisons ici. Nikonov n'a rien voulu me dire, sinon que ce solitaire s'appelle Ivan Brobinsky. Un juif, ajoute-t-il, comme si cela avait une certaine importance.

Brobinsky nous invite à le suivre à l'intérieur, Nikonov préfère lui parler sur la grande galerie qui enserre la maison, malgré le bruit de la cascade. Les deux hommes discutent d'abord en russe, puis Brobinsky me regarde et dit, en anglais :

— Vous croyez vraiment qu'Abdelhamid est responsable de l'engagement de votre fils ?

Je n'ai pas le temps de lui répondre. Nikonov intervient :

— Expliquez-lui, Brobinsky, comment vous procédiez.

— Les choses ont changé. Les contrôles sont plus stricts.

— Ce qui nous intéresse, c'est votre époque.

Un fonctionnaire lui aussi, d'après ce que je peux comprendre. Responsable de l'acceptation sur le territoire russe des réfugiés, nouveaux venus, immigrants, ou ceux qui, tout simplement, venaient rejoindre leur famille déjà sur place. La sécurité était un élément essentiel de l'interrogatoire, explique Brobinsky.

— Et pourtant, vous avez laissé entrer un islamiste radical. Un membre connu d'al-Qaïda.

— Recommandé par le consulat.

— Par Boris Malakhov, à Montréal.

— Un repenti, d'après lui. Il voulait rompre avec les talibans.

— Mais vous avez exprimé des doutes ?

— Pendant des années, j'ai évalué des candidats à l'immigration. Celui-là, je ne l'ai pas cru un seul instant. Sa tête ne me revenait pas. J'avais l'impression qu'il me cachait quelque chose. Je l'ai écrit clairement dans une note de service.

Il tire un paquet de cigarettes de la poche de sa veste, en extrait une, nous en offre.

— Abdelhamid m'a fait perdre mon emploi, déclare-t-il en sortant son briquet.

Le cas classique de l'employé consciencieux qui applique les règles, mais se fait reprocher, par la suite, de les avoir suivies à la lettre.

— Parce que les ordres venaient de plus haut ?

— Mais on n'avait pas jugé bon de m'en informer. Ou alors, si je l'avais été, j'ai décidé de n'en faire qu'à ma tête. Je ne m'en souviens plus.

Le rapport négatif recommandant l'expulsion vers l'Afghanistan lui revient, refusé, on lui demande de reprendre son travail, on met sa compétence en doute, il est insulté et en colère, il maintient sa position, il veut alerter ses collègues, même après une rencontre privée dans le but de lui faire entendre raison.

— Qui était là ?

— Mes supérieurs immédiats, qui relayaient le mot d'ordre venu de plus haut encore.

Il précise :

— Après mon congédiement, j'ai cherché à savoir qui j'avais froissé, mais je n'ai jamais pu aller au fond de cette histoire. Je me suis même convaincu que j'avais commis une erreur, que je n'avais pas évalué le dossier avec justesse. Je suis allé voir Rovzan Tarasov pour lui dire ma façon de penser…

— Qui c'est, celui-là ?

— L'imam qui s'était porté garant pour le réfugié, et qui lui avait offert un travail par la suite. Il avait même fait le voyage à Moscou pour accueillir le nouveau venu.

— Un salafiste ?

— Au contraire. Tout ce qu'il y avait de plus modéré.

— Ça ne vous a pas semblé étrange ?

— Bien sûr que si. Mais on m'a répondu que c'était la preuve qu'Abdelhamid voulait vraiment rompre avec les talibans.

— Et qu'est-ce qu'il vous a dit, Rovzan Tarasov ?

— Que je m'acharnais pour rien. Que le ressentiment me faisait dire des choses qui n'avaient aucun bon sens. Persécuter un héros de guerre, en plus.

— Laquelle ? Celle d'Afghanistan ?

— De Bosnie, plutôt. C'est là qu'il avait perdu sa jambe. Sur une mine.

Plusieurs moudjahidines s'y étaient retrouvés après la défaite des Soviets. Un régiment étranger comme en Afghanistan, au début des années 1980. Mais on les avait mis à la porte, après la signature du traité de paix de 1995. À Kaboul, les étudiants fanatisés du mollah Omar s'apprêtaient à prendre le pouvoir, Abdelhamid avait dû s'imposer d'une manière ou d'une autre, attirer l'attention, à tout le moins, ce qui expliquait en partie sa participation à la tournée nord-américaine des talibans.

Chose certaine, il avait réussi sa rentrée sans fausse note, à part l'incident avec Brobinsky.

Après avoir quitté l'ex-fonctionnaire, Nikonov me dit :

— De l'ancienne URSS, nous avons gardé la manie de la surveillance, de la délation, du règlement de comptes.

Nous continuons de cultiver le secret et les complots douteux, un mode de vie, en fait, que le capitalisme, au lieu de nous en débarrasser, a simplement exacerbé.

— En clair ?

— Boris Malakhov n'a pas agi seul, de toute évidence. Il a été téléguidé de Moscou, mais par des individus qui ont agi à l'extérieur des services de sécurité. À l'extérieur du FSB, comme c'était le cas pour lui.

Par qui, exactement ?

Près de Kassimov, Rovzan Tarasov nous reçoit sur un chantier où, les manches retroussées, il supervise le travail d'une vingtaine de bénévoles qui s'agitent autour de pompes à eau rudimentaires. La rivière a quitté son lit, le village est inondé, une eau polluée et chargée de plomb à la suite de la fermeture bâclée de l'usine de sidérurgie, en amont. Depuis des mois, nous dit l'imam, découragé, les villageois ont sonné l'alarme auprès de Moscou, en vain.

— Et voilà le résultat.

Un problème parmi d'autres, une crise nouvelle qui s'ajoute aux plus anciennes, obligeant les habitants, encore une fois, à ne dépendre que d'eux-mêmes. Nous sommes ici chez les Tatars, dans une Russie musulmane, loin des églises à bulbes d'oignon et des popes à grand déploiement.

L'imam est coincé entre l'indifférence de Moscou, qui n'en a que pour l'Église orthodoxe, et les salafistes des communautés frontalières, plus au sud, qui carburent au radicalisme et empoisonnent les relations non seulement entre chiites et sunnites, mais entre les sunnites eux-mêmes, sans parler des soufistes, carrément persécutés par les rigoristes, comme Tarasov les appelle.

— C'est l'enfer, que nous n'avons pas mérité.

Un lavabo extérieur, dans lequel l'imam se lave les mains. Sur ses bras, un tatouage simple, ancien, mais que le temps n'a pas réussi à effacer. En se frottant vigoureusement avec un savon grossier, il se dit surpris qu'on vienne l'interroger au sujet de Mohammad Abdelhamid, qu'il croyait hors du pays depuis des années. Ce que Nikonov lui révèle l'inquiète. Selon Tarasov, Abdelhamid est un véritable danger public.

— Je peux vous garantir qu'il n'a jamais remis les pieds dans ce bled, seul ou avec d'autres, dit-il en s'essuyant les mains.

— Et pourquoi ça ?

— Parce que je l'ai mis à la porte à coups de pied !

Oui, Tarasov avait été un ami d'Abdelhamid, ils s'étaient rencontrés en Bosnie, où le père d'Akbar était parti poursuivre la lutte, après la défaite des Soviétiques. Là où il avait adopté son nom de guerre : Abou al-Durani.

— Curieux qu'il n'y soit pas resté pour aider à rebâtir, ou plutôt à purifier le pays ? lance Nikonov.

— Parce que vous ne le connaissez pas. Ce salaud ne peut jamais tenir en place. La construction, il n'en a rien à cirer. Ce qu'il aime, c'est détruire, et c'est pour cette raison que je l'ai chassé du village.

Tarasov s'était engagé, comme on le faisait à l'époque contre les fascistes en Espagne. Ses coreligionnaires de l'ex-Yougoslavie avaient besoin d'aide, comme les républicains espagnols auprès de qui son grand-père était parti combattre dans les années 1930. Pendant toute son enfance et sa jeunesse, Tarasov s'était fait bassiner avec les faits d'armes du patriarche, embellis sûrement, mais qui lui avaient inculqué le sens du devoir et de la solidarité internationale.

— Alors quand les Serbes se sont mis à taper sur les Bosniaques, j'ai fait ce que mon grand-père aurait fait : j'ai pris un billet d'avion pour Vienne, d'où je suis passé en Slovénie, puis en Bosnie, afin de me mettre au service de l'armée locale.

C'était son intention, mais il s'était plutôt retrouvé au sein d'une milice djihadiste dont Abdelhamid était le leader. Plusieurs Arabes, des types comme lui qui avaient combattu en Afghanistan et qui regardaient ce Russe de haut, le soupçonnant d'être envoyé par Moscou, mais aussi des Européens, musulmans ou non, qui n'avaient pu, comme Tarasov, résister à l'appel des armes.

Abdelhamid s'était vite montré cruel, encore plus que les Serbes, suscitant la peur des populations que sa milice était venue défendre, en principe, et la réprobation de quelques-uns de ses propres hommes – y compris Tarasov – qui ne voulaient pas être associés à ses actes de terreur.

— Un groupe de fidèles autour de lui le protégeaient et lui obéissaient aveuglément. Nous, les modérés, n'étions que des faire-valoir pour son djihad de merde.

Et puis un jour, pendant une patrouille, Abdelhamid avait mis le pied sur une mine. Tarasov l'avait porté sur son dos sur plusieurs kilomètres, jusqu'à un dispensaire de Mostar, le blessé priant tout le trajet alors que le moignon de sa jambe pissait le sang sur la piste.

— J'aurais dû le basculer dans un ravin pour qu'il y crève !

Un médecin lui avait sauvé la vie, mais pas sa jambe gauche. Ce qui ne l'avait pas empêché de continuer la lutte, haranguant ses hommes en brandissant bien haut sa béquille, se servant de son infirmité comme d'une raison supplémentaire pour poursuivre la guerre sainte.

À la fin du conflit, après la signature des accords de Dayton, les Bosniaques avaient chassé Abdelhamid et ses combattants islamistes, parce qu'on ne voulait pas que le pays devienne l'Iran ou l'Afghanistan, une autre théocratie, une décision qu'Abdelhamid avait reçue comme une insulte. Nous les avons défendus contre les mécréants, nous avons été tués et blessés pour eux, et voilà qu'ils nous renvoient avant que le travail soit terminé, avant que la Bosnie devienne un État islamique basé sur l'application stricte de la charia !

— Moi, j'étais déjà revenu en Russie, dégoûté de la guerre, dégoûté non pas de l'islam, mais de l'approche qu'en avaient Abdelhamid et ses acolytes.

Nous avons quitté le chantier depuis quelques minutes et nous marchons vers la mosquée. Tarasov habite une maison, tout près. Sur son passage, des villageois le saluent, lui parlent, il s'arrête pour les écouter, puis nous rejoint ensuite, et poursuit sa conversation avec nous.

Nikonov lui demande :

— Et pourtant, vous l'avez accueilli quand il a débarqué de Montréal, en 1999.

Tarasov hésite un moment. Je sens qu'il cherche à changer de sujet, alors je relance :

— Mon fils a été recruté par Abdelhamid. Il se trouve en Russie avec lui.

Tarasov hésite encore. Nikonov renchérit :

— Nous sommes convaincus qu'Abdelhamid a été protégé par des hauts dirigeants du gouvernement, ou du moins par un groupe de fonctionnaires dont Boris Malakhov faisait partie.

L'imam s'arrête, nous regarde :

— Je n'ai rien à voir là-dedans.

Nikonov et moi avons bien compris ce qu'il insinue.

— On vous a recruté, c'est ça ? Je veux dire : quelqu'un vous a demandé de parrainer Abdelhamid.

— Je n'avais plus entendu parler de lui depuis des années. Un jour, un inconnu est débarqué chez moi et m'a annoncé que j'avais été choisi pour rendre service à la Russie.

— Malakhov ?

— Je ne sais pas. Il ne s'est pas présenté. J'ai cru qu'il faisait partie des services secrets.

— Et il vous a demandé d'accueillir Abdelhamid ?

— J'avais une bonne réputation auprès du gouvernement. On me connaissait, en haut lieu...

— Vous avez accepté ?

— Je n'avais pas le choix. Ma communauté est fragile, à la merci du moindre sursaut politique. J'ignorais l'importance de l'individu venu solliciter mon appui. S'il était près des dirigeants, à Moscou, je risquais gros en l'envoyant promener.

Il spécifie :

— J'ai pensé aux musulmans de mon village. J'ai eu peur pour eux.

Dès l'arrivée d'Abdelhamid, Tarasov a eu l'impression d'avoir fait entrer un loup dans la bergerie. Le salafiste s'est mis à organiser des séances d'éducation religieuse qui n'étaient rien d'autre que des encouragements au djihad, dont il faisait une description romantique, embellissant ses faits d'armes, accentuant son courage et son abnégation. Dans son fauteuil roulant, il exhibait sa jambe coupée comme un trophée. Et son message portait, selon Tarasov.

— Il attirait des jeunes des alentours, j'avais beau sonner l'alarme, personne n'écoutait.

— Vous savez où il est allé, ensuite ?

— Je n'avais pas eu de nouvelles pendant plusieurs semaines, jusqu'au jour où Aeroflot m'a appelé. Une vieille carte de crédit que je n'utilisais plus. Abdelhamid s'en était servi pour prendre un vol à destination de Delhi. C'est la dernière fois que j'ai entendu parler de lui.

— Ce voyage, c'était quand ?

Il fouille dans sa mémoire.

— En 2000. Durant l'été. En juillet, je pense.

Un taliban réformé en Inde ? Selon Nikonov, il n'y était pas resté longtemps, probablement, avant de rejoindre l'Afghanistan du mollah Omar.

Abdelhamid s'était donc installé en Russie pendant un an ou presque, puis il était retourné à sa base : Kandahar. Pour une mission privée, mais dirigée dans le plus grand secret depuis les hautes sphères du gouvernement russe.

Ce qui me trouble davantage, dans cette histoire, c'est la date de ce retour en Afghanistan : l'été 2000. En même temps que Mohammed Atta, le futur pilote improvisé de l'appareil d'American Airlines, qui y débarquait lui aussi, depuis Peshawar, pour s'entraîner dans les camps d'al-Qaïda – tolérés et peut-être même financés par l'ISI – situés juste de l'autre côté de la frontière. En d'autres termes, il est possible que les deux hommes se soient rencontrés à Peshawar ou ailleurs sur la route de Kandahar. Possible également qu'ils aient fait connaissance à ce moment-là, s'ils ne se connaissaient pas déjà.

Ou qu'ils aient été réunis à la demande de ben Laden pour une opération d'envergure, prévue pour septembre 2001…

26

Septembre 1988

Je débute mon année à l'International School d'Islamabad. Ce week-end, j'ai fait le voyage à Peshawar pour visiter mes parents, mais surtout pour essayer de renouer avec Akbar, qui ne m'a pas donné signe de vie depuis une éternité. À plusieurs reprises, j'ai essayé d'avoir de ses nouvelles, mais ma mère, comme toujours, a refusé de m'en donner, histoire de me décourager, souhaitant que je passe à autre chose, que je devienne amoureuse pour de vrai, cette fois, d'un garçon qui ne fait pas « partie de ce monde-là », comme elle dit. Son refus, son blocage, ses interdictions, même énoncés avec toute la grâce et la subtilité dont elle est capable, avec élégance et mots justes, m'incitent au contraire à m'acharner, comme si l'opposition de Joan stimulait mon amour à distance pour Akbar. Je ne sais pas ce qu'il est devenu, mais je sais qu'il est vivant. Et marié. Le dernier argument de ma mère : « J'espère que tu n'es pas en train de devenir ce genre de femme qui brise les ménages », m'a-t-elle lancé.

— Un mariage obligé, arrangé, concocté par son père. Sa cousine, en plus, elle a quinze ans au maximum.

— Il est temps de passer à une autre étape de ta vie, Nadia.

Je refuse, je persiste, au détriment même de ma santé mentale. Dans un moment de dépression profonde, de découragement abyssal, j'écris à Oussama pour lui demander son aide, sans le dire à mes parents, qui auraient disjoncté si j'avais eu l'imprudence de leur en parler.

— Nadia ? Où es-tu ? J'ai besoin de toi.

Ma mère me cherche du regard, debout dans la cour. Quand je m'approche, le visage de Joan s'assombrit, elle se rend bien compte que je pense encore à lui.

— Zahid vient de partir, il n'a rien préparé, comme d'habitude, me lance-t-elle pour changer de sujet.

Ce soir, mes parents reçoivent William Gallagher. Tout seul, sans sa femme. Richard a donné congé au personnel afin d'éliminer les oreilles indiscrètes. Ces repas avec le conseiller politique se sont multipliés au cours des derniers mois, m'apprend ma mère. Gallagher s'invite chaque fois que les demandes de Washington lui apparaissent déraisonnables, empreintes de naïveté et de bons sentiments. Il aime se réfugier chez nous, dans Park Road, pour y trouver du réconfort et surtout une oreille attentive.

Ma mère a dépoussiéré son Paul Bocuse et s'applique – avec mon aide, modeste – à préparer pour notre visiteur un repas typiquement américain, amélioré, dit-elle, par le grand chef français.

De l'américain haut de gamme, que Gallagher engloutit maintenant, au bout de la table, comme s'il avait été privé de nourriture depuis une éternité. Il boit, aussi. Et il fume le cigare, celui que lui offre mon père, des cigares cubains que Richard a fait venir à grands frais de Montréal et qui font trépigner notre invité. Il se sent doublement délinquant : l'origine des cigares, d'abord, et les fumer à l'intérieur, ensuite, ce que lui interdit sa femme.

Bref, toutes les conditions sont réunies pour que Gallagher s'épanche, ce dont mon père se réjouit. Depuis deux ans, le diplomate est responsable de la remise aux Pakistanais des Stingers que Ronald Reagan a promis aux insurgés quand ils sont venus le rencontrer à Washington. Des lance-roquettes portatifs, précis et facilement dissimulables, capables de causer d'énormes dommages à l'armée soviétique. Surtout aux hélicoptères Mi-24. Avant l'utilisation des Stingers par leurs opposants, les Russes maintenaient la pression sur les moudjahidines en menant une guerre de dévastation façon Vietnam, arrosant par des tirs nourris les zones occupées par les rebelles. Incapables de se cacher dans ce territoire désertique, les moudjahidines étaient traqués sans relâche.

Il y en avait deux mille, de ces Stingers, qu'on avait remis aux sept groupes rebelles par l'entremise de l'ISI, la filière habituelle. Richard en avait transporté quelques-uns dans son camion au nez de l'armée soviétique. Et à l'insu de Gallagher, qui devait quand même se douter du rôle de courrier joué par mon père.

Les Américains avaient toutefois posé une condition : les tirs de Stingers devaient être filmés et les cassettes, remises à l'antenne de la CIA à Peshawar, pour être ensuite envoyées à la Maison-Blanche. Ronald Reagan prenait plaisir à les visionner, le samedi soir, avec une bière bien fraîche, applaudissant chaque fois qu'un hélicoptère russe s'abîmait au sol.

— Washington a raison, Richard, je crois que nos amis vont la gagner cette guerre. Elle traîne depuis combien de temps déjà ?

— Presque neuf ans.

— Je te l'ai déjà dit : les guerres les plus payantes sont celles qui s'éternisent. Mais elle va bientôt se terminer, grâce aux Stingers.

Gallagher devient songeur.

— Pourtant, les Soviets sont encore solidement implantés dans le pays, ajoute-t-il. C'est un conflit à temps partiel, d'ailleurs, puisque l'hiver tout le monde se repose et panse ses plaies. En plus, les moudjahidines sont victimes de profondes dissensions.

Mon père tend l'oreille.

— Et je ne te parle pas de ce Massoud, qui veut jouer tout seul, qui court se réfugier dans sa vallée perdue dès que le vent fraîchit et qui ne se gêne pas pour négocier dans le dos de ses alliés des ententes séparées avec les Russes.

— C'est son pays, il fait ce qu'il veut.

— Tu le défends, maintenant ?

Mon père est allé trop loin, il lève la main en signe d'apaisement.

— Il a une armée bien entraînée, lui, au moins.

— Mieux que ce traîne-savate de ben Laden, je suis d'accord avec toi.

— Tu parlais de dissensions... Avec Hekmatyar ?

— Entre Oussama et Abdallah Azzam, plutôt.

— C'est le mentor du Saoudien, rétorque mon père, surpris.

Gallagher fait référence au camp d'entraînement que ben Laden a créé à Jaji, près de la frontière pakistanaise. Un camp réservé uniquement aux Arabes venus faire le djihad, donc interdit aux Afghans. À quelques reprises, mon père y a conduit des combattants à qui il avait fait traverser la frontière. Des Marocains, des Algériens, quelques Palestiniens. Le seul Afghan qui s'y trouve, c'est Mohammad Abdelhamid.

La conversation m'intéresse, tout à coup.

— Tu le connais ? demande Gallagher à mon père.

— Pourquoi je le connaîtrais ?

Gallagher sourit, c'est vrai, tu t'occupes de tes affaires, tu ne te mêles pas de politique.

— C'est aussi un Américain, reprend Gallagher, pensif. Ce qui est quand même étrange…

Financé par ben Laden, le camp d'entraînement a été construit secrètement grâce à de la machinerie fournie par sa famille ou, à tout le moins, par le gouvernement saoudien. Et introduit en Afghanistan avec la complicité des autorités pakistanaises.

— Azzam n'est pas d'accord, poursuit Gallagher. Il refuse qu'on sépare les combattants islamiques en raison de leurs origines.

— Ce que ben Laden est en train de faire.

— Notre ami n'aime pas l'Afghanistan même s'il jure le contraire. Selon lui, si les Russes sont encore sur place, c'est la faute des Afghans. Pour mener la guerre, il ne fait confiance qu'aux Arabes.

— Ce qui ne l'a pas empêché, déjà, de se casser la gueule…

Mon père évoque l'opération montée par le Saoudien contre une base russe, en collaboration avec Hekmatyar, et à laquelle a participé Abdallah Azzam. Un fiasco sur toute la ligne, les munitions en trop faible quantité, des détonateurs qui ne fonctionnaient pas, sans parler de la nourriture que les djihadistes avaient oublié d'apporter pour soutenir un siège de plusieurs jours. Surpris par une sentinelle, Oussama et les Arabes ont été obligés de détaler avant même le début de l'opération. Bref, les pieds nickelés à l'assaut de l'Armée rouge.

Une humiliation qui n'est certainement pas étrangère à l'origine des dissensions dont parle le conseiller politique, entre Azzam et ben Laden.

Le Saoudien s'est repris plus tard, à Jaji, encore une fois, s'illustrant devant les Russes, s'emparant d'une kalachnikov dans les mains d'un soldat mourant, se faisant photographier accroupi, casque militaire sur la tête, un sourire plaqué sur son visage. Depuis, il ne se déplace jamais sans son fusil en bandoulière, même si, concrètement, il passe plus de temps sur son tapis de prière que sur les champs de bataille. Parce qu'il est souvent malade de trac avant les combats, il se retrouve rarement en première ligne. Ou alors il perd connaissance quand il est plongé dans l'action. Néanmoins, sa nouvelle réputation s'est répandue parmi les résistants, à Peshawar, et il en profite, annonçant haut et fort la défaite imminente de l'Union soviétique.

Il n'a pas tort : Mikhaïl Gorbatchev, au pouvoir depuis 1985, a laissé entendre que les troupes russes vont amorcer leur retrait dans les prochains mois.

— Je me méfie de Gorbatchev, précise Gallagher, je suis certain qu'il s'agit d'une tactique de diversion.

— D'après mes sources, le pays est à genoux.

— Tes sources ? Ce Konstantin Nikonov dont tu me parles sans arrêt ?

— Les dépenses militaires sont énormes. Disproportionnées. Alors que l'économie soviétique était la deuxième au monde, elle vient d'être dépassée par le Japon et l'Allemagne de l'Ouest, ses deux ennemis d'autrefois. Humiliant, non ?

Gallagher soupire. Tète son cigare, de nouveau. Il ne croit pas à la faiblesse des Russes, encore moins à ce retrait d'Afghanistan. Comme si la perspective de ce qui pourrait suivre le déconcertait. Encore une fois, personne n'a osé prédire la défaite des Soviétiques, mais maintenant qu'elle est plausible, et même probable, Gallagher et les autres n'ont aucune idée de ce que deviendra l'Afghanistan.

Le conseiller politique hoche la tête.

— Nous faisons la guerre par-dessus la tête de ces pauvres gens. Ils n'ont aucun leader digne de ce nom…

— Hekmatyar ?

— Lui, comme les autres, est incapable d'unifier le pays.

— Massoud ?

— Je l'ai dit : un *loner*, chouchou des Français et des Britanniques en plus. Un Tadjik que les Pachtounes refuseront de suivre.

Gallagher se penche vers mon père comme pour lui révéler un secret.

— Ils me font encore plus peur que les Russes, ces deux-là. Ce sera le chaos, Richard, le chaos, tu entends, pire que ce que nous vivons aujourd'hui.

— Les Pakistanais y mettront de l'ordre, non ?

Gallagher ne peut s'empêcher de sourire. Ils n'arriveront à rien, j'en suis certain.

Leur conversation m'ennuie. Je me retire discrètement, je retrouve ma chambre, mes livres, je me ferme au monde, de nouveau. On frappe à ma porte. C'est Joan, en mode séduction.

— Ce qu'ils peuvent être emmerdants, des fois. Parle-moi d'Islamabad.

Je n'ai rien à dire, je n'ai envie de parler à personne, y compris ma mère. Mais je fais l'effort nécessaire, je déballe les nouvelles habituelles, je lui fais part de mes résultats scolaires, de ma vie de pensionnaire, de mes amies, vraies ou imaginaires. Pourtant, ma mère ne m'écoute pas vraiment, mes paroles ne l'atteignent plus, elle pense à autre chose, de toute évidence.

Après un moment, elle me dit :

— Il est en ville. En tout cas, son père est revenu.

D'Afghanistan, de la guerre. Du camp d'Oussama, à Jaji.

— Peut-être qu'ils s'ennuyaient du confort moderne. Ce sont des Américains, après tout.

— Qui t'a dit ça ?

— J'ai aperçu Abdelhamid devant le Centre de services.

Je pense à Akbar, je me fais du mauvais sang pour lui. Ma mère s'approche de moi et me prend dans ses bras, je me demande pourquoi son attitude à l'égard d'Akbar a changé. Elle refusait que je le revoie, et maintenant elle m'avoue qu'il est tout près, accessible, joignable. Pour quelle raison ?

Des rires. Des éclats de voix.

Il fait nuit noire, mon père et le conseiller sortent de la maison. Gallagher vacille un peu, son chauffeur l'attend devant l'entrée de la propriété. De ma fenêtre, je le vois glisser discrètement dans sa poche les deux cigares que lui a remis Richard. Joan, qui les a rejoints, se laisse complimenter pour le repas. Elle rit aussi, c'était une belle soirée.

Après ce départ, mon père se tourne vers ma mère et je l'entends distinctement lui dire :

— Tu sais ce qu'il m'a raconté ? Une fois la guerre terminée, la CIA aimerait que ben Laden mette ses hommes au service des États-Unis. En Amérique latine, par exemple.

— Les Américains ne cesseront jamais de m'étonner, répond Joan.

Ce matin, je me lève tôt, couvre mes cheveux d'un foulard, puis je me dirige vers la maison de Mohammad Abdelhamid, qui semble inhabitée. Ma mère s'est peut-être trompée, Akbar et son père sont peut-être déjà repartis à Jaji. Je tourne autour de la propriété, cherchant derrière les volets clos une présence quelconque, l'une des femmes d'Abdelhamid, par exemple, qui pourrait me donner des nouvelles d'Akbar.

Lasse d'attendre, je me rabats sur le Centre de services, à quelques rues de là. Abdelhamid le fréquente, selon Joan ; Akbar s'y trouve peut-être. L'endroit est plus populaire que jamais, des curieux et des fidèles d'Azzam flânent à l'extérieur du bâtiment, discutant entre eux. Je n'ose pas m'approcher. Je ne crois pas que la présence d'une étrangère serait tolérée.

Alors je reste à bonne distance de l'endroit et j'observe. J'entends parler français et arabe, de temps en temps on me jette des regards, de loin, qui m'inspirent gêne et méfiance. Perdue dans mes pensées, je n'ai pas remarqué ce jeune homme qui discute avec ses amis. Sa dégaine m'est familière et, quand il se tourne brièvement, je reconnais Akbar. La barbe longue, comme les autres, le visage dur, accusateur, il semble appartenir à leur groupe. Il ne ressemble plus au garçon avec qui je passais des journées entières à la rivière, le fan de Jerry DeSoto et d'Atomic Behavior. Celui avec qui je discutais de Tom Sawyer et de Holden Caulfield, le héros de Salinger. J'ai changé, moi aussi, mais lui encore plus. Et ce changement me fait peur.

Je comprends maintenant pourquoi Joan m'a informée de sa présence à Peshawar. Pour que je le voie, pour que je me rende compte par moi-même de ce qu'il est devenu, pour que je cesse de me l'imaginer comme il était à l'époque, fragile, sensible, vulnérable. C'est un autre Akbar que j'ai devant moi, ce soir, une copie conforme de son père, un Abdelhamid plus jeune.

Je croyais qu'Akbar ne m'avait pas vue, mais il m'observe pendant un moment, un long moment, trop long pour lui, sûrement. Nous croisons le regard, mais ce n'est plus celui d'Akbar, c'est celui d'un salafiste pur et dur, plutôt, un regard accusateur qui me va droit au cœur. Akbar se désintéresse de moi, ensuite. Je continue d'espérer un signe, de nouveau, une petite lueur dans son visage qui me rassurerait, mais non, rien, il n'est plus qu'un des leurs, figure anonyme au milieu de ses frères.

Je ne traîne pas dans les parages, je rentre chez moi en me répétant que je suis en partie responsable de la transformation d'Akbar. Je m'enferme dans ma chambre, j'évite mes parents autant que possible. Ma mère a compris que sa stratégie a donné des résultats. Elle a raison : ce n'est plus le jeune homme que j'aimais et que je tente depuis des mois de retrouver. Akbar est passé de l'autre côté, il a traversé le miroir, là où je ne pourrai plus jamais le rejoindre.

Joan pousse la porte de ma chambre. Elle me serre contre elle.

— Il le fallait, je n'avais pas le choix. Tu étais en train de gâcher ta vie.

Mon vol sur Pakistan Airlines est prévu pour 7 heures, demain matin. En compagnie de Joan, Farooq viendra me conduire. Je n'ai pas sommeil, alors je fais et refais mes bagages. Je quitte Peshawar libérée, prête à devenir une adulte, débarrassée des fantasmes de l'adolescence. Ma douleur est réelle. Je suis certaine, cependant, qu'elle s'estompera au fil des semaines. Du moins, je l'espère de toutes mes forces.

Après m'être enfin endormie, je suis bientôt réveillée par la lueur de la pleine lune, une lune orientale, plus impressionnante encore de blancheur et de brillance. Je me lève pour fermer le volet et c'est alors que je l'aperçois, dans la rue, à l'endroit même où il avait pris l'habitude de venir se poster, à l'époque. Je n'hésite pas une minute. Je descends à pas de loup jusqu'à la salle à manger, que je traverse. J'ouvre la porte et franchis la cour. À l'entrée, je fais signe à Akbar d'approcher. Il regarde à gauche et à droite, puis s'élance vers moi. Je le saisis par la main et l'entraîne sans faire de bruit jusqu'au cabanon, mon refuge. Je referme la porte derrière nous et, sans une parole, nous nous déshabillons mutuellement, dans une sorte de frénésie qui nous laisse pantois, lui et moi, les yeux effarés, fous, une folie qui se transforme en répulsion lorsque mes doigts touchent son dos strié de cicatrices. Je cesse tout mouvement, je serre Akbar contre moi, doucement, tendrement, comme si ma délicatesse pouvait effacer la douleur de ses souvenirs.

Mais lui retire ma main, pour la baiser, et m'embrasser ensuite, et me prendre ainsi, debout, comme des amants interdits, ce que nous sommes. Nous faisons l'amour en adolescents, gênés par notre maladresse, mais envahis par un bien-être et une jouissance que nous découvrons en même temps.

Quand il se retire et qu'il reprend son souffle, quand je pose ma tête sur sa poitrine, sur son cœur qui bat à tout rompre, il me dit, à voix basse, comme si on pouvait nous entendre :

— C'est la première fois pour moi aussi.

— Ta femme ?

— Nous nous sommes mariés, mais je suis parti aussitôt pour l'Afghanistan. Je n'arrête pas de penser à toi.

Je ferme les yeux. Je serre Akbar contre moi, très fort. Je ne veux plus qu'on soit séparés, jamais.

— Je regrette, pour le Walkman.

— Tu n'y es pour rien.

Nous restons ainsi pendant une éternité. À l'extérieur, l'aube pointe. Je suis heureuse, ma vie a enfin un sens.

Akbar me confie, tout bas, encore une fois :

— Ils vont se rencontrer la semaine prochaine, ici, à Peshawar…

— Qui ça ? De quoi tu parles ?

— Mon père, avec Azzam, ben Laden, al-Zawahiri et d'autres. Ils sont huit, en tout. Ils veulent fonder une organisation, une base d'opérations militaires d'où ils pourront poursuivre le djihad.

— Mais la guerre achève, les Russes vont se retirer.

— Ce n'est que le début. Ils ont défait l'URSS, maintenant ils veulent s'attaquer au reste du monde…

Akbar ferme les yeux.

— Ils ont déjà trouvé le nom : al-Qaïda.

— Tu vas faire partie de ce groupe ?

— Mon père m'a ordonné de l'accompagner. À la demande d'Oussama.

— Qu'est-ce que tu vas faire ?

— Je vais le tuer.

Je me redresse, sans comprendre. De qui parle-t-il ? Son père, Mohammad Abdelhamid ?

— Le sheikh Oussama.

— C'est de la folie !

— Je ne suis pas tout seul. Tout est organisé.

— J'ai peur…

— Il n'y a rien à craindre, ne t'en fais pas.

27

— Pendant la guerre, me confie Nikonov, nous voulions neutraliser ce riche Saoudien qui arrosait de fric les étrangers qui venaient combattre pour lui, qui finançait à même sa fortune des camps d'entraînement où, avec des armes fournies par les Américains par l'intermédiaire du Pakistan, il ne tarderait pas à se lancer à l'assaut de l'Occident. Pour l'heure, le diable, c'était l'URSS.

Nous filons à toute vitesse en direction de Moscou.

Nikonov poursuit : pour le localiser et le neutraliser, les Soviétiques étaient prêts à tout, mais sans jamais y parvenir. Dès qu'il croyait les Khalqis ou les Soviets à ses trousses, ben Laden traversait la frontière – poreuse – et allait se réfugier chez ses amis de Peshawar. Là, il se sentait en sécurité, baissait la garde, il n'avait rien à craindre des Russes.

— Après la bataille de Jaji, il fallait agir rapidement. Il devenait une légende. Ce n'était plus seulement un enfant gâté qui jetait son argent par les fenêtres, mais une tête brûlée en mesure d'attirer encore plus d'illuminés. Un héros avec du fric. On devait l'abattre, et vite.

Il ajoute :

— Nous étions désespérés. La guerre traînait, on voulait réussir un coup d'éclat, on était prêts à tout pour y parvenir, au mépris de la prudence la plus élémentaire. Nous avions eu l'idée de le tuer au Pakistan. De le frapper au moment où il s'y en attendrait le moins.

Une opération délicate, explique Nikonov. Oussama était vu à Peshawar, on l'apercevait au détour d'une rue, il fréquentait une mosquée, pas toujours la même, mais ces « apparitions » étaient trop rapides et furtives pour mener à bien une opération d'envergure. Mais un jour, grâce à Joan, le KGB avait enfin pu entrer en contact avec quelqu'un de l'entourage du Saoudien. Un proche qui pouvait les informer de ses allées et venues.

— Le fils du propriétaire du chenil où étaient gardés ses bergers allemands, précise Nikonov. C'est à cet endroit qu'on avait décidé de lui tendre un piège. J'avais laissé filtrer un faux renseignement, sachant que Richard ne pourrait résister à la tentation de le livrer au Saoudien. Les deux hommes avaient pris rendez-vous dès que votre père était rentré à Peshawar. Ils avaient l'habitude de se rencontrer au chenil. En promenant les chiens, Richard et Oussama s'échangeaient de l'information.

Joan avait fait parler son mari sans en avoir l'air, jouant le rôle de l'épouse qui s'en fichait, mais qui s'inquiétait un peu quand même.

— Aussitôt qu'on a su la date et l'heure du rendez-vous, on a mis nos hommes à l'œuvre. Un commando devait traverser la frontière et s'emparer de ben Laden, grâce à notre contact au chenil. L'objectif était de le ramener à Kaboul et de l'exécuter. Ou de le tuer sur place, si la situation l'exigeait.

Il soupire :

— Mais les choses ont déraillé au dernier moment. Ben Laden a été alerté, il a annulé le rendez-vous.

— À cause de mon père.

— L'opération ratée ?

— J'étais au courant, je l'ai averti, j'avais peur pour lui. Qu'il soit tué par les commandos en même temps que ben Laden.

— Joan vous avait confié que…

— Akbar, mon ami. Mon amoureux. C'était lui, le gardien du chenil.

Nikonov attend la suite.

— J'avais seize ans, j'étais convaincue qu'un jour ou l'autre Akbar et moi pourrions vivre une vie normale, loin de tout ça, la guerre, la religion, cette merde dans laquelle des barbus fanatisés et des généraux sanguinaires nous faisaient patauger. J'avais peur pour mon père, mais je ne voulais pas non plus partager ma vie avec un meurtrier.

Un long silence.

— Si je n'étais pas intervenue, Akbar serait peut-être encore vivant, Joan aussi. Comme les milliers de personnes qui ont été tuées le 11-septembre. En sauvant la vie de ben Laden, j'ai permis à ce salaud et à son organisation de semer la mort dans le monde entier.

Nikonov acquiesce.

— Cette guerre, nous l'avons tous perdue. Richard, vous, moi et votre pauvre mère.

Et Akbar, bien entendu.

Les immeubles s'alignent à l'entrée de Moscou, ces buildings qui sont aujourd'hui les vestiges des programmes d'habitation de la période communiste. L'époque a changé, mais les habitants demeurent, les enfants n'ont pas cessé de jouer dans le parking, les femmes continuent d'étendre du linge sur les cordes, des types en salopettes sont penchés sous le capot d'une vieille Lada. Nous interrompons leur discussion pour leur demander où on peut trouver Iouri Volodin.

Tout le monde le connaît, c'est ce type un peu cinglé qui fait du jogging avec ses médailles militaires.

Plus tôt, Nikonov a pu s'entretenir avec un ancien employé du consulat russe à Montréal. Selon lui, l'exfiltration d'Abdelhamid avait pour objectif officiel de lui permettre d'abandonner la lutte armée, de mettre un terme à ses années au sein du djihad. Du moins, c'est ce que Boris Malakhov avait raconté à tout le monde. Si celui-ci comptait se servir du transfuge pour une opération quelconque, personne n'en avait eu la moindre idée.

— Il était en communication fréquente avec un haut fonctionnaire des Affaires étrangères à Moscou, précise Nikonov: Iouri Volodin.

Il ajoute:

— Volodin lui a aussi déniché cette planque à l'université de Saint-Pétersbourg, quand il a été obligé de quitter le service, après son accident à Washington.

— Il était de service en Afghanistan?

— Volodin? Non. Un jeune officier d'abord basé à l'ambassade de Varsovie. D'après les anciens du consulat qui l'avaient côtoyé à l'époque, c'était le plus brillant parmi les membres du personnel des Affaires étrangères. Malgré son jeune âge, tout le monde le traitait avec déférence. Pas surprenant qu'il ait gravi les échelons rapidement.

L'ancienne coopérative d'habitation a été privatisée, mais demeure un labyrinthe. Après avoir tourné pendant une demi-heure, et croisé de nouveau les mécaniciens du dimanche, nous aboutissons finalement à un immeuble un peu en retrait des autres, comme s'il s'agissait du point de départ d'un deuxième complexe qu'on avait décidé de ne pas mener à terme.

Nikonov me précède dans un escalier où s'agitent des enfants. Une porte claque au-dessus de notre tête.

À gauche, une femme nous observe sur le seuil de son appartement, son bébé dans les bras.

— Vous cherchez le fou ? Deux étages plus haut.

Nous continuons de monter les marches, Nikonov me dit que les gens nous croient envoyés par les services sociaux ; ils semblent heureux qu'on fasse enfin quelque chose.

Le Russe sonne à la porte de l'appartement, plusieurs fois, sans obtenir de réponse. À un jeune homme qui descend l'escalier, il demande où on peut trouver le concierge. Le type hausse les épaules, il n'y a pas de concierge, et s'il y en a eu, on ne l'a pas vu depuis des lunes. Dès que le garçon a disparu, Nikonov prend appui sur la garde, derrière lui, après s'être assuré de sa solidité, puis donne un violent coup de pied juste sous la poignée.

La porte s'entrouvre. Nikonov la pousse davantage. Une odeur me saisit, difficilement supportable. Nikonov comprend aussitôt de quoi il s'agit. Il fait le tour de l'appartement en vitesse, pour découvrir un cadavre dans le salon, baignant dans une mare de sang. Sa tête à côté de son corps, comme le cousin de Malakhov.

La scène me révolte, je détourne les yeux pendant que Nikonov sort son portable et compose un numéro, celui de la police probablement. Dans le salon, sur une table basse, des photos encadrées, celles de Volodin en tenue militaire, l'uniforme surchargé de médailles. Tout m'oppresse, je vais m'évanouir, j'ai absolument besoin de sortir, de retrouver mon souffle.

— Je vous rejoins à l'extérieur, me lance Nikonov.

Je dévale l'escalier et sors de l'immeuble, secouée, sonnée, je prends une grande bouffée d'air. Je m'éloigne doucement en regardant autour de moi, l'endroit est désert, même les enfants de notre arrivée, tout à l'heure, semblent avoir disparu, comme si les parents les avaient récupérés avant l'arrivée de la police. À part les badauds qui s'agitaient devant l'immeuble de Volodin, j'ai maintenant l'impression que le complexe est inhabité.

Une suite de meurtres, tous exécutés de la même horrible façon. Abdelhamid n'a pas seulement chamboulé l'esprit de Samuel, il lui a aussi enseigné comment tuer en égorgeant ses victimes, comme ce pauvre type sur Skype, comme le cousin de Malakhov. Entre les mains d'Abdelhamid, Samuel est devenu une machine à donner la mort. Mais où est-il ? Où se cache-t-il ? Qui sera sa prochaine victime ?

Mes pas m'ont entraînée dans une sorte de cul-de-sac un peu lugubre interdit aux voitures, où une piscine abandonnée sert maintenant de décharge publique. À droite, un bâtiment délabré, le vestiaire de la piscine, ou alors un local pour les jeunes, je n'arrive pas à déchiffrer ce qui est inscrit au-dessus de la porte. De toute façon, l'endroit ne sert plus à rien. Placardé, c'est une ruine parmi des ruines. Je me sens mal, tout à coup. L'atmosphère de l'endroit m'effraie, je devine une présence derrière moi. Je me retourne vivement : un chat vient de surgir de nulle part avant de traverser le cul-de-sac à la course et d'y trouver une issue invisible entre deux immenses conteneurs pour le recyclage.

Je rebrousse chemin, j'ai hâte de quitter cet endroit pour de bon.

C'est alors que je l'aperçois : à moitié arrachée sur un mur de ciment, perdue au milieu des graffitis, l'affiche délavée d'Atomic Behavior.

Un éclair, soudain. Comme un rayon de lumière qui surgit dans une pièce plongée dans l'obscurité. Je ne peux décrocher mon regard de cette affiche.

Je m'approche. Atomic Behavior en spectacle au Space Club de Moscou, après avoir été d'abord programmé au Majestic.

Ce soir.

De loin, je vois apparaître la première voiture de police, bientôt suivie par deux autres véhicules. Nikonov sort de l'immeuble pour s'entretenir avec les agents et leur indiquer l'appartement de Volodin.

Nikonov me cherche et ne peut m'apercevoir. Je devrais le rejoindre, mais je ne veux pas affronter la Militsia, je ne veux pas leur remettre la photo de Samuel, que j'ai toujours avec moi, je ne veux pas les aider à le neutraliser, sachant très bien que, dans la Russie actuelle, un ennemi public numéro un comme mon fils n'a aucune chance de s'en sortir. Pour lui, on a prévu la mort, rien d'autre. Et c'est ce que je ne peux accepter parce que c'est mon enfant, quoi qu'il ait fait. Je dois le sauver par mes propres moyens.

Je cours entre les immeubles du complexe à la recherche d'un moyen de quitter cet endroit lorsque je remarque le jeune homme à qui nous avons parlé dans l'escalier qui mène à l'appartement de Volodin. Il s'apprête à enfourcher une moto. Je me précipite vers lui. Peut-il me conduire en ville ? Il est d'accord. Connaît-il le Space Club ?

— Bien sûr !

— Qu'est-ce que c'est ?

— L'un des plus gros clubs de Moscou. Cinq étages, cinq salles. Cinéma, discos, sports, bar. Capacité : deux mille personnes.

— Le Majestic ?

— À peine plus petit, mais à l'autre extrémité de la capitale.

28

Le motard me dépose près du métro Voïkovskaïa. En face du Space Club. L'endroit est immense, il avait raison. À l'intérieur, un employé me demande ce que je cherche : les Atomic Behavior, qui sont probablement en répétition. Le type m'éconduit, je ne suis pas la première groupie qui lui pose une telle question. J'ai beau supplier, il me pousse vers la sortie. J'ai remarqué quelques technos dans la ruelle, j'y reviens discrètement. À l'un d'entre eux, je glisse quelques billets, après avoir fait croire que j'étais une fan finie d'Atomic Behavior. Le type m'apprend que DeSoto et sa suite sont descendus à l'Hôtel National. Je saute dans un taxi qui traverse Moscou à toute vitesse.

Un établissement de luxe, à quelques pas de la place Rouge. Le vieil hôtel des privilégiés du régime, des visiteurs des pays frères, là où, peut-être, les dirigeants de l'Afghanistan à l'époque, les Taraki, Amin, Karmal et autres Najibullah descendaient quand ils venaient se rapporter à leurs bailleurs de fonds soviétiques.

Dans le hall, je me dirige aussitôt vers la réception. Je demande le numéro de chambre de Jerry DeSoto, en expliquant que je dois absolument lui parler, en essayant de ne pas avoir l'air hystérique. Quand je constate l'hésitation du gérant de l'hôtel, à qui on a refilé ma requête, je lui confirme que je suis une amie de Montréal, il n'a qu'à appeler DeSoto, à lui donner mon nom – en espérant que le chanteur se souvienne de m'avoir rencontrée à Saint-Pétersbourg. Je m'en veux de ne pas lui avoir demandé son numéro de portable, ce soir-là.

On me répond d'attendre quelques instants, ce que je fais au milieu du hall. Un individu, un Américain – veston, chemise ouverte, une pagette à la ceinture –, apparaît dix minutes plus tard. Je suis le manager du groupe, m'explique-t-il. La vedette se repose, les consignes sont strictes. Voyant qu'il ne dérogera pas, je lui tends une carte, mon numéro de téléphone. À remettre à DeSoto de toute urgence, nous avons fait connaissance à Saint-Pétersbourg.

— Dites-lui que je suis la femme qui a passé son enfance et sa jeunesse en Afghanistan, à écouter en boucle *Lord of Tinsel*.

L'imprésario doit me voir comme une admiratrice complètement désespérée. Il regarde la carte sans y toucher.

— De quoi s'agit-il exactement ?

En quelques mots, m'efforçant de garder mon calme, je lui raconte ce que je sais, ou plutôt ce que je pressens. Je n'ai pas de preuves concrètes de ce que j'avance, mais une intuition. Dans son regard, la même incrédulité que celle du gérant de l'hôtel, plus tôt. Mais il prend la carte, me promet de s'en occuper. Une bouteille à la mer, une autre. C'est tout ce qu'il me reste.

Je cours me réfugier dans un café, plus loin sur la rue. J'ai peut-être tout faux. Si Mohammad Abdelhamid n'est pas intervenu à Saint-Pétersbourg, pourquoi le ferait-il ici, aujourd'hui ? Ou alors il avait prévu d'agir là-bas, mais il ne pouvait le faire parce qu'il était entre les mains de Malakhov. Comme l'opération n'a pu être menée à terme, elle a été annulée. Mais ce n'est pas le cas pour Moscou. La libération d'Abdelhamid rend un attentat de nouveau possible.

On m'a servi à boire, mais je ne peux rien avaler. J'ai la gorge sèche, pourtant, et mes nerfs sont à vif. Le moindre bruit me fait sursauter.

Pourquoi avoir changé d'endroit à la dernière minute ? Pourquoi remplacer le Majestic par le Space Club ?

J'appelle Nikonov, qui se demande où je suis, furieux que j'aie filé sans rien dire, il s'est inquiété, il m'engueule. Je lui coupe la parole, je lui parle d'Atomic Behavior et du changement de salle.

— Les deux endroits sont de même taille, à peu près, me répond-il.

— Mais pour un terroriste ?

— Qu'est-ce que vous voulez dire ?

— Si je veux faire un maximum de dégâts ?

Un long silence.

— Nikonov ?

— Vous pensez qu'Abdelhamid prépare un attentat ?

— Répondez à ma question.

— La grande scène du Space Club est en sous-sol, c'est une sorte de bunker transformé en salle de spectacle.

Je l'ignorais, je n'ai vu que le hall d'entrée.

— Il y a d'autres salles plus petites dans l'immeuble, mais pas pour un groupe rock. L'endroit est une véritable souricière, que les autorités tentent de faire fermer depuis des années. Problèmes de sécurité, risques d'incendie…

Propriété de la mafia, probablement, qui s'en tire avec des amendes ridicules.

— Si une bombe explose au Space Club, personne ne pourra s'échapper. Pire que l'école de Beslan ou le théâtre Doubrovka.

— Ce qui explique le changement de lieu. Abdelhamid ne s'est pas occupé de ces détails, mais il a dû réaliser, à un moment donné, que le Space Club permettrait encore plus de victimes.

Nikonov me promet d'alerter le responsable de l'escouade antiterroriste. Quinze minutes plus tard, mon portable sonne. C'est l'adjoint du manager d'Atomic Behavior. Son patron a parlé à Jerry, le chanteur se souvient de moi, il prend au sérieux ce que je raconte.

Je ferme les yeux, je n'y croyais plus.

— Il faut annuler le show, c'est trop dangereux. Ou du moins le reporter à une autre date, après l'arrestation de Mohammad Abdelhamid.

— Nous quittons la Russie demain.

— Remettez le spectacle à votre prochain voyage.

Un long silence.

— Vous êtes à quel endroit?

Je le lui explique. Un chauffeur viendra me chercher dans quelques minutes. Nous discuterons de tout cela avec Jerry, au Space Club.

Avant de raccrocher, je lui demande:

— Pourquoi vous avez décidé de jouer dans cette salle?

— Des problèmes de permis au Majestic, avec les services d'hygiène, je ne sais plus.

— L'organisateur de la tournée en Russie, c'est qui?

— Une agence de Saint-Pétersbourg. Pourquoi vous me demandez ça?

Je paye ma consommation, sors dans la rue et rappelle Nikonov. En faisant les cent pas devant le café, je lui résume ma conversation avec l'adjoint du manager. Nikonov s'est déjà informé: l'agence en question vient d'être créée, ses dirigeants s'intéressent surtout aux événements d'envergure, défilés de tournois sportifs, concours de voitures anciennes. Le *heavy metal*, ce n'est pas vraiment leur spécialité, d'où la surprise de les voir s'occuper du groupe rock.

— Ce n'est pas tout, ajoute Nikonov. L'agence est la propriété d'intérêts égyptiens.

Un flash.

— Le nom du propriétaire, vous le savez ?

— Tarik al-Chamari.

Le soudeur de Cleveland. Celui qu'Akbar avait visité avec son père, dont la fille adolescente adorait Atomic Behavior. Et qui en est morte.

— Nadia ?

— Cette entreprise n'existe pas, j'en suis certaine. Une création d'Abdelhamid pour attirer le groupe en Russie. Il agira ce soir, c'est le dernier spectacle.

Je précise :

— À Saint-Pétersbourg, DeSoto m'a confié que l'invitation à faire une tournée en Russie était venue comme une surprise. *Out of nowhere*, il m'a dit.

— Pour que son groupe devienne une cible.

— Exactement. Et pas juste lui et ses musiciens, ses fans aussi. C'est sa revanche, d'autant plus que l'attentat sera perpétré par Samuel. Dans l'esprit tordu d'Abdelhamid, il se venge du « mal » que l'Occident – et Atomic Behavior en particulier – a fait à son fils.

Je m'enquiers :

— Vous avez parlé au responsable de l'antiterrorisme ?

— Ils disent qu'ils ont la situation en main.

— Concrètement ?

— La sécurité habituelle.

Des Igors surdimensionnés complètement inutiles.

— Depuis la Doubrovka, des alertes comme celle-ci, ils en reçoivent sans arrêt, reprend Nikonov.

— Il faut annuler le spectacle !

Plus loin dans la rue, une limousine tente de se frayer un chemin au milieu de la circulation. Elle s'immobilise en double file.

Je m'y précipite, en suppliant Nikonov de convaincre les autorités de prendre la menace au sérieux.

Un chauffeur en livrée ouvre la portière et, debout, me cherche du regard.

— Nadia Rocheleau ?

Je monte dans la voiture, ignorant son luxe clinquant : bar en chrome bien garni, sièges en cuir, puissant système de son. L'intimité des passagers est assurée par une paroi opaque qui les sépare du chauffeur. Nous démarrons bientôt en direction du Space Club.

Je repense à Akbar, à la correction que lui avait servie son père, à sa grande colère, par la suite, quand il avait découvert les intentions de son fils : rentrer aux États-Unis, renoncer à la violence, mener une vie normale, fonder une famille. Une colère qu'il n'a cessé de nourrir pendant toutes ces années, et dont Samuel est aujourd'hui à la fois l'outil et la victime, puisque Abdelhamid n'a plus Akbar sous la main pour lui faire subir tous ses sévices.

Comment avait-il appris l'existence de Samuel ? Par Joan, probablement, lors de son passage à Montréal. À l'hôpital, elle croit tomber sur un djihadiste repenti, désirant mettre un terme à son existence de rebelle sanguinaire, elle lui confie que Nadia, sa fille, est rentrée du Pakistan enceinte, que cet enfant adorable a les yeux de son père, son regard profond, préoccupé, comme si toute la douleur d'Akbar s'y retrouvait.

Après le 11-septembre, une fois Joan disparue, ayant maintenant le champ libre, Abdelhamid avait mis en application son grand projet : ramener Samuel dans le chemin de la pureté, du respect de Dieu, dans le chemin qu'Akbar avait si violemment rejeté, provoquant ainsi sa mort.

Perdue dans mes pensées, je n'ai pas prêté attention au trajet. Je regarde par la fenêtre, derrière : le Kremlin s'éloigne, mais nous ne roulons pas en direction du Space Club. Nous nous dirigeons vers la partie est de Moscou, plutôt.

Une peur incontrôlable s'empare de moi.

Je frappe sur la paroi à coups répétés, elle s'abaisse doucement. Le chauffeur m'ignore, il continue de rouler droit devant lui.

— Qu'est-ce que vous faites ? Où vous allez ?

Pas de réponse.

C'est alors que je le remarque : un homme assis à l'avant, côté passager. Il se tourne vers moi et pointe un pistolet sur mon visage.

Terry Owen.

Sur son avant-bras, un tatouage : semblable à celui qui orne le bras de l'imam de Kassimov.

Cinquième partie

Le loup solitaire

29

Novembre 1989

Un long convoi sur le pont qui traverse le fleuve Amou-Daria, à la frontière de l'Afghanistan, le 15 février dernier ; des camions, des tanks, le reste d'une armée en lambeaux, humiliée, démoralisée, qui rentre chez elle au milieu de l'hiver. À la télé, on l'a vu, les soldats crachent sur le sol avant de quitter pour de bon cette terre pourrie, mais leur pays est au bord du gouffre, lui aussi, même si rien encore ne laisse prévoir sa mort à court terme. Cette invasion déclenchée sur un coup de tête, par un Brejnev affaibli, était perdue d'avance. Une défaite d'autant plus amère qu'elle va saper les bases de la société soviétique. En plus des *body bags* et des soldats blessés, handicapés à vie, ce sont des drogués qu'on a rapatriés au cours de ces années, un long cortège d'êtres brisés, anéantis, dépendants de l'opium utilisé par les Soviets contre les moudjahidines, mais que ceux-ci avaient refilé aux soldats afin de détruire leur moral.

Des trafiquants comme Nick Vassillis ont joué sur les deux tableaux. Des Russes en avaient profité aussi, instaurant une mafia de plus en plus présente. Dans les rues de Moscou, de Leningrad, à Minsk ou à Kiev, des drogués à la recherche d'un *fix*, des vétérans laissés à eux-mêmes, un bras ou une jambe en moins, témoignent jour après jour et depuis des mois d'une guerre insensée et inutile, ne menant nulle part, sinon à l'écroulement de l'Union soviétique. C'est ce retour au pays des soldats vaincus, éclopés, cette épouvantable humiliation et ses conséquences, qui a détruit l'URSS, plus que la porte entrouverte de Gorbatchev aux réformes économiques.

Pour les autorités américaines, il ne fait aucun doute que les Soviétiques, peu importe les dommages de la guerre, se relèveront, éventuellement, comme les Américains l'ont fait après le Vietnam. On ne peut concevoir que l'Empire va bientôt s'écrouler comme un château de cartes. Ni le conseiller politique Gallagher, ni la CIA, son employeur, ni mon père, personne ne réalise à quel point l'URSS est un pays malade, au bout du rouleau. Un grabataire qui se maintient en vie de peine et de misère. À l'Ouest, tous sont aveuglés par les parades militaires grandioses, les déploiements d'armes, nucléaires et autres, sur la place Rouge, le 1er mai. De l'esbroufe, un écran de fumée, du maquillage grand format. Derrière ce cirque, un pays exsangue, corrompu, cadenassé, dirigé par des élites fatiguées et à court de slogans. L'URSS est un pays gangrené, dirigé par des vieillards corrompus isolés de la population et carburant à des idées d'un autre âge.

Au carnaval des illusions, les moudjahidines ne cèdent pas leur place non plus, convaincus que le successeur du président Karmal, Mohammad Najibullah, ne pourra résister très longtemps au départ de ses amis soviétiques. Hekmatyar, Massoud et les autres s'attendent à entrer sous peu dans Kaboul et à y établir le gouvernement islamiste dont ils rêvent tant. Mais voilà que Najibullah, contre toute attente, résiste. On lui a offert l'asile à Moscou avec sa famille. Il a refusé, il veut se battre, pas question de céder son pays aux insurgés. Et pour prouver qu'il ne lance pas des paroles en l'air, son armée défait les moudjahidines qui cherchent à prendre Jalalabad, puis ceux qui contrôlent Barikowt et les environs, plus au nord, juste de l'autre côté de la frontière pakistanaise.

Vers laquelle je me dirige, le jour même où le mur de Berlin est pris d'assaut par une foule en liesse.

La nouvelle est arrivée à Islamabad par le courrier, une semaine plus tôt. La lettre d'un médecin qui travaille à Barikowt. Dans un français maladroit, il m'a appris qu'Akbar se trouve dans cette région du pays, prisonnier des hommes de Najibullah. Il est blessé, mais rien de grave, m'a écrit le médecin, qui souhaite me parler, il veut que je lui téléphone. Des jours et des heures étaient suggérés, il m'a donné son numéro.

Je n'ai pas eu de nouvelles d'Akbar depuis que son père l'a envoyé combattre en Afghanistan, après l'attentat raté contre ben Laden. Je n'ai pas réussi à le voir avant son départ. Je suis inquiète, j'interroge mes parents, qui ne savent rien et qui attendent la suite des choses. Comme l'a prévu William Gallagher, le départ des Soviets ne calme pas le jeu, au contraire. On se bat ferme ici et là sur le territoire ; Akbar auprès de ben Laden. Abdelhamid, lui, est resté à Peshawar pour accueillir les djihadistes étrangers qui continuent d'affluer pour ensuite les refiler à Oussama.

Le français parlé du Dr Shahid est meilleur que son français écrit. Il s'exprime très lentement, comme s'il essayait de repérer en amont les pièges de la traduction. Il a déjà côtoyé des Français de Médecins Sans Frontières, il a appris des rudiments de la langue. Il me révèle qu'il est basé à Dir, au Pakistan, mais qu'il traverse parfois dans le pays voisin pour soigner des blessés. Il y a quelques jours, on lui a amené un prisonnier, un jeune Afghan à l'accent américain.

— C'est grave ?

— Il va bien, maintenant.

— Il est avec vous ?

— Toujours là-bas, aux mains des hommes de Najibullah. Mais ils ignorent qui il est. Il doit quitter l'Afghanistan avant qu'ils l'apprennent et que sa vie soit mise en danger. On ne donne pas cher de la peau du fils d'un leader rebelle.

Le Dr Shahid m'a fixé rendez-vous à Mirkhani, tout près de la frontière afghane. Je prends le car jusqu'à Peshawar sans le dire à mes parents, puis je monte dans un autre, direction nord. Au fil des premiers kilomètres, je suis nerveuse, convaincue qu'on me suit et que, tôt ou tard, la police ou, pire encore, des bandits de grands chemins m'intercepteront. J'épie les passagers de chaque voiture qui nous croise, ou les chauffeurs de celles que nous doublons à la recherche d'un signe qui pourrait les trahir. Rien, pourtant. Dans le car avec moi, des habitants qui retournent chez eux après être venus régler des affaires à Peshawar.

Fourbue, je fais escale à Timergara pour y passer la nuit. Son développement est anarchique, son approche peu hospitalière. Le Shalimar Hotel est toutefois accueillant. Je ne dors pas, ou très peu, comme si l'imminence de ma rencontre avec le Dr Shahid me rendait nerveuse. À la télé, des images de Berlin en fête, envahie par des journalistes du monde entier.

Je reprends le car tôt le matin jusqu'à Dir, puis un taxi privé me dépose enfin à Mirkhani. J'y arrive en fin de journée, il fait déjà noir. Tout près, à quelques kilomètres, la frontière.

Sa maison est au centre du village, mais quand je le joins au téléphone le Dr Shahid me dit d'une voix anxieuse qu'il souhaite me rencontrer ailleurs. Il me suggère un petit hôtel, où je m'installe pour attendre l'heure du rendez-vous.

Une heure plus tard, le téléphone sonne à la chambre. Il y a un changement de programme, m'annonce le Dr Shahid.

Tout cela n'augure rien de bon.

— Vous êtes toujours là ?

— Oui.

— Je passe vous prendre dans dix minutes.

Shahid met fin à la communication. J'éteins la lumière. La chambre est maintenant plongée dans l'obscurité, le village aussi.

J'entrebâille le rideau, j'observe les lieux en silence, sans me faire voir, comme un conspirateur.

Après une éternité, des phares balaient la rue. Une Mazda s'arrête, le chauffeur en descend et se dirige vers l'entrée de l'hôtel.

Quelques instants plus tard, on frappe à la porte de ma chambre.

J'ouvre. L'homme est plus petit que je l'imaginais, les cheveux coupés très court, des yeux intenses. Sans se présenter, sans introduction – comme si nous nous connaissions déjà –, il m'ordonne de le suivre.

Dans la Mazda, alors que nous roulons vers une destination qui m'est inconnue, le médecin m'explique qu'Akbar est soigné dans un dispensaire militaire.

— Vous l'avez revu ?

— Non.

Ça fait plus d'une semaine. Tout a pu changer, là-bas.

Nous continuons de rouler en silence, puis :

— L'endroit où je vous emmène, c'est chez une patiente à moi. J'ai soigné toute sa famille.

Une maisonnette en montagne. Des chèvres qui vont et viennent, aussi déboussolées que moi. Une dame nous accueille, elle semble en effet connaître le Dr Shahid. Elle me salue sans chaleur et nous guide à l'intérieur. Ce n'est pas la pauvreté extrême, mais on est loin de l'opulence : mobilier dépareillé, vieux frigo bruyant, plancher fissuré. Une grosse télé d'il y a vingt ans, couverte d'un centre de table pour éviter qu'elle s'empoussière.

La dame semble vivre seule, même si j'entends des bruits de pas dans une pièce, à l'étage. Son mari ? Son fils ? De toute façon, elle n'en fait aucune mention. Derrière une porte close, en haut de l'escalier, de la musique de Bollywood.

Ma chambre est petite, étouffante, et sans salle de bain, il faut utiliser celle de la maison, au fond du corridor.

Je m'installe tant bien que mal. Quand je redescends pour demander des serviettes, je surprends le Dr Shahid en train d'ausculter la dame. Elle a soulevé sa blouse sans aucune pudeur, ce qui me surprend, il lui applique le stéthoscope dans son dos. C'est un vrai médecin, donc. Ou alors une autre mise en scène.

J'attends que Shahid ait pris congé avant de me manifester. La dame est plus chaleureuse, cette fois. Elle affirme que tout va bien se passer, comme si ce genre de situation était courant pour elle.

Le lendemain matin, une odeur de cuisson me réveille. Je descends prendre le petit-déjeuner, je m'attends à y voir le chambreur, le mari ou le fils de la propriétaire, mais je suis seule à table. J'ai une faim de loup, je n'ai pas mangé depuis des siècles, il me semble.

Toute la journée, je tourne en rond. La femme fait sa lessive, je lui offre mon aide pour étendre, elle refuse en riant. Dans l'après-midi, des bruits d'explosion de l'autre côté de la frontière. La dame semble inquiète, je ne lui pose pas de questions, je suis certaine qu'elle n'en a pas les réponses.

Après le repas du soir, le Dr Shahid rapplique. Cette nuit, il ira de l'autre côté, il a reçu un appel, il verra un général quelconque dont je ne saisis pas le nom. Mais il faut agir vite, les moudjahidines ont amorcé une nouvelle offensive.

J'attends assise sur le lit, sans pouvoir fermer l'œil. Chaque bruit de bombardement me fait sursauter. La dame vient m'offrir du café, je refuse poliment.

Vers 3 heures du matin, n'y tenant plus, je descends prendre l'air. Dans la cour, tout est calme : le ciel étoilé, l'horizon que la lune éclaire, les montagnes qu'on devine malgré la noirceur. La guerre fait une pause, on dirait.

Au petit-déjeuner, une bonne nouvelle : le Dr Shahid a appelé, il a rencontré le général en question, il a récupéré Akbar.

Soudain, le sol tangue.

La nervosité, peut-être. La trop grande joie. Mes nerfs à fleur de peau. Je me traîne à la salle de bain de l'étage et je vomis longuement, douloureusement. La dame m'aide, je dois absolument m'étendre, la tête me tourne.

Quand je reviens à moi, la propriétaire applique une serviette d'eau froide sur mon visage.

— Je veux aller accueillir Akbar à la frontière.

— Vous n'êtes pas en état. Ils vont venir ici, tous les deux.

J'insiste :

— Vous avez une voiture ?

Voyant qu'elle ne pourra me faire changer d'idée, la dame m'aide à me relever. Je tiens à peine sur mes jambes.

— Tenez, buvez ça.

Sa voiture est en fait un pick-up déglingué qui pue la chèvre. Dans la cabine, j'ai envie de vomir de nouveau, mais je me retiens.

— D'habitude, le Dr Shahid traverse à cinq kilomètres d'ici. Il connaît les douaniers.

La perspective de revoir Akbar me fait oublier mes souffrances.

Arandu est un passage frontalier en pleine campagne. La Mazda du Dr Shahid vient d'apparaître à l'entrée du pont qui réunit les deux pays. Debout près du pick-up, je distingue une silhouette dans l'auto.

Akbar.

Un autre véhicule s'immobilise près d'une guérite pour les formalités d'usage. Puis c'est au tour du Dr Shahid. De ma position, je le vois descendre de sa voiture, brandir des documents, indiquer Akbar, dans l'auto. Le douanier s'approche, jette un œil dans la Mazda. Observe longuement le passager. Il semble peu convaincu, mais le Dr Shahid insiste, j'entends leur discussion sans la comprendre.

Je m'approche à mon tour jusqu'à ce qu'Akbar remarque ma présence, mais il détourne le regard comme si sa réaction pouvait compromettre l'opération.

Je m'inquiète pour rien : le Dr Shahid récupère ses papiers, le douanier s'intéresse maintenant au véhicule suivant.

Je me précipite à la rencontre de la Mazda du médecin dès qu'elle a franchi la zone de contrôle, Akbar descend de l'auto avant même qu'elle s'immobilise, près de moi. Je me jette sur lui, je l'enlace. Le cauchemar est terminé.

À Peshawar, j'ai fait une réservation à l'hôtel Thousand Nights, juste à l'extérieur du Khyber Bazar, en me faisant passer pour Joan, et je n'ai aucune difficulté, une fois dans la chambre, à y faire entrer Akbar et à lui ordonner de ne pas bouger d'ici. Il semble pris d'une grande lassitude, comme si les événements des derniers jours l'avaient épuisé. Il me sourit, mais c'est un sourire fatigué, teinté de désespoir, qui semble lui demander des efforts. Je tente de l'encourager:

— Tu es vivant, Akbar, et hors de danger.

— Je devrai y retourner. Mon père verra ma libération comme un signe de la grande puissance de Dieu.

— Pour aller risquer ta vie, encore une fois? Jamais.

— Mais tu ne comprends pas: mon père souhaite que je meure sur le champ de bataille, les armes à la main.

— Je l'en empêcherai.

— Mais comment?

— Je vais te sortir de là, Akbar. Je te le garantis.

Il hoche la tête, il sourit, il veut y croire, lui aussi.

Nous faisons l'amour.

Il s'endort, je le regarde, si paisible, mon idée est faite, je prends une douche rapide, je m'habille et quitte la chambre sans faire de bruit, je me précipite dans les rues de la ville en direction du Peshawar Golf Club. Je sais que William Gallagher y pratique son coup roulé tous les mardis matin, une habitude à laquelle il ne déroge jamais, peu importe la situation internationale.

Je le retrouve en train de laver des balles près du bâtiment principal. Il m'aperçoit, semble étonné, cherche Richard des yeux, ne le trouve pas, il se demande sûrement ce que je lui veux.

— Vous parler, monsieur Gallagher.

Je lui explique: j'ai besoin de son aide pour faire sortir quelqu'un du pays.

Il me regarde sans comprendre.

— C'est un Américain, vous me dites?

— Oui, mais il n'a plus de passeport, son père a renoncé à la nationalité.

— Je comprends.

— Sa vie est en danger s'il reste au Pakistan.

— Richard est au courant de votre démarche ?

— Ça ne le concerne pas. Si ça peut vous intéresser, Akbar sait des tas de choses sur ben Laden et les autres. Sur al-Qaïda et ses intentions…

— Al-Qaïda ? Qu'est-ce que c'est ?

Je lui explique ce qu'Akbar m'en a appris, très peu.

— La guerre est finie. L'Afghanistan n'est plus une priorité pour nous. Surtout avec ce qui se passe à Berlin en ce moment.

— Akbar est citoyen américain. Vous ne pouvez pas le laisser tomber.

— Je vais voir ce que je peux faire. Il est où, votre ami ?

— Je l'ignore, dis-je, m'efforçant de le regarder dans les yeux. C'est lui qui est entré en contact avec moi.

— Mais il se trouve au Pakistan ?

— Oui.

— Appelez-moi demain.

Après avoir téléphoné à Akbar pour le rassurer, je prends un rickshaw qui me dépose sur Park Road. De Mirkhani, hier soir, j'ai appelé mes parents pour leur dire que je passerais à Peshawar, sans préciser pour quelle raison. Ils sont heureux de me voir, ils me posent des tas de questions sur Islamabad. S'ils se doutent de quelque chose, ils n'en laissent rien paraître.

Durant la soirée, j'appelle Gallagher pour lui demander où il en est dans ses démarches. Aucune réponse. Ma décision est prise : si je n'ai pas eu de ses nouvelles demain, j'irai directement au consulat. J'invente un prétexte pour quitter la maison cinq minutes. Dans une échoppe, au bout de la rue, je demande à utiliser le téléphone. Je rejoins Akbar au Thousand Nights. Je le mets au courant de ma solution de rechange si Gallagher ne me donne pas signe de vie.

Quand je reviens à la maison, j'aperçois la voiture du conseiller politique garée devant l'entrée. Un mauvais pressentiment m'assaille, mais la situation est pire que prévu : dans le salon, Richard, Joan et l'Américain, mais aussi Mohammad Abdelhamid, le père d'Akbar. La réalité s'envenime davantage quand une jeune femme en niqab apparaît derrière Abdelhamid. C'est une adolescente, plus jeune que moi, du moins d'après ce que me révèle la mince ouverture devant son visage, ses yeux effrayés, ou en colère, je ne sais pas, qui me fixent et me jugent.

— Assieds-toi, Nadia, lance ma mère d'une voix d'hôtesse, comme si j'étais une invitée de marque.

Mais je veux rester debout, les affronter, tous, y compris la jeune fille, l'épouse d'Akbar, d'après ce que j'en ai déduit.

William Gallagher évite mon regard.

Surtout quand Richard s'avance et me gifle violemment. Jamais mon père n'avait levé la main sur moi, ou sur qui que ce soit, et il le fait ce soir, en public, pour prouver aux visiteurs que son autorité sur sa famille est sans limites, qu'il ne permettra pas à sa fille de mettre en péril non seulement les activités commerciales d'Oriental Rugs & Carpets, mais aussi les relations entre les États-Unis et l'Afghanistan. Selon lui, j'ai pris des initiatives qui menacent la paix mondiale et l'avenir de ce pays auquel il a consacré sa vie. Mon caprice d'adolescente est une étourderie sans nom, que ces adultes sensés, intelligents, devront corriger pour éviter un cataclysme. J'ai posé un geste d'une rare inconscience, je m'apprêtais à détruire un couple, à ravir à cette jeune femme, nouvellement mariée, un homme bon, courageux, un musulman pieux et sans fautes, moi, la « briseuse de ménages », comme ma mère m'avait décrite.

Je sens encore la douleur de la gifle sur ma joue, je regarde Joan, sincèrement peinée, désolée du spectacle indigne donné par mon père, dont je suis aussi responsable, cela va de soi. Je vois le visage d'Abdelhamid, fermé mais satisfait, et j'ai l'impression que sa tyrannie a déteint sur mes parents, sur mon père, le plus doux des hommes.

— Où est Akbar ? demande Abdelhamid. Où se cache-t-il ?

— Pour qu'il soit fouetté comme la dernière fois ?

— Nadia, je t'en prie, rétorque ma mère.

Je n'avais même pas besoin de poser la question. Akbar est condamné à une mort certaine. J'ai une faiblesse, un malaise soudain, de nouveau, je ne parviens pas à écarter Joan qui s'improvise infirmière, donnez-moi cinq minutes avec elle, je m'en occupe. Dans la salle de bain, je demande à ma mère de me laisser seule, je t'en supplie, je n'en peux plus. Elle quitte la pièce à contrecœur. Dès que la porte est refermée, je fais couler l'eau du lavabo et j'ouvre la fenêtre. Je les entends discuter, dans le salon. En prenant pied sur le bord de la baignoire, je me hisse à l'extérieur.

Dans la cour, personne.

Je quitte la propriété sans me faire voir, je remonte Park Road à toute vitesse, convaincue qu'on s'est lancé à ma poursuite, mais non. Au bout de la rue, je hèle un rickshaw. À l'hôtel Thousand Nights, où j'arrive finalement, Akbar qui m'attendait plein d'espoir déchante.

Il avait raison, je ne peux pas le sauver.

— Pas question de retourner chez mon père, dit-il, découragé, alors que je le serre dans mes bras.

— Moi non plus, je lui réponds.

30

Une usine comme on en voyait à l'époque dans les films de propagande, avec ces travailleurs infatigables, la peau luisante de sueur, musclés, un sourire éclatant illuminant leur visage de prolétaire. Un immense bâtiment tout en longueur, entouré d'une clôture métallique, quelque part entre le camp de concentration et la colonie de vacances pour stakhanovistes épuisés. Une guérite abandonnée, un mirador à moitié démoli, un parking maintenant couvert de végétation et de détritus vieux de plusieurs saisons.

— Une ancienne fabrique de textile, m'explique Terry Owen sans que je lui demande quoi que ce soit.

Puis il se tourne vers le chauffeur et lui dit quelques mots en russe, c'était donc ça, le mystère de ses origines. Son accent indéterminé, qu'il n'essayait pas de dissimuler. Terry Owen et l'imam du village près de Kassimov, des camarades de combat en Bosnie. Des mercenaires sous les ordres d'Abdelhamid, le psychopathe en chef. Ils s'étaient tatoués les uns les autres en signe de solidarité.

La limousine s'arrête devant ce qui était autrefois l'entrée des employés, où sont garées quelques voitures.

Terry ouvre la portière et me fait descendre. Il m'entraîne avec lui vers l'usine. À l'intérieur, l'intensité de la chaleur me surprend. Plus loin, des machines à coudre industrielles à l'abandon, mais d'autres qui semblent en bon état de marche. Au milieu desquelles s'avance Mohammad Abdelhamid. Tac tac tac, sa jambe artificielle qu'il maîtrise mal, une prothèse rudimentaire, œuvre de bric, de broc et de guerre. Un capitaine Crochet de la terreur.

— Nadia Rocheleau…

Il prononce mon nom en affichant un air de dérision, comme si, de loin, il avait observé mes efforts sans jamais perdre le contrôle de mes initiatives. Il m'a regardée me dépêtrer dans cette histoire comme on étudie un animal de laboratoire, une souris effrayée qui court dans tous les sens, incapable d'envisager sa mort prochaine.

— Te voilà ici, à la place de ton père, reprenant sa quête, sans avoir la chance de réussir, parce que tu t'es attaquée à des forces qui te dépassent, que tu ne comprends pas et qui te détruiront, comme elles ont détruit ta mère, ton père, et bientôt ton fils.

À la mention de Samuel, j'ai un mouvement de recul et de frayeur, qu'Abdelhamid ignore. Il continue de parler, de raconter, de se raconter, en fait, se donnant le beau rôle, à l'époque, auprès de son ami Oussama, renié par sa famille, par le gouvernement saoudien, ses avoirs gelés, ruiné par la faillite de ses entreprises au Soudan, où il avait trouvé refuge. Des investissements malavisés qui lui avaient fait perdre le peu de fric qu'il lui restait, avant qu'il atterrisse en Afghanistan, à la merci du mollah Omar, qu'il méprisait. Si on l'avait dépouillé de sa fortune, s'il avait été chassé du Soudan, c'était à la suite des pressions des Américains, qu'Oussama détestait, rendait responsables de ses déboires, et de qui il voulait se venger à tout prix. Mais comment, de quelle manière ? Et avec quel argent surtout ?

D'origine afghane, Abdelhamid était à la bonne avec les talibans. Et avoir vécu de longues années à Cleveland lui avait donné une connaissance intime des États-Unis, de leurs forces, mais aussi de leurs faiblesses. La guerre d'Afghanistan, ce n'est pas seulement la défaite de l'Armée rouge, c'est la destruction complète et totale d'un système politique, social, économique qui remontait à presque un siècle et qui avait essaimé partout dans le monde. Oussama se percevait comme l'artisan de la débandade des Soviets, même si les volontaires arabes avaient joué un rôle mineur dans cette défaite. Ce qui lui donnait l'illusion de détenir un pouvoir illimité. Il avait réussi là où Adolf Hitler avait échoué, là où quarante ans de guerre froide n'avaient rien donné. Pas surprenant qu'il veuille se lancer à l'attaque des États-Unis, sûr de pouvoir faire imploser le pays à son tour. Mais il lui fallait les moyens de mettre son projet en œuvre, ce qui était impossible à ce moment-là.

Abdelhamid avait pourtant sa petite idée pour renflouer les coffres d'al-Qaïda. Qui donc détestait les Américains autant qu'Oussama ? Les Russes, avait-il répondu quand le sheikh lui avait retourné la question. Et plus particulièrement les désillusionnés de la nouvelle Russie, les nostalgiques de l'URSS, anciens militaires, diplomates ou gestionnaires de l'État. Les membres de la nomenklatura qui ne s'étaient pas relevés de l'humiliation subie en Afghanistan et qui blâmaient les États-Unis pour la destruction de l'Empire. Des privilégiés de la société soviétique qui avaient observé avec écœurement ces nouveaux riches, vulgaires et dépensiers, prendre la tête de leur pays, qui voyaient avec horreur les dirigeants actuels pactiser avec l'Église orthodoxe, et qui découvraient soudain qu'on leur avait volé le système politique sur lequel ils avaient bâti leur vie et leur carrière, et grâce auquel ils étaient devenus des hommes respectables, admirés et enviés de tous.

Si on pouvait convaincre certains vieux apparatchiks de racler leurs fonds de tiroirs, d'allonger des roubles pour financer une opération revanche qui aurait pour but de fouetter l'amour-propre des Américains, de les provoquer à un point tel qu'ils ne pourraient à leur tour résister à la tentation d'envahir l'Afghanistan et de s'y enliser, comme l'Armée rouge, des années plus tôt. Les Russes n'avaient qu'à dire oui, à fournir l'argent, et al-Qaïda se chargeait du reste, y compris du choix de la cible.

Sans préciser laquelle…

Oussama avait adoré et Abdelhamid s'était mis au travail aussitôt.

Il n'explique pas comment il a fait la connaissance de Volodin, mais c'est par son entremise qu'il entre en contact avec d'autres « nostalgiques ».

Abdelhamid me fait signe de le suivre. Il ouvre une porte derrière laquelle un homme est ligoté sur une chaise. La frayeur se lit sur son visage – des yeux injectés de sang, en panique. Il tente de crier, mais rien ne sort de sa bouche, masquée par du ruban gommé.

— Voici le général Roman Dmitriev, l'autre partenaire de notre entreprise. Le patron et mentor de ce pauvre Volodin. La défaite de l'URSS en Afghanistan, il l'a vécue comme un drame personnel.

Afin de mieux coordonner les initiatives des uns et des autres, explique Abdelhamid, afin de pouvoir organiser l'opération terroriste d'al-Qaïda à partir de la Russie – où il était devenu *persona non grata* à la suite de sa participation à la guerre d'Afghanistan –, il devait devenir citoyen russe sous sa nouvelle identité : Abou al-Durani. Il s'était donc joint à la délégation talibane afin de pouvoir être exfiltré discrètement, à l'insu de Moscou et, surtout, du FSB. La participation de Malakhov avait été essentielle, une participation à laquelle ma mère s'était associée.

Par ses activités sociales et philanthropiques, par sa présence aux campagnes de financement, Joan était en relation avec des membres du conseil d'administration de l'Hôtel-Dieu. Ce qui lui avait permis de mobiliser l'un d'entre eux pour faire admettre Abdelhamid à l'hôpital sous un prétexte futile, histoire de faciliter le travail de Malakhov.

Ce que je croyais avoir été des hasards n'en étaient pas, finalement, la visite des talibans à Montréal, la mort de ma mère, l'islamisation de Samuel, son départ précipité, la présence de Richard en Russie, la mission qu'il s'était donnée de démêler par lui-même toutes et chacune de ces affaires. Venger la mort de Joan. Me ramener Samuel, dont il croyait être responsable du départ. Et tuer Abdelhamid par la même occasion.

Je repense aux fausses coïncidences des derniers jours, encore une fois, qui s'éclaircissent lentement, dévoilant le tableau au centre duquel trône le père d'Akbar, ce désaxé déguisé en religieux, qui sème la mort partout où sa démence l'entraîne, ou plutôt partout où la folie et la cruauté des hommes justifient sa présence. Il avait quitté les États-Unis et était apparu en Afghanistan au moment où le pays s'enfonçait dans la guerre civile, avait pris la tête d'une brigade étrangère en Bosnie-Herzégovine, puis avait aidé ben Laden à financer les attentats du 11-septembre grâce au soutien des nostalgiques de l'URSS.

L'homme de confiance du Saoudien, son délégué principal, celui qui concrétisait ses objectifs de destruction, veillait au recrutement, à l'embrigadement, une sorte d'éminence grise, une éminence noire, plutôt, se vautrant dans la méchanceté sans aucun remords. La fuite de ben Laden, sa réclusion dans un lieu secret, a créé un vide que Mohammad Abdelhamid a l'intention de remplir, se croyant – avec raison, peut-être – plus apte qu'al-Zawahiri à remettre al-Qaïda sur les rails. Il s'est donné la mission de relancer l'entreprise, de rendre la marque de commerce de nouveau populaire, de devenir, en fait, une sorte de Richard Rocheleau du salafisme, capable de rebâtir, de relancer et de porter encore plus loin l'œuvre de son prédécesseur.

Tout était lié, une formidable toile d'araignée qu'Abdelhamid avait tissée patiemment et dans laquelle se retrouvait prisonnier Samuel, mais aussi le souvenir d'Akbar, mon grand amour, et moi-même, par conséquent.

— Avec des hommes à lui, d'anciens militaires, reprend Abdelhamid, Dmitriev a kidnappé ton père dans le parking de l'hôtel pour aller le tuer sur le bord de la Neva. Dmitriev était convaincu que l'ancien marchand de tapis, informé par Malakhov, irait tout raconter aux médias.

De son vêtement, Abdelhamid sort un long couteau, qu'il me tend.

— Je te laisse le privilège, si tu veux.

Le visage du prisonnier s'anime de nouveau. Sa frayeur est insoutenable. Mon regard passe de Dmitriev, en panique, se débattant, à Abdelhamid, calme et solennel.

— Non ? Tant pis.

La lame du couteau s'enfonce dans le cou du général, puis le déchire sous le cri *Allah Akbar*, vociféré par Abdelhamid. Le sang gicle, le type s'affaisse

— Dieu est le plus grand, répète Abdelhamid.

Secouée par ce que je viens de voir, je suis incapable de bouger. Je reste ainsi un long moment, en espérant me réveiller de ce cauchemar. Abdelhamid m'entraîne plus loin, comme s'il voulait m'épargner la vue du cadavre de Dmitriev.

Il indique les machines à coudre muettes.

— On les fabrique en quelques heures, tout au plus.

Il saisit d'un panier une sorte de corset, qu'il me montre. En nylon, avec pochettes à l'avant et sur les côtés. Le détonateur à droite.

— Où est Samuel ?

Abdelhamid ignore ma question. Il a trop de plaisir à me laisser dans le noir, il adore me voir me débattre, chercher à comprendre.

Il ajoute :

— Relié à la fermeture éclair de son blouson. Il n'a qu'à la descendre, comme ça, et les explosifs font le travail. Ingénieux, non ?

Le signal sera donné par un complice, en coulisse. Il coupera l'électricité, la salle sera plongée dans le noir et dans le silence.

Terry avait manipulé Samuel dans le plus grand secret, à la demande d'Abdelhamid. Son intérêt et sa sollicitude à l'égard de Richard ne venaient pas de sa grandeur d'âme, au contraire, ils avaient pour but d'attirer Samuel dans ses filets, de justifier sa présence près de lui. Au fil des ans, profitant de ma négligence, de mon aveuglement, et grâce à l'intervention de Terry, Abdelhamid avait doucement déconstruit, puis remodelé le cerveau de Samuel pour l'inciter à quitter de lui-même ses amis, sa famille, sa vie, et rejoindre son gourou à l'autre bout du monde afin de devenir une machine à tuer.

Abdelhamid ne peut s'empêcher de se vanter :

— DeSoto d'abord, les autres ensuite.

— Les autres ?

— Ceux qui détournent les jeunes du djihad. Les suppôts de Satan qui s'immiscent dans leur cerveau.

— Des types comme toi, en fait.

Ignorant l'ironie, il poursuit :

— Notre combat s'apprête à changer de nature. Des attentats comme ceux du 11-septembre, c'est du passé. Ce qu'Oussama refuse de comprendre. Al-Zawahiri aussi. Ils ne veulent pas se mettre à jour. Dorénavant, les attaques viendront de plus petits groupes, deux ou trois personnes, ou même d'individus isolés. Des jeunes comme Samuel, j'en ai partout, sous la main, prêts à se sacrifier.

— Tout ça à cause d'Akbar…

Il s'approche de moi, pointe un doigt vers mon visage.

— Je te défends de prononcer son nom.

Pour la première fois, un courant d'émotion traverse son visage, peu de chose, c'est furtif, à peine perceptible, mais une faille néanmoins. Je m'y engage :

— Tu es responsable de sa mort.

— Il l'était, mort, depuis longtemps. Depuis le jour maudit où il avait jeté les yeux sur toi. Mais le véritable Akbar vit encore ici, dans mon cœur, dans ma tête. C'est lui qui me demande d'agir, personne d'autre.

Je me précipite sur lui, mais une main me retient, celle de Terry Owen, qui nous a suivis.

— Espèce de malade, t'es rien qu'un fou furieux !

— J'attends ce moment depuis des années.

— Depuis le jour où tu as donné rendez-vous à ma mère au World Trade Center, j'ajoute en essayant de me défaire de la poigne de l'ancien lutteur.

— Elle n'avait qu'à m'obéir, elle a refusé de le faire, elle en a subi les conséquences.

De quoi parle-t-il ? Obéir à quoi ?

— Je voulais récupérer mon petit-fils, le ramener à sa famille, sa vraie famille.

Abdelhamid avait fait chanter Joan, il avait ressorti cette vieille affaire du commerçant grec assassiné à Kaboul, il avait des preuves qui pouvaient incriminer Richard.

D'abord, il avait cru que la menace avait porté.

— Cet enfant, elle avait voulu que tu t'en débarrasses, de toute façon, quand tu étais enceinte. Quelle différence, maintenant ?

— Ma mère n'aurait jamais fait ça !

De retour à New York, Joan avait envoyé promener Abdelhamid en lui ordonnant de laisser sa famille tranquille et de ne plus chercher à entrer en communication avec elle. La menace de chantage ? Elle s'en foutait. Elle en avait assez de vivre dans le mensonge, que la vérité sorte une fois pour toutes !

Le père d'Akbar n'avait pas insisté, mais ils s'étaient donné rendez-vous de nouveau, une dernière fois. Son excuse : des objets qui avaient appartenu à Akbar et qu'il voulait transmettre à son petit-fils. Un dernier cadeau, après tous ceux qu'il lui avait remis lors de leurs rencontres à New York et qu'elle s'était empressée de jeter à la poubelle, en sa présence en plus, pour lui faire bien comprendre qu'elle ne lui céderait jamais son petit-fils. Abdelhamid donnait l'impression d'avoir enfin accepté la décision de Joan. Il voulait faire la paix. Ils devaient se voir à Windows on the World, ce matin-là, avec, en prime, des informations sur un futur attentat…

Mohammad Abdelhamid se dirige vers la sortie de l'atelier.

— Où est Samuel ? je lui crie.

— Il est parti sauver l'âme d'Akbar.

Je m'élance vers lui, mais Terry Owen me retient une fois de plus. Abdelhamid quitte les lieux. J'entends démarrer une voiture, la limousine peut-être, qui s'éloigne ensuite. Je me tourne vers l'ancien lutteur.

— Tu es avec lui depuis le début, c'est ça ?

— Il m'a fait engager à Tapis Hochelaga, il m'a demandé de me rapprocher de Richard, puis de Samuel, par conséquent.

— Pendant toutes ces années ?

— C'est moi qui lui ai montré à prier.

— À Samuel ?

— Il m'a vu faire, il était intrigué. Petit à petit, je lui ai enseigné la vraie religion.

Discrètement. Un secret entre eux, que supervisait Abdelhamid depuis l'autre bout du monde.

— Par l'entremise de Rachid Bensouda.

— C'est un imbécile. Un épouvantail. Il n'a rien à voir avec nous. Mais pendant que ton père et toi vous excitiez à son sujet, j'avais la paix.

Il ajoute :

— Quand vous vous êtes disputés, Samuel et toi, ce n'est pas chez le prédicateur qu'il est allé se réfugier, c'est chez moi. Richard était ivre, il ne s'en est même pas rendu compte.

L'ancien lutteur avait convaincu Samuel, furieux, qu'il était temps de quitter sa famille, son pays, et de remplir la mission que Dieu lui avait confiée : réparer la faute d'Akbar. Et cette faute ne pouvait être corrigée qu'en sacrifiant sa propre vie, d'abord en se mettant au service du père d'Akbar, puis en marchant vers la mort de façon sereine.

Je ne réplique rien, tellement ce délire me désarçonne.

— J'ai caché Samuel pendant deux jours dans un endroit prévu depuis des mois. S'il avait fléchi, s'il avait renoncé, rien n'aurait pu être possible. Mais après sa retraite, il m'a dit : je suis prêt.

Terry en avait informé Abdelhamid, qui pouvait compter sur son homme de confiance, à Montréal, pour prendre livraison de son petit-fils. Au cours des semaines suivantes, Samuel s'était laissé entraîner dans la guerre, d'abord en Irak, puis en Afghanistan, histoire de l'endurcir et de fortifier sa foi.

Le coup de grâce, maintenant. L'apothéose. Le sacrifice ultime. Une mise à mort qui entraînerait celle d'Atomic Behavior et de Jerry DeSoto, Satan en personne, responsable de la déchéance d'Akbar. DeSoto, un être maléfique que Samuel pourra enfin éradiquer de la surface de la Terre.

— Abdelhamid est un monstre, Terry. Il faut l'en empêcher, il faut le dénoncer.

— Il est trop tard, de toute façon.

Il regarde l'heure à sa montre.

— Le show est déjà commencé...

Je pars à la course, dans la direction opposée à la porte d'entrée de l'usine. Je n'ai aucune idée de l'endroit où je vais, mais je détale. Derrière moi, Terry me regarde fuir sans s'énerver. Il sait sûrement qu'il n'y a pas d'issue et que je suis prise au piège à mon tour. Mais je continue de chercher une sortie. Une mezzanine, j'y grimpe. Des bureaux vides, les portes arrachées, les fenêtres masquées par des grillages. J'entends le pas lourd de Terry dans l'escalier, un local avec une porte, encore. Je m'y engouffre et réussis à la bloquer derrière moi. Un bureau en métal et une chaise renversée. La fenêtre, recouverte d'un treillis que je tente de défaire, sans y parvenir. Le grillage est rouillé, ça semble fragile, mais c'est d'une solidité à toute épreuve. Terry, dans le couloir, peu empressé de me déloger. Une broche cède, mes mains sont en sang. Le Russe n'a aucune difficulté à arracher la porte, qu'il laisse tomber par terre derrière lui comme s'il s'agissait d'une fausse porte dans un match de lutte truqué. Je me retrouve dans l'arène devant un ancien champion. Je n'ai aucune chance.

Terry fait un pas vers moi et je remarque qu'il tient le couteau d'Abdelhamid, je lui ordonne d'arrêter, j'essaie de fuir, mais il me bloque le chemin. Le géant m'enserre le cou de sa grande main, le sang coule dans la mienne, et je réalise que je tiens toujours la broche du grillage. Dans un mouvement désespéré, je le plante de toutes mes forces dans sa cuisse. Terry lâche prise, étonné par cette sensation désagréable qu'il ne peut identifier. Le sang coule sur sa jambe, mais quand il relève la tête, je lui plante le morceau de treillis dans un œil et je l'y maintiens pendant qu'il se tord de douleur. En essayant de se dégager, il perd pied à cause de la porte, par terre, puis il tombe au sol, sur le dos. La broche dans son œil, toujours, le sang gicle sur son visage, sur sa poitrine. Je me retourne vers le bureau, arrache un tiroir. De toutes mes forces, je lui abats l'un des coins en pleine figure. Je frappe et je frappe encore, sans qu'il puisse se défendre ; ses mains s'écartent de son visage, je continue de frapper, je vise l'autre œil, je frappe sans arrêt, mue par une rage trop longtemps contenue. Bientôt, c'est un Terry Owen sans vie qui gît à mes pieds, ensanglanté. Je jette le tiroir par terre, barbouillé de sang, lui aussi.

31

Pendant un moment, je reste sur place, incapable de bouger. Je viens de tuer quelqu'un, je suis une meurtrière. Je ne vaux pas mieux qu'Abdelhamid et les autres. Bouleversée, je m'empresse de quitter les lieux mais, dans l'escalier, je reviens sur mes pas. Pénètre de nouveau dans le bureau. Terry, toujours. Mort. Inerte, en tout cas. Avec répulsion, je fouille dans ses poches, trouve un portable et des clés de voiture.

Je dévale l'escalier de la mezzanine en composant le numéro de Nikonov, je n'obtiens aucune réponse. Je sors de l'usine. Une Jeep garée plus loin, celle de Terry.

Je pourrais, je devrais appeler la police, mais je ne le fais pas. Je refuse de donner carte blanche aux autorités. Les méthodes de Beslan, non merci. La brutalité et le manque de pitié, le raid meurtrier, le bain de sang, pas question.

Je veux retrouver Samuel vivant.

J'ouvre la portière de la Jeep, glisse la clé dans le démarreur. Le moteur tourne, je m'éloigne de l'endroit sur les chapeaux de roues. Je sors bientôt de la zone industrielle, j'emprunte le périphérique en direction du centre de Moscou, sans savoir où je vais exactement.

Il fait noir, je roule trop vite, je double toutes les voitures à grands coups de klaxon.

J'essaie de me repérer, mais je suis bientôt égarée.

Je n'y arriverai pas toute seule.

Je compose de nouveau le numéro de Nikonov, qui répond, cette fois. Nous vous cherchons partout, où êtes-vous, qu'est-ce qui se passe ? Je lui raconte brièvement : dans une vieille usine, un général dont on a tranché la gorge et un ancien lutteur baignant dans une mare de sang. Mohammad Abdelhamid en fuite, Samuel au spectacle d'Atomic Behavior.

— Nadia ? me demande Nikonov, inquiet de mon silence.

— Je file au Space Club.

— Vous ne bougez pas d'où vous êtes. Laissez la Militsia faire son travail.

— Non.

Un long silence, puis :

— Donnez-moi votre position.

Je m'approche d'une intersection, je lui baragouine le nom des rues.

— Vous êtes tout près. Dans deux rues, prenez à gauche, puis à gauche encore. Trois feux plus loin, vous verrez la salle à votre droite.

Je fais ce qu'il me dit. J'ai peur de m'être trompée de chemin. À droite ou à gauche ? Combien de feux encore ?

Mais voilà qu'un groupe de jeunes gens est massé devant l'entrée de la salle de spectacle, que je reconnais pour y être venue en plein jour. J'immobilise la Jeep en catastrophe et je me précipite vers la porte principale, mais je ne peux approcher. Je contourne l'endroit par une ruelle plongée dans le noir. Un *scalper* compte ses revenus de la soirée, je lui demande un billet, il m'envoie promener, il a tout vendu. Je continue vers l'arrière de l'établissement, puis je reviens vers lui. C'est un costaud, les cheveux coupés ras, version goulag.

— C'est fini, me dit-il. J'ai plus rien.

Des sirènes se font entendre, la police. Un véritable concert. Même le *scalper* semble en être étonné. Il n'y a plus de temps à perdre, je lui offre une montagne de fric, à une condition : qu'il assomme quelqu'un. Il me sourit, il croit que je suis folle. Mais je lui montre l'argent et il accepte de me suivre. Je frappe à l'entrée des artistes, deux, trois fois, et puis la porte s'ouvre. Un Igor apparaît mais n'a pas le temps de me demander ce que je veux. Mon *scalper* le frappe au visage pendant que je tiens la porte ouverte. Il se masse la main alors que je lui refile les billets.

J'enjambe le colosse et pénètre dans le théâtre, laissant derrière le vacarme des sirènes, remplacé par la voix de DeSoto surgie des haut-parleurs. Je suis projetée des années en arrière, sur le bord de cette rivière, à Peshawar, mais l'heure n'est pas à la nostalgie. Je franchis le corridor à toute vitesse, me laissant guider par le son du groupe, de plus en plus fort. Je m'attends à déboucher en coulisse, derrière la scène, mais je me retrouve plutôt dans la salle, au premier rang, où, debout, exaltés, bruyants, des fans tapent des mains ou se déhanchent au son de la musique, tonitruante. Devant ses musiciens, DeSoto, en transe à son tour, s'époumone sur un vieux hit, retrouvant lui aussi sa jeunesse perdue.

Mes yeux balaient l'assistance, puis reviennent à la scène. Je me faufile au milieu des spectateurs, et c'est à ce moment que je l'aperçois. Alors que tout le monde danse, Samuel est debout au milieu de la foule, bousculé, poussé de partout, mais sans bouger, comme s'il était insensible à l'animation autour de lui. J'essaie d'avancer mais n'y arrive pas. Je remarque sa main droite, qu'il laisse pendre, alors que la gauche est cachée dans la poche de son blouson, zippé jusqu'au cou. À cause de la ceinture d'explosifs, on dirait qu'il a pris dix kilos.

J'essaie encore de m'approcher, je progresse d'un mètre ou deux, pas plus, je crie son nom mais il n'entend pas, personne n'entend tellement la musique est forte. Je hurle, cette fois, en vain. Je suis à bout de forces, à bout de moyens. C'est alors que Samuel se tourne vers moi et que nos regards se croisent.

Je ne le quitte pas des yeux. Lui non plus. Il me sourit, mais son visage est triste. Je lui fais non de la tête, je lui mime ce non avec mes lèvres, il me répond oui de la même façon. Je fixe sa main droite qui n'a pas bougé, mais sa gauche, elle, sort de sa poche et il me fait le signal, notre signal, cette main à plat qui signifie pour nous deux, juste pour nous deux, je pense à toi, je t'aime, je reviens bientôt, ne t'inquiète pas. Nous allons tous mourir, nous nous reverrons tout à l'heure, au paradis. Je crie son nom, de nouveau, en vain. Ses doigts tâtent la fermeture éclair de son blouson, je m'attends au pire.

Les lumières s'éteignent.

La musique cesse.

Le silence envahit la salle, un silence intrusif qui, allié à la noirceur, sème la panique.

Je m'attends à l'explosion, mais non, rien.

Je reprends espoir.

Des cris, de la bousculade, on me pousse dans le dos, des cris encore, les gens foncent vers la sortie, dégageant ainsi l'espace devant moi. Je me précipite dans le noir à l'endroit où se trouvait Samuel, mais il n'est plus là, je ne vois rien, je pousse de tous les côtés, la panique s'est installée, tout le monde cherche à fuir, je rebrousse chemin, tente de retrouver l'endroit par où je suis entrée, je trébuche, me relève, trébuche encore. Où est Samuel ? Pourquoi n'a-t-il pas déclenché sa bombe ? Je touche la première marche du petit escalier que j'ai descendu au bout du corridor, je le grimpe, je cours dans l'obscurité, une lueur tout au fond, des lumières de sécurité qui se sont allumées. Je reconnais soudain la silhouette de Samuel s'éloignant, je l'appelle, il ne se retourne pas, j'essaie de le rattraper. Samuel ! Cette fois, il s'immobilise et me regarde. Une main me saisit par le bras, c'est Jerry DeSoto.

— Venez, la sortie est par là.

Samuel l'a reconnu, lui aussi. Il marche vers nous. S'apprête à dire quelque chose, mais je le devance.

— C'est mon fils, je dis à DeSoto.

— Dépêchons-nous, ils nous attendent.

Samuel et moi courons derrière le chanteur jusqu'à la porte par où je suis entrée et que nous franchissons – pas de trace de l'Igor assommé. Je ne comprends toujours pas pourquoi Samuel a renoncé à faire exploser sa bombe, comme prévu. Des voitures de police, des cars de l'escouade antiterroriste garés en catastrophe devant l'amphithéâtre, des hommes qui en descendent en tenue de gladiateurs, croisant des jeunes qui détalent dans la rue sans comprendre ce qui se passe, mais devinant qu'il faut quitter l'endroit au plus vite.

Un Hummer tout blanc est garé plus loin, à l'écart, DeSoto nous oblige à y monter.

Les autres membres d'Atomic Behavior sont déjà installés dans le véhicule. Nous nous assoyons l'un en face de l'autre, Samuel et moi. Lui passif, presque blasé, moi à bout de nerfs. Le guitariste de DeSoto est appuyé contre la fenêtre, plus loin. À côté de Samuel, le batteur. Sur la banquette avant, le bassiste, avec le chauffeur russe ; la radio joue à plein volume.

La main de Samuel repose sur sa cuisse, son blouson est toujours zippé jusqu'au menton, nous roulons déjà dans les rues de Moscou. J'essaie de croiser son regard, mais il m'évite. Il jette un œil à l'extérieur du véhicule : un panneau à l'intention des touristes indique la direction de la place Rouge, le chemin le plus direct pour rejoindre l'hôtel National. Je devine alors les intentions de mon fils : il veut se faire exploser au milieu d'une foule, pour que les dommages soient encore plus considérables. Il a raté le Space Club pour une raison que j'ignore, il se reprendra devant le Kremlin.

32

Il nous faut traverser la grande banlieue de Moscou jusqu'au cœur commercial de la capitale, où se trouvent boutiques, bars, restaurants et hôtels chics – dont celui d'Atomic Behavior. Au fur et à mesure que nous nous approchons du centre, la ville s'anime, la circulation devient plus dense. Des gens dans les voitures, des passants sur les trottoirs, tous innocents, ne se doutant pas que le Hummer est transformé en bombe à retardement. Un engin de mort qui explosera au milieu des Moscovites.

Samuel continue d'éviter mon regard, il me tournerait le dos s'il en avait la possibilité. Je tremble, j'ai peur, d'un instant à l'autre je m'attends à ce qu'il déclenche le dispositif. Ou que la bombe explose d'elle-même.

— *Look at that traffic, man.*

Jerry DeSoto, au téléphone, avertit la police de Moscou que lui et les membres de son groupe ont quitté le Space Club en sécurité et qu'ils rentrent maintenant à l'hôtel National.

Les musiciens sont encore sous le choc de ce qui vient d'arriver, ils ont l'impression de l'avoir échappé belle. Depuis tout à l'heure, à tour de rôle, ils téléphonent chez eux, à Seattle, pour rassurer leur famille, il n'y a pas de dommages, nous rentrons tranquillement à l'hôtel…

Une voiture de police, puis une autre, et une troisième ensuite, toutes sirènes hurlantes, en direction du Space Club. D'autres cars de gladiateurs, un hélicoptère au-dessus de nos têtes.

Le bassiste se tourne vers nous :

— *That bastard's still on the loose.*

— *Hope they get the fucker*, répond le guitariste, sans aucune réaction de la part de Samuel, qui ne cesse de triturer son zipper.

Je comprends soudain pourquoi il ne s'est pas fait sauter plus tôt, dans la salle de spectacle : la fermeture éclair est coincée, il n'a pu actionner le détonateur.

Il lève les yeux vers moi, je pourrais me précipiter sur lui, je perçois dans son regard les traces d'une agitation profonde. Ce zipper coincé, ce changement de programme. Jusqu'à maintenant, Abdelhamid dirigeait chacun de ses gestes, déterminait chacune de ses paroles, il tenait la lampe qui le guidait dans le noir jusqu'à la Vérité. Ce soir, toutefois, Samuel est seul, devant des imprévus qu'il ne peut valider ni avec son mentor ni avec Terry Owen. Depuis le début de sa descente aux enfers, il doit s'en remettre à lui-même.

Le guitariste ouvre le bar, à gauche, et en retire des minibouteilles de scotch qu'il offre à la ronde.

— Non, c'est beau, je réponds, en m'efforçant de garder mon calme alors que j'ai juste une envie : hurler.

Je continue de fixer Samuel, qui maltraite son zipper sans succès.

Que se passe-t-il dans sa tête ? Celle du jeune joueur de hockey. Cette fois, personne n'est debout derrière le banc pour lui répéter des consignes à l'oreille ou lui taper sur l'épaule. Son coach s'est volatilisé, le laissant seul avec son horrible projet.

Ces obstacles sur le chemin du sacrifice semblent le décontenancer, même s'il cache bien son jeu. Un plan B a été élaboré, sans doute. Suivre Atomic Behavior à tout prix, chercher un autre endroit fréquenté par le public, les passants, les flâneurs, ne pas se contenter de quelques musiciens « sataniques », voir plus large, ne pas hésiter à forcer le destin.

Le futur martyr n'a droit qu'à une seule mort, son impact doit être maximisé. Avec ce djihad extrême, un seul tour de patinoire est possible, c'est le match de la dernière chance.

— Tu ne peux rien me cacher, Samuel.

Il sursaute, pendant un bref instant, il est sorti de son rôle pour redevenir l'adolescent timide d'autrefois, il s'en rend compte, renfile le masque, mais c'est trop tard.

— Tu es désemparé, tu ne sais plus ce que tu dois faire.

Il continue de se taire. Je devrais me la fermer, moi aussi, mais je n'y arrive pas, ma peur se traduit par un flot de paroles que je ne peux retenir.

— C'est en partie ma faute. Je t'ai enveloppé et protégé parce que je t'élevais seule, parce que je ne voulais te partager avec personne. J'ai refusé de m'engager avec un autre homme par une sorte de fidélité mal placée à l'égard d'Akbar…

Samuel m'ignore, il n'écoute pas. Je parle toute seule, pendant que les musiciens boivent leurs minibouteilles.

— Pendant toutes ces années, il t'a manqué des occasions de te libérer de ma présence confortable, rassurante, ce qui t'a coupé les ailes. J'ai réfléchi à ta place, je t'ai préparé sans le vouloir aux idées d'Abdelhamid, qui ne voulait qu'une chose : prendre possession de toi, tel un vampire du djihad.

Bref, Samuel n'a jamais appris à penser par lui-même, n'a jamais eu à se féliciter pour ses décisions, ou à se blâmer pour ses échecs. Dans ce Hummer, aujourd'hui, alors qu'il s'apprête à poser le geste le plus important de sa vie, il ne sait pas comment réagir, il ne peut demander conseil à personne, sa conscience ne répond plus depuis des années.

C'est ce que je lui lance à la tête.

Il est perdu, mais refuse de l'admettre, refuse de jeter l'éponge. Sa seule certitude, maintenant : ce détonateur, coincé par cette fermeture éclair récalcitrante.

— Il n'est pas trop tard, Samuel, pour mettre fin à cette folie.

Un freinage sec, tout à coup, avant qu'il puisse répondre. Surpris, il est projeté sur moi. Ça y est, je me dis, nous y passons tous. Sous son blouson, alors qu'il se redresse, j'effleure la ceinture d'explosifs.

Quand je relève les yeux, Samuel, revenu à sa place, ayant retrouvé son aplomb, me regarde fixement. Ce n'est plus mon fils, mais un inconnu, de nouveau.

Je baisse les yeux au niveau de son blouson : le zipper est décoincé, la main de Samuel le caresse, ma frayeur augmente d'un cran, j'ai envie de vomir.

Le cellulaire de Terry sonne : Nikonov.

— Ne réponds pas, m'ordonne Samuel.

Je veux crier à Nikonov que nous sommes une bombe ambulante, que je suis la seule à le savoir, et qu'il faut absolument empêcher le carnage. Mais je ne fais rien.

— *You aren't taking that call?* me demande DeSoto, intrigué.

Nikonov a mis un terme à l'appel, il a laissé un message. D'un geste hésitant, sans quitter Samuel des yeux, j'appuie sur une touche et le message de Nikonov se fait entendre, en français, alors que Samuel continue de passer sa main négligemment sur la fermeture éclair de son blouson.

La tension est au maximum, mais je suis la seule à la ressentir, même Samuel reste calme. Abdelhamid et son chauffeur ont été interceptés à l'aéroport Chérémétiévo, m'apprend le Russe, on a trouvé dans le double fond d'une de ses valises près de deux cent mille dollars. Les deux terroristes ont été transportés au commissariat central, où ils sont maintenant interrogés par une brigade spéciale, celle qui s'entraîne régulièrement sur les rebelles tchétchènes, j'imagine, sans se soucier des ententes internationales et des préoccupations humanitaires. Nikonov est convaincu qu'Abdelhamid va bientôt cracher le morceau, c'est-à-dire révéler l'envergure de son réseau, donner le nom de ses contacts en Russie et ailleurs.

DeSoto me regarde en indiquant le téléphone.

— *Good news ?*

Je ne réponds pas.

Déjà, Abdelhamid a avoué l'implication de certains dirigeants communistes frustrés dans les attentats du 11-septembre, reprend le message de Nikonov. Une information qui, selon lui, ne trouvera pas le chemin des médias, qu'on s'empressera de caviarder afin de ne pas nuire aux relations internationales de la Russie, à l'égard des Américains notamment. Au même moment, le corps de Terry fait l'objet d'analyses de l'escouade technique de la Militsia de Moscou...

Le message est terminé, Samuel m'ordonne de lui remettre le téléphone.

La voix de DeSoto, soudain :

— Ton père était un fan d'Atomic Behavior. *Your mother told me.* Comment il s'appelait ? Akbar, c'est ça ?

Samuel a un mouvement de surprise, il plisse les yeux, regarde le chanteur différemment, comme si les gens qu'il s'apprêtait à tuer, ses cibles, prenaient corps devant lui, ce ne sont plus uniquement des symboles, des représentations, des boucs émissaires, mais des êtres en chair et en os, comme lui, comme nous tous.

Mon fils se contorsionne sur le siège, mal à l'aise, comme s'il voulait signifier à DeSoto de se taire.

— *You're a big fan too ?*

Je réponds à sa place :

— Samuel déteste le rock. Pas juste le rock, d'ailleurs, *metal* ou non, toutes les musiques, blues, new age, rap, reggae, jazz et autres. Il n'aime rien.

Samuel me regarde, se demande où je veux en venir.

DeSoto éclate de rire, ses musiciens sourient.

— Alors pourquoi t'es venu nous voir jouer ?

Je m'empresse de répondre, de nouveau, pour éviter que Samuel dise la vérité :

— En hommage à son père, justement. Akbar, que j'ai aimé à la folie, et qui aurait aimé Samuel de tout son cœur, j'en suis certaine, s'il avait vécu. Il aurait été fier de ce jeune homme, de ce garçon intelligent, entier, capable de soulever des montagnes quand il s'en donne la peine.

C'est sorti d'une traite, d'une voix saccadée, remplie de trémolos. La peur, encore une fois. Au dernier instant de ma vie, je peux tout me permettre.

DeSoto connaît déjà une partie de l'histoire, je la complète à son profit et à celui des autres musiciens, mais c'est à Samuel que je m'adresse, c'est lui que je tente désespérément de toucher par mes paroles, à l'exemple de Richard, qui pouvait mieux que quiconque se faufiler au milieu de l'adversité grâce à son éloquence et transformer à son avantage des situations critiques, négatives, dommageables.

Samuel m'écoute, j'en suis certaine, malgré son regard fermé. Il ne m'ordonne pas de me taire, alors c'est bon signe. Je continue mon récit. Les musiciens suivent l'histoire avec intérêt tandis que le Hummer traverse la ville, qui n'existe plus pour moi, sinon par images floues, rapidement envolées. Les autres voitures, les immeubles, les rares piétons aperçus de loin, un tableau qui se déplace et dont il ne reste que des traînées de lumière. Ne compte plus pour moi que Samuel, sa réaction, sa main sur le zipper, son visage froid.

— Akbar, mon amour, mon seul amour, que j'ai essayé en vain de sauver des cruautés de son père. Abdelhamid qui s'est retourné contre moi, ensuite, contre mon père, contre ma mère surtout.

J'ajoute, en français cette fois, pour créer une zone d'intimité entre mon fils et moi :

— Abdelhamid s'est acharné contre notre famille, contre son fils, et contre toi aussi, même si tu refuses de l'admettre. S'il a provoqué la mort d'Akbar, c'est pour empêcher que tu existes, mais je l'ai battu de vitesse…

— C'est toi qui l'as tué, lance Samuel, très fort.

Tous les musiciens le regardent sans avoir compris ce qu'il vient de dire. Ils devinent qu'il s'agit d'une conversation qui ne les concerne pas, personne ne nous interrompt.

DeSoto me jette un regard rapide, puis se détourne, lui aussi. Il sent que la tension a monté entre Samuel et moi, mais il ignore pour quelle raison.

Le visage crispé par la colère, Samuel reprend :

— Il t'aimait à la folie, mais pas toi, tu avais peur que sa famille rapplique à Montréal si tu te mariais avec lui. Alors tu l'as chassé.

Un long silence.

— Tu as tué mon père.

— C'est ce qu'Abdelhamid t'a raconté ?

— Tout le monde était au courant, sauf moi.

Voilà donc ce que ses nouveaux compagnons lui avaient mis dans la tête, au fil des années, révélant des bribes d'information, de désinformation, en fait, petit à petit, pour nourrir notre rupture à venir. J'étais responsable de la mort de son père, qu'il avait tenté de rejoindre en esprit, croyait-il, aveuglé par l'image que lui en avait donné Abdelhamid. Aux yeux du salafiste, le pieux et fidèle Akbar craignant Dieu et respectant son père avait été séduit et manipulé par moi, par ma famille, je m'étais servie de lui pour faire un enfant et m'en étais débarrassée ensuite, comme on jette un vieux jouet qui ne nous amuse plus.

— Ce sont des mensonges ! je m'écrie, furieuse.

Alors je lui révèle la vérité. Je n'omets aucun détail, puisque c'est la dernière fois que je m'adresse à mon fils avant la fin du monde. Je lui parle des coups de cravache qu'Akbar avait reçus, de la guerre sainte qu'Abdelhamid avait obligé son fils à mener, le martyre auquel il le destinait, souhaitant sa mort, désirant pour lui le sacrifice ultime, puis la rébellion d'Akbar, la musique d'Atomic Behavior à laquelle il s'était rattaché, *in extremis*. Sa seule porte de sortie, son seul espoir dans ce monde où on l'obligeait à vivre l'enfer qu'on avait créé exprès pour lui, pensait-il, pour le punir de fautes qu'il n'avait pas commises, des fautes imaginaires issues du cerveau fêlé de son père et de sa clique de salafistes.

Samuel s'agite, je le vois fébrile, plus nerveux que jamais. Son visage est couvert de sueur.

— Je n'ai pas tué ton père, au contraire. Je l'ai aidé à reprendre vie.

Akbar, qui était tiraillé entre la reconnaissance qu'il devait à cet homme, une reconnaissance imposée par sa mère, par-delà la tombe, une dette posthume qu'il se sentait incapable d'honorer. Le pire, ce n'est pas qu'Abdelhamid ait été sévère et adepte des châtiments corporels, non, ce qui l'horripilait était qu'il devait la vie à ce monstre, qu'il devait son existence à ce bourreau qui avait sauvé sa mère, qui l'avait sortie de la rue, lui avait donné une vie honorable – selon les critères d'Abdelhamid. Une vie voilée, à l'abri de la concupiscence des hommes, une vie d'animal de compagnie, qu'on flatte mais qu'on punit aussi, qu'on récompense souvent mais à qui on flanque des taloches, parfois, une vie qui valait quand même cent fois mieux que les bas-fonds de Cleveland, les overdoses, les viols de ses *pimps*, la brutalité des policiers corrompus.

Quand Abdelhamid battait Akbar, quand il lui infligeait des coups de cravache, c'est pour sa mère disparue qu'il acceptait le châtiment. Il était malheureux mais assumait son malheur, parce que son père, selon lui, avait le droit de lui rendre la vie misérable puisqu'il avait débarrassé sa mère de sa misère à elle.

À Peshawar, avec mon innocence, j'étais venue tout bousculer. Je m'étais glissée entre lui et son bourreau de père, mine de rien, sans m'en rendre compte, m'imposant par la douceur, par les caresses, par les sourires, mais aussi par la musique que nous écoutions ensemble, par les livres que je lui refilais, notre libération à tous les deux, moi d'un monde qui m'était étranger où je me sentais rejetée, lui d'un père tortionnaire et de son radicalisme religieux. Et même quand il avait été approché pour aider les Russes à tuer ben Laden, je l'en avais empêché, j'étais intervenue, je ne voulais pas être amoureuse d'un meurtrier. Je ne voulais pas qu'il devienne comme eux. Comme nous sommes devenus, toi et moi, Samuel. Nous n'avions pas besoin de tuer pour donner un sens à notre existence. Nous étions certains de gagner contre Abdelhamid et sa bande de tarés, nous étions jeunes, nous avions la vie devant nous, les barbus blanchiraient de la tonsure et du poil revêche, puis mourraient à leur tour, de leur belle mort ou autrement, dans leur lit ou en martyrs, et nous aurions enfin le champ libre pour nous aimer et faire des enfants.

Un enfant.

Toi.

Je lui raconte ensuite l'appel désespéré d'Akbar, blessé, par l'entremise du médecin pakistanais qui le soignait, mon voyage à la frontière pour le retrouver, mes démarches auprès du conseiller politique américain pour qu'il puisse récupérer son passeport et rentrer aux États-Unis, la trahison des adultes qui avaient saboté notre projet. Je lui décris mon retour à l'hôtel Thousand Nights et la décision que nous avions prise, Akbar et moi, de mettre fin à nos jours, puisqu'on nous refusait la vie. Il gardait sur lui deux capsules de cyanure que les soldats russes se procuraient au marché noir afin d'éviter les souffrances que les moudjahidines avaient la réputation d'infliger à leurs prisonniers. Ces capsules qu'il avait récupérées sur le corps d'un pilote d'hélicoptère, et que nous avions partagées en guise d'ultime repas. Nous nous étions enlacés pour la dernière fois, sur ce lit trop grand, trop froid, et nous avions attendu la mort, l'un contre l'autre, l'un dans l'autre. Une mort qui s'est montrée inutilement cruelle, le prenant, lui, mais m'ignorant, moi, me laissant du côté de la vie pour le pleurer et me souvenir jusqu'à la fin de mes jours.

Du même souffle, sentant l'urgence de dire, de parler, de laisser des mots derrière moi, j'enchaîne sur l'épouvantable plan qu'Abdelhamid avait mis en œuvre dans le but de récupérer son petit-fils, recrutant Terry Owen, manipulant Richard après avoir envoyé Joan à la mort parce qu'elle refusait de céder à son chantage. Pendant des années, Abdelhamid a monté cette opération qui n'a qu'un but, Samuel, te faire porter le sacrifice qu'Akbar avait rejeté, t'envoyer à la mort de ton plein gré, ce qu'avait refusé son fils, l'ingrat qui reniait la mémoire de sa pauvre mère.

Akbar, dont le suicide n'avait servi à rien, puisqu'il n'était pas martyr d'une cause, la seule qui soit valable aux yeux d'Abdelhamid, et celle pour laquelle nous allons bientôt tous mourir. Tu comprends, Samuel ? Pour Abdelhamid, tu n'existes que pour réparer l'erreur que représentait Akbar, la lâcheté de son fils dont il se sent coupable aujourd'hui, la faute qu'il avait commise par manque de piété, croit-il, ou pour ne pas avoir observé avec suffisamment de rigueur la loi divine. Akbar, c'était son châtiment. Et toi, une victime expiatoire. Ta mort, Samuel, ne servira qu'à nettoyer la conscience d'Abdelhamid.

Rien d'autre.

Et surtout pas à sauver l'âme de ton père, comme ces illuminés te l'ont fait croire.

Grâce à toi, à cause de toi, plutôt, Abdelhamid a gagné. Akbar a perdu, j'ai perdu, nous avons tous perdu.

Les ténèbres ont triomphé.

Nous sommes maintenant bloqués par la circulation tout près de l'hôtel National. Une foule compacte de noctambules traverse l'intersection autour du Hummer, n'y accordant aucune importance – un oligarque tape-à-l'œil de plus, selon eux –, poursuivant leur chemin comme si de rien n'était, rigolant, buvant, s'invectivant, ignorant que nous sommes une bombe prête à détonner à tout instant.

Dans le véhicule, le silence est revenu. Le visage de Samuel semble aussi froid et inexpressif qu'auparavant, mais pour moi qui sais bien le lire, quelque chose a changé. C'est imperceptible, une autre personne ne se rendrait compte de rien, mais je suis sa mère, alors je vois ce que d'autres ne voient pas, malgré la pénombre, malgré le fait que je ne peux le toucher, le prendre dans mes bras, lui parler à l'oreille. Ce que je brûle de faire en ce moment même, pour la dernière fois.

Je dis :

— Je t'aime, Samuel. Je t'aimerai toujours, peu importe ce que tu as fait, et ce que tu t'apprêtes à faire. Peu importe les horreurs et les saletés qu'Abdelhamid t'as mises dans la tête. Peu importe ce qu'on dira de toi, plus tard, de moi aussi. Peu importe. Je t'aime, comme j'ai aimé Akbar. Je t'aime plus que tout au monde.

Samuel me regarde. Son visage se défait. Sa main repose maintenant sur ses genoux, loin de la fermeture éclair de son blouson. Puis il bascule la tête en arrière, cherchant à maîtriser l'émotion qui l'assaille. Il ferme les yeux, il respire de façon saccadée. Il se redresse soudainement, ses yeux ont retrouvé leur chaleur, il me dit, d'une voix troublée, comme s'il avait douze ans de nouveau :

— J'en ai assez, maman. Je veux rentrer à la maison.

Épilogue

Mai 2011

Ses déplacements ne sont jamais annoncés, il emprunte des itinéraires qu'il fait modifier à la dernière minute, parce que les Américains peuvent maintenant compter sur une arme nouvelle et redoutable. Un appareil volant et autonome qu'on peut armer et téléguider, d'abord d'un centre de contrôle – un minivan ou autre – situé à quelques kilomètres de la cible. Et puis, la technologie ayant progressé, de plus en plus loin, d'une base militaire ou d'un porte-avions, et bientôt depuis Washington même. Ces drones, comme on les appelle, qu'on a d'abord expérimentés en Bosnie et au Kosovo, sont encore mieux adaptés au terrain montagneux de l'Afghanistan. Alors qu'auparavant il fallait plusieurs jours pour monter une opération et envoyer des commandos détruire une cible ou liquider un leader rebelle, désormais un raid peut se faire à distance, rapidement, sans nécessiter ni soldats étrangers ni ressources locales. Pour les Américains, le recours à une telle invention est aussi déterminant que l'utilisation des Stingers, à l'époque. Tôt ou tard, se disent-ils, le dirigeant d'al-Qaïda commettra l'erreur d'apparaître un peu trop longtemps au grand jour.

Mais le Saoudien est retors. Il n'utilise pas Internet, encore moins le téléphone, il vit en reclus la plupart du temps, ne côtoie que des personnes sûres, ne rencontre jamais d'inconnus. Comme ses acolytes, il se méfie du bourdonnement funeste qui précède les attaques de drones. Quand il doit se déplacer, il circule sous couvert, caché, dissimulé au milieu d'autres combattants. De faux convois sont organisés pour brouiller les pistes et confondre les cyberspécialistes de Washington.

Avant la chute des talibans, il avait toujours réussi à s'en tirer. On le croyait à Jalalabad, il était déjà reparti pour Kandahar. On pensait qu'il venait d'arriver à Khost, non, il avait été aperçu à Kaboul le jour même. Ou était-ce l'un de ses sosies ? Le vieux truc de Saddam Hussein, recyclé avec brio.

Mais cette fois, les choses sont différentes. L'interrogatoire musclé, la torture en fait, de Khalid Cheikh Mohammed, qui avait épaulé Abdelhamid pour la mise en œuvre des attentats du 11-septembre, a enfin donné des résultats. La planque d'Oussama a été repérée grâce à la contribution involontaire de son messager. Celui qui lui permet de communiquer avec les autres leaders de son organisation. En suivant le messager, on est tombé sur une maison fortifiée construite récemment à Abbottabad, une ville de garnison à quelques kilomètres d'Islamabad.

Les rapports sont concluants : c'est là que vit ben Laden, sous le nez de l'armée pakistanaise.

Pourtant, les responsables du Pentagone hésitent encore avant de donner le feu vert à une opération commando. La source est fiable, mais ça peut être un leurre, un autre. Impossible de s'en assurer avec certitude. Au-dessus du potager, une grande bâche sous laquelle, pense-t-on, ben Laden se dégourdit les jambes de temps à autre. Mais on n'a jamais pu le confirmer hors de tout doute. Est-ce bien lui ou l'un de ces nababs saoudiens installés au Pakistan ? Un émir quelconque, jaloux de sa vie privée, ressortissant d'un pays allié ? Les Américains n'ont surtout pas envie d'avoir à gérer une bavure de cette ampleur si, par malheur, ils devaient se tromper de cible.

Le débat fait rage depuis des semaines : les partisans de la méthode chirurgicale, moderne, le drone, contre ceux qui privilégient la bonne vieille approche des commandos qui tombent du ciel sans prévenir pour éradiquer la bête.

Finalement, le président Obama tranche. Mais la météo complique les choses. Au-dessus de la maison d'Abbottabad, les nuages ne veulent pas disparaître, comme s'ils avaient été, eux aussi, mobilisés par l'ennemi public numéro un. Dès que le ciel se dégage enfin, deux hélicoptères quittent leur base en Afghanistan en pleine nuit dans le plus grand secret – sans en informer les autorités pakistanaises dont on soupçonne certains membres d'être en contact avec al-Qaïda –, traversent la frontière au nord de Peshawar et se posent – maladroitement pour l'un – devant la maison d'Abbottabad.

L'opération est menée rapidement, rondement.

Oussama ben Laden est abattu.

Ce qui m'étonne le plus, c'est la rumeur qui circule à l'effet qu'au tout dernier moment Oussama se soit servi de l'une de ses femmes comme bouclier humain. Quand j'en entends parler pour la première fois, je roule en direction du pénitencier où Samuel est détenu depuis quatre ans maintenant. Je repense à Joan, qui ne voyait dans ben Laden qu'un enfant gâté, une poule mouillée, disait-elle. Cette rumeur l'aurait fait sourire, j'en suis certaine.

Ce trajet, je le fais plusieurs fois par semaine. Après l'arrestation de Samuel à Moscou et son incarcération au pénitencier Boutyrka, après son procès où il a été défendu par un avocat de renom recommandé (et payé) par Frank, Samuel a pu être transféré dans une prison canadienne. Dès sa descente de l'avion, encadré par des agents de la GRC venus le cueillir à Moscou, il a été conduit dans un pénitencier à sécurité maximale pour y purger sa peine. Un deuxième avocat, lui aussi payé par Frank, a entrepris des démarches pour que son client puisse bénéficier d'une libération sur parole. Il a allégué avec brio que Samuel, même si on ne pouvait nier la gravité de ses actes, avait d'abord été manipulé par Abdelhamid et ses acolytes. Avant d'être un terroriste, a-t-il ajouté, Samuel est d'abord une victime.

Ce qui n'a pas empêché le juge de confirmer la sentence de mon fils, une détention à perpétuité qui est aussi la mienne, par conséquent.

Mais je ne perds pas espoir que cette décision soit révisée éventuellement.

De retour à Montréal, je n'ai pas repris mon travail à l'Académie Saint-Kevin. Je n'avais pas envie de devenir une attraction. Des médias se sont intéressés à moi, mais j'ai refusé d'étaler ma vie et celle de Samuel au bénéfice des voyeurs. On me l'a reproché, notre histoire aurait pu servir d'exemple, prévenir d'autres cas comme le sien. J'en doute, ç'aurait été me donner une importance que je n'ai pas.

J'ai épuisé mes économies, je vis de peu, je me débrouille tant bien que mal. De temps en temps, un journaliste me téléphone, surtout quand un jeune de l'âge de mon fils commet une bêtise inspirée par sa dernière visite sur un site web djihadiste. J'ai peu de choses à dire, je n'ai surtout pas de conseils à donner.

Mais en règle générale, les appels à témoignage sont devenus rares, j'ai retrouvé l'anonymat que j'avais perdu, brièvement. Les seuls qui me reconnaissent, dorénavant, ce sont les gardiens du pénitencier.

Le rituel est toujours le même. Avec d'autres parents et amis, épouses et fiancées, collègues de travail, même, j'attends dans la salle des pas perdus, où l'on vient nous chercher ensuite. Un long corridor où nous nous dirigeons vers le numéro de local qui nous est assigné, et qu'un garde nous ouvre, jamais le même, et me voilà seule devant une table, deux chaises.

Samuel se tient debout, appuyé contre le mur.

Je ne sais jamais à quoi m'attendre. Au début, je lui posais des tas de questions sur ses conditions de détention, auxquelles il répondait mollement, comme obligé, sans conviction. J'ai compris avec le temps qu'il était incapable de me faire partager ce qu'il vivait réellement, une expérience trop loin de ce que je pouvais imaginer. J'ai saisi aussi qu'il attendait autre chose de moi, je ne sais pas quoi exactement, mais surtout pas de jouer le rôle de la mère attentive, attentionnée, à l'écoute de ses malheurs.

Au fil des ans, la prison l'a endurci. Dans son comportement, dans ses gestes, dans sa façon de me regarder. C'était un adolescent, c'est devenu un adulte, mais il n'a pas perdu ce petit air de vulnérabilité qui réchauffe son visage.

Chose certaine, depuis qu'il a renoué avec l'islam, après l'avoir rejeté violemment, Samuel semble avoir repris goût à la vie. Physiquement, il est en meilleure forme que pendant les premiers mois d'incarcération, quand j'avais l'impression qu'il se laissait aller, qu'il n'avait plus envie de rien. L'islam lui a redonné le sens de la discipline, ce qui a toujours été essentiel dans sa vie. Sa santé s'améliore de semaine en semaine, m'a confié l'imam embauché par le pénitencier pour répondre aux besoins de la communauté carcérale musulmane, de plus en plus importante.

Mais ce n'est pas lui qui s'occupe de Samuel et qui est responsable de ses progrès récents. Un autre imam, que je connais bien, Samuel aussi : Rachid Bensouda. J'ai d'abord été réticente à faire appel à ses services, à lui demander son aide, mais j'ai dû me rendre à l'évidence. La dérive de Samuel n'avait pas été causée par Bensouda, malgré son franc-parler et ses opinions à l'emporte-pièce. Au début de son incarcération, ostracisé par ses codétenus, en particulier par les musulmans, Samuel s'était refermé sur lui-même, mes visites au pénitencier prenaient l'allure d'un interminable monologue.

Découragée, je suis allée voir Bensouda pour lui demander d'entrer en communication avec Samuel. L'imam était dévasté, lui aussi, par la tournure des événements, il avait l'impression d'avoir été utilisé par Abdelhamid, regrettait de ne pas avoir été plus vigilant.

Nous sommes tous fautifs, je lui ai répondu.

Bensouda s'était intéressé au procès de Samuel, découvrant à son tour l'étendue des dommages qu'Abdelhamid avait causés à mon fils. Il cherchait un moyen de se racheter, j'en suis certaine, même s'il ne me l'a jamais avoué. Je lui offrais une occasion en or.

L'imam a donc accepté de m'aider, d'aider Samuel surtout. Délicatement, mine de rien, par des rencontres régulières, par des lectures, par des prières, Bensouda a pu rétablir une passerelle entre mon fils et moi. Un pont fragile qui menace d'être emporté à tout moment, mais un lien tout de même, que je m'efforce de ne pas briser.

Aujourd'hui, Samuel semble perdu dans un jeans trop grand pour lui et un sweatshirt qui lui flotte sur le dos.

Il esquisse un mince sourire, il semble heureux de me voir, mais c'est un bonheur sans chaleur, un bonheur froid, distant. À d'autres reprises, parfois, je le sens plus réceptif. J'ignore ce qui provoque ce changement d'attitude. Je suis dans une de ses mauvaises journées, tant pis.

Je fais un pas vers lui, il ne bouge pas.

— Tu as écouté les nouvelles ? Sur ben Laden.

— Oui.

J'ai l'impression que tout cela lui paraît tellement loin, dans un autre monde, en fait.

— J'ai prié pour Joan, me dit-il.

C'est la première fois que Samuel mentionne ma mère, j'en ai presque les larmes aux yeux. Lui aussi semble bouleversé. Je fais un pas vers lui, je le laisse me saisir par les épaules, maladroitement d'abord, puis me serrer davantage.

Nous restons liés l'un à l'autre pendant un long, très long moment, comme si, par notre étreinte, nous voulions souligner la fin d'une époque, la nôtre, la mienne surtout, remplie de bonheurs, mais aussi de fureur et de noirceur. Avec la disparition du Saoudien, une porte se referme une fois pour toutes derrière moi. Un pan de ma vie se termine, commencé dans ce lointain Peshawar, à l'été 1979, quand mon père avait décidé de conquérir le marché du tapis afghan, ne se doutant pas qu'il allait plonger notre famille dans un monde d'intrigues et de déceptions, causer la mort de ma mère, et la sienne aussi, ultimement. Richard s'était collé à l'Histoire, avait cru pouvoir en tirer profit, il avait joué et perdu, comme Joan. Comme moi, aussi. Une porte refermée sur Peshawar, sur Akbar et ses tourments, sur nos après-midi d'amoureux au chenil, sur Tom Sawyer et Holden Caulfield, sur la voix de Jerry DeSoto surgie du Walkman, sur ma vie insouciante d'enfant privilégiée et de jeune fille amoureuse au milieu d'un monde en guerre contre lui-même.

De cette époque, je suis la seule survivante, désormais. Je serre Samuel encore plus fort dans mes bras, j'ai retrouvé mon fils, je suis heureuse de nouveau.

Je pense à Akbar.

Ce qu'ils sont devenus

Plusieurs personnages réels côtoient les personnages fictifs de ce roman. Si le sort tragique des présidents Taraki et Amin, est mentionné, je n'ai pas fait allusion à l'assassinat d'Ahmed Chah Massoud par al-Qaïda, le 9 septembre 2001, ni à celui de Mohammad Najibullah par les talibans en 1996. Gulbuddin Hekmatyar, après avoir rallié les talibans et al-Qaïda, a été déclaré « terroriste » par les États-Unis, avant de faire la paix avec le gouvernement de l'Afghanistan en septembre 2016. Le mollah Mohammad Omar s'est enfui au Pakistan au moment de l'invasion de l'Afghanistan par les forces de la coalition dirigées par les États-Unis. Il serait mort dans un hôpital de Karachi en 2013. Djalâlouddine Haqqani a rejoint les talibans lorsqu'ils ont pris le pouvoir. Après l'invasion américaine, il a été responsable de plusieurs attentats et kidnappings. On le donne pour mort depuis juillet 2015. Ismail Khan s'est opposé aux talibans, puis a rejoint l'Alliance du Nord du commandant Massoud. Il était gouverneur de la province d'Hérat, puis ministre de l'Énergie jusqu'en 2009.

Le personnage de Peter Hernandez est inspiré de Marty Miller, l'un des dirigeants d'Unocal, une société pétrolière américaine basée en Californie, qui a reçu une délégation de talibans chez lui, au Texas, à la fin des années 1990. L'épisode est raconté par Steve Coll dans son essai *Ghost Wars*. J'ai imaginé que cette délégation pourrait avoir fait escale à Montréal…

Bibliographie

Sur la guerre d'Afghanistan (1979-1989) et les attentats du 11 septembre 2001, *Ghost Wars* de Steve Coll, *CIA et Jihad 1950-2001* de John K. Cooley et *The Looming Tower* de Lawrence Wright ont servi de référence, tout comme le récit d'Edward Girardet, *Il paraît que vous voulez me tuer*. Les splendeurs de l'Afghanistan avant l'invasion soviétique sont très bien décrites par Nancy Hatch Dupree dans *An Historical Guide to Afghanistan*, publié en 1970. Pour des détails sur la vie privée d'Oussama ben Laden, je me suis basé sur les confidences de son fils Omar et de l'une de ses femmes, Najwa, relatées par Jean Sasson dans *Oussama ben Laden, portrait de famille*. Sur sa vie « professionnelle » et la naissance d'al-Qaïda : *Oussama, la fabrication d'un terroriste* de Jonathan Randal. Sur les circonstances de sa mort : *Chasse à l'homme* de Peter L. Bergen. En ce qui concerne le phénomène du djihadisme en Occident : *Ils cherchent le paradis, ils ont trouvé l'enfer* de Dounia Bouzar, *Jihad Joe* de J. M. Berger, *Terroristes, les 7 piliers de la déraison* de Marc Trévidic, *Jihad Academy* de Nicolas Hénin, *La Fabrique du djihad* de Stéphane Berthomet et *Djihad.ca* de Fabrice de Pierrebourg et Vincent Larouche.

Remerciements

Je remercie Zabi Enâyat-Zâda qui m'a fourni de précieuses informations sur la vie quotidienne à Kaboul et à Peshawar dans les années 1970 et 1980, sur les coutumes sociales et religieuses en Afghanistan et au Pakistan à la même époque, en plus de m'assister dans le choix des noms de plusieurs protagonistes. Nigel Spencer a révisé les passages en anglais, et suggéré des expressions et des répliques en accord avec le caractère des personnages. En cours d'écriture, j'ai pu bénéficier des commentaires et des suggestions de Francine Landry.

Merci aussi à toute l'équipe de Libre Expression, plus particulièrement Pascale Jeanpierre, Carole Boutin et Marie-Josée Martel. Grâce à Johanne Guay, qui appuie mon travail depuis le début, j'ai pu profiter des conseils judicieux de l'éditrice Miléna Stojanac, qui m'a épaulé et encouragé tout le long de l'écriture.

Pour communiquer avec l'auteur :
tsardepeshawar@gmail.com

Restez à l'affût des titres à paraître
chez Expression noire
en suivant la page de
Groupe Librex : facebook.com/groupelibrex

expressionnoire.ca
groupelibrex.com

Cet ouvrage a été composé en Adobe Caslon Pro 12,25/14,75
et achevé d'imprimer en janvier 2017 sur les presses de
Marquis Imprimeur, Québec, Canada.

garant des forêts intactes[MC]

procédé sans chlore

100 % post-consommation

archives permanentes

énergie biogaz

Imprimé sur du Rolland Enviro 100% postconsommation, fabriqué à partir
de biogaz, traité sans chlore, certifié FSC et garant des forêts intactes.